MEDUSA

NATALY GRUENDER

MED

USA

Título original: *Medusa*

Esta edição foi publicada mediante acordo com a Grand Central Publishing, uma divisão da Hachette Book Group, Inc., Nova York, NY, EUA. Todos os direitos reservados.

Editora Nova Fronteira Participações S.A.
Av. Rio Branco, 115 – Salas 1201 a 1205 – Centro – 20040-004
Rio de Janeiro – RJ – Brasil
Tel.: (21) 3882-8200

Crédito elemento gráfico miolo: vecteezy.com

Dados Internacionais de Catalogação na Publicação (CIP)

G886m Gruender, Nataly

Medusa: Sua história. Em suas próprias palavras/
Nataly Gruender; traduzido por Flávia Souto Maior. —
Rio de Janeiro: Trama, 2025.
352 p.; 15,5 x 23 cm

Título original: *Medusa*

ISBN: 978-65-813389-28-9

1. Literatura americana. I. Maior, Flávia Souto. II. Título.

CDD: 810
CDU: 82.111(73)

André Felipe de Moraes Queiroz – Bibliotecário – CRB-4/2242

Visite nossa loja virtual em:

www.editoratrama.com.br
/editoratrama

Para as mulheres monstruosas e todos aqueles que
se sentiram afastados da pessoa que deveriam se tornar,
sua história merece ser contada.

AGRADECIMENTOS

A história de Medusa é de solidão, de lutar pelo mundo sozinha contra todas as probabilidades, mas é também uma história sobre encontrar as pessoas que vão pegar na sua mão e ficar ao seu lado. O processo de escrever este livro foi muito parecido.

Preciso agradecer à minha orientadora de tese da faculdade, Kate Bernheimer, que foi a primeira pessoa a ler a história de Medusa; e foi uma apoiadora inflexível dela desde então. Aquelas reuniões iniciais na sala de Kate, em que eu só tinha um caderno cheio de itens rabiscados e uma potencial lista de fontes bibliográficas, são o motivo de este livro existir.

À minha agente, Melanie, estou tão incrivelmente feliz por Medusa e eu termos te encontrado. Obrigada pelos telefonemas que me deixam mais leve e empolgada sobre o que estou escrevendo. E obrigada Oakley, a testemunha de quatro patas de muitos desses telefonemas.

E a Kirsiah, minha editora, sou igualmente grata por ter podido trabalhar com você e fico muito feliz por ter encontrado uma editora que encontra todos os pedacinhos de mito que incluí apenas por diversão. Obrigada por dar a Medusa outra amiga, como Dionísio, que só quer o melhor para ela.

Obrigada Winnie Truong e Albert Tang por terem feito a capa mais linda, e por terem dado vida a Medusa e suas cobras. Eu poderia ficar olhando para ela o dia todo.

Às minhas amigas, meu conselho de mulheres, Ally, Hannah e Kellene, eu não poderia ter passado por essa jornada de vários anos sem vocês, e receio que também serão requisitadas em todas as jornadas de livros que vierem depois. Suas palavras de apoio e empolgação me animaram durante todo o processo.

E aos meus pais, obrigada por me apoiarem enquanto eu buscava esse sonho e por me estimularem a continuar escrevendo. Amo vocês.

NOTA DA AUTORA

A mitologia grega reúne muitas histórias incríveis de mulheres, monstros e magia, mas esses mitos também escondem grande tragédia e horror. A Medusa é uma figura icônica dessa mitologia, com histórias de origem conflitantes. A que escolhemos para ser representada neste livro inclui cenas de abuso sexual, tentativa de agressão e culpabilização da vítima. Em particular, uma cena de abuso sexual retratada no capítulo intitulado "Uma transformação que afunda até os ossos".

Acredito que a história da Medusa merece ser contada e ouvida, mas não em detrimento do leitor. A beleza da mitologia reside no fato de que seu propósito é ser contada e recontada, moldada ao público atual, e eu agradeço a você por confiar em mim com esta personificação da Medusa.

UMA INFÂNCIA QUE MORDE, FERE E ACALMA

Eu nasci a única filha mortal de um deus do mar e de uma deusa dos perigos do mar. Minhas duas irmãs celebravam a imortalidade delas, colocando os braços ao lado do meu para comparar o brilho de nossa pele, alegando que seus membros brilhavam com a leve luz dourada daqueles que não carregam o peso de uma morte eventual. Eu achava que nossos braços eram iguais. Se havia alguma diferença, os meus estavam mais perto do dourado devido aos dias de caminhadas pela praia sob os raios fortes do sol de Hélio.

Minhas irmãs não gostaram quando eu tentei mostrar isso.

— É porque você é mortal — disse Esteno, chegando perto de mim e logo se afastando, como se minha mortalidade fosse contagiosa. — Sua pele está *envelhecendo*.

— Eca — acrescentou Euríale.

Elas riram e foram embora, com os cabelos escuros caídos pelas costas, enrolando-se em cachos longos feitos à mão. Havia pequenas conchas entrelaçadas no meio das mechas, e elas piscaram para mim enquanto as duas me deixavam para trás, sem fazer barulho com seus pés descalços sobre o chão de pedra, alisado pelas correntes marítimas antigas.

Nossa casa ficava equilibrada no precipício do espaço perto do mar, onde o solo firme dava lugar a areias móveis. O mar ficava a uma corrida de apenas alguns segundos da porta dos fundos. As paredes tinham a forma das ondas, curvas leves e teto inclinado, tudo descolorido pelo sol até ficar branco. Contra o fundo pálido de nossa casa, Esteno e Euríale se destacavam como pássaros escuros e agitados em um céu claro.

Ambas tinham puxado a nossos pais em aparência. Eu não. Eu tinha sido negligenciada não apenas na imortalidade, mas também no aspecto, e meus cabelos fulvos anunciavam as diferenças entre mim e minhas irmãs muito antes que a notícia de minha imortalidade pudesse fazer isso. Havia poucas coisas que as duas amavam usar contra mim mais do que isso.

Minha mãe me contou que, quando nós nascemos, Esteno e Euríale começaram a chorar imediatamente, seus olhos se fecharam em oposição à luz clara de nosso novo mundo.

Mas você, Medusa, ela disse, *você ficou quieta. E estava com os olhos bem abertos.*

Eu era estranha, desde o início. Enquanto alguns se preocupavam que um recém-nascido quieto precedesse uma criança sem graça e um adulto mais sem graça ainda, eu gostava quando minha mãe me contava a história de nosso nascimento. Gostava que, enquanto minhas irmãs haviam chorado pela escuridão do útero, eu tivesse começado a observar o mundo à minha volta de imediato. Talvez eu já soubesse que não viveria tempo suficiente para ver tudo.

Quando minha mãe contou essa história às minhas irmãs, Esteno perguntou se ela havia pensado em me jogar no mar.

Depois de uma longa pausa, minha mãe respondeu: *Ela não pertence ao mar.*

Não víamos muito nossos pais, uma vez que eles preferiam a ampla extensão do mar à casa com cor de conchas na praia, mas, quando eles voltavam para ver as três filhas, devíamos aparecer em trio. No fim de meu décimo quarto ano, eles vieram nos visitar. Uma das criadas quietas e evasivas que mantinham a casa em ordem, preparando nossas refeições e lavando nossas roupas, havia separado os longos vestidos brancos sem mangas que usávamos para ser apresentadas como um grupo. Minha pele ainda estava úmida do banho, e eu me apoiei na cama, passando os dedos pelo tecido macio. Uma gaivota gritava na frente de minha janela, e as finas cortinas de linho penduradas sobre a alcova rasa balançavam com uma leve brisa salgada.

Deixadas sozinhas, Esteno e Euríale me evitavam pela casa, exceto quando me procuravam para me provocar e atormentar. Não me importava com isso. Caminhava pela praia ao perceber que o som de minhas irmãs correndo para cima e para baixo nos corredores, acompanhado de sua risada cruel, logo me deixaria louca.

Só ficávamos lado a lado como irmãs por vontade própria quando nossos pais estavam em casa. Então, naquela manhã da chegada deles, fiquei entre minhas irmãs, com Esteno à minha direita e Euríale à minha esquerda, nossos ombros descobertos mal se tocando. Nossos cabelos haviam sido penteados de forma similar. As mechas lisas e escuras de minhas irmãs torcidas em cachos e adornadas com uma coroa de conchas e pedras iridescentes. Meu cabelo não precisava de ajuda para enrolar, mas os verdes-claros, azuis e brancos da coroa não se destacavam tanto junto à minha cabeça fulva quanto acontecia com minhas irmãs.

Nossa mãe chegou primeiro, saindo com elegância das ondas espumadas em uma carruagem feita de corais brilhantes, puxada por um tubarão de dentes afiados e um peixe acerado com um nariz similar a uma espada com serra que batia na água rasa. Ela soltou as rédeas e desceu da carruagem, a barra cinza-clara de seu vestido serpeando com a maré. A carruagem desapareceu de volta nas ondas, sem ninguém.

Enquanto minha mãe caminhava pela areia, minhas irmãs abaixaram a cabeça, uma de cada vez, primeiro Euríale, depois Esteno, e finalmente eu afundei o queixo junto ao peito, inclinando a cabeça apenas o suficiente para ser respeitosa. Eu não tinha nenhum problema com minha mãe, mas ela não havia tentado cultivar nenhum sentimento de empatia ou afeição maternal em relação a mim ou minhas irmãs. Educar os filhos era um pensamento secundário para um deus.

— Górgonas — minha mãe nos saudou com nosso nome compartilhado.

Ela deslizou até parar a alguns passos de distância e se virou de frente para o mar, cruzando os braços e apoiando-se em uma perna, de modo que seu quadril ficasse angulado para fora. O osso protuberante estava escondido sob o tecido da saia, mas a atitude na postura era perceptível mesmo assim. Ela fazia uma figura muito diferente da de uma deusa quando parava dessa maneira, permitindo que seu corpo demonstrasse suas emoções. Haviam me dito que isso era algo que apenas mortais faziam. Eu me certifiquei de que estava parada bem reta e mantive os ombros para trás.

Meu pai chegou alguns momentos depois com muito mais algazarra. A superfície do mar ondulou e borbulhou antes de se abrir enquanto não menos do que quatro criaturas lutavam contra as ondas. Elas tinham a parte da frente do corpo formada por uma cabeça e pernas parecidas com as de um cavalo, com tufos mais longos de pelos molhados e grudados ao redor do queixo e dos cascos, enquanto seus flancos se transformavam em escamas cinza e roxas compactadas, resultando em uma cauda de peixe muito musculosa. As criaturas puxavam uma carruagem de pedra escura com pérolas. Meu pai estava com as costas eretas segurando com a mão de garra vermelha na barra da carruagem e carregando com a mão mortal a lança. Os seres estavam se movendo sem a orientação das rédeas. Elas chapinharam até a beirada da rebentação e derraparam até parar, espirrando areia e espuma branca do mar.

Com muito menos elegância que minha mãe, meu pai saltou da carruagem e subiu o declive em nossa direção. As criaturas do mar deram a volta e mergulharam novamente no instante em que os pés dele tocaram a areia, e a água pareceu se afastar dele, criando um caminho temporário para as criaturas e a carruagem afundarem e desaparecerem.

Ao contrário de minha mãe, que tinha saído do mar seca como pedra do deserto, meu pai se deleitava com as gotas de água que perseveravam em sua pele avermelhada. Ele permaneceria molhado, como se tivesse acabado de ser encharcado por uma onda, mesmo estando na terra e longe da água por longos períodos. Depois de alguns dias, começava a achar que ele ficava com cheiro de um pedaço de alga apodrecida.

Meu pai parou ao lado de minha mãe, onde ela estava com o quadril erguido, no alto da praia. Deu para ver a tentativa de um leve sorriso na boca dele diante da postura dela quando abaixou a cabeça para beijar o dorso da mão que ela havia oferecido na expectativa de uma saudação respeitosa entre marido e esposa.

Não achava que meus pais se amavam. Amor era um defeito humano, uma emoção mortal que os deuses não tinham a paciência nem o desespero de nutrir. Era mais provável que minha mãe e meu pai tivessem se unido pela afinidade compartilhada pelos perigos que espreitavam sob a superfície do mar. De fato, eles tinham gostos similares para animais de estimação.

— Olá, meu bebê — disse meu pai. Minha mãe levantou o nariz e se afastou dele.

— Fórcis — cumprimentou ela, concisa.

Virando as costas para a esposa, ele levou o olhar para mim e minhas irmãs, o que iniciou outra rodada de reverências delicadas e sincronizadas. Eu me esforcei ainda menos para ser educada desta vez, abaixando bem pouco o queixo. Ele não pareceu achar essa demonstração desleixada de respeito tão divertida quanto a irritação mal disfarçada de minha mãe.

— E olá, Górgonas. Vocês estão bem?

— Sim, pai — respondeu Esteno por nós três. De nada adiantaria eu dizer o contrário ou contar aos meus pais sobre o tratamento que Esteno e Euríale me davam quando ficávamos sozinhas. Essa era uma verdade que eu havia aprendido há muito tempo, então fiquei em silêncio.

— Vamos ao salão de banquete — declarou nosso pai, passando por nós, indo em direção à casa caiada.

Minhas irmãs e eu nos separamos para permitir que nossa mãe o seguisse e, quando ela passou entre nós, colocou a mão na bochecha de Euríale e inclinou o rosto dela para cima, sorrindo de leve. Notei a mandíbula de Esteno tensa de irritação diante do favoritismo óbvio de nossa mãe, mas ela era esperta o suficiente para ficar de boca fechada. Quando minha mãe abaixou a mão e continuou subindo a colina arenosa, Esteno e Euríale se aproximaram novamente e seguiram nossos pais na direção da casa, me deixando para trás.

O salão de banquete foi construído na extremidade leste da casa, aberto de um dos lados para a praia e para o mar. As outras paredes tinham janelas amplas entalhadas nas laterais, preenchendo o cômodo com uma luz que se tornava dourada e avermelhada quando o sol se punha no horizonte. Na iluminação crescente da manhã, o salão parecia desbotado e escuro, pintado de um leve azul. Normalmente, o chão de pedra polida ficava vazio, já que minhas irmãs e eu usávamos pouco este cômodo quando estávamos sozinhas, mas agora havia alguns sofás baixos repletos de almofadas cor de creme organizadas em um semicírculo de frente para o altar na extremidade do salão. Os criados silenciosos da casa pareciam estar cientes da chegada iminente de meus pais antes de mim.

Meu pai apontou com a garra para os sofás ao passar e nos disse:

— Sentem-se, meninas.

Esteno e Euríale se espalharam pelos dois sofás do meio, reclinando-se para que seus membros ocupassem o maior espaço possível e não sobrasse lugar para mim. Acabei me sentando na beirada do sofá. Nossa mãe havia seguido nosso pai até a base do altar, onde mais dois sofás esperavam, e os dois se sentaram em cada um deles.

Assim que eles se acomodaram, criados carregando bandejas repletas de comida entraram no salão. As mesas baixas em frente a nossos assentos ficaram fartas de pratos de todos os tipos de peixes e crustáceos, assim como pequenas tigelas da fruta dura que crescia em árvores irregulares na beira da areia. Havia também um filão de pão em cada mesa, com um pouco de queijo e uma pequena faca. Uma garrafa de vinho foi colocada no centro com taças verdes de vidro, pequenas e opacas, e minha mãe imediatamente pegou uma quando a criada colocou o vinho na frente dela.

Minhas irmãs pegaram alguns dos pratos no instante em que foram colocados sobre a mesa, mas eu mantive as mãos cruzadas sobre o colo.

— Pai — comecei a dizer enquanto ele pegava com a garra a cauda de um peixe cozido inteiro e tirava a carne com a outra mão.

— O que foi? — perguntou ele, com a boca cheia de peixe. Me encarava com os olhos semicerrados, o que pode ter sido por eu tê-lo chamado de *pai*. Acho que não gostou de ser lembrado que havia feito uma filha mortal.

Bem, azar o dele, pensei, *mas sou eu que tenho que viver assim.*

— Por que você e mamãe vieram até aqui? — perguntei.

— Ah — fez ele, limpando a boca com o dorso de sua mão humana. — Certo, bem... Ceto, gostaria de dizer a elas?

Ele lançou um olhar de súplica a nossa mãe, que tirava vagarosamente uma vieira de sua concha e não levantou os olhos ao ouvir seu nome. Depois de mais um segundo de silêncio em que nossa mãe recusando-se até mesmo a olhar para o nosso pai, Euríale soltou uma risadinha mal abafada.

Meu pai suspirou.

— Seus irmãos virão se juntar a nós aqui — ele disse, por fim — para celebrar o casamento de sua irmã Equidna com Tifão. É esperado que eles cheguem amanhã à tarde.

Eu já estava sentada na beirada do sofá, com as costas retas, mas, quando meu pai falou, minhas irmãs pararam de comer e assumiram uma posição ereta. Olhei para elas e, depois de trocarem olhares entre si, olharam para mim.

Havia apenas algumas situações em que nos permitíamos nos juntar por vontade própria: quando nossos pais voltavam para casa e, em defesa, contra os outros filhos deles. Embora fossemos irmãos, os momentos de nossos nascimentos eram tão espaçados que tínhamos pouco em comum com eles e os tratávamos como primos distantes quando éramos obrigados a estar juntos. Estávamos longe de ser as filhas mais poderosas de Fórcis e Ceto e havíamos descoberto que tínhamos mais chances contra nossos parentes mais velhos como uma frente unida de trigêmeas.

Analisei o rosto de minhas irmãs com cuidado. Esteno e Euríale continuariam inseparáveis comigo ou sem mim, mas dava para ver que elas estavam pesando o benefício de serem três, em vez de duas, contra os irmãos. A última vez que a família se reuniu — quando nosso irmão mais velho Ladão e suas cem cabeças foram designados por nosso pai para proteger as maçãs douradas do pequeno jardim pomposos das Hespérides — conseguimos repelir nossos parentes por tempo suficiente e nos enfiarmos no canto do salão de banquete com um prato de ostras. Esteno parecia estar se lembrando desse mesmo momento, pois pressionou os lábios formando uma linha desgostosa e sacudiu o queixo em concordância com minha pergunta não dita.

Um peso, como o de um pesado manto, pareceu ser tirado dos meus ombros. Reclinando no sofá de maneira não graciosa, me dei conta de que havia me preparado para que minhas irmãs se voltassem contra mim, e foi um alívio absoluto quando permitiram que me juntasse a elas. Eu me virei novamente para os meus pais, que ou não tinham visto nossa trégua silenciosa, ou não se importavam o bastante com nossa reação à notícia da chegada iminente de nossos irmãos para demonstrar preocupação.

Puxei o filão de pão da mesa em minha direção e arranquei um pedaço, já que a tensão que eu vinha carregando nos ombros tinha se transformado em um aperto forte na barriga. Havia um pequeno prato com alecrim e azeite de oliva ao lado da bandeja e mergulhei um canto do pão nele antes de levá-lo aos lábios.

— Ah — meu pai disse de repente, tirando os olhos de seu prato —, os deuses também comparecerão.

Minha mãe olhou para ele com severidade. Ela não devia ter sido informada disso de antemão. Eu sabia como nossa mãe detestava ser a última a saber sobre notícias e rumores que se espalhavam por terra e mar.

— Quais deuses? — perguntou.

— Quem sabe? — respondeu meu pai, cuspindo uma espinha de peixe. — Nenhum daqueles olimpianos é capaz de manter uma decisão na cabeça por tempo suficiente para descer de seu alto e poderoso monte. Suspeito que aquele projeto de deus do mar vai aparecer só para me irritar.

— E Zeus?

Meu pai acenou com a garra no ar, um movimento de desinteresse sobrecarregado pelo tamanho e pelo peso do exoesqueleto vermelho. Eu achava que devia ser mais imponente quando ele estava debaixo d'água.

— É mais fácil Zeus abrir mão de seu trono do que comparecer ao casamento de um descendente primordial.

— Ele ainda está bravo com aquela história da devoração? — perguntou Esteno, desmanchando preguiçosamente um camarão.

— Você não estaria? — respondi antes que meu pai pudesse. — Todos os irmãos e irmãs de Zeus foram devorados por Cronos e ele teve que abrir o estômago do Titã para libertá-los. Você não ficaria zangada se tivesse que fazer o mesmo?

Esteno franziu o nariz para mim e fungou.

— Mamãe e papai nunca nos comeriam.

— Eca — fez Euríale, mais uma vez acompanhando o tom de Esteno.

— Certamente não, já que não existem profecias de que vocês algum dia os ultrapassarão em lenda, e essa parece ser a principal razão pela qual os pais comem os filhos — concordei e peguei outro pedaço de pão. — Não existe nenhuma profecia ainda, pelo menos.

Meu pai olhou para mim de novo por cima do prato, e desta vez minha mãe também voltou o olhar para mim, procurando por algo, embora eu não soubesse o quê.

— Vamos torcer para que nenhuma de vocês jamais se torne digna de lenda — ela disse depois de um tempo, erguendo uma taça de vinho em nossa direção.

Esteno e Euríale levantaram suas taças de maneira hesitante, compartilhando um olhar de um segundo, mas eu peguei meu vinho e o ergui na direção de meus pais antes de tomar um longo gole. Era improvável que eu, uma mortal, algum dia ultrapassasse a lenda de meus pais deuses e de todos os irmãos imortais que vieram antes de mim.

O casamento foi ao pôr do sol do dia seguinte. Esteno, Euríale e eu estávamos vestidas iguais de novo, desta vez com vestidos prateados longos e esvoaçantes que lembravam os que nossa mãe costumava usar. Nossos cabelos foram puxados para trás e trançados ao longo de nossas costas em uma única trança comprida, com pequenas conchas entrelaçadas entre as mechas; os pálidos objetos se destacavam em contraste com os cabelos delas, mas se perdiam no emaranhado arenoso dos meus.

Minha mãe havia supervisionado a cerimônia. Minhas irmãs e eu planejamos nossa chegada para que fôssemos rapidamente levadas para nossas posições, ao lado do outro conjunto de trigêmeas de nossos pais, as Greias, logo que o casamento começou. Com um olho escuro e um único dente dividido entre as três, as Greias haviam se virado em nossa direção com uma coordenação assustadora e sorrido banguelas. Dino estava de posse do dente e Pênfredo, do olho. Elas sussurravam umas para as outras enquanto Pênfredo olhava para cima e para baixo; mesmo que Ênio estivesse sem visão e sem dente, desdenhou de Euríale quando minha irmã mostrou a língua para elas.

Eu mal prestei atenção no casamento. No instante em que nossa mãe terminou de falar, já havíamos liderado o caminho na direção do salão de banquete, que tinha sido transformado durante a noite e agora estava repleto de mesas e bancos longos. Minhas irmãs e eu nos posicionamos no fundo do salão.

— Não, não, aqui — falei quando Esteno e Euríale se moveram para se sentar mais perto da extremidade do cômodo. Eu me sentei ao centro da mesa, com a parede atrás. — Dessa forma eles não vão conseguir nos pegar de surpresa.

— É mais fácil nos prenderem, no entanto — ponderou Esteno, mas se posicionou à minha direita, e Euríale fez o mesmo.

Enquanto as mesas se enchiam com nossos parentes distantes e com os súditos da jurisdição oceânica de nossa mãe e de nosso pai, ficamos atentas aos convidados que se moviam ao nosso redor. Vi nosso irmão Ladão ocupar a metade inteira de uma mesa com suas cem cabeças e duzentos olhos piscando para todos os cantos do salão. Alguns dos deuses secundários dos mares se empilharam à mesa mais próxima de onde estavam nossos pais, como se a proximidade ao deus e à deusa fosse aumentar as chances de os reconhecerem. Nossos pais estavam sentados na frente do cômodo, em uma mesa longa posicionada de forma perpendicular às outras. Meu pai já estava atacando qualquer que fosse o peixe que havia sido colocado à sua frente, mas minha mãe estava observando o salão com o mesmo cuidado que eu. Quando nossos olhares se cruzaram, ela ergueu de leve as sobrancelhas como se dissesse *O que você está procurando?* Ergui minhas sobrancelhas em resposta, *O que você está procurando?* Ela me dispensou com um aceno e se serviu de um pouco de vinho.

Equidna e seu novo marido entraram no salão ao som de vibrações roucas dos deuses secundários e do pessoal do mar, e eu aplaudi quando ela passou por nossa mesa. Equidna abriu caminho até a frente do salão com a cauda de serpente iridescente, a metade humana do corpo quase completamente desnuda, exceto pelo tecido branco que envolvia os seios e cruzava sobre os ombros, deixando duas caudas de tecido caírem para trás. Ela tinha ombros largos e curvas generosas, o que significava que muita pele escura estava à mostra. Uma coroa de louros verde-escura repousava sobre seus cabelos soltos.

De todos os filhos de Ceto e Fórcis, Equidna era a que eu mais gostava. Isso se devia em parte a ela nunca ter falado de minha mortalidade como algo de que eu deveria me envergonhar e em parte por seu cabelo ser um pouco parecido com o meu. As mechas se enrolavam livremente sobre seus ombros em longos fios dourados, e eu me sentia menos pária na família quando ela estava por perto.

Equidna chegou à mesa onde estavam nossos pais e ocupou um lugar no meio. Seu marido, o escuro e tempestuoso Tifão, seguia logo atrás dela. Ele se agigantava sobre os deuses secundários com seu tamanho, a pele coberta por longas e desordenadas rachaduras brilhando o magma vermelho e quente de seus vulcões.

Com os noivos acomodados, a multidão se voltou para seus pratos. Algumas pessoas ainda vagavam pelo cômodo, umas indo até o altar atrás da mesa dos noivos para fazer um sacrifício aos deuses do casamento ou dar um presente aos recém-casados. De repente, o ruído estável do salão foi cortado por uma rajada de vento e uma pressão que fez meus ouvidos estalarem. Todas as cabeças se levantaram e se viraram para a entrada.

Um deus estava parado na pouca luz do pôr do sol, os cabelos escuros caindo como os de um menino por baixo de uma coroa de coral. Estava com o peito desnudo e muito bronzeado, com uma faixa de linho ao redor da cintura e exibia um tridente em uma das mãos. Ele o segurava como um simples bastão de caminhada, como se não fosse uma das armas mais temidas de todos os mares.

— É Poseidon — sussurrou Euríale.

— Eu sei — respondeu Esteno.

— Todo mundo sabe — retruquei de canto de boca.

Não tirei os olhos do deus. Quando ele seguiu pelo caminho entre duas mesas e começou a andar até a frente do salão, vi seus olhos passarem direto por mim e depois voltarem. Ele me encarou e eu senti o peso do olhar em meu rosto, meus ombros e meu peito. Prendi a respiração. Poseidon sorriu, um vislumbre de dentes perolados, e desviou os olhos.

Eu quis perguntar às minhas irmãs se elas tinham visto o deus do mar olhar para mim, mas então Euríale suspirou e apontou.

— Veja, mais um.

Parada onde Poseidon estivera há pouco, havia de fato outra olimpiana, uma deusa com um vestido branco e justo, uma espada amarrada na cintura e um capacete prateado e emplumado sobre os cabelos escuros. Ela passava os olhos pelo salão como se procurasse por um inimigo, os olhos cinza como aço varrendo nossa mesa com uma eficiência experiente. Quando avistou as costas largas de Poseidon indo na direção de meus pais e Equidna, fez cara feia.

— Atena — sussurrou Euríale, sem necessidade.

A deusa da sabedoria entrou depois de Poseidon e conseguiu chegar à mesa dos noivos ao mesmo tempo que ele. Eles falaram modestamente com nossos pais, mas a multidão tinha começado a sussurrar e murmurar assim que os deuses chegaram, então não pude ouvir o que estava sendo dito. Depois de um tempo, Poseidon e Atena se acomodaram em seus lugares na outra extremidade da mesa principal. Pareceram fazer isso com certa relutância, embora eu não soubesse ao certo se estavam se opondo a se sentar perto dos descendentes de deuses primordiais ou perto um do outro.

Poseidon alcançou o vinho e um caranguejo cozido assim que se sentou, olhando para o outro lado do salão. Quando seu olhar se voltou em minha direção, rapidamente desviei os olhos, embora não soubesse o porquê. Uma sensação estranha sob minhas costelas me incitou a não verificar para ver se o deus estava olhando para mim de novo, embora pudesse sentir aquele mesmo peso de antes.

— Por que Atena está aqui? — perguntou Esteno.

Tomei um gole de vinho para limpar a garganta, que tinha ficado seca, e disse:

— Deve ser para representar o pai, caso Zeus tenha se recusado a vir, como suspeita Fórcis. A sabedoria de Atena a faria ter receio de ignorar um caso como esse e deixar nossos pais zangados.

— Ah — Esteno disse com suavidade. — Os olimpianos tornam tudo tão complicado.

— Não diga isso muito alto com os dois presentes — a adverti, embora não pudesse deixar de concordar. Esteno revirou os olhos.

Quando o barulho do salão voltou a um volume confortável, dei uma olhada na mesa dos noivos. Poseidon não estava olhando para mim, e eu me senti ao mesmo tempo aliviada e decepcionada. Quando passei os olhos pelo salão mais uma vez, meu olhar esbarrou em um conjunto de três cabeças vindo em nossa direção com uma coordenação desconcertante. Endireitei a coluna e coloquei os ombros para trás.

— Preparem-se — avisei de canto de boca, e Esteno e Euríale soltaram o que estavam se preparando para comer e imitaram minha postura.

As Greias deslizaram até parar à nossa frente. Elas haviam trocado o dente em algum momento depois da cerimônia, então agora era Ênio quem olhava sem visão para nós, com um sorriso de um único dente, quando começou a falar.

— A notícia das Górgonas ainda não cruzou nosso caminho — disse com a voz fina e terrível. — Nossas irmãs trigêmeas estão fadadas a permanecer nesta praia solitária sem serem ouvidas e vistas por toda a vida?

— Se me lembro bem, vocês três ainda não tinham colocado o pé para fora da caverna que chamam de casa, escondendo o rosto, na nossa idade — retruquei. A experiência havia me ensinado que permanecer em silêncio sob a atenção das Greias não as fazia ir embora mais rápido, mas talvez, se eu lhes desse a satisfação de uma resposta, teria uma chance melhor de controlar a conversa.

— De fato — sussurrou Ênio —, mas o tempo não importa para aqueles que não são esmagados por ele, pequena mortal Medusa. Quanto tempo pode se dar ao luxo de desperdiçar nesta praia até se dar conta de que suas irmãs ainda vão viver muito depois de sua morte e de seus ossos terem se misturado às areias?

Esteno e Euríale se movimentaram incomodadas ao meu lado. Eu havia imaginado que parte da razão de elas terem permitido que eu me juntasse a elas era por eu sempre ser o alvo mais fácil entre nossos outros irmãos, mas a conexão que tinham comigo significava que elas nunca poderiam evitar esses ataques completamente. Isso tinha sido terrível de suportar no início, mas, depois de anos de prática trocando golpes com as Greias e nossos irmãos mais velhos, eu agora tinha a sagacidade mais aguçada entre nós três.

Ergui a cabeça.

— Talvez vocês me deixem pegar esse olho emprestado, de modo que eu possa ver exatamente quanto tempo tenho para desperdiçar.

Pênfredo, por reflexo, colocou a mão de maneira protetora sobre o olho escuro, como se eu fosse estender o braço e arrancá-lo da órbita ocular.

— Não te deixaríamos manchá-lo com suas mãos mortais sujas — disse Ênio.

Fiquei surpresa quando Esteno se inclinou para a frente e perguntou:

— Posso segurá-lo, então?

Euríale fez cara feia, franzindo de nojo a pele lisa entre as sobrancelhas, embora eu não soubesse dizer se era exagerado ou genuíno.

— Você tocaria naquela coisa nojenta? — Parecia que ela ia vomitar só de pensar nisso.

Genuíno, então, pensei.

As Greias fizeram cara feia para nós, seus membros finos tremendo de raiva divina, o que teria feito qualquer outro mortal tremer de medo.

— Talvez, se eu tivesse um pedaço de tecido para segurá-lo, assim não tocaria em minha mão — corrigiu-se Esteno, com ponderação.

— Nosso olho é uma bênção divina que nos foi dada para proteção — irritou-se Ênio. — Você não é digna o suficiente para segurá-lo.

— É uma bênção ter nascido apenas com um olho para vocês três? — perguntei. — Tem certeza?

Esteno sorriu como um dos tubarões de dentes afiados de nossa mãe, um olhar que eu sabia que antecedia algo cruel saindo de sua boca.

— Acho que vocês são abençoadas por, com um olho, não conseguirem ver como são horrendas.

— Crianças tolas — Ênio lamentou, chamando a atenção dos convidados próximos. O poder vil em sua voz fez com que eu e minhas irmãs nos inclinássemos para trás e nos afastássemos das Greias, que pareciam ter crescido em tamanho nos últimos segundos e agora se agigantavam sobre nós. A voz de Ênio estava diferente, trêmula e em camadas, como se cada uma das irmãs estivesse falando pela boca dela. Agora as Greias tinham a atenção do salão inteiro, e eu conseguia ver os dois deuses olimpianos nos observando da mesa dos noivos.

— Ouçam bem, pois nós de fato olhamos além de seus anos atuais, Górgonas, e vimos o terrível futuro que as aguarda. Cuidado com a aparência. — Pênfredo virou o olho amarelado para mim enquanto Ênio continuava. — Principalmente você, Medusa, única mortal de linhagem divina, pois você existe monstro verdadeiramente horripilante que a espera.

Com sua profecia pairando no ar, as Greias encolheram de volta para seu tamanho normal e deram as costas para nossa mesa, movendo-se novamente com uma coordenação assustadora ao saírem do salão. Um silêncio tenso se seguiu à partida delas, e eu senti todos os olhos do recinto se voltarem para mim. Na frente do salão, Atena inclinou a cabeça, um movimento exagerado pelas plumas do capacete, que ainda não havia removido, e o peso de seu olhar me envolveu. Tentei respirar, mas descobri que o ar estava preso em minha garganta.

— Então — Esteno disse para Euríale em voz baixa — acho que correu tudo bem.

Euríale não respondeu. Ela me encarava de um jeito que eu nunca tinha visto antes. Se inclinou para a frente, como se fosse me perguntar alguma coisa.

Fiquei em pé com um movimento que surpreendeu minhas irmãs e elas se encolheram enquanto eu passava sobre o banco e fugia do salão.

O sol tinha se posto no horizonte algumas horas antes e o mar estava escuro como o céu noturno. Eu me sentei logo acima do alcance das ondas, cada rebentação subindo pela areia como se fosse me agarrar e me arrastar de volta para a água. Deixei o som das ondas quebrando na praia lavar a campainha em meus ouvidos.

As Greias sempre sabiam como provocar tanto imortais quanto mortais, embora parecessem ainda mais cruéis com os irmãos.

— Esquisitas de pele cinza — murmurei. Envolvi as pernas dobradas com os braços e apoiei o queixo no vão entre os joelhos.

— Você não está errada sobre isso.

Levantei a cabeça e olhei por sobre o ombro, pronta para responder a quem quer que estivesse atrás de mim, mas fechei a boca quando vi Equidna se aproximando devagar. Ela deixou um rastro longo e sinuoso na areia atrás dela.

— Por que você está aqui? — perguntei, me arrependendo logo em seguida com uma careta por meu tom duro. Eu não estava zangada com Equidna. — Você não deveria estar lá dentro, comemorando com seu novo marido?

Equidna zombou e cruzou os braços diante do peito.

— Estava arranjado para Tifão ser meu marido desde antes de eu ter sua idade — disse. — Tenho o resto da vida para ficar presa na companhia taciturna dele.

Por um momento fiquei feliz por ser mortal, uma vez que isso desencorajava meus pais a tentarem me unir com um ser imortal. Embora eles ainda pudessem tentar apenas para se livrar de mim.

— Casamento é algo estúpido — falei. Perto de minhas irmãs ou de meus pais, aquela declaração teria me rendido um olhar de reprovação e uma advertência. Mas Equidna riu.

— Está certa de novo, pequena rainha — Equidna disse com um sorriso apertado.

Era assim que ela costumava me chamar por causa do significado de meu nome. Em nossa língua, Medusa podia ser traduzido como "rainha" ou "governante". Eu não sabia o que minha mãe tinha em mente quando me deu esse nome, uma vez que minha mortalidade tinha sido aparente desde o momento em que nasci. Talvez ela achasse que um significado régio pudesse me deixar mais perto da divindade.

Voltei o queixo para os joelhos e fiquei encarando a noite escura. Os pontinhos das constelações no céu se refletiam no mar, embora estivessem curvados e distorcidos ao montarem nas ondas.

— Achei que você era mais esperta — Equidna disse depois de um tempo. Ela não quis ser cruel, mas eu levantei os ombros até as orelhas de vergonha da mesma forma. — A esta altura, você já devia saber que não deve provocar as Greias. Elas são muito mais velhas do que você e não lidam bem com insultos.

— Foram elas que começaram — murmurei dentro do vestido.

Equidna riu novamente.

— Você é tão jovem, não é? Talvez ainda seja jovem demais para ter senso de autopreservação. — Ela enrolou a cauda sob o corpo, dobrando o músculo liso com escamas verdes em um rolo apertado, e se acomodou na areia ao meu lado. Tirou o ramo de louro escuro da cabeça e o entregou a mim. Me sentei com as costas retas e o peguei, as folhas macias e enceradas sob a ponta de meus dedos, ainda um pouco quentes por terem estado na cabeça dela.

— Você acha que o que elas disseram é verdade? — perguntei com suavidade.

Quando eu praticamente saí correndo do salão mais cedo, tinha tentado evitar o olhar de qualquer um, para que ninguém pudesse ver o medo crescente em meu rosto. Embora eu já soubesse que muito provavelmente viveria uma vida mortal sem ocorrências importantes, fadada a morrer no esquecimento anônimo, eu não sabia o que fazer, de forma indolor, com a ideia de que meu futuro pudesse ser qualquer coisa além de comum. Apenas com Equidna e as ondas rebentando para me ouvir, permiti que um pouco daquele medo se infiltrasse na pergunta.

Fiquei feliz por Equidna não responder logo de cara. Ela pensou na questão como se procurasse a resposta, mesmo que ambas soubéssemos qual era. Devia estar pensando numa resposta menos angustiante, mas que ainda estivesse alinhada com a verdade.

— Pelo que me lembro — ela disse com calma —, as premonições das Greias nunca estiveram erradas antes.

Apertei uma folha de louro entre o polegar e o indicador, esmagando a delicada estrutura sob a pressão.

— No entanto, quando as Greias ainda eram jovens, antes até de você e suas irmãs serem concebidas, elas costumavam achar que eu era a coisa mais aterrorizante que já tinham visto. — Ela balançou a ponta da cauda para mim. — Você acha que sou horripilante?

— Não — respondi de imediato. Olhei para os cabelos dourados de Equidna, sua pele marrom-escura em contraste com o branco da túnica amarrada com força, os rolos volumosos de músculos poderosos dobrados com cuidado sob ela. — Você é linda.

Equidna estendeu o braço, tirou a coroa de louro de minhas mãos e a colocou em minha cabeça. Ela ajustou algumas folhas para ficarem em harmonia com os cachos que tinham escapado de minha trança.

— Então... — ela disse ao se inclinar para trás para me apreciar com a nova coroa. — O futuro que te espera pode não ser tão terrível, afinal.

Deixei minha cabeça inclinar para trás, acostumando-me com o peso leve, porém reconfortante, dos louros, e permiti que um leve *hum* de reconhecimento escapasse de minha garganta. As estrelas brilhavam sobre mim desde o céu escuro e eu deixei meus olhos desfocarem até os minúsculos pontos começarem a borrar.

— É melhor eu entrar — Equidna disse depois de um tempo, embora parecesse que ela preferia fazer qualquer outra coisa.

— De volta para o seu marido — acrescentei. Ela fez um som de desdém.

Inclinei a cabeça de lado e ergui as sobrancelhas para ela, provocando:

— O que foi? Você não gosta da companhia taciturna e tempestuosa dele? Não me diga que ele não é um parceiro de conversa fascinante.

Equidna revirou os olhos ao desenrolar a cauda e se levantar da areia.

— Só espere até você se casar, pequena rainha, então vamos ver quem ainda vai estar rindo — alertou. — Você acha que nossa mãe e nosso pai vão escolher um belo herói para você? Ou talvez vão encontrar outra divindade taciturna do mar só esperando para dar um jeito de entrar em nossa família?

Eu não disse que duvidava que eles algum dia tentariam me casar com alguém além de um outro mortal. Nem que achava que preferia ter o futuro terrível que as Greias haviam previsto a ser casada para o benefício de minha família, embora essa fosse a única forma de eu ser útil a eles.

— Talvez — foi o que eu disse.

Equidna se despediu de mim e abriu caminho de volta ao salão bem iluminado. Olhei para trás para vê-la se retirar, imaginando se deveria voltar ao salão para tentar salvar minha dignidade diante de minha mãe e de meu pai, ou escapar para o meu quarto silencioso do outro lado da casa. Mas então uma figura apareceu na entrada do salão, e parei de pensar em me retirar. Equidna abaixou a cabeça com respeito ao passar pela figura iluminada por trás, cujo capacete alto cheio de plumas balançou em resposta.

Atena saiu e caminhou pela praia. Eu me levantei e bati a areia do vestido, tentando ficar apresentável para a deusa. Ela pode ter me visto sendo humilhada diante de todos os convidados do casamento, mas pelo menos eu podia fingir ter um pouco de dignidade, o que era quase tão disforme quanto a areia da praia.

Conforme ela se aproximava, comecei a distinguir os detalhes de seu vestido. Para minha surpresa, era bastante simples e funcional para um ser divino, ainda mais em comparação com o metal ricamente decorado com gravações em relevo de seu capacete. O prateado reluzia à luz da lua e brilhava muito junto à pele pálida da deusa. Cabelos escuros enrolavam-se por sob a beirada do capacete para emoldurar seu rosto e desciam pelas costas em uma trança grossa.

Foram seus olhos o que mais me impressionou. Cinza, como haviam dito todas as lendas, e impetuosamente calculistas, como se ela pudesse ver todos os resultados possíveis que o futuro continha a seus pés. Me senti pequena sob aquele olhar.

Copiei a reverência de Equidna quando Atena chegou perto o suficiente.

— Deusa da sabedoria — a saudei.

— Você é a filha mortal de Ceto e Fórcis — ela disse com a voz áspera e alta como o mar que rebentava atrás de mim. Não era uma acusação, como eu havia ouvido muitas vezes antes, nem foi uma pergunta. Apenas uma declaração.

— Sim — respondi.

Atena me olhou. Ela era quase uma cabeça e meia mais alta do que eu, e eu mal chegaria ao seu peito na ponta dos pés. Senti meus ombros ficarem tensos enquanto os endireitava diante do escrutínio dela.

— As Greias fizeram uma previsão para você. — Mais uma declaração.

— Sim — falei novamente, sem deixar de acrescentar: — Mas é provável que tenham criado isso do nada apenas para me assustar.

— Você acha que é falsa?

Ela olhou para mim do alto, com um olhar focado, como se estivesse realmente interessada nos pensamentos de uma mortal. A pergunta pareceu um teste, como se minha resposta informasse Atena de tudo o que ela precisava saber sobre mim. Pensei bem, considerando o que Equidna havia me dito momentos antes.

— As Greias tendem a errar pelo lado da verdade — respondi devagar —, mas o que é verdadeiro para elas não precisa, necessariamente, se tornar a verdade de minha própria vida.

— Então você não teme o futuro que elas previram para você?

— Espero ser forte o suficiente para me esquivar de qualquer medo em relação à minha vida futura — disse. — Mas eu seria uma tola se não fosse pelo menos cautelosa com isso.

Atena fez um som de aprovação. Eu me obriguei a não exibir nenhum sinal externo de alívio.

— Você tem um coração forte e uma mente determinada para uma mortal — Atena disse, com as bordas serradas de sua voz se suavizando. — Vou te dar um conselho. Você deve começar a usar sua aparência para que os outros não a usem contra você. Se um dia for a Atenas, visite meu templo. Vamos ver que tipo de futuro a aguarda.

Pude apenas acenar em concordância. Atena passou por mim e eu abaixei a cabeça mais uma vez em despedida; quando levantei os olhos, a deusa já tinha desaparecido. Apenas algumas marcas de seus passos na areia indicavam que ela havia estado ali.

— É estranho — disse uma voz grave — que Atena tenha se interessado tanto por uma garota mortal.

Eu me virei e respirei fundo. Poseidon estava parado bem atrás de mim. Depois de um breve momento, em que fiquei encarando o deus sem reação, rapidamente fiz outra reverência formal. Estava cansada de ter tantos deuses à minha volta, pois significava que eu tinha que me curvar um pouco mais do que gostaria. Parecia que eu havia passado quase metade do dia de cabeça baixa.

— Sim — concordei cegamente com a observação de Poseidon e logo acrescentei: —, senhor do mar.

— É melhor você ter cuidado, menina — Poseidon disse com um sorriso conspirador. — Deuses têm o hábito de usar os mortais de que gostam para benefício próprio.

Ele me observou de cima a baixo, e eu senti que seria engolida pelo seu olhar. Seus olhos eram de um azul-escuro e tempestuoso, como o oceano mais profundo durante um furacão. Mesmo ele sendo mais ou menos da mesma altura da sobrinha, eu me senti minúscula ao lado dele, de uma forma que não havia me sentido quando estivera diante de Atena. Seus ombros largos eram repletos de músculos que se retorciam sobre os braços. Ele segurava o tridente em uma das mãos, e o metal parecia enferrujado e corroído pela água salgada, embora eu não tivesse dúvida de que ainda era uma arma ameaçadora.

Entrelacei as mãos e acenei novamente com a cabeça. Não sabia o que responder àquele golpe grosseiro em seus próprios parentes divinos.

Quando ele cansou de me observar, sorriu de novo e passou por mim. Desviei para que ele não encostasse em mim.

— É só uma coisa para se pensar — falou, olhando por sob o ombro.

Ele caminhou para dentro da água e a onda se jogou para cima dele com empolgação, como um cachorro leal. Tridente em mãos, ele mergulhou de cabeça na onda que se aproximou e desapareceu como Atena.

Quando tive certeza de que ele tinha ido embora, e com uma olhada rápida pela praia para me certificar de que nenhum outro ser divino chegaria por trás de mim, me sentei na areia, bufando. Embora meus pais fossem deuses, não tinha me dado conta do quanto a presença dos olimpianos podia ser impressionante e opressiva. Senti-me exausta por sustentar minha aparência educada e calma.

A celebração continuava no salão atrás de mim, mas decidi que já havia tido interação demais com minha família — e com qualquer outro — por um dia. Quando as próximas pessoas começaram a sair do salão iluminado, eu me levantei e voltei para o meu quarto no escuro.

Desfiz a trança e deixei o vestido espalhado pelo chão antes de me enterrar sob as cobertas em minha cama. O sono não viria com facilidade.

Era tão tarde da noite que já era quase de manhã quando ouvi passos em frente ao meu quarto. Enfiada debaixo das cobertas, não dava para saber quem era, até que a pessoa falou:

— Medusa — sussurrou Euríale.

Parecia que estava sozinha. Em toda nossa vida, havia visto poucas vezes Euríale sem Esteno ao lado.

Ela chegou mais perto da minha cama. Fiquei imóvel, mal respirando. Não sabia o que ela queria. Me provocar a respeito do destino que as Greias haviam previsto? Me dizer para ficar longe dela e de Esteno? Eu já pretendia fazer isso.

— Medusa — disse novamente, desta vez mais alto. Sua voz era gentil. Eu me dei conta de que raramente a ouvia falar sem aproveitar as deixas de Esteno. — Eu só queria te dizer que você pode falar comigo sobre... sobre o que as Greias disseram se quiser. Sei que deve estar assustada. Mas não precisa ficar assustada sozinha.

Não me mexi. Seria um truque? Ela parecia genuína, mas eu desconfiava de qualquer tipo de ajuda, mesmo quando a desejava desesperadamente.

— Apenas — ela voltou a falar, sua voz se afastando — saiba que também estou aqui.

Esperei até não conseguir mais ouvir os passos no corredor antes de levantar as cobertas e me sentar. A luz fraca da lua iluminava meu quarto sombreado.

Não sabia o que pensar da oferta de Euríale. É claro, sabia que Esteno tomava as rédeas das provocações contra mim e a induzia a fazer o mesmo, mas os poucos momento em que Euríale e eu havíamos ficado sozinhas sempre tinham sido artificiais. Nenhuma das duas sabia como agir perto da outra. Por que a profecia das Greias a havia aproximado de mim, em vez de afastá-la mais ainda?

Soprei um cacho de cabelo, desgrenhado devido às cobertas, para longe do rosto. Mesmo que Euríale tivesse boas intenções, sabia que a melhor forma de lidar com meu futuro incerto era encará-lo como eu fazia com todo o resto. Sozinha.

CETO

Havia algumas coisas agradáveis em ser a esposa de um deus do mar. Uma era o espaço, já que o oceano tinha muito, e Ceto raramente cruzava com o marido quando desejava evitá-lo. Havia muitas, muitas ilhas que ela havia descoberto entre as ondas e que eram quase impossíveis de encontrar, a menos que se soubesse exatamente o que estava procurando. Ela também gostava do status, mas já o tinha por direito antes de se casar com Fórcis. Seu casamento havia sido inevitável e conveniente. E agora, estando casada há tempo suficiente para gerar várias linhagens de filhos briguentos, Ceto preenchia os dias com suas criaturas marinhas, viajando pelas águas e aterrorizando alguns mortais quando sentia vontade.

Havia muitas coisas de que a deusa não gostava em ser a esposa de um deus do mar. A maior e mais inconveniente era lidar com o ego de Fórcis, que era frágil como um coral morto.

— Ceto — chamou Fórcis, e ela desviou o olhar devagar de onde estava repousado sobre o mar para o rosto franzido dele. Os dois estavam sentados no salão de banquete vazio, as mesas e cadeiras haviam sido retiradas, de modo que o piso brilhava como uma piscina vazia diante dos tronos.

Fórcis a havia chamado de volta à casa que suas filhas mais novas compartilhavam, e ela tinha concordado em ir, em grande parte, porque isso significava que veria Euríale novamente. De todos os muitos filhos que tinha, Euríale era a mais doce. Vários deles eram monstros, de acordo com os mortais covardes da terra, mas Euríale e as Górgonas eram diferentes. Com a pele macia e os rostos mortais que exibiam, Ceto sabia que muitos de seus filhos se ressentiam das Górgonas por sua mera juventude e ignorância do mundo exterior.

A distância entre as Górgonas e os irmãos monstruosos também assustava Ceto. Elas não se encaixavam muito bem na família, motivo pelo qual a deusa havia insistido para que as irmãs tivessem a própria casa naquela praia isolada. Ao fazer isso, no entanto, também as havia protegido do mundo. Não tinham experiência e eram vulneráveis.

— Você está me ouvindo?

Ceto piscou para Fórcis e disse:

— Fale de novo.

Bufando, Fórcis repetiu:

— Quero casar uma das Górgonas com Atlas.

Ceto ficou paralisada. Ela esperou Fórcis rir, provocá-la por tê-lo ignorado, mas o marido estava falando sério.

— Você quer casar uma de nossas filhas mais novas — perguntou Ceto, devagar — com um filho de Poseidon?

Ele confirmou com a cabeça, fazendo gestos largos, e disse:

— Elas precisam ter alguma utilidade além de ficarem escondidas aqui nesta casa enorme. Logo vão estar na idade. Talvez Euríale. — Fórcis coçou sua grande garra com as unhas ásperas dos dedos da outra mão. — Ela seria a que resistiria menos. Ou talvez Medusa, já que ela não tem outra utilidade. Posso mostrar a Poseidon que sua prole viscosa não é melhor do que a minha. Se ele for idiota o suficiente para recusar essa oferta, eu finalmente terei motivos para desafiá-lo.

— Por quê? — perguntou Ceto, e se deu conta de que a pergunta se aplicava a muitas coisas que Fórcis tinha acabado de dizer. — Por que as Górgonas? Por que você sequer desejaria entregar alguém de nossa família para um filho do Olimpo? Por que quer tanto declarar guerra contra Poseidon?

Fórcis bateu com a garra no braço do trono e o som ecoou pelo salão vazio. Ele não respondeu às questões sobre as Górgonas, pulou direto para a alfinetada em seu ego.

— Porque eu não vou me contentar com essa falsa paz! Ele não tem direito ao oceano que já foi todo meu. Já passou da hora de ele ceder seu falso domínio de volta a mim.

— Mas você precisa envolver nossas filhas nessa briga? — retrucou Ceto.

Fórcis pareceu perplexo.

— Para que mais servem as filhas?

A deusa se levantou de forma abrupta. O som das ondas batendo contra um penhasco teimoso explodia em seus ouvidos. Ela queria arremessar o trono no marido, tentar martelar alguma decência naquele crânio duro ou pelo menos tirar aquela ideia de sua cabeça, mas ela conteve a raiva com um comedimento treinado e respirou fundo. O ar sobre o mar era visceral, como uma inundação em seus pulmões, e ela deixou que ele a preenchesse até que conseguisse falar com calma.

— Minhas filhas não vão ser trocadas como peças em um jogo que homens jogam. — Ela se virou bruscamente para Fórcis, e ele se afastou do movimento. — E não vou ficar aqui parada enquanto você joga aquelas meninas no caminho de um deus que não se importa se elas vivem ou morrem na sombra dele.

Ela desceu as escadas e cruzava o salão com eco antes que Fórcis pudesse responder, com a barra do vestido cinza da cor do mar batendo nos calcanhares.

— Ceto — chamou ele. Não se deu ao trabalho de se levantar do trono. — Ceto, querida, por favor, você entendeu errado.

— Não — ela disse sem desacelerar. — Eu entendi muito bem.

Equidna tinha se casado com Tifão como parte de uma trama para Fórcis ganhar alguns netos poderosos, Ceto sabia. Mas Equidna não era tão vulnerável quanto as Górgonas. Quando sua filha com cauda de cobra descobriu o plano do pai sobre seu noivado, ela apenas perguntou a Ceto: "Quando?"

As Górgonas não seriam tão indiferentes. Mesmo sem saber qual de suas filhas Fórcis queria amarrar ao filho de Poseidon como uma âncora em um barco naufragado, Ceto não podia permitir que as trigêmeas fossem separadas por um casamento condenado. Juntas, as Górgonas poderiam se defender dos irmãos, o que era o primeiro passo para serem capazes de enfrentar o mundo mortal além daquela faixa de praia. Mas, se as irmãs fossem separadas, Ceto achava que elas poderiam desmoronar.

Essa preocupação era, em parte, culpa dela mesma. Por muito tempo exigiu que as Górgonas agissem como três partes do mesmo corpo, esperando que ficassem fortes como as Greias. As trigêmeas profetizadoras de Ceto tinham alimentado seu poder juntas, deixando-o crescer dentro de cada uma até que passou a funcionar apenas quando as três estavam presentes. No entanto, as Górgonas ainda não haviam conquistado essa unidade. As três eram fraturadas, e Ceto não tinha certeza se Medusa havia causado as rachaduras ou se estava infinitamente tentando juntar as peças quebradas.

A deusa não podia deixar suas Górgonas se fragmentarem ainda mais, antes que ao menos tivessem a chance de ver o enorme, terrível e incrível mundo além da praia. A preocupação era ainda maior em relação a Medusa, que tinha tão pouco tempo em comparação às irmãs.

Ceto teria que tirar as Górgonas da casa isolada. Fórcis tinha acesso muito fácil às irmãs naquele lar arenoso. Mas para onde elas poderiam ir fora do alcance dele? O oceano era amplo e vasto, mas Fórcis conhecia todos os seus cantos.

Quando Ceto saiu sob o sol forte da tarde, amplificado pelo brilho do oceano, ela deixou o olhar recair sobre o horizonte. Do outro lado da água, havia cidades cheias de mortais que Fórcis não tinha interesse em se aventurar. Os humanos o achavam desconcertante, uma relíquia dos deuses passados. Ele preferia a companhia dos deuses do mar que o reverenciavam e evitava especialmente cidades que mantinham laços com os deuses do Olimpo. Havia muitos deles se aglomerando nas praias mortais atualmente.

O vento jogou areia nos pés de Ceto quando ela se aproximou da extremidade do mar. Ela deu uma olhada para a casa, mas, quando se virou, avistou a figura de Medusa mais adiante, na praia.

Sua filha mortal estava parada com água na altura do tornozelo, usando um vestido solto, erguido e amarrado ao redor dos joelhos, de braços cruzados diante do peito bronzeado enquanto olhava para a água. Os cabelos de Medusa estavam soltos e se debatiam com força no vento, o sol refletia no emaranhado como lâminas de bronze brilhantes. Com os pés presos na areia e os olhos fixos no horizonte, Medusa parecia parada no tempo. Se Ceto já não a conhecesse, pensaria que a filha poderia ficar naquele lugar pelo próximo milênio. Mas Medusa não tinha esse tempo.

Ceto amava os filhos. Eles eram monstruosos, e às vezes perversos, mas eram belos para ela como maravilhosas criaturas do mar, incríveis em suas formas. Ela queria que todos descobrissem o que os deixava feliz e passassem a vida, independentemente de ser curta, procurando essa felicidade.

Decidida, a deusa deslizou para a água, que a recebeu como uma velha amiga. Medusa, com o olhar fixo em um horizonte bem distante, mal notou a mãe desaparecer sob as ondas.

ATENAS, CIDADE DE RIVALIDADES

Quatro anos se passaram antes de minhas irmãs e eu partirmos da casa branca na praia. Do nada, em uma tarde calma, recebemos um recado de nossa mãe, dizendo que devíamos viajar para uma grande cidade mortal e viver entre os humanos.

— Qualquer cidade? — perguntou Euríale enquanto passava o polegar sobre as palavras que nossa mãe tinha riscado dentro da parte lisa de uma concha. A maioria de suas mensagens chegava assim, ou gravada em uma concha que chegava à nossa praia, ou mesmo escrita na própria areia, aparecendo aos pés da irmã que estivesse mais próxima da água no momento.

— Qualquer cidade *grande* — respondeu Esteno, e recostou no sofá com os braços cruzados, embora ainda conseguisse parecer elegante.

Nós três estávamos mais altas agora, mas Esteno parecia se ajustar melhor, e sabia como dispor os longos membros de modo que se estendessem sobre qualquer superfície com *facilidade*. Ela estava esticada com elegância no sofá na sala de estar de pé-direito alto, com janelas colunadas e cortinas opacas que esvoaçavam gentilmente atrás dela. Euríale, sentada no sofá à sua esquerda, estava com as pernas dobradas sob o corpo e mexia na concha em seu colo.

Eu me aproximei e tirei a concha dos dedos de Euríale. A caligrafia de nossa mãe era inclinada, como se ela tivesse escrito a mensagem às pressas.

— Deve ser legal ir para Argos — disse Euríale. — Ou Corinto. Ou... Ah! Que tal Delfos?

— Delfos não — retrucou Esteno.

Euríale franziu a testa, mas eu tive que concordar com Esteno. As Greias, com suas habilidades proféticas, provavelmente deviam espreitar o local do oráculo divino. Nós tínhamos conseguido evitá-las desde o casamento de Equidna, e esperávamos que continuasse assim. Não havia me esquecido da profecia que elas cuspiram sobre mim da última vez que nos encontramos.

Euríale e Esteno começaram a discutir, dizendo nomes de cidades sobre as quais tínhamos ouvido nossos irmãos falarem e lido nos pergaminhos que Ladão, nosso irmão de cem cabeças, tinha nos dado em nosso aniversário de 15 anos.

Eu virei a concha, passando o dedo sobre as ranhuras brancas e a curva na parte de trás. Em minhas mãos morenas, ela parecia se tornar de um branco ainda mais claro, ou talvez a cor perolada estivesse fazendo minhas mãos parecerem mais escuras do que eram. Voltei a virá-la e senti a parte interna, lisa e iridescente, passando o dedo sobre a mensagem gravada. Quando o sol refletiu na parte de dentro da concha, ela brilhou como prata.

— Nós vamos para Atenas — afirmei.

Esteno e Euríale, que ainda estavam discutindo sobre Naxos ser ou não grande o suficiente para ser considerada uma cidade grande, pararam e olharam para mim.

— O quê? — espantou-se Esteno, num tom de rejeição.

— Mas é uma cidade tão grande — disse Euríale. — A maior.

— Nós vamos para Atenas — repeti.

Esperei Esteno discordar de mim. Nos últimos anos, minhas irmãs haviam amadurecido e deixado de lado a rebelião infantil contra minha relação com elas, mas ainda me tratavam como a irmã inferior, mortal, cuja opinião elas poderiam ou não aceitar. Principalmente Esteno. Mas eu as enfrentaria se fosse preciso.

— Quais seriam as vantagens de nós irmos para Atenas? — perguntou Esteno depois de um tempo, e eu sabia que o *nós* a que ela se referia eram ela e Euríale. — Você provavelmente vai encontrar seu lugar de direito entre todos aqueles mortais, mas o que ganhamos indo para essa cidade?

— Além do fato de nossa mãe ter nos mandado ir? — perguntei, mas continuei depressa, pois sabia que ela não havia dito para irmos para Atenas especificamente. — Pense desta forma: a única mortal que você conhece durante toda sua vida sou eu. Mas os mortais de Atenas adoram deuses, eles constroem templos inteiros para eles, e provavelmente vão se curvar aos seus pés se souberem a linhagem de que descende.

Esteno fez um pequeno ruído de interesse, e pude ver a luz que se acendeu em seus olhos. Uma das frustrações de viver em uma praia solitária, apenas com outros irmãos divinos como visitantes, é que nenhuma de nós tinha experiência real com o mundo mortal, embora tivéssemos ouvido falar dele. As Greias gostavam muito de nos provocar quando éramos mais novas, e com frequência esfregavam as próprias interações com humanos na nossa cara. Sempre imaginei que estavam exagerando na extensão com que os mortais adoravam um trio de mulheres desdentadas e cegas, mas Esteno era a que mais se irritava depois que as Greias falavam de seus adoradores.

Eu enfatizei o máximo que pude:

— Vocês seriam seres divinos entre as pessoas comuns. Se chamarmos atenção suficiente, talvez eles construam um altar para as Górgonas.

A probabilidade de isso acontecer era bem pequena, mas, se Esteno tinha que acreditar que um altar seria construído em seu nome para ir a Atenas, eu a deixaria acreditar nisso. Esteno olhou para Euríale, que mordia o lábio inferior, pensativa.

— Eles vão fazer sacrifícios no altar? — perguntou Euríale.

— Provavelmente — respondi devagar.

Ela sorriu.

— Seria legal da parte deles.

— Seria, não é mesmo? — Retribuí o sorriso e devolvi a concha a ela.

Fazia calor em Atenas. Havia tanta gente amontoada em uma faixa tão pequena de terra que era difícil caminhar por qualquer uma das ruas largas sem encostar em um ateniense ou trombar em uma das bancas que ocupava as esquinas. Esteno e Euríale estavam de braços dados atrás de mim, mas, conforme eu caminhava, a multidão parecia fluir ao meu redor.

Eu tinha trocado o vestido longo tradicional que minhas irmãs e eu costumávamos usar em casa por uma túnica curta de uma mulher mortal comum, com a bainha roçando em minhas panturrilhas. Esteno e Euríale tinham concordado com a mudança depois de alguma insistência, e eu argumentara que devíamos tentar andar anônimas entre os mortais para conhecer a vida cotidiana deles antes de revelar nossa linhagem a eles. Nossos vestidos eram de uma cor arenosa e desbotada que não favorecia a pele de minhas irmãs, mas se destacava junto à minha. Esteno havia trançado os cabelos escuros para trás, tirando-os do rosto para acentuar o ângulo agudo de suas bochechas, e Euríale tinha prendido metade dos cabelos, embora os ângulos de seu rosto não fossem tão proeminentes quanto os de Esteno. Eu deixei meus cabelos longos e encaracolados soltos sobre os ombros.

Levei-nos em direção ao centro da cidade, o que foi fácil de encontrar, pois eu seguia de perto a alta colina que se erguia do horizonte plano de edifícios. Estávamos indo para a Acrópole, o topo da colina que abrigava muitos dos templos sagrados e altares de Atenas. Eu sabia que Atena, a deusa padroeira desta cidade mortal, teria um templo aqui.

Enquanto andávamos pelas ruas, notei que alguns dos mortais nos observavam. As mulheres se aproximavam umas das outras e sussurravam de mãos erguidas. Os homens rastreavam nossos movimentos como cães em uma caçada. Olhei para minhas irmãs para ver se elas tinham notado que estávamos sendo observadas e, embora houvesse uma tensão nos ombros de Esteno, não acho que ela estivesse incomodada com o olhar dos atenienses.

— Eles não sabem quem nós somos, sabem? — perguntou Euríale, em voz baixa.

— Como saberiam? — respondeu Esteno. — Esta é a primeira vez que andamos entre mortais dessa forma.

— Talvez eles gostem da aparência de vocês — disse a elas.

Quanto mais adentrávamos a cidade, mais cheia ela ficava. Quando chegamos a uma rua cercada por prédios tão altos que eu não conseguia ver a colina central, aproximei-me de uma banca.

— Com licença — falei na língua comum —, poderia nos apontar a direção da Acrópole?

O homem, que cuidava da banca repleta de pequenas ferramentas de madeira e bugigangas, levantou os olhos da tigela que entalhava. Ele parecia mais velho, e um tanto de rugas apareceu ao redor de seus olhos e de sua boca quando sorriu para mim.

— Para uma mulher bela como você, eu poderia fazer muito mais.

Pisquei para ele.

— Apenas a informação do caminho basta, obrigada.

O homem então nos apontou uma rua, com algumas referências vagas para seguir, e terminou dizendo:

— Volte sempre que quiser. Esses olhos velhos não veem algo tão bonito como você há muitos anos.

Abaixei a cabeça em agradecimento e levei minhas irmãs embora.

— Por que ele estava falando com você daquela forma? — sussurrou Esteno de maneira impetuosa.

— De que forma? — perguntei.

— Ele te chamou de bela — disse Euríale, avaliando-me pela lateral com os olhos grandes.

— Sim, e daí? — indaguei, e descobri que tinham uma resposta. A beleza divina de minhas duas irmãs imortais me oprimira desde que tive consciência suficiente para notar as diferenças entre nós. Nunca havia considerado o que outros mortais, outras pessoas como eu, pensariam de minha aparência.

— Este lugar é estranho — concluiu Esteno, arrastando Euríale para a frente pelo cotovelo.

Muitos dos prédios pelos quais passamos tinham cores similares, brancos empoeirados e mármore desbotado pontuados por ornamentos de bronze. Quando chegamos a um intervalo nos edifícios lotados, vi que havíamos subido parte da colina que se elevava no centro da cidade, e um mar de telhados terracota se estendia à nossa frente. Ciprestes dispersos erguiam-se acima dos prédios como talos de algas marinhas brotando do fundo do oceano. As ruas de terra e pedra compactadas amplificavam o eco de pés arrastando e o barulho de carroças puxadas por burros robustos.

Conforme nos aproximávamos do centro da cidade, as multidões finalmente começaram a dispersar. A estrada ficou mais estreita, com mais terra do que pedra, e os vendedores desapareceram das laterais, até que houvesse apenas um caminho estreito, sem paredes de pedra em volta, que levava na direção da Acrópole. A coleção de prédios que ficava no alto de penhascos íngremes e rochosos tinha vista para a cidade inteira. De onde eu e minhas irmãs estávamos, na base, dava para ver alguns mortais subindo para os templos, e aqueles que tinham chegado quase no topo pareciam minúsculos.

— Mais caminhada — constatou Euríale com tristeza.

Uma brisa brusca que deslizava do oceano e passava pela cidade empurrou seus dedos entre meus cabelos, serpeando ao redor da barra de meu vestido e me puxando para a frente. Respirei fundo e o cheiro familiar do sal do mar no vento inundou meus pulmões.

Dei outro passo à frente e, embora não tivesse verificado atrás de mim para ver se elas estavam me seguindo, deu para ouvir os passos hesitantes de minhas irmãs recomeçarem.

Quando chegamos ao topo da colina, havia uma série de degraus de pedra branca que nos levavam ainda mais alto sobre a cidade, até enfim estarmos na Acrópole.

O enorme Pártenon se agigantava sobre os humanos que se reuniam à sua volta e abaixo dele; as grossas colunas e o afresco brilhavam em um mármore cuidadosamente polido. Minhas irmãs foram atraídas na direção do templo, talvez por sua grandeza ou pelo poder divino que emanava de dentro dele. Deixei-as ir. O Pártenon não era o motivo pelo qual tinha forçado minhas irmãs a escolherem Atenas como a cidade mortal que visitaríamos, então me concentrei no templo menor ao lado do prédio enorme.

O templo de Atena estava silencioso quando entrei nele pela primeira vez. Meus passos ecoaram baixo contra o piso de mármore escovado, e mantive as mãos presas com cuidado atrás das costas, sentindo-me um pouco uma criança em um cômodo proibido. O calor do sol do meio-dia diminuiu sob o teto do templo.

Mulheres com vestidos brancos drapeados andavam em duplas ou trios pelos corredores com colunas. Muitas delas tinham os cabelos presos para trás, mas eu podia ver algumas cujos cabelos corriam soltos e selvagens pelas costas.

Sacerdotisas, pensei, *ou virgens. Ou as duas coisas.*

— Olá.

Virei-me e vi que uma das mulheres de cabelos presos se aproximara de mim. Ela tinha a pele escura e sem rugas, embora os olhos fossem mais sábios do que os do homem velho a quem eu havia perguntado o caminho.

— Olá — respondi, sem saber ao certo como me explicar. Eu havia entrado no templo sabendo apenas que precisava estar lá, e não o que faria assim que chegasse.

— Você está aqui para fazer um sacrifício? — me perguntou a mulher, e eu fiz que não com a cabeça.

— Atena me disse para vir até aqui.

As sobrancelhas da mulher se ergueram, embora a compostura de seu rosto permanecesse igual. Fazia anos que eu havia visto e falado com a deusa, mas essa mulher me lembrava um pouco da presença controladora e direta de Atena.

— Foi mesmo? — indagou com desconfiança. — Quando isso aconteceu?

— Quando eu era menina.

Olhando-me de cima a baixo, a mulher disse:

— Me parece que você ainda é uma menina, não é? Não deve ter mais que 18 anos.

— Você tem olhos aguçados — respondi, tentando afastar o sarcasmo em minha voz. Eu usava o vestido de uma mulher próxima à idade de se casar, e meus cabelos soltos entregavam minha juventude.

Ou eu fiz um péssimo trabalho em esconder meu escárnio, ou a mulher era leitora de mentes, porque seu rosto contido mudou para uma expressão de neutralidade nada impressionada.

— A deusa da sabedoria não tem tempo para desperdiçar com cada garotinha que visita seu templo — disse ela. — Então, a menos que tenha uma razão extraordinária para visitar Atena hoje, eu sugiro que faça um sacrifício convencional e depois vá embora. — Senti minhas bochechas esquentarem com um leve rubor enquanto a sacerdotisa me observava, esperando por uma resposta.

Foi como se ela tivesse acertado um nervo meu com ferro quente.

Estava acostumada a ser menosprezada. Minhas irmãs desprezaram meu corpo mortal, minhas emoções mortais e minha existência mortal durante toda a minha vida. Não havia dúvida em minha mente de que meus pais tinham profunda vergonha por terem gerado uma filha mortal quando o rosto expressivo de meu pai me dizia alguma coisa.

Mas minha família era formada por deuses e divindades. Eu era capaz de lidar com o fato de ser chamada de pequena, fraca e burra por eles porque sabia qual era o meu lugar na hierarquia.

E, embora essa mulher fosse uma sacerdotisa de Atena, ela ainda era mortal. Não vinha de linhagem divina. Não tinha traços de deuses nas veias como eu, por mais fracos que pudessem ser. O calor em meu rosto não desapareceu, ainda que a causa do rubor tivesse mudado de humilhação para raiva mais rápido do que eu pude acompanhar. Abri a boca e as palavras simplesmente saíram.

— Eu não vou sair. A própria Atena me disse para visitar este templo e não vou embora até ter falado com ela e descoberto por que me instruiu a vir até aqui. — Eu estava em pé enquanto suportava o interrogatório, mas movi meu quadril para o lado, imitando a pose que minha mãe costumava fazer com meu pai. — E não acho que uma mortal como você, mesmo uma mortal tolerada por Atena, deveria falar pela deusa da sabedoria. Você acha mesmo que sabe mais do que o ser mais sábio do mundo? O bastante para presumir o que este ser quer, ainda que isso vá de encontro às palavras que saíram de sua própria boca?

A sacerdotisa estava boquiaberta. A expressão não combinava com o rosto régio, e eu fiquei brutalmente satisfeita comigo mesma por ter quebrado sua compostura.

Depois de um instante, enquanto a sacerdotisa tentava formular uma resposta, notei o pesado silêncio no restante do templo. Olhei em volta e vi que as outras sacerdotisas e visitantes do templo nos observavam e cochichavam umas com as outras. Não sabia por quanto tempo estavam ouvindo e queria ficar feliz por mais alguém ter testemunhado minha defesa farpada, mas, quanto mais olhavam para mim, mais a raiva começava a desaparecer e dar lugar à cautela.

Então notei que as mortais não estavam olhando para a sacerdotisa, nem para nós duas como um par. Todas estavam olhando para mim. Mais especificamente, muitas delas olhavam para um ponto logo atrás de mim. Até mesmo a sacerdotisa que ainda estava à minha frente agora olhava sobre minha cabeça.

Virei-me e levantei os olhos. E então ergui um pouco mais o olhar. Questionei se não havia sentido a mudança na atmosfera porque a presença divina no templo de um deus já é impressionante ou se eu apenas havia ficado cega durante minha cólera.

A deusa Atena estava atrás de mim. Sua aparência era igual a de quatro anos antes, quando nos conhecemos, com os cabelos grossos enrolando-se sob o capacete polido que brilhava de maneira espetacular junto ao mármore iluminado pelo sol. Atena estava olhando para mim com o rosto cuidadosamente controlado, e logo fiquei preocupada que tivesse exagerado ao repreender uma de suas sacerdotisas.

As mulheres do templo começaram a se abaixar em respeitosas reverências e mesuras, murmurando saudações à deusa. Eu senti a sacerdotisa que estava atrás de mim fazer o mesmo depois de um segundo.

Atena não desviou os olhos de mim para reconhecer a presença delas.

— Bem — disse Atena depois de um tempo, quando ficou claro que eu não conseguia falar com o aperto em minha garganta. — Parece que devo vir falar por mim mesma.

— Deusa — a sacerdotisa atrás de mim começou a falar com a voz suplicante. — Eu tentei dizer para essa menina…

— Silêncio, Desma — repreendeu Atena, e a sacerdotisa se calou. A deusa se dirigiu a mim: — Você veio.

— Como você me instruiu — concordei, finalmente encontrando minha voz. — Embora nunca tenha me dado uma razão.

— Você não precisava que eu te desse uma razão. Apenas te dei uma opção. Você queria ficar naquela casa na praia solitária?

Pensei no assunto por um instante antes de dizer:

— Não.

Atena me observou, procurando uma resposta em meu rosto. Tinha me esquecido da sensação de ser examinada de perto por ela, e parecia que as paredes que eu havia construído para me proteger de minhas irmãs se transformaram em vidro sob o olhar dela. Ela desviou os olhos, e eu me perguntei se ela havia encontrado a resposta que queria.

— Eu disse mesmo para esta mulher vir ao meu templo — contou Atena a Desma, embora estivesse se dirigindo a toda a sala. — E não dei nenhum motivo, mas ela seguiu minhas ordens apesar do meu descuido. Ela é bem-vinda aqui. — Virou-se de novo para mim. — Eu tenho motivos para ter dito que viesse até mim quando você estivesse longe daquela praia. Você demonstrou grande potencial em sua inteligência e sabedoria, algo que eu valorizo. Vou te pedir para ficar aqui em Atenas e se tornar uma sacerdotisa em meu templo.

Senti meu queixo cair e fiquei preocupada que meu rosto estivesse refletindo o mesmo choque que havia aparecido no rosto de Desma depois que a desafiei. Atena inclinou a cabeça, refletindo.

— Talvez você deseje voltar para casa com suas irmãs imortais?

— Não. — Não precisei pensar sobre isso nem por um segundo.

— Deusa — Desma começou a falar atrás de mim, tendo recobrado um pouco da compostura —, posso perguntar por que escolheu esta... mulher?

Deu para ver que ela quis, na verdade, dizer *criança*. Mas eu também estava curiosa sobre o motivo de Atena querer que eu ficasse aqui em Atenas, em seu templo, quando só havíamos conversado uma vez em minha juventude. Esperei que a deusa não mencionasse isso a Desma, que tanto insistia que minha idade era um problema.

— Ela me mostrou que não se acovardará diante da tensão mental de um oponente. Essa força mental — explicou Atena — não é algo que pode ser ensinado. Cada uma de minhas sacerdotisas demonstrou algum nível dessa força, mas esta mulher aqui mostrou grande potencial, uma vez que ela receba a orientação e o espaço para crescer. Pretendo oferecer isso a ela. Você discorda?

Essa última pergunta foi dirigida a Desma. Eu havia me concentrado na deusa desde o momento em que me dei conta de que ela estava lá, mas finalmente me virei para olhar para a sacerdotisa. Desma também estava olhando para mim mais uma vez. Fiquei impressionada por ela não ter se intimidado de imediato diante da pergunta afiada de Atena e, em vez disso, refletir com cuidado sobre sua resposta. A lenta progressão que levou a uma decisão devia ser o motivo de ela ser uma sacerdotisa de Atena.

— Não, deusa — respondeu, enfim.

Fiquei um pouco chocada que aquela mortal tivesse guardado a raiva tão rápido. Perguntei-me se ela estava satisfeita com o que a deusa havia dito sobre mim ou se havia decidido que ficar do lado de Atena nessa questão era a opção mais segura. Talvez não importasse.

Pelo brilho penetrante em seu olhar, que me atravessou quando ela deu um passo para trás, não achei que aquela seria a última vez que veria Desma, especialmente se eu pretendia permanecer no templo.

— Você não me deu uma resposta — afirmou Atena.

Eu me virei para a deusa.

— Eu...

— O que você está fazendo? — A voz aguda de Esteno cortou o salão arejado do templo, e por pouco consegui me conter e não me encolher.

Na entrada, atrás da figura enorme de Atena, pude ver minhas irmãs lado a lado, a uns dois braços de distância de qualquer mortal. As pessoas ao redor haviam se virado para olhar quando Esteno falou e depois as continuaram encarando quando notaram a eterealidade de minhas irmãs. De perto, dava para ver que eram mais altas do que todas as mulheres à sua volta, e do que alguns dos homens também, e, enquanto o brilho ao redor delas pudesse ser atribuído a um truque do sol entrando no templo, eram mais brilhantes do que todo mundo. Parecia que eu as estava vendo com um foco distinto, como se todos os mortais estivessem distantes.

Atena se virou um pouco, o suficiente para olhar por sobre o ombro e para a interrupção.

— Ah — disse, sua voz áspera se esticando como um gato no sol —, talvez isso acelere as coisas.

Esteno e Euríale pareceram se dar conta de imediato de que era a deusa da sabedoria que estava diante de mim, e rapidamente fizeram reverências antes de se levantarem novamente.

— Eu peço desculpas em nome de minha irmã, deusa — disse Esteno.

Atena esperou um momento, então perguntou:

— Por quê?

Esteno piscou e falou com um segundo de hesitação:

— Só achei que ela havia perturbado seu templo.

— Ela não fez nada disso — Atena disse com firmeza. — Na verdade, eu mesma perturbei o templo ao vir saudar sua irmã. Ela veio até aqui a pedido meu. Pela expressão de vocês, estou certa em presumir que ela não contou nada sobre isso antes de virem para Atenas. — Atena olhou novamente para mim. Fiz que não com a cabeça. — De qualquer modo, sua irmã é bem-vinda aqui. Eu acabei de convidá-la para se tornar uma das sacerdotisas de meu templo e para permanecer aqui em Atenas pelo tempo que desejar.

Agora era a vez de Esteno e Euríale parecerem peixes de boca aberta. Esteno, como sempre, recuperou-se primeiro.

— Você... ela? — gaguejou. Talvez não tivesse se recuperado completamente ainda.

Atena franziu a testa e voltou a olhar para mim.

— Por que todo mundo está decidido a questionar minhas decisões hoje? — perguntou.

Balancei a cabeça. A ideia de ficar e viver em Atenas, deixando aquela casa branca na praia, ainda me parecia um truque. Como se Atena estivesse apenas esperando eu concordar antes de rir da minha cara, provocando-me por minha ingenuidade de mortal. O que ela havia dito sobre a força de minha mente tinha me feito vacilar, pois nunca tinha pensado em minha determinação como uma habilidade, apenas uma ferramenta usada para me defender daqueles que tentavam me ferir.

Atena olhou para mim de sua grande altura, mas, pelo visto, pela primeira vez na vida eu não estava sendo menosprezada. Estava sendo vista como alguém digna de reconhecimento, só por ser como era.

— Quero ficar — disse a ela.

O rosto frio de Atena se abriu em um sorriso intenso, e uma brisa soprou pelo salão como a primeira saraivada de flechas disparada em uma frente de batalha.

— Então bem-vinda, Medusa — saudou, levantando a voz para que todo o salão e até mesmo os céus pudessem ouvi-la —, sacerdotisa de Atena. A cerimônia para sua apresentação será realizada hoje à noite.

Quando terminou a declaração, a deusa acenou com a cabeça para mim uma vez e então desapareceu. Como ela partiu não ficou muito claro, no entanto, pois pareceu que estava parada diante de mim e, no mesmo segundo, havia sumido, embora eu não soubesse ao certo se tinha piscado e perdido alguma coisa. Se eu tentasse descobrir o exato momento em que Atena não estava mais à minha frente, minha cabeça começava a doer. Sem a presença de uma deusa divina, o templo parecia muito maior, como se os tetos tivessem se erguido e as paredes tivessem se afastado para longe. A presença de Atena não havia sido sufocante, no entanto. Senti apenas que o espaço havia se encaixado nas dimensões dela, e, agora que ela tinha ido embora, voltara à forma original.

Respirei fundo, sentindo meus pulmões se expandirem como havia acontecido com o lugar, finalmente livre da atenção desconcertante de Atena.

Com um caminhar suave, minhas irmãs vieram até mim e abriram caminho pela multidão de mortais que havia permanecido imóvel após testemunhar a breve chegada e partida de Atena. Esteno estava arrastando Euríale pelo cotovelo dobrado. Ela parecia pronta para me acusar de alguma coisa, embora exibisse também um olhar preocupado que a fez hesitar.

— Então seu nome é Medusa — Desma disse antes que Esteno pudesse falar, e eu me virei para ela em vez de olhar para minhas irmãs. Senti elas pararem bem atrás de mim.

— Sim — respondi e rapidamente acrescentei: — sacerdotisa. Pode ter sido um pouco tarde demais para formalidades com Desma. A julgar pela inclinação nada impressionada de sua boca, eu devia estar certa. Ela me olhou de cima a baixo mais uma vez, como se pudesse encontrar algo incriminatório que Atena tivesse deixado passar ao me avaliar, e depois fez o mesmo com minhas irmãs.

— E elas são?

— Essas são minhas irmãs, Esteno e Euríale — respondi e logo pensei em como deveria apresentá-las. — Elas são filhas imortais dos deuses do mar Fórcis e Ceto. Entre os deuses, somos conhecidas como Górgonas.

Esteno inclinou o queixo para cima após a apresentação, como se desafiasse Desma a menosprezá-las como fizera comigo, mas Euríale apenas sorriu.

A sacerdotisa alternou os olhos entre nós e perguntou:

— Você não é imortal?

— Não — respondi e não dei mais nenhuma explicação.

Sua boca se contorceu, como se estivesse prestes a perguntar, mas então suavizou a expressão.

— Muito bem — disse. — Venha comigo se preparar para sua cerimônia. Não é permitido que suas irmãs participem.

Esteno se enfureceu.

— Por que não?

— Apenas sacerdotisas deste templo têm permissão para testemunhar a apresentação de um novo membro — explicou Desma rapidamente. — Se desejarem, podem participar da cerimônia de anúncio, que vai acontecer mais para o fim do mês e apresentará as novas sacerdotisas ao público.

Eu quis rir do olhar de repulsa no rosto de Esteno quando ela considerou ficar entre mortais para me ver sendo reconhecida como algo de valor.

— Não vou pedir para vocês ficarem — falei a elas. — Vocês podem continuar sem mim.

Euríale, ainda sem entender, perguntou com a voz doce:

— Você não vai continuar viajando conosco?

Abri um pequeno sorriso para ela e balancei a cabeça.

— Vão ficar bem sem mim — tranquilizei-a. — Vocês duas sempre precisaram apenas uma da outra, afinal.

Não tinha parado para pensar o que Esteno e Euríale tinham achado quando descobriram que deveriam viajar por cidades mortais comigo ao recebermos a mensagem de minha mãe. Certamente, Esteno tinha se irritado por ter que ficar presa comigo, forçada a aceitar minha presença entre elas por tanto tempo. Quando pensei em nossa viagem para Atenas, no entanto, não consegui me lembrar de nenhuma vez em que as duas reclamaram de mim. Pelo menos, não na minha frente.

Agora que tinham a oportunidade de seguir sem mim, no entanto, ambas pareciam desconcertadas. Fiquei surpresa por Esteno não saltar sobre a chance de me deixar nesta cidade empoeirada e cheia de mortais.

Esteno pressionou os lábios, formando uma linha fina.

— Está bem — disse, impaciente —, nós vamos embora.

Ela virou as costas, sua trança firme chicoteando atrás dela, e começou a sair do templo. Euríale escapou do braço de Esteno antes que pudesse ser arrastada, e chegou mais perto de mim. Enquanto as simples vestes mortais pareciam insuficientes em Esteno, pareado com o semblante gentil de Euríale, o vestido a fazia parecer mais amigável. Combinava com ela.

— Nós vamos voltar a te ver? — perguntou.

Abri a boca e depois a fechei. Eu tinha passado tanto tempo desejando ficar longe da casa branca na praia que não tivera tempo de pensar se desejaria voltar para visitar. De canto de olho, podia ver Desma esperando com impaciência, então respondi vagamente:

— Talvez.

Talvez sacerdotisas não pudessem sair da cidade, a menos que estivessem a serviço oficial.

Talvez meus pais não me deixassem voltar para casa, agora que eu estava prestes a me dedicar a uma deusa olimpiana.

Talvez eu nunca conseguisse encontrar o caminho de volta.

Euríale apenas acenou com a cabeça e disse:

— Fique bem. E tenha cuidado.

— Você também — disse a ela com um olhar rápido o suficiente para ver que Esteno tinha parado a apenas alguns passos de distância e ainda estava ouvindo. — Tudo de bom para vocês duas — desejei, ousando sorrir. — Evitem as Greias se puderem.

Euríale abaixou a cabeça com um sorriso e depois saltou para alcançar Esteno, que tinha recomeçado a andar. Os mortais se abriram como um riacho ao redor de uma pedra para deixá-las passar, e minhas irmãs não olharam para trás ao me deixarem no templo.

Desma me deixou aos cuidados de outra sacerdotisa jovem de cabelos escuros e lisos, que não trocou uma palavra comigo enquanto me levava para o fundo do templo. Ela me levou por uma série de corredores que saíam do salão principal até chegarmos a uma pequena câmara. O lugar estava pouco iluminado, apenas com uma fenda fina na parede junto ao teto, que deixava entrar um pouco do sol da tarde. Dava para ver uma pia rasa, uma barra áspera de sabão e um jarro grande de água sobre uma mesa no canto do cômodo. No centro da câmara, havia um buraco quadrado no chão de mármore. Dei um passo à frente para espiar ali dentro e vi outro buraco menor que tinha sido feito no fundo, como um ralo.

— Você vai se banhar antes da cerimônia — informou a sacerdotisa. Sua voz era suave e um pouco sussurrante, mas de alguma forma ainda passava a mesma autoridade da voz de Desma. — Tire as roupas e as deixe do lado de fora. Você pode usar o jarro e o sabão, mas não desperdice, não receberá mais água.

Abruptamente, ela deu meia-volta e saiu da câmara, puxando uma cortina pesada diante da entrada. Fiquei olhando o tecido oscilar na porta por mais um instante. Perguntei-me se brusquidão também era uma característica que Atena procurava quando estava selecionando sacerdotisas.

Preocupada que a sacerdotisa retornasse antes de eu ter terminado e me repreendesse pela lentidão, tirei o vestido empoeirado com rapidez e o dobrei com cuidado. Coloquei-o no chão do lado de fora da câmara, estendendo a mão rapidamente por trás da borda da cortina e logo recuando.

Testei a água do jarro com o dedo. Não estava tão quente quanto a água que as criadas da casa na praia sempre preparavam para os meus banhos, mas pelo menos não estava congelante. Carreguei o jarro todo para o buraco comigo, descendo pela beirada estreita e depois até o chão. Virei o jarro sobre os ombros primeiro, tremendo com a água morna apesar de saber o que esperar.

Fiquei feliz por lavar a poeira da viagem, mas tive que colocar o jarro no chão e sair do buraco para pegar o sabão na mesa. A barra quase não tinha perfume, mesmo quando a levei ao nariz, mas fez espuma como a onda do mar quando a esfreguei na pele.

Tendo economizado cerca de metade da água, depois de esfregar sabão em todas as dobras de meu corpo, joguei uma boa quantidade do que restou sobre a cabeça. A água escorreu de meus cabelos e eu passei os dedos pelas mechas úmidas para desembaraçá-las. Usei o restante para enxaguar o que sobrou de sabão.

Saí com cuidado do buraco, com o jarro vazio em uma das mãos e o sabão escorregadio na outra. A sacerdotisa devia estar esperando do lado de fora e me ouviu colocar o jarro de volta sobre a mesa, porque ela disse detrás da cortina:

— Tenho uma toalha para você se secar e seu novo vestido.

— Está bem — disse. Quando ela não entrou na câmara de imediato, aproximei-me da cortina. Ao ouvir meus passos, a sacerdotisa abriu a lateral da cortina o suficiente para me entregar uma pilha de tecidos dobrados.

— Obrigada — agradeci. Ela fez apenas um som de reconhecimento e suas mãos sumiram atrás da cortina.

Secando-me com rapidez, desdobrei o vestido da pilha e o segurei à minha frente. A sacerdotisa tinha me dado um vestido simples e branco, ajustado na cintura, que descia até os pés, deixando os braços desnudos. Quando saí de trás da cortina, notei que tinha levado minhas roupas comuns embora e achei que não as teria de volta.

Minhas irmãs e eu não havíamos levado nada conosco quando saímos da casa na praia. Tínhamos pouquíssimas posses, de qualquer modo, e eu nunca senti a necessidade de me apegar a objetos materiais. Mas, quando a sacerdotisa me tirou o vestido de pessoa comum, senti que tinha perdido alguma coisa. Era a única conexão que restava com minha vida anterior à vinda para este templo.

Quando vesti meu novo traje e saí da sala de banho, a jovem sacerdotisa retornou e me levou de volta pelos corredores escuros.

Estava acostumada ao silêncio de meu isolamento na casa de praia para evitar as risadas estridentes de minhas irmãs e as zombarias provocativas sempre que possível, mas me senti incomodada com a quietude infinita dos fundos do templo e da jovem que me levou até lá. O zumbindo do salão principal desapareceu quando deixamos os mortais para trás e só dava para ouvir o som leve de nossos passos.

— Para onde está me levando? — perguntei por fim, genuinamente curiosa, mas também desesperada para preencher os corredores sem ruído.

A sacerdotisa, que andava com firmeza alguns passos à minha frente, diminuiu a velocidade e olhou para trás. Ela observou meu rosto com olhos castanhos arregalados.

— Você vai esperar na antecâmara das sacerdotisas até a cerimônia começar, ao cair da noite. A cerimônia não pode começar até todos os visitantes terem deixado a Acrópole. — Ela diminuiu o passo para andar ao meu lado, e não à minha frente. Um olhar conflituoso passou pelo seu rosto, e então ela voltou os olhos para ambas as extremidades do longo corredor iluminado por tochas, como se estivesse com medo de ser ouvida. Em voz baixa, me perguntou: — É verdade que você repreendeu Desma?

Eu pisquei. Minhas irmãs eram fofoqueiras incorrigíveis, o que pode ter se desenvolvido devido a nossas vidas e casa isoladas, e eu sempre considerei essa uma das qualidades mais mortais delas. Não sei por que fiquei surpresa ao descobrir que a sacerdotisa, que tinha algumas influências adjacentes às divinas, também participava desse interesse mortal pelos assuntos de outras pessoas.

— Estava apenas me defendendo — comecei a dizer, e ela acenou com a mão diante de meu tom cauteloso.

— Ah, bem, talvez *repreender* seja uma palavra muito forte — disse com leveza —, mas você não recuou, certo?

— Certo — respondi. Ela sorriu para mim e uma covinha surgiu em cada uma de suas bochechas, fazendo-a parecer muito jovem. Não devia ser muito mais velha do que eu, mas fiquei me perguntando se Atena permitia que as sacerdotisas tivessem menos de dezoito anos.

— Todas as sacerdotisas daqui morrem de medo de Desma, e você a enfrentou logo no primeiro dia. — Ela parecia impressionada. No entanto, saber que todas as outras mulheres que serviam no templo também tinham medo de Desma fez eu me sentir muito idiota.

— Talvez eu não devesse ter dito nada — murmurei.

— Talvez — concordou ela com a mesma voz leve —, mas você já fez um nome para si mesma aqui no templo, e a deusa parece aprová-la. Não me preocuparia demais.

— Eu sou tão óbvia assim?

Ela parou de andar, então também parei.

— Todas ficamos nervosas em nosso primeiro dia, eu acho. — Ela me avaliou. — Você já passou pela pior parte.

Duvido muito, pensei, lembrando-me do olhar no rosto de Desma quando Atena partiu.

— E você não está sozinha — finalizou a jovem sacerdotisa. — Não mais.

Embora eu nunca tivesse ficado sozinha de verdade, sempre com algum tipo de proximidade com Esteno e Euríale, aquelas palavras me consolaram de uma forma que a presença delas nunca havia feito.

— Obrigada... — falei, parando quando me dei conta de que não sabia o nome da sacerdotisa.

Ela pareceu perceber isso ao mesmo tempo.

— Meu nome é Pollina. A maioria aqui me chama de Polli.

— Eu sou Medusa.

— Sim — disse com uma risada. — Eu sei. Acho que toda Atenas logo vai saber quem você é.

A sala na qual Polli me deixou era confortável, apesar de mobiliada com modéstia. Havia sofás baixos encostados nas paredes e o cheiro amadeirado de tochas acesas, que iluminavam a sala no lugar dos raios fracos do sol do fim do dia que brilhava pelas janelas finas.

O sol abaixara apenas alguns dedos de onde eu podia vê-lo pela janela quando outra mulher entrou na antecâmara carregando uma bandeja. Ela usava o mesmo vestido de Desma e Polli, igual ao que eu usava agora, então não havia dúvida de que era outra sacerdotisa. Ela colocou a bandeja ao lado do sofá em que eu estava sentada, embora tivesse levantado quando ela entrou.

— Coma — disse com simplicidade. — Virão buscá-la quando a cerimônia estiver prestes a começar.

Na bandeja havia uma tigela de madeira entalhada e polida até ficar lisa, cheia de uma sopa grossa que cheirava às ervas que as criadas da casa da praia costumavam esfregar na pele de grandes peixes brancos. Não havia carne na sopa, apenas vegetais picados grosseiramente. Havia também metade de um filão pequeno de pão, cortado ao meio. A sacerdotisa que tinha levado a bandeja saiu da sala e voltou momentos depois com um copo e uma jarra de água.

Quando fiquei sozinha novamente, me servi de um pouco de água e bebi. Tomei um pouco da sopa com a colher que combinava com a tigela de madeira polida e, me sentindo faminta de repente, peguei um pedaço de pão para mergulhar no caldo. Com todas as loucuras e impossibilidades que tinham ocorrido desde que colocara os pés em Atenas, não tinha parado para pensar em como estava com fome. Agora, com comida sendo oferecida a mim, não conseguia pensar em mais nada.

A tigela esvaziou rapidamente, e eu absorvi o restinho do caldo com o pão e tentei saboreá-lo na boca. Servi-me de um pouco mais de água e me recostei no sofá, colocando as pernas sob o corpo.

Com o peso reconfortante de um estômago cheio, comecei a pensar em minhas irmãs e em como elas tinham partido tão depressa. Mas eu não tinha falado para elas irem? Não tinha dito a mim mesma que ficaria bem sem elas e que elas ficariam melhor sem mim?

Fiquei me perguntando para onde elas iriam agora que estavam sozinhas. Tinham me usado como amortecedor enquanto estavam entre os mortais, já que Esteno considerava que falar com qualquer mortal, além de mim, era algo abaixo dela, e Euríale sempre estava nervosa demais. Será que elas tentariam encontrar o templo mais próximo dedicado a nossos pais e exigiriam hospitalidade? Ou elas deixariam Atenas totalmente para trás?

A última opção parecia a mais provável, uma vez que Esteno não desejaria permanecer perto de uma população que me aceitou com tanta facilidade. Eu esperava que ela fosse esperta e ficasse longe das cidades que ostentassem grandes profetas e oráculos, senão elas poderiam acabar encontrando as Greias. Balancei a cabeça e bebi mais água. Esteno não era um cordeirinho indefeso, e nem Euríale. Embora fossem imortais, tinham crescido na mesma casa que eu. Ficariam bem.

Quando o restante da luz do sol desapareceu da sala, Polli voltou para me buscar. Ela fez sinal para mim em silêncio e eu me levantei do sofá e a acompanhei para fora do quarto. Achara estranho ela estar tão calada, já que parecia que tinha se aproximado de mim durante nossa caminhada pelos corredores escuros, mas, quando pisei fora da câmara, entendi.

Havia duas outras sacerdotisas, mulheres mais velhas, aguardando. Polli começou a andar depressa pelo corredor à esquerda, que levava a muitas salas, e, quando notei que as sacerdotisas mais velhas estavam esperando por mim, fui atrás dela. As mulheres ficaram cada uma de um lado, lembrando-me de quando um cão pastor levava uma ovelha para o abate.

Imitei o ritmo rápido de Polli, e nós chegamos ao salão principal do templo rapidamente.

Hesitei um pouco quando saí do corredor sombrio, pois o longo saguão cheio de colunas onde minhas irmãs tinham me deixado para trás parecia ter se transformado. Em vez da luz forte do sol inundando os espaços entre os pilares e iluminando cada área e fenda, a luz fria da lua cobria o mármore. No entanto, a escuridão persistente nos cantos do templo não parecia restritiva. As longas sombras inclinadas dos pilares se espalhavam pelo chão e o telhado angular parecia se esticar até os céus. Não havia nenhuma tocha acesa. Acho que a falta de luz de coloração alaranjada, de luz feita pelo homem, foi o que me fez perder o equilíbrio.

Polli tinha ido para a outra extremidade do templo, onde uma figura enorme se agigantava. Ela passou pelo altar de sacrifícios e me apressei para alcançá-la.

Percebi tarde demais o que mais esperava por mim no fim do templo. Mais sacerdotisas estavam posicionadas formando uma meia luz de frente para a grande figura, cujo rosto estava sombreado, iluminado por trás. Mantive o controle desta vez e andei com cuidado, seguindo o caminho que Polli tinha feito até chegar à linha curva de sacerdotisas. Contei rapidamente as mulheres à minha volta, reconhecendo a sacerdotisa que tinha levado a bandeja de comida para mim no fim da fila.

Onze. Havia 11 sacerdotisas, sem contar comigo.

Duas sacerdotisas de costas para mim se moveram, rompendo a fila e indo em direções opostas, como uma porta se abrindo e, criando um caminho na direção do espaço vazio sob a figura. Não precisei de nenhuma instrução para saber que deveria entrar no meio daquele semicírculo.

Quando passei, vi alguns olhares. Só quando estava passando bem perto dela que me dei conta de que Desma era uma das mulheres que tinham saído para me deixar entrar no círculo. O olhar em seu rosto era cuidadosamente controlado, então mantive o meu imóvel para não revelar as marteladas de meu coração no peito.

As mulheres fecharam a passagem na fila atrás de mim assim que entrei. Andei até ficar embaixo da sombra da grande figura e olhei para cima.

Tive que disfarçar minha surpresa. Eu estava esperando Atena, pois havia reconhecido a silhueta de seu capacete emplumado e do punho de sua enorme espada na cintura, assim como a linha larga de seus ombros e a posição ampla de seus pés. Uma postura de luta.

Mas não era a deusa que aguardava acima de mim sobre uma plataforma erguida, e sim uma enorme estátua de mármore exatamente igual a ela. As linhas duras de seu rosto foram esculpidas com habilidade na pedra, e o delicado trabalho de pintura fazia parecer que seus olhos cinza acerados me encaravam de cima.

Olhei por sobre o ombro e procurei por Polli na fila de mulheres. Esperei que ela entendesse minha pergunta muda: *O que eu faço?*

Ela permaneceu tão imóvel quanto as sacerdotisas ao seu lado, mas vi seu olhar se alternar depressa entre mim e a estátua, um movimento de uma fração de segundo.

Virei-me e olhei para a estátua, procurando algum tipo de pista ou sinal referente ao que eu deveria esperar. A Atena de mármore continuou me encarando com olhos fixos e focados. Aquilo me lembrou de um momento específico durante minha primeira interação com a deusa, anos atrás na praia, depois do casamento de Equidna. Atena tinha me feito uma pergunta e depois me observado, esperando uma resposta; esperando que uma mortal respondesse à sua deusa.

Percebi o que poderia fazer, embora não tivesse certeza de que era o que deveria fazer. Ajeitei os ombros. *Você chegou longe demais para deixar uma estátua ficar em seu caminho*, repreendi a mim mesma.

— Atena — comecei, forçando toda minha intenção na voz e desejando que ela estivesse firme —, deusa da sabedora e padroeira de Atenas, meu nome é Medusa. Vim ser uma sacerdotisa de seu templo e servir a um propósito divino. Uma vez você me perguntou se eu temia meu futuro mortal. — Fiz uma pausa e respirei fundo. — Gostaria de iniciar um caminho que vá na direção de um futuro em que o medo não me controla. Permita que eu me junte a seu templo, para que eu possa te servir e absorver a sabedoria que você me conceder.

O vento que cortou o salão depois que eu falei teria apagado as tochas se elas estivessem acesas, mas puxou incessantemente o tecido solto de meu vestido e assobiou em meus ouvidos. Senti a pressão da sala mudar e fechei os olhos para que eles não saltassem de meu crânio. Quando tudo voltou a ficar silencioso, eu os abri.

Atena, a verdadeira Atena com sua pele levemente brilhante e um sorriso intenso no rosto, desceu do pedestal e colocou a mão no alto de minha cabeça. O peso dela pressionou meus cachos.

— Eu te aceito como uma das minhas e, deste dia em diante, você será uma de minhas guardiãs de confiança. Bem-vinda, Medusa — disse Atena em uma voz que cantava como uma espada sendo tirada da bainha —, às sacerdotisas de Atena.

UMA IRMANDADE DIFERENTE

Os DEVERES DE UMA SACERDOTISA no templo de Atena não eram o que eu esperava. Ou, pelo menos, muitas das tarefas não eram o que eu pensava que uma sacerdotisa deveria estar fazendo.

Nos primeiros dias, segui Polli pelo templo como um cachorro vira--lata enquanto ela cuidava de seus afazeres: acender tochas, varrer o movimentado salão da frente, que sempre parecia ter uma camada fina de poeira da sandália dos visitantes, recolher as oferendas dos altares no fim do dia e até mesmo sair para cuidar das oliveiras que cresciam pela Acrópole. Polli conversava comigo alegremente durante todas as tarefas, não dissuadida pelo fato de que eu quase sempre ficava longos períodos sem responder. Ela parecia feliz por ter alguém novo com quem conversar. Eu não estava familiarizada com esse tipo de conversa sem fim, uma vez que qualquer conversa que eu tinha com minhas irmãs costumava ser o mais breve e concisa possível, principalmente quando nossa família estava por perto. Mas Polli me contou sobre os tipos de sacrifícios e rituais que havia testemunhado enquanto esfregava os altares de mármore e descreveu algumas das oferendas mais estranhas que os visitantes tinham levado para Atena enquanto sacudíamos azeitonas das árvores em frente ao templo para mandar aos produtores de azeite de oliva.

Nunca tinha feito trabalho manual antes. A casa branca na praia tinha muitos empregados, então nunca tive que varrer a areia da entrada ou preparar minha própria comida. No templo, passei uma tarde inteira na cozinha pequena e quente sovando massa para fazer o pão duro que era servido com cada refeição. Meus braços doíam devido ao movimento repetitivo de empurrar a massa pegajosa com a base da mão, imitando os gestos eficientes de Polli.

Uma noite, depois de uma semana de tarefas, desabei na cama fina após a prece final a Atena e soltei um grande suspiro. Polli, que dormia na cama ao lado da minha, riu.

— É trabalho duro ser sacerdotisa — disse —, embora ninguém saiba de verdade o quão duro é. — Ela se mexeu sob as cobertas e as puxou até o queixo, uma forma infantil de dormir que a fazia parecer ainda mais jovem do que era.

— Eu achei que sacerdotisas... — Fiquei em silêncio por um longo momento, tentando pensar no que achava que sacerdotisas faziam antes de me tornar uma. — Achei que elas eram muito mais reverenciadas, glorificadas pelos cidadãos como canais para os deuses e tudo isso. Acho que eu esperava passar mais tempo cortando a garganta de cabras e novilhas em vez de raspar o óleo debaixo das tochas e limpar o chão — revelei, descrevendo como tínhamos passado as últimas horas depois do jantar.

Uma sacerdotisa a algumas camas de distância, acho que se chamava Ariana, riu debaixo das cobertas. A única tocha remanescente que iluminava os aposentos de dormir tremeluzia sobre seus cabelos pretos, grossos e encaracolados, a única parte de seu corpo que dava para ver de minha cama.

— Acho que todas achávamos isso antes de entrarmos também — disse Polli. — Mas apenas as sacerdotisas mais experientes podem executar aqueles enormes sacrifícios públicos. Desma faz a maioria deles, pois está aqui há mais tempo.

Havia conseguido evitar Desma na maior parte do tempo durante minha primeira semana no templo, exceto quando as sacerdotisas faziam as refeições juntas ou se reuniam para as preces matutinas e noturnas para a deusa. Tinha notado que Desma era a que mais agia como líder de todas as mulheres, e todas se reportavam a ela quando se tratava de distribuir tarefas ou controlar as grandes multidões de visitantes que ocupavam o templo. Eu teria que encará-la de novo em algum momento, mas esperava adiar essa reunião o máximo possível. Mal chegara ao templo, e não estava procurando ser jogada para fora dele logo de cara.

A própria Desma entrou no cômodo enquanto eu pensava em como teria que permanecer no templo por um longo, longo tempo antes de poder executar qualquer tipo de ritual. Apesar de ter certeza de que tinha paciência para esperar minha vez de ter um papel ativo nesses ritos, me preocupava que a repentina chama de meu temperamento, que levantara a cabeça logo no primeiro dia ali, acabasse com minha jornada antes mesmo de ela começar.

Desma disse:

— Que Atena lhes conceda sonhos agradáveis. — E foi para sua cama bem ao lado da porta. Alguém apagou a tocha e o quarto caiu na escuridão.

Eu estava parada na entrada da Acrópole, saudando visitantes, uma tarefa que apenas recentemente havia recebido permissão para fazer sozinha, quando Polli chegou correndo atrás de mim.

— Nós podemos sair! — disse com empolgação, pegando-me pelo braço e sacudindo-o um pouco.

Antes de me virar para Polli, sorri com educação para as pessoas que passavam pela entrada, oferecendo a elas uma cesta com galhos de louro para levarem ao altar de Atena, caso tivessem vindo de mãos vazias.

— Sair para onde? — perguntei a ela depois que o grupo havia passado.

— Sair! Para a cidade!

Senti minhas sobrancelhas se unindo sobre meus olhos.

— O que vamos fazer lá fora?

— Medusa — disse Polli, ofegante —, não me diga que você não quis explorar Atenas desde que chegou aqui.

— Eu vi Atenas — respondi. — Vi as ruas que peguei para chegar a este templo e o alto dos prédios da lateral do penhasco que nos traz até aqui. Aquilo é Atenas.

— Que vergonha — Polli disse, balançando a cabeça, embora ainda sorrisse. — Desma determinou que nós viajássemos à parte de Atenas onde moram os cidadãos mais ricos e oferecêssemos a eles orações simples e dedicatórias a Atena. Ela disse que é uma boa ideia para lembrar aos ricos de que nem eles estão acima de pagar suas obrigações com a deusa padroeira.

— Desma acha que estou pronta para isso? — perguntei, surpresa por ela achar que eu era adequada para fazer qualquer coisa além de manter o piso limpo.

Polli pensou por um instante.

— Desma pareceu um pouco… tensa quando me disse que íamos sair.

— Tensa?

— Sim, você sabe, assim... — Polli cerrou os dentes, endireitou os ombros e me deu o que deveria ser um olhar severo, similar a como Desma ficava sempre que falava comigo.

Não pude conter o riso diante da imitação de Polli da alta sacerdotisa, e ela desfez a pose para sorrir para mim.

— Acha que ela está começando a confiar em você?

— É claro que não — respondi —, mas me pergunto se não teve outra escolha.

— Como assim?

— Bem, quem Desma é obrigada a ouvir e obedecer, mesmo que signifique que isso me beneficie de alguma forma?

Polli bateu com um dedo nos lábios, e eu rapidamente inclinei a cabeça na direção da grande estátua no fundo do salão. Ela exclamou:

— Atena!

— É o que faria mais sentido — concordei. Embora guardasse meus pensamentos para mim mesma a respeito do trabalho que fazia no templo da deusa, toda noite, durante a prece final, perguntava a Atena por que estava lá, por que ela havia me chamado e por que eu passava tanto tempo sovando massa. Talvez ela estivesse finalmente me enviando para descobrir a resposta.

— Bem — Polli disse com confiança —, se a sábia Atena quer que você explore Atenas, então não tem outra escolha a não ser obedecê-la.

— Suponho que tenha razão — murmurei, mas Polli já tinha começado a falar sobre todos os lugares a que gostaria de me levar enquanto estivéssemos na cidade. Fazia quase um ano que ela tinha descido a colina da Acrópole, uma vez que sacerdotisas raramente deixavam seus templos, e ela estava empolgada para ver o que havia mudado.

Ouvi Polli apenas em parte, sorrindo distraída para os visitantes que passavam pela entrada. Por que Atena desejaria que eu viajasse pela cidade? O que poderia ver, ouvir ou aprender lá que seria mais benéfico do que minha vida no templo?

Não compartilhava o mesmo nível de empolgação de Polli com a ideia de poder descer da Acrópole, mas quanto mais pensava nisso, mais me dava conta de como havia visto pouco do mundo. Além das poucas semanas de viagem que eu e minhas irmãs levamos para chegar a Atenas, e depois até a Acrópole, nunca havia experimentado a vida de uma mulher mortal.

Virei-me para Polli e a interrompi no meio de uma frase:

— Quando partimos?

Nós continuaríamos usando nossos vestidos simples quando viajássemos para a cidade, Polli me disse, mas precisaríamos ser adornadas apenas o suficiente para sermos reconhecidas como acólitas de Atena. Eu não tinha pertences que bastassem, pois havia aberto mão de tudo o que estava usando no meu primeiro dia, mas logo me dei conta de que nada que eu possuía antes teria me identificado como uma das sacerdotisas de Atena.

Desma estava esperando Polli e eu perto de uma coluna alta ao lado da entrada do templo. Era cedo demais para qualquer visitante subir os degraus, então tínhamos o templo apenas para nós. O rosto de Desma estava calmo, mas dava para ver que tinha uma rigidez nos ombros, como se sua coluna tivesse sido substituída por um cajado de pastor. Estava, como Polli havia dito, *tensa*. Nas mãos, Desma segurava uma pequena caixa de madeira, entalhada de forma simples a partir de um pedaço de carvalho, mas brilhante de tão polida. Ela a entregou a mim quando ficamos diante dela.

Estendi a mão para abrir a tampa, mas Desma puxou a caixa e me repreendeu.

— Não — disse —, você não tem permissão para abri-la. Segure-a para mim.

Pressionando os lábios em uma linha fina, peguei a caixa novamente, desta vez segurando a parte de baixo na palma das mãos enquanto Desma a soltava com cuidado. Ela levantou a beirada da tampa mais próxima dela. Tentei espiar sobre a borda, mas Desma logo enfiou as mãos lá dentro e tirou o que parecia um fino colar de prata. Havia um pingente pendurado na corrente, mas não deu para distinguir a forma até Desma virar e colocar a corrente sobre a cabeça de Polli. Não era um colar, mas um diadema com uma delicada coruja de prata que ficava sobre a testa de Polli, bem abaixo da ponta de seu bico de viúva escuro.

Quando olhei mais de perto, vi que a coruja estava sobre um galho de oliveira em forma de meia-lua. O pássaro de Atena, repousado sobre o símbolo da deusa padroeira de Atenas.

Desma se virou mais uma vez para a caixa e tirou outro diadema. Eu e ela tínhamos quase a mesma altura, então tive que abaixar a cabeça para receber a corrente. Meus cabelos estavam soltos e enrolados sobre meus ombros, descendo pelas costas, marcando-me como jovem e solteira, e deu para sentir a corrente de prata enganchando nos cachos. O pingente de coruja não pesava quase nada, e o metal frio logo esquentou junto à pele de minha testa.

Ergui a cabeça e vi Desma me observando com cuidado.

— Isso vai marcar vocês como sacerdotisas reivindicadas por Atena — avisou com importância. — Não passem por nenhum constrangimento enquanto o estiverem usando.

Polli fez uma cara que dizia que ela preferiria dormir no chiqueiro do que atrair qualquer desonra para o nome de Atena, mas eu olhei nos olhos de Desma enquanto ela nos alertava. Sabia que as palavras dela eram para mim. Desma fechou a tampa da caixa com um estalo e a tirou de minhas mãos.

Então disse:

— Que Atena zele por vocês. — E se afastou, voltando ao templo para distribuir os afazeres da manhã.

Polli e eu descemos os degraus e seguimos na direção do limite do planalto da Acrópole, onde a estrada de terra nos levaria para a cidade. Nossas sandálias friccionavam-se nas pedras soltas e chutavam poeira, que se prendia às barras de nossos vestidos. Inclinando a cabeça para cima, apertei os olhos na direção do sol que subia e queimava o frescor persistente do amanhecer.

— Alguma sacerdotisa já fez algo — perguntei a Polli lentamente enquanto caminhávamos — *vergonhoso* o suficiente para ser expulsa do templo?

Polli, que estava sacudindo as mãos nas laterais do corpo, logo as entrelaçou na frente e assumiu uma postura mais elegante. Pela forma que inclinava o pescoço, não parecia muito confortável.

— Bem — começou —, não que eu tenha visto, mas não estou aqui há muito tempo. Ouvi de uma das sacerdotisas mais velhas que uma garota foi pega tendo algum tipo de relação com um homem no templo. — Ela disse *relação* como outras pessoas diziam *infecção*. — E foi convidada a se retirar.

— Sério? Apenas pediram para ela ir embora e foi isso? — Tive dificuldade de acreditar que, depois de levar desgraça a Atena, alguém pudesse se livrar sem nenhuma consequência.

— Acho que sim — respondeu Polli, mas não parecia ter certeza. — Ela nunca mais foi vista nem se ouviu falar mais dela, de qualquer modo.

Havíamos chegado ao limite da Acrópole e começamos a descer a estrada de terra, que parecia muito mais larga do que da última vez que a vira, já que não havia mais ninguém subindo ou descendo a colina. Ciprestes enormes flanqueavam a beira do penhasco na estrada e, conforme descíamos, as árvores pareciam se esticar acima de nossas cabeças para tentar tocar o céu com seus galhos pontudos.

— Ei — Polli disse de repente com empolgação. Qualquer pensamento que houvesse tido sobre a sacerdotisa que havia desaparecido havia ficado para trás. — Vamos apostar corrida até lá embaixo!

— Desma disse para não passarmos vergonha — comentei, mas estava sorrindo.

Ela resmungou:

— Ninguém pode nos ver aqui! Mas aposto que, se está tão preocupada que Desma descubra que se divertiu um pouco quando ninguém estava olhando — disse —, então já perdeu!

Polli de repente saiu correndo, a sola de suas sandálias piscando enquanto descia a colina em disparada, balançando os braços, com os cabelos escuros no rastro.

Nem pensei. Apenas corri atrás dela.

Alcancei Polli com rapidez, com as saias do vestido batendo em minhas pernas. Dava para sentir os grãos da terra que chutávamos ficando presos entre a parte de baixo das sandálias e meus dedos, mas não me importei. Meus cabelos sacudiam no ritmo de minhas passadas e deslizavam de leve sobre meus ombros, suaves como uma brisa. A última vez que corri tão livre daquele jeito foi na casa branca da praia, quando eu era muito, muito mais nova e minha cabeça era livre de preocupações.

Polli riu, clara e alegremente, enquanto descíamos a colina, e me juntei a ela.

Logo a estrada ficou reta e nós diminuímos a velocidade até pararmos, com passos barulhentos e batendo no chão enquanto desacelerávamos.

Meu peito subia e descia depressa, e eu podia ouvir as batidas de meu coração como ondas rebentando na lateral de um penhasco. Havia terra em meus pés e em minhas panturrilhas, e dava para sentir gotas de suor escorrendo de minha testa. Mas eu sorria.

Polli estava com as mãos na cintura, tentando recuperar o fôlego.

— Certo, foi empate — declarou, ofegante.

Quando nossa respiração se estabilizou, limpamos a terra do vestido uma da outra e secamos a testa para nos livrarmos do suor. Consideramo-nos apresentáveis, então Polli enganchou o braço no meu.

— Não fique nervosa — disse. — Eu cresci nesta cidade quando era menina, então sei todos os melhores caminhos para circularmos.

Não estava me sentindo nervosa, mas, assim que ela mencionou isso, me perguntei se os outros mortais que viviam em Atenas perceberiam que eu não pertencia àquele lugar. Os costumes dos deuses e semideuses não eram tão diferentes dos mortais, mas sabia que devia haver algumas coisas na convivência com eles que nunca tivera a chance de aprender.

Notando minha hesitação, Polli sorriu para mim de modo tranquilizante e nos puxou para a frente, pelas ruas de Atenas. Alguns madrugadores já tinham saído. Havia vendedores de produtos agrícolas que tinham vindo de suas fazendas para a cidade e alguns pescadores transportando cestas do que haviam pescado antes do amanhecer escalar o céu. Um pequeno grupo de criadas que tentava lavar roupas nas cubas comunitárias antes que o calor do dia chegasse conversava alto em um canto.

Enquanto caminhávamos pelas estradas ordenadas, Polli nos levando pelas ruas certas, notei que os mortais nos observavam da frente de casa ou nas bancas na lateral da estrada. Um senhor com cabelos brancos e finos pendurava peixes para secar em uma linha, mas, quando passamos, ele soltou o barbante, que escorregou de suas mãos, deixando os peixes caírem no chão. Estava boquiaberto diante de mim e de Polli, como um daqueles peixes de boca grande.

Um jovem surgiu de trás da banca. Quando viu os peixes no chão, começou a reclamar, em voz alta, sobre a falta de jeito do homem e ao notar para onde o pescador estava olhando, olhou para nós e piscou. Depois piscou de novo. Um sorriso lento se abriu de um lado a outro de sua boca, o que fazia parecer que tinha sido pego por um anzol.

— Bela moça — disse ele —, você me abençoaria com boa sorte?

O pescador deu um tapa no braço dele e o jovem se encolheu.

— Tolo! — o senhor disse em um sussurro que se espalhou pela estrada. — Você é cego? Não está vendo o diadema que ela está usando?

O jovem olhou com atenção para nós, movimentando o olhar da cabeça aos pés e fazendo o caminho inverso em uma varredura longa e lenta que me fez querer cruzar os braços diante do peito. Deu para ver o exato momento em que ele notou o pingente de Atena bem no meio de nossas testas, brilhando em prata sob a luz da manhã, porque o viço saudável que havia no rosto do homem desapareceu logo e ele murmurou um pedido de desculpas.

Virei para Polli com uma interrogação nos olhos.

Ela deu de ombros com delicadeza.

— Os cidadãos de Atenas sabem que devem respeitar as sacerdotisas de Atena. Mas isso nunca aconteceu quando saí com algumas das outras.

Continuamos andando e pude ouvir os dois homens cochichando atrás de nós, forçando as vozes a ficarem baixas o suficiente para eu não entender.

— O que, especificamente, não aconteceu antes? — perguntei a Polli.

— Ah, homens não ficaram olhando para nós desse jeito — ela disse, sorrindo para mim —, mas eu compreendo por que aquele lá não conseguiu resistir.

— Do que você está falando?

— O que é isso, Medusa? — Polli me censurou enquanto dava um tapinha em meu braço. — Você deve saber o quanto é cativante. Não percebeu que todos que estão na rua ficam te olhando quando você passa?

— Achei que eles estavam olhando para nós porque somos duas sacerdotisas de Atena — admiti.

Polli balançou a cabeça e riu.

— Eles estão olhando para *você*, para você e sua beleza divina.

Eu quase tropecei.

— Divina?

Ela confirmou com a cabeça.

— Tenho certeza de que é assim que todos que olham para você a descreveriam. Seus cabelos dourados, esses olhos escuros. — Ela tinha inclinado a cabeça para me observar enquanto caminhávamos e eu senti um calor se espalhar por minhas bochechas. — E às vezes parece que sua pele brilha, como se a beleza viesse de dentro de você e não tivesse outra escolha além de refletir do lado de fora.

O calor em minhas bochechas era como o sol em uma tarde quente de verão. Tentando não deixar o emaranhado de emoções que estava sentindo — confusão, constrangimento e, estranhamente, prazer — transparecer em meu rosto, apenas agarrei o braço de Polli com mais força do meu lado.

— Obrigada — falei em voz baixa. — Ninguém nunca... — Parei.

— Ninguém nunca o quê?

— Eu nunca recebi um elogio sobre minha aparência — admiti.

Polli parecia chocada.

— Isso não pode ser verdade. Bem, então as pessoas que te conheceram antes praticaram um grande desserviço.

Não disse a ela que, de onde eu vinha, o sangue mortal que corria em minhas veias era mais espantoso do que qualquer coisa em minha aparência.

— E quando você saiu de casa? — perguntou Polli. — Acho difícil acreditar que qualquer homem ou mulher com olhos e um coração pulsante que passou por você na rua não tenha ficado boquiaberto, como aquele homem lá atrás.

Pensei em meu primeiro dia em Atenas, quando minhas irmãs e eu chegamos ao templo, e me lembrei do homem que vendia utensílios em madeira.

— Na verdade — respondi —, sim, teve uma pessoa, um homem. Eu estava pedindo informações sobre o templo e ele disse que eu era bela.

Lembrei-me da confusão que havia sentido e dos olhares perplexos nos rostos de Esteno e Euríale. Foi a mesma coisa que eu havia sentido naquele instante, quando Polli falou sobre minha pele, meus olhos e meus cabelos. Levantei a mão livre e puxei um dos cachos dourados, enrolando-o no dedo. Por tanto tempo havia odiado como aquele cabelo marcava a diferença entre minhas irmãs e eu, além de me marcar como uma estranha em minha própria família. Deixando as mechas escaparem de meus dedos, ajeitei com cuidado o cacho atrás da orelha e joguei o restante sobre o ombro, de modo que a grande massa de cachos brilhasse sob a luz.

Os homens e as mulheres na rua ao nosso redor olharam na direção daquele brilho dourado e continuaram a me encarar. Olhei nos olhos deles. E sorri.

Assim que chegávamos nas vizinhanças mais ricas, com seus palacetes enormes e iluminados pelo sol e muros altos, eu ficava meio passo atrás de Polli e a deixava falar. Ela nos apresentava nos portões ou nas portas, e criados olhavam com nervosismo para os pingentes prateados em nossa testa antes de correrem para avisar a seus senhores. A maioria das casas que visitamos concordou com as preces domésticas e dedicatórias a Atena. Aqueles que nos receberam dentro dos palacetes nos levaram a altares em miniatura para Atena que haviam sido construídos nas laterais dos pátios, onde Polli pressionava a ponta dos dedos na pequena estátua da deusa padroeira e entoava uma prece simples para benevolência e sabedoria.

Em algumas casas, Polli pedia para a família se juntar à prece. Analisei as pessoas que Polli chamava para a oração e as comparei com aquelas a quem ela simplesmente sorria e finalizava a prece por conta própria.

Havia um casal mais velho e sorridente, o homem com cabelos brancos e finos no alto da cabeça e a mulher com mãos trêmulas entrelaçadas no braço do marido. Eles nos saudaram e ofereceram refrescos, o que aceitamos de bom grado. Polli não pediu ao casal para se juntar à prece. De canto de olho, vi como eles abaixavam a cabeça quando Polli falava, e a boca da mulher se movimentava em silêncio.

O casal tinha olhado para mim gentilmente. A esposa ergueu a mão trêmula como se fosse pegar um de meus cachos, mas recuou antes de tocar neles.

— Faz muitos anos que não vejo cabelos tão dourados — explicou com a voz suave e frágil como uma folha de grama. — Apenas os deuses têm cabelos tão bonitos quanto os seus.

— Não sou uma deusa — disse a ela.

A mulher continuou sorrindo para mim.

— Contudo, sua aparência poderia se comparar com a de algumas delas. — Ela piscou para mim de maneira conspiratória. — No entanto, não estou senil o suficiente para dizer *quais* delas. Gostaria de evitar qualquer conflito direto com os deuses na minha idade, se possível.

Um dos maiores palacetes pertencia a um homem de aparência severa que não foi nos encontrar no pátio. Em vez disso, um criado nervoso nos levou a um gabinete aberto onde o homem relaxava com alguns rolos de pergaminho abertos sobre uma mesa baixa à sua frente. Ele concordou com as preces com certa irritação e nos acompanhou pela casa até seu altar, que estava meio escondido atrás de uma elaborada tapeçaria. O dono da casa deu um passo para trás e cruzou os braços, ordenando que continuássemos.

Desta vez, antes de Polli começar, ela se virou para o homem e acenou com a mão em um gesto de convite.

— É necessário mais do que minha voz para trazer bênçãos a esta casa — disse. De uma forma um tanto quanto enigmática, pensei.

O homem suspirou pelo nariz, mas se aproximou e recitou a oração. Quando a prece terminou, ele instruiu o criado nervoso a nos acompanhar até a porta e saiu.

— Por que ele teve que executar a prece? — perguntei a Polli quando estávamos na rua novamente. O sol havia atravessado o arco no céu enquanto visitávamos as casas e agora descansava no oeste. Meus pés doíam por andar de um lado para outro pelas ruas de pedra irregular. Polli parecia tão alegre quanto estava quando saímos do templo pela manhã, mas dava para ver que aproveitaria a primeira chance para se sentar, assim como eu.

— Há cidadãos em Atenas — explicou — que estão bem o suficiente para pagar grandes dedicatórias a Atena para demonstrar gratidão por qualquer bênção ou ajuda que possam ter recebido. Também há cidadãos que sabem o que podem pagar e ainda assim optam por fazer menos do que deveriam. Achamos que costuma ser mais fácil dar-lhes um empurrão na direção certa com, digamos, uma visita em domicílio de uma sacerdotisa, em vez de a própria Atena aparecer como um trovão e tumultuar a vida deles até se sentir satisfeita.

— Atena já fez isso antes?

— Ah, é claro — Polli disse, virando na direção da Acrópole. — Você já ouviu falar da ira de Atena sobre os mortais que a injustiçaram, não ouviu?

Fiz que sim com a cabeça. Havia inúmeras histórias de Atena e de todos os outros deuses atacando mortais que os ofenderam, por motivos que iam do trivial ao terrível. Quando parei para pensar nisso, entendi por que Atena mantinha os cidadãos de sua cidade sob vigorosa supervisão, como uma comandante observando os soldados da infantaria. Eu mesma nunca havia testemunhado uma punição divina ou maldição antes, apenas ouvido falar por meio das pessoas que frequentavam o salão de banquete de meu pai, ou por meio das bocas fofoqueiras de meus irmãos. Talvez, agora que estava cercada de mortais, finalmente visse como era a justiça divina sendo executada.

A subida para a Acrópole aquela noite demorou muito mais do que nossa corrida frenética pela manhã. Quando chegamos no alto e o templo surgiu diante de nossos olhos, minhas pernas estavam queimando e queria empurrar todos os visitantes que restavam à nossa frente para chegar ao mármore frio, mas me lembrei do alerta de Desma e consegui manter a compostura. As pessoas viravam a cabeça para nós quando passávamos, nossos pingentes brilhando diante de seus rostos sob o sol que se punha, e sentia seus olhos se demorarem em mim quando eu passava por elas. Percebi meus lábios formarem um sorriso espontâneo.

O templo de Atena estava quase vazio quando entramos no salão sombreado, e soltei um profundo suspiro, que Polli ecoou. Ela riu.

— O que eu não daria — falei em voz baixa, puxando a saia do vestido — por um banho agora mesmo.

— Vamos ter que esperar até após o jantar — disse Polli.

— Tem uma fonte aí fora — respondi, erguendo as sobrancelhas.

Polli ficou surpresa.

— Medusa, você não faria isso.

— Não é tão diferente de uma banheira, é? — indaguei em voz alta e sorri diante do ruído de angústia de Polli.

— É muito apreciado — disse uma voz áspera à nossa esquerda — que vocês se abstenham de fazer mau uso dos atributos externos do templo. — Desma caminhava em nossa direção com a caixa daquela manhã nas mãos.

A alegria desapareceu do rosto de Polli, mas eu não me encolhi diante do olhar mordaz de Desma. Peguei a caixa da mão dela quando ela a empurrou para mim e inclinei o pescoço para que pudesse tirar a corrente de minha cabeça. Os elos finos engancharam em algumas mechas de meus cabelos. Desma resmungou e puxou a corrente, arrancando meu cabelo, mas, quando reclamei de dor, Polli se aproximou às pressas e desenganchou os fios dos elos. O pingente de Polli saiu sem problemas, e Desma guardou as duas correntes de volta na caixa e a fechou.

— Medusa — ela disse ao levantar a caixa de minhas mãos —, você vai limpar o altar dos sacrifícios desta noite. Pollina, você vai trabalhar na cozinha.

Desma se afastou, Polli me olhou como se dissesse *o que eu posso fazer?* por sob o ombro enquanto seguia a sacerdotisa principal para fora do grande salão.

O altar onde os visitantes podiam fazer pequenos sacrifícios e oferendas para Atena ficava a uma pequena distância da enorme estátua da deusa padroeira. A oferenda mais comum era prata — em forma de moedas, taças gravadas cheias de vinho e até algumas peças de armadura. Mas também havia pilhas de coroas de louro de vencedores de jogos de guerra e batalhas, deixados para Atena para agradecê-la pela sabedoria concedida durante as disputas. Os grandes sacrifícios de animais não aconteciam no templo, exceto pelos ritos que a sacerdotisa executava em feriados especiais, mas ainda havia muitas oferendas de comida empilhadas sobre e ao redor do altar: pratos de carnes finamente temperadas, pilhas de pão ázimo, frutas macias e figos de fazendas remotas.

A comida, o vinho e as coroas de louro seriam queimados nas grandes cuias de ferro atrás da estátua de Atena, que ardiam com fogo dia e noite, para que a fumaça pudesse subir aos céus. Quanto à prata, eu tinha que remover cada peça do altar e levá-las para uma sala lateral que saía do salão principal, onde todas as doações mais caras a Atena eram mantidas.

O que uma deusa que não comia nem bebia no reino mortal faria com cinquenta conjuntos de talheres de prata, eu não tinha ideia. No entanto, sabia que Atena preferia as armaduras deixadas em seus altares. Ela utilizava a armadura sacrificada e a concedia ao próximo mortal que decidisse favorecer em batalha, agora com sua divindade infundida no metal.

Era um trabalho lento levar toda a prata para o depósito, e, quando coloquei o último capacete polido em uma prateleira cheia de capacetes de prata, a noite já tinha caído lá fora.

Pegando a vassoura que ficava logo na porta do depósito, varri a parte de baixo do altar para limpar quaisquer fragmentos das oferendas e fornecer um local vazio para os sacrifícios da manhã seguinte. Quando estava finalizando, o ar ao meu redor tremeu e as tochas que flanqueavam o salão sibilaram e crepitaram, estimuladas por uma brisa salgada. Meus ouvidos estalaram quando a pressão do ar mudou.

— Então é isso o que acontece com garotas bonitas que chamam a atenção de Atena — disse uma voz grave, estrondosa, do fundo do salão. Levantei os olhos e, sob a luz clara da lua, reconheci a silhueta robusta dos ombros desnudos de Poseidon e a cabeça cheia de cabelos pretos encaracolados. Como Atena, quatro anos não tinham mudado nada na aparência do deus do mar.

Poseidon estava encostado casualmente na base da estátua de Atena, com os braços e os tornozelos cruzados, parecendo à vontade no templo da deusa com a qual ele, supostamente, tinha uma era de conflitos.

Meus dedos apertaram o cabo de madeira liso da vassoura quando ele passou os olhos sobre mim. Pude sentir cada partícula de terra que cobria meus pés e sujava a barra de meu vestido e me perguntei se era assim que todos os mortais se sentiam sob o olhar de um deus — pequenos e sujos. Mas conforme ele continuou a me olhar, a luz da lua resoluta preenchendo o espaço entre nós, me lembrei de como havia me sentido naquela mesma tarde, quando todos os cidadãos por quem eu passava não conseguiam tirar os olhos de mim. Lembrei-me de que Atena havia pedido para me juntar ao templo dela, e que ela havia instruído a sacerdotisa principal a me enviar para o meio dos atenienses. Atena viu algo além de uma mera mortal quando olhou para mim.

Como ele era um deus e eu não era tola, me curvei rapidamente. Quando olhei para cima mais uma vez, o olhar de Poseidon ainda estava fixo em meu rosto.

Ele havia me chamado de *garota bonita.*

Ciente de cada movimento, mexi o corpo até assumir a postura arrogantemente inclinada que minha mãe fazia com tanta frequência. Levantei o queixo para o deus e abaixei os cílios só um pouco. Era nova para mim a sensação de ser desejada, mas eu era capaz de reconhecê-la. Minha mãe era capaz de transformar o desejo dos outros em ferramentas para seu próprio bem — eu a havia visto fazer isso com inúmeros deuses do mar, incluindo meu pai. Essa era a pose que ela fazia quando queria alguma coisa e sabia como consegui-la.

Eu não sabia exatamente o que queria, mas esperava que imitar a confiança de minha mãe me deixasse um pouco confiante também.

— Senhor do mar — eu disse, saudando-o —, esses são os deveres de uma sacerdotisa de Atena.

Ele riu daquilo, e eu franzi a testa.

— Não — ele disse —, esses são os deveres de uma criada.

— O que são sacerdotisas e sacerdotes senão criados de seus deuses? — perguntei.

Ele deu de ombros.

— Criados que se acham muito importantes.

Aquilo machucou um pouco. Voltei para o meu trabalho, mesmo que o altar estivesse impecável, e comecei a varrer perto das beiradas, observando Poseidon de canto de olho.

Outra brisa salgada soprou pelo templo, movendo meus cabelos sobre meus ombros descobertos e se enrolando em minhas pernas. Quando Poseidon voltou a falar, sua voz estava muito mais perto. Não havia visto ele se mexer.

— Não pretendo ofender, é claro — disse. — Apenas me parece uma pena que alguém como você, que cresceu e se transformou em uma mulher tão bonita, fique aqui limpando o chão.

Olhando para trás, vi que agora ele estava parado do outro lado do altar, com um sorriso diabólico no belo rosto.

— Suas palavras são gentis — falei. Um breve lampejo de alguma coisa, frustração, talvez, surgiu em seu rosto, mas logo desapareceu. Talvez tivesse sido apenas um engodo da tocha.

— Elas podem até ser — ele disse em voz baixa —, mas ainda há verdade nelas. — Ele se inclinou sobre o altar, apoiando a mão espalmada no mármore pálido, e entrelaçou os dedos em um punhado de meus cachos.

Abri a boca, mas nenhuma palavra saiu enquanto ele deixava as mechas escorregarem na mão.

— Tão delicados — ele disse. — E dourados. A cor é quase a mesma do icor que corre em minhas veias.

Tentei encontrar uma resposta, mas senti como se minha cabeça tivesse esvaziado. As únicas sensações eram um calor no rosto e um leve formigamento no alto da cabeça. Não era algo que acontecia com frequência, pensei, e não achei que era muito agradável.

Um som ecoou de um dos corredores que saíam do templo principal, causado por um passo ou uma voz que se aproximava. Poseidon tirou a mão e se afastou.

Pisquei, me virei e vi uma sombra se movendo em nossa direção vinda do corredor que levava à cozinha. Provavelmente Polli, vindo ver por que eu estava demorando tanto.

Poseidon retornara para o lado da estátua quando olhei de novo para ele, meio escondido pela sombra que a enorme figura de Atena projetava sobre o chão. Ele mostrou os dentes brancos sob o luar ofuscante.

— Fique bem, sacerdotisa — disse ele. E então uma última brisa salgada varreu o templo e desapareceu no escuro.

— Medusa? — Polli chamou da entrada do corredor.

Não me virei de imediato, pois ainda olhava para a estátua, o rosto meio oculto pela sombra. Atena viera me saudar em meu primeiro dia no templo trazendo a estátua à vida, a pedra fria dando lugar à carne, aos ossos e ao metal sólidos.

Quando encarei seus olhos cinza, perguntei-me o quanto Atena tinha visto da visita de Poseidon.

ESTENO

Cidades mortais eram insuportavelmente quentes. Esteno não gostava de sentir que o ar se colava à sua pele, quente e áspero. Não havia trégua com a brisa fresca do mar como na casa da praia. Mesmo com os cabelos presos acima do pescoço e um tecido bem leve sobre sua forma reclinada, Esteno ficava cada vez mais irritada com o calor.

— Isso é terrível — disse ela. Euríale, sentada no chão em frente à cadeira de Esteno, lia um pergaminho aberto, que ficava se enrolando de volta o tempo todo, sobre uma mesa baixa, e não pareceu ouvi-la. Esteno repetiu, mais alto. — Isso é terrível!

— Humm? O quê? — Euríale perguntou sem tirar os olhos do pergaminho.

— Este lugar! Esta viagem idiota, tudo o que estamos fazendo. Já faz quase dois anos e não deu em nada. Deveríamos simplesmente ir para casa; não sei nem o que nossa mãe estava pensando ao nos mandar para cá. O que esperava que pudéssemos aprender com esses mortais idiotas?

Esteno apoiou a cabeça no encosto da poltrona e ficou olhando para o teto. Durante o primeiro ano de viagem, ela e Euríale tinham encontrado um templo em uma pequena cidade costeira que ainda adorava alguns dos deuses não olimpianos e foram recebidas com olhos arregalado e cabeças baixas.

A princípio, Esteno sentiu que elas finalmente tinham encontrado alguns mortais com um pingo de senso, ao contrário das pessoas que sujavam Atenas. As sacerdotisas desse templo eram recatadas perto de Esteno e da irmã, satisfazendo todos os seus desejos diante do mínimo pedido e se atropelando para fazer oferendas. Mas, depois de alguns meses, Esteno sentia-se muito desconfortável.

Não estava familiarizada com elogios. Crescer perto dos irmãos mais velhos a havia preparado mais para enfrentar uma multidão de mortais enfurecidos do que para ficar em um altar enquanto eles se curvavam para ela.

Euríale, por sua vez, tinha se acostumado com tranquilidade à vida no templo e na cidadezinha. Era gentil com as sacerdotisas, generosa com os mortais que a abordavam com perguntas hesitantes e ávida para aprender o que o conhecimento mortal tinha a oferecer. Parecia que havia um novo pergaminho para ler todos os dias. O guardião dos pergaminhos do templo estava se tornando cada vez mais amigável com Euríale, em vez de apenas educado.

De muitas formas, aquilo não era diferente da vida na casa da praia. Elas eram servidas por criados deslocados e passavam a maior parte dos dias se divertindo. Mas, se era para elas continuarem vivendo como antes, por que a mãe havia se dado ao trabalho de mandá-las para tão longe?

As duas estavam sentadas em um grande átrio no templo, repleto de cadeiras confortáveis e sofás para convidados. Enormes claraboias permitiam que a luz do sol entrasse na sala, iluminando plantas viçosas e uma fonte rasa no chão. Esteno e Euríale preferiam este cômodo, e as sacerdotisas lhes haviam dado controle total sobre ele desde que haviam chegado.

Passos leves ecoaram pelo corredor, ficando mais altos à medida que se aproximavam de onde as irmãs estavam. Esteno virou a cabeça quando uma das sacerdotisas do templo apareceu na porta com os olhos baixos.

— Górgonas — chamou. — Tenho notícias de outros templos, como pediram.

— Ah, sim — Euríale respondeu com alegria, estendendo o braço para puxar Esteno e fazê-la sentar-se no sofá para que pudesse sair do chão e ficar ao seu lado. — Por favor, entre.

A sacerdotisa se curvou e se aproximou. Ela arriscou um olhar hesitante para elas, arregalando os olhos quando encontrou o olhar de Esteno, antes de voltar a mirar o chão.

— Sente-se. — Euríale apontou para o sofá na frente delas.

— Não será necessário — disse a sacerdotisa. — Há apenas algumas coisas para relatar. Um viajante chegou ao templo esta tarde, tendo passado pela costa vindo de Atenas. Acredito que nos instruíram especificamente a perguntar sobre os templos da cidade de Atenas?

Esteno se inclinou para a frente no assento, trocando um olhar curioso com Euríale.

— Sim.

A sacerdotisa continuou.

— O viajante disse que havia visitado a Acrópole enquanto esteve por lá, mas há uma agitação na cidade. Aparentemente há tensões crescentes entre a padroeira da cidade, Atena, e Poseidon.

— Que tipo de tensões? — Esteno perguntou. Ela se lembrou da noite do casamento de Equidna, quando os dois olimpianos haviam aparecido. Como eles tinham se irritado um com o outro. Também se lembrou de ver Medusa correr do salão de banquete depois de as Greias exporem um destino terrível para ela e de como os dois deuses tinham saído logo depois. Será que Medusa havia falado com eles aquela noite? Se havia, de alguma forma, se envolvido na rixa dos deuses, Esteno tinha medo de quais seriam as consequências. — O que as pessoas estão dizendo?

— A cidade foi fundada sobre uma rixa deles, como vocês sabem — a sacerdotisa respondeu, e Euríale confirmou com a cabeça. — Há rumores de que o deus do mar pretende buscar vingança contra Atena por ter sido derrotado. Todos os cidadãos da cidade parecem ter teorias sobre como vai ser a vingança, mas a maioria não passa de fofoca.

— Mas ele perdeu de maneira justa, não foi? — Euríale perguntou em tom genuíno. — O povo escolheu quem desejava como padroeira.

— Euríale — Esteno disse antes que a sacerdotisa pudesse responder —, você e eu sabemos que os deuses não se importam nem um pouco com justiça quando o orgulho deles está envolvido.

A boca de Euríale afinou, mas ela concordou com a cabeça, provavelmente se lembrando de cada interação que elas já haviam tido com o pai orgulhoso. Enquanto Euríale pedia um relato mais detalhado da história do viajante, Esteno se levantou e foi até as janelas finas do templo.

Quando deixaram Medusa naquele templo cavernoso em Atenas, Esteno havia pensado que a irmã finalmente tinha encontrado o refúgio que procurava. Atena era uma deusa reverenciada por mortais de todos os tipos. Qualquer sacerdotisa que a servisse teria a proteção da olimpiana mais sábia. Mas Atena ainda era uma deusa, e Esteno compreendia a inconstância e os vícios egoístas dos deuses muito bem.

Esteno esperava que a irmã não tivesse baixado a guarda após ficar longe da família. Medusa tinha encontrado um lugar ao qual pertencer, mas agora estava presa no meio de uma rixa que poderia atrair a ira de deuses olimpianos para cima de sua cabeça dourada.

A sacerdotisa terminou o relato, curvou-se e saiu da sala. Euríale se levantou e se juntou a Esteno na janela.

— Você está preocupada com ela — disse Esteno.

— Estou — confirmou Euríale. — E, por mais que tente esconder, dá para ver que você também está.

Cruzando os braços, Esteno bateu com os dedos no cotovelo em um ritmo irritado.

— Por que deveríamos nos preocupar? Foi ela quem nos deixou, lembra?

O tom de Euríale era tenso.

— Talvez estivesse certa em nos deixar. Nunca fomos muito gentis com ela.

— E por que deveríamos ter sido gentis com ela? — Esteno perguntou, mesmo com um fio de culpa a incomodando. O fio vinha se formando desde que ela era criança, quando provocar Medusa não passava de um jogo, mas agora ameaçava estrangulá-la. — Ela era mortal. Nos transformou em párias na família. Estava destinada a se tornar um monstro de qualquer forma...

— Esteno.

A frieza absoluta no tom de Euríale fez Esteno parar de repente. Nunca tinha ouvido a irmã soar tão zangada e, principalmente, nunca tinha ouvido aquilo direcionado a ela. Quando Esteno olhou para Euríale, o rosto da irmã estava dilacerado pela emoção.

Euríale disse devagar, com a voz trêmula:

— Não fale da profecia de Medusa como uma sentença de morte. Éramos terríveis com ela antes mesmo de sabermos disso. Se ser chamada de monstro é a pior coisa que você pode imaginar, inclusive digna de cortar alguém de sua própria família, então... — Euríale respirou fundo para se acalmar — ... então você terá que me cortar também.

— Do que está falando? — Esteno perguntou, abrindo os braços ao se aproximar da irmã.

Euríale inclinou a cabeça para trás, piscando para afastar a umidade dos olhos.

— Eu nunca te contei — disse ela —, porque vi como você... como nós tratamos Medusa. Ela era apenas humana. E, ainda assim, você me fez acreditar que ela era menos do que nós. E eu acreditei. Mas, antes de Medusa receber a profecia, me dei conta de uma coisa... sobre mim.

Agora Euríale cruzou os braços, abraçando o próprio corpo.

— Eu estava discutindo com uma das criadas um dia, você tinha saído de casa. Medusa também não estava. Não consigo nem lembrar com o que estava irritada, mas senti que havia algo turbulento em meu peito, como uma tempestade de calor, que crescia e crescia conforme eu ficava mais frustrada. Depois de um tempo, simplesmente gritei.

Em detalhes, Euríale descreveu como o grito ecoou como um trovão. A criada, confusa e nem um pouco preparada, havia pressionado as mãos nos ouvidos devido ao barulho, mas não adiantou. Ela desmoronou com um fino filete de sangue escorrendo dos ouvidos. Morta.

— Não fazia ideia do que tinha acabado de fazer — sussurrou. — Não fazia ideia do que havia dentro de mim. Mas eu tinha matado alguém.

Esteno a encarou. Ela lembrava que Euríale havia se fechado de repente quando eram mais novas. Ainda seguia Esteno por todo lado, mas raramente falava. Muitas vezes só dizia algo quando Esteno tivesse estabelecido um tom que ela pudesse copiar.

Em voz baixa, Esteno perguntou:

— O que fez com o corpo?

Imediatamente desejou não ter feito a pergunta. A risada triste e soluçante que explodiu de Euríale ecoou pela sala.

— Eu o arrastei até a água e deixei a maré levar. Durou a noite toda. Fiquei muito preocupada que você ou Medusa notassem as marcas na areia pela manhã, mas, quando o sol nasceu, elas já tinham desaparecido. Nossa mãe deve ter me ajudado, mesmo que eu não tenha percebido na época.

Ceto sempre tinha favorecido Euríale, então o fato não surpreendeu Esteno. O que a surpreendeu foi como sua irmã tinha conseguido esconder aquilo dela por tanto tempo. Não conseguia imaginar a Euríale jovem e de rosto doce lidando com um cadáver que ela mesma havia criado.

— Medusa não seria a primeira a se tornar um monstro — Euríale disse a ela. — Porque eu já sou um.

— Você não é... — Esteno começou a falar, mas Euríale a interrompeu.

— Sou. Seja o que for que você pense de mim, não há dúvidas de que há algo em mim que puxou à nossa família. Meu grito me assustou naquela ocasião, e meu medo dele me transformou em algo ainda pior. Me virou contra minha própria irmã. — Euríale piscou enquanto filetes finos de lágrimas começaram a escorrer por seu rosto. — Me virou contra a única pessoa que poderia ter compreendido.

Magoada pela ideia de que Euríale teria confiado a Medusa uma parte de si mesma e deixado Esteno de lado, ela se aproximou.

— Você nunca me deu a chance de compreender — argumentou. — Se não contasse para Medusa, não contaria para mais ninguém?

Não eram mais crianças, brigando por coisas sem importância, mas Esteno não conseguia desapegar da ideia de que sempre seriam ela e Euríale contra o mundo. Ela sempre fora o ponto focal ao redor do qual Euríale orbitava. Esteno achava que Euríale sempre olhara para ela em busca de direção e de orientação no decorrer dos anos. Achava que Euríale precisava dela. Amarrada em seus fios de culpa, achava que era a irmã mais forte.

A confissão de Euríale fez a ilusão de Esteno desmoronar. Em sua família, a monstruosidade era uma certeza. Mas, entre as Górgonas, era uma anormalidade, porque Esteno havia decidido isso.

No entanto, o destino de Medusa estava traçado em um caminho de monstruosidade, e Euríale já havia descoberto a sua, o que significava que Esteno era a estranha. Não tinha poder. Nem profecia. Esses anos no limbo, ruminando os erros da infância, solidificaram o fato de que não tinha nada a oferecer. Quando o destino de Medusa se realizasse, ela seria a única Górgona sem nada em seu nome. Para que as irmãs precisavam dela? O que ela tinha feito, a não ser separá-las?

— Você queria contar a Medusa e... e o quê? — Esteno perguntou, com o coração ferido vazando culpa em todas as palavras. — Ter um motivo para me deixar para trás?

— Não!

— Então por que você não quis me contar?

— Porque tinha ainda mais pavor de pensar em perder você para sempre! — gritou. O som ecoou de forma aguda contra o mármore liso da sala, multiplicando a voz de Euríale como o grito frenético de um animal preso em uma armadilha. A jovem se assustou e colocou a mão diante da boca.

Esteno havia ficado tensa quando a voz elevada de Euríale ressoou no cômodo, mas acalmou o coração. Sabia que, mesmo com um lamento ensurdecedor à espreita na garganta, a irmã nunca a machucaria. Esteno não era a mais forte. Podia ter se enganado a esse respeito a vida inteira, mas sabia que tinha acertado em uma coisa. Euríale precisava dela. Não para ser forte por ela, mas simplesmente para estar presente, como sua irmã. Deu mais um passo adiante de modo que conseguisse segurar no pulso de Euríale.

— Você nunca vai me perder — prometeu, segurando no pulso de Euríale até a irmã tirar as mãos da boca. E completou, com a voz falhando: — Sinto muito que tenha tido que carregar isso sozinha. Sinto muito que tenha feito você pensar que seu poder poderia me assustar e me afastar de você.

Esteno ergueu uma das mãos de Euríale, pressionando-a contra a coluna da garganta da irmã. Podia sentir sua pulsação batendo rapidamente, mas de forma estável, sob a ponta dos dedos.

— Este poder faz parte de você. Não o deixe tirar sua voz. — Apertou mais as mãos de Euríale. — E também não me deixe roubar sua voz.

Euríale limpou as lágrimas do rosto, movendo as mãos em uníssono.

— Você não fez isso! — Euríale disse a ela. — Eu só consegui seguir em frente, chegar até aqui, porque sabia que estaria comigo. Não aconteceu mais desde que éramos crianças, mas sempre tive tanto medo de você ser a primeira a sofrer se eu não conseguisse me controlar. Fui egoísta. Sabia que poderia te machucar. Mas não quis abrir mão de você.

— Então fico feliz por você ter sido egoísta — disse Esteno. — E... e fico feliz que Medusa tenha podido ser egoísta. Ela pôde escolher o próprio caminho, mesmo que todas as bifurcações na estrada levem ao mesmo destino.

— Não podemos deixá-la enfrentar isso sozinha — Euríale disse, determinada. — Nós fizemos besteira quando éramos mais novas, mas não é tarde demais.

— Você acha que a profecia já chegou para ela?

— Se chegou, então ela vai precisar de nós mais do que nunca — Euríale disse, com os olhos brilhando com determinação e o restante das lágrimas. — Mas espero que ela tenha mais tempo.

Esteno concordou devagar com a cabeça, mas ainda tinha dúvida.

— E se ela não nos aceitar de volta? Você mesma disse que fomos terríveis com ela. Como podemos voltar agora?

— Porque eu preciso contar a ela que nunca esteve sozinha. Não posso deixá-la acreditar que estamos melhor sem ela. Não estamos — disse Euríale. — Se ela é um monstro, então sou um monstro também. E as Górgonas não seriam as Górgonas sem ela. Preciso dizer que sinto muito por ter demorado tanto para enxergar isso.

Ela lançou um olhar aguçado a Esteno, que respirou fundo, sentindo os fios ao redor do coração apertarem mais uma vez, antes de afrouxá-los e soltá-los.

— E eu também preciso me desculpar — concordou Esteno. — Eu não seria nada sem vocês duas. É verdade — disse, mais alto, quando Euríale começou a protestar. — E, mesmo que não quisesse admitir, aquilo me assustou quando eu era mais nova. Deixei isso nos separar e apenas magoei você, Medusa e eu mesma no processo. Tenho que curar essa ferida antes que ela nos destrua.

— Então temos que chegar até a Medusa antes que os deuses destruam toda aquela cidade — concluiu Euríale. — E, por sinal, não posso acreditar que eles ainda estejam brigando por aquilo. Você se lembra de quando eles foram ao casamento de Equidna, não lembra? E só ficaram olhando feio um para o outro o tempo todo? Sempre achei aquilo estranho. — Esteno soltou as mãos de Euríale enquanto a irmã ainda falava. Euríale limpou o restante das lágrimas do rosto e se aproximou da mesa. Seus ombros relaxavam a cada frase. — Eles deveriam ser esses olimpianos todo-poderosos e ainda assim estão presos a uma cidadezinha rochosa? Acho que nosso pai nunca foi tão ruim. Mas, se Medusa está lá, precisamos chegar a ela o mais rápido possível. Quando devemos partir? Agora?

Esteno olhou para a sala que haviam reivindicado, no templo em que os mortais as tratavam com tanta bondade e reverência. Não fizera nada para merecer isso. Esteno decidiu que faria por merecer, então, custasse o que custasse. Ganharia seu lugar entre as Górgonas.

— Sim — disse, olhando o mar pela janela, como se pudesse ver Medusa em algum lugar no horizonte. — Não podemos deixar Medusa esperando nem mais um minuto.

UMA TRANSFORMAÇÃO QUE SE APROFUNDA ATÉ OS OSSOS

Dois anos se passaram enquanto eu servia no templo de Atena. Muitos de meus afazeres permaneceram os mesmos: colher azeitonas, receber visitantes e sovar quantidades infinitas de massa. Mas quanto mais permanecia no templo, mais envolvida ficava com os deveres que imaginava que fossem o trabalho de uma sacerdotisa quando cheguei. Desma, como a sacerdotisa principal, era responsável por me ensinar as palavras dos rituais mais complicados que executávamos para o público. Ela sentia prazer em meus erros, repreendendo-me por pronúncias erradas ou por misturar a ordem das palavras, mas isso só me fazia aprender a apresentação correta muito mais rápido.

A primeira vez que executei com perfeição o ritual de sacrifício de uma hecatombe de gado a Atena, para sorte e orientação em batalha — sem matar de verdade nenhum animal, é claro, uma vez que se tratava apenas de prática —, Desma apertou os lábios em uma linha fina e acenou uma vez com a cabeça.

— Aceitável.

Com pouco mais de um ano no serviço, ajudei outras sacerdotisas em um grande evento público, realizado no centro da cidade, no qual os arcontes de Atenas pediram para que nós fizéssemos uma demonstração da lealdade duradoura e gratidão à deusa padroeira. Centenas de animais foram mortos, e seus ossos e carnes foram embrulhados e bem amarrados para serem queimados sobre fogos ardentes. Em meio à fumaça, todas as 12 sacerdotisas estavam posicionadas formando uma meia-lua de frente para a multidão de cidadãos que tinha ido assistir ao espetáculo.

Fiquei no fim da fila, mais perto da beirada do palco, falando minha parte no roteiro do ritual quando indicado por Desma. Durante uma pausa, olhei para a multidão, e o movimento de seus rostos me fez pensar em um campo de trigo dourado pronto para a colheita.

À frente da multidão havia um grupo de jovens de boa aparência, todos no melhor estágio da vida, logo após a juventude, os membros endurecidos pelo treinamento para o serviço militar, com tecido caro pendurado sobre os ombros e ao redor da cintura como um marcador de seu status de classe alta. Alguns deles já olhavam para mim.

Abaixei os cílios para eles, movendo o corpo o máximo possível sem deixar óbvio o que queria fazer, até que o brilho oleoso de meu ombro e de minha panturrilha, revelado pelas fendas de meu vestido cerimonial, refletiu o sol perfeitamente. Sabia como mexer meu corpo de modo natural, mesmo estando muito consciente de cada movimento. Nas primeiras vezes em que tentei, lembrei-me da habilidade de Esteno situar o corpo exatamente como queria e tentei imitar os movimentos calmos. Pela maior parte do ano, eu vinha praticando como poderia usar minha aparência para atrair a atenção de homens e mulheres e testar até onde iriam para ganhar minha consideração.

Pouco antes de Desma iniciar o cântico final, joguei meus cachos sobre o ombro e fiz o pingente prateado em minha testa brilhar sob o sol do meio-dia. De canto de olho, vi aquele grupo de homens desviar os olhos do evento principal e olhar distraidamente para mim.

Erguendo os braços ao mesmo tempo que as outras 11 sacerdotisas, completei as últimas linhas do ritual, minha voz ecoando sobre a multidão sem fôlego.

Depois daquele grande evento público, participei de muitos outros, a maioria deles menores, patrocinados por uma ou duas famílias e realizados no templo. Os dias se tornaram repetitivos.

A única coisa que interrompia a rotina era quando Poseidon me visitava.

As visitas do deus do mar eram imprevisíveis. Mas, toda vez que meus ouvidos estalavam e os pelos de meu pescoço se arrepiavam com a mudança da pressão do ar, sentia um sorriso secreto crescer cada vez mais em meu rosto. Ele sempre vinha à noite, quando não havia visitantes no templo e a maioria das sacerdotisas já havia se recolhido para dormir. Isso significava que podia esperá-lo pelo menos nas noites em que ficava responsável por limpar o altar ou cuidar do templo enquanto as outras dormiam.

Nós conversávamos sobre muitas coisas e, ao mesmo tempo, não conversávamos sobre nada.

Perguntava a ele sobre seu domínio no mar e tentava comparar com o que me lembrava de meus pais. Ele falava sobre o oceano, histórias de mortais que havia ajudado ou prejudicado durante suas longas viagens pelos vastos mares, ou sobre os apavorantes monstros que espreitavam nas beiradas de seu reino. Por mais que eu ficasse fascinada pelas histórias que me contava, não era ingênua o bastante para ignorar que ele nunca dizia nada conclusivo sobre si mesmo. Então, fazia o mesmo.

— Por que continua a servi-la? — perguntou-me uma noite, quando o frio do inverno que vinha da costa de Atenas castigava meus dedos das mãos e dos pés enquanto eu varria o mármore. Ele estava mexendo com um pouco de alga.

— Sou uma sacerdotisa — respondi. — É meu dever servir.

— Sim, mas por que continua a servir a Atena, entre todos os deuses?

— Você poderia recomendar outro deus a quem eu possa jurar lealdade?

Ele sorriu e jogou a alga no chão à minha frente, bem onde eu tinha acabado de arrumar uma pilha de plantas perenes murchas. Chutei-a para a pilha e limpei sem comentários, virando as costas para o deus.

— Você não deveria deixar seu corpo ser desperdiçado sob a jurisdição da casta Atena — ele disse com a voz baixa e doce feito mel no vinho.

— Tenho muitos anos antes de meu corpo envelhecer — retruquei.

— Mas o dia vai chegar, não vai? Corpos mortais só podem tirar vantagem dos prazeres desta terra por um tempo antes de se atrofiarem e ficarem frágeis demais até mesmo para andar sobre o chão áspero.

Este era outro tópico preferido de Poseidon: minha mortalidade. Todas as observações desdenhosas que eu tinha recebido de minhas irmãs na infância amenizavam qualquer tom de desgosto em sua voz, mas na maioria das vezes seu tom era de pena. Ele comparava meu coração mortal e minha expectativa de vida a uma vela acesa cada vez mais perto do fim do pavio: queimando com força e beleza até apagar.

Parada com a vassoura em uma das mãos, olhei para a cidade diante de mim, iluminada com pequenas estrelas de luz de tochas pelas ruas, como um céu desordenado. Ainda tinha tanto desta cidade que eu nunca havia visto, tanto do mundo que era um mistério para mim.

— Ainda há tempo — eu disse em voz baixa, falando tanto com Poseidon quanto comigo mesma.

O cheiro de água salgada me envolveu como uma onda quando Poseidon se posicionou bem atrás de mim, até nossos ombros ficarem a apenas um dedo de distância e a amplitude de seu peito me diminuir completamente. Quando ele falou, seu hálito soprou os cabelos atrás de minha orelha.

— Quanto vale esse tempo?

Aquela era uma questão injusta, vinda de um deus. Ele tinha tanto tempo quanto havia gotas de água nos oceanos.

— Vamos ter que ver o que eu vou fazer com ele — respondi. Ele fez uma pausa atrás de mim por um momento, ficando imóvel, mas depois cantarolou de forma evasiva e passou a mão pelo meu braço. Uma inspiração depois, o deus se foi.

Embora eu soubesse que Atena devia estar ciente desses encontros, ela nunca me alertou contra eles nem tentou impedir o rival de entrar em seu templo à noite para flertar com uma sacerdotisa declarada. Duvidava muito que isso significasse que eu tinha a permissão dela e estava curiosa para saber por que ela nos deixava continuar, mas não tinha vontade de comentar com Polli nem com uma das outras sacerdotisas. Isso significaria ter que explicar a presença de Poseidon, para início de conversa.

E assim as visitas de Poseidon a mim permaneceram sendo um segredo. Pelo menos, tão secretas quanto poderiam ser sob o olhar onisciente dos céus, onde inúmeros olhos divinos espiam o mundo mortal para assistir ao desenrolar das vidas humanas.

O templo de Atena quase nunca era silencioso. Tochas embebidas em óleo crepitavam suavemente nas paredes de mármore liso, faiscando e reluzindo ao soprar de uma brisa. Durante rituais de sacrifício, o teto ecoava com as preces murmuradas. Quando Desma arrastava uma lâmina finamente afiada pela garganta de uma novilha, o som do sangue espirrando sobre o altar de pedra era quase tão pungente quanto o cheiro. Mesmo quando o templo estava vazio, salvo pelas serventes de Atena, o chão polido amplificava qualquer passo arrastado, qualquer raspar de tecido sobre pele, qualquer inspiração e expiração que eu dava.

Naquela noite, o templo estava silencioso como um campo de batalha depois do último soldado ser derrubado, perdido entre os corpos espalhados de seus inimigos e aliados.

Eu o havia saudado mais cedo, brevemente, como tinha feito tantas vezes antes. Não tinha outra escolha. Era um deus e, embora meu status como sacerdotisa agora pudesse colocar os mortais de joelho com uma palavra de meus lábios, ainda não era nada diante da verdadeira divindade. Ele havia aparecido no alto dos degraus e se aproximado de onde eu estava sentada, aos pés da estátua dourada de Atena, que zelava pelo templo à noite. Havia uma lamparina a óleo tremeluzente ao meu lado. Os olhos cinzentos e penetrantes de Atena pareciam acompanhar a aproximação de cima. Cumprimentei-o, inclinando a cabeça com modéstia, de modo que um de meus cachos dourados escorregasse sobre meu ombro, e me lembrei de uma das primeiras coisas que Atena havia me dito.

— Vou te dar um conselho — dissera, sua voz como o som de duas espadas batendo e raspando uma na outra. — Você deve começar a usar sua aparência para que os outros não a usem contra você.

Olhei para o deus quando ficou diante de mim. Ele nem olhou para a figura enorme da deusa que os atenienses haviam escolhido no lugar dele. A estátua observava enquanto ele tentava tocar em mim.

A princípio, apenas observei seus dedos circularem facilmente meu braço, sua mão pressionando e marcando minha pele. Mas quando se inclinou para a frente, puxando-me em sua direção até seu hálito cobrir minha testa, meu nariz e minha boca, tentei me afastar. Isso só fez ele me apertar com mais força e me arrastar para longe da estátua.

Não fui sem lutar, mas eu era como um peixe fraco preso nos dentes de um tubarão.

Então, falei:

— Não.

Gritei:

— Senhor do mar!

Berrei:

— Pare!

Ele trouxe consigo o cheiro de salmoura e das algas marinhas se desintegrando no calor do sol, os fios escuros de seus cabelos ainda pingando como se tivesse acabado de emergir das ondas. Com os lábios e os dentes na junção entre meu pescoço e meu ombro, o cheiro era quase sufocante.

Sabia que as outras sacerdotisas estavam reunidas em suas camas, em um quarto que ficava a apenas alguns corredores de distância, mas sentia que um oceano nos separava. Minha garganta se esforçou para chamá-las, mas minha língua era um tijolo de chumbo pressionando meus dentes. Fiquei com medo de mordê-la quando o deus se jogou em cima de mim.

Seu corpo, imortalmente pesado, me esmagou sobre o mármore. Minhas mãos estavam imobilizadas sobre minha cabeça, presas entre o polegar e o dedo indicador dele, já que suas mãos tinham quase o dobro do comprimento e da largura da minha, e os ossos de meu pulso fincavam-se na pedra implacável. Antes de ele prender minhas mãos no chão, eu tinha dado longos arranhões em seu peito desnudo e em seu rosto com minhas unhas, mas os machucados desapareceram quase imediatamente.

Maldita cura divina, pensei. Ele sorriu ao prender minhas mãos, seus dentes eram brilhantes demais e nada naturais em contraste com sua pele bronzeada, e quis arrancar aquilo de seu rosto também. Cada movimento que eu fazia era como um esforço monumental, como se estivesse tentando tirar uma grande pedra de cima de mim. Percebi que estava ficando cansada, mesmo com o sangue correndo em minhas veias, aquecido com pânico e desespero. Mas, toda vez que meus chutes e gritos não surtiam efeito, sentia um pedaço de mim se quebrando.

Virei a cabeça e fiquei olhando para o teto, os ângulos e as sombras sobre o telhado tremeluzindo intensamente à luz da tocha, enquanto o deus empurrava e rasgava meu vestido até o tecido ficar enrolado em volta de minha cintura. Seu hálito era quente e úmido, e fez minha pele se arrepiar. Não achava que deuses dependessem de ar como os mortais, mas sua respiração ofegante era o som mais alto no templo. Ele alcançou meu pescoço com a mão que não estava segurando meus pulsos e envolveu meu queixo com os dedos, forçando minha cabeça ainda mais para trás enquanto enfiava o polegar na pele delicada sob meu queixo.

Com a cabeça naquele ângulo, pude olhar nos olhos da estátua de Atena, a face de mármore imóvel nos encarando do alto.

Me ajude, rezei para ela, *me salve desse monstro.*

Não recebi resposta. Esperei e esperei a estátua ganhar vida com a presença de minha deusa, mas o rosto de mármore permaneceu imóvel e frio. Não estava mais acostumada com a sensação de ser ignorada depois de sair da casa branca na praia. A cada prece que ficava sem resposta, sentia uma mão fria apertar meu coração com mais força.

Finalmente, perdi as forças. Tentei me imaginar em qualquer lugar, menos ali.

Ou aquilo não durou muito, ou eu simplesmente havia levado a mente para tão longe daquele momento terrível que não me dei conta de que tudo tinha acabado. Ele não havia dito uma única palavra o tempo todo.

Meus cabelos estavam espalhados sobre mim no chão de mármore, e ele tirou a mão de minha garganta para desenredar algumas das mechas, ainda me imobilizando com o peso do corpo enquanto sua respiração desacelerava. Mantive os olhos travados em um espaço sobre sua cabeça, embora não pudesse mais suportar olhar para a estátua de minha deusa.

Ele finalmente soltou minhas mãos, e eu avancei para enfiar as unhas em seu rosto mais uma vez. Senti a carne de suas bochechas se abrindo sob minhas garras, meus dedos dobrados e rígidos como os de uma harpia.

Ele se afastou e xingou. O templo tremeu com sua raiva, e eu pensei: *Agitador da terra.* Talvez a terra rachasse sob nós e derrubasse todo o templo sobre nossa cabeça. Quem me dera.

Ele tocou o lábio com a ponta do dedo e se afastou para ver a gota cintilante de icor dourado, virando a mão para seguir o caminho da gota conforme ela escorregava entre os dedos. Seu lábio e sua bochecha já haviam se curado quando voltou a olhar para mim.

— Dê minhas saudações a sua deusa, pode ser? — disse. Desejei abrir os lábios e dizer a ele onde exatamente ele poderia enfiar suas saudações, mas temi que minha voz falhasse. Meu corpo tremia, e eu não confiava nele o suficiente para tentar me sentar.

O deus partiu da mesma maneira que havia chegado. Em um momento estava no alto dos degraus e no seguinte tinha desaparecido, deixando apenas o cheiro de alga apodrecendo em seu rastro. A presença de um ser divino era incomparável à de um mortal; um deus ou uma deusa ocupavam mais espaço, ainda que tivessem a mesma estatura de um humano, e qualquer cômodo que ocupassem parecia reorganizar a composição para se ajustar ao deus. Pude sentir a sala voltar à sua forma original no segundo em que ele desapareceu. Desejei poder voltar à minha forma original agora que ele tinha ido embora, mas ainda podia sentir dedos-fantasmas em volta de meus pulsos e a pele delicada no interior de minhas coxas parecia estar em carne viva. Minha respiração era pesada, o ar pressionava meu peito e era um fardo em meus pulmões.

Não tinha notado que o templo havia se enchido de ruídos, as tochas crepitando em seus postos e o som distante do oceano batendo na praia, até que tudo começou a desaparecer de novo. As luzes das tochas se apagavam uma por uma, como se uma mão invisível as apertasse entre o dedo e o polegar. Quando a última luz se apagou no fim do corredor principal, um vento brusco e hostil soprou sobre o mármore, varrendo meus cabelos em um emaranhado que os deixaria com nós furiosos e fazendo as pontas rasgadas de meu vestido tremerem em volta de meus quadris.

Entre uma respiração trêmula e outra, o templo se rearranjou mais uma vez. Reconheci esta presença; eu havia dedicado minha vida a esta presença nos últimos anos.

— Onde você estava? — perguntei, minha língua finalmente descolando do céu da boca, embora minha voz tivesse falhado no meio da pergunta, como eu temia que acontecesse. Mantive os olhos fixos no teto do templo; as sombras eram mais pronunciadas sob o leve luar que agora iluminava o salão cheio de pilares. Eu não achava que era capaz de mover meus membros, mesmo que quisesse.

A enorme estátua desceu graciosamente do altar elevado, o mármore liso se transformando em pele bronzeada, movimentando-se com a facilidade da seda. Atena se ajoelhou perto de minha cabeça, pois eu ainda estava deitada no chão, e ergueu o braço para remover o capacete emplumado. Quando ela incorporara a estátua, o capacete tinha se transformado em prata e o metal retiniu junto à pedra quando o colocou ao seu lado.

— Eu estava aqui — ela disse, e eu reprimi o ímpeto de me encolher diante da força do poder divino em sua voz. — Eu estava aqui o tempo todo.

— Não estava — falei.

Movimentei o olhar devagar, minha cabeça permanecendo parada, até que pude ver o rosto de minha deusa. Costumava evitar olhar diretamente para o rosto de Atena por respeito adquirido, como faziam as outras sacerdotisas, mas afastei o impulso de desviar os olhos. A deusa me observava com ponderação, como se eu fosse uma complexa estratégia de batalha que ela ainda tinha que solucionar. Não havia pena em sua expressão.

Eu disse:

— Chamei você e você não respondeu. Já te vi responder às preces de mendigos gananciosos, de homens que usariam seu poder e diriam que é deles e ainda assim não me respondeu. Você não respondeu a alguém que a reivindicou.

As mãos de Atena estavam entrelaçadas sobre o colo, mas ela estendeu o braço e passou o polegar sobre minha testa. Com seu toque, a dor entre minhas pernas desapareceu e a pele fina ao redor de meus pulsos, que com certeza ficariam com hematomas, não doía mais.

— Não pude responder — ela disse, e eu a odiei por isso. Senti a raiva borbulhar em meu peito e fervilhar atrás de meus olhos. A deusa continuou, embora eu soubesse que ela podia sentir a fúria em meu espírito fraturado. — Se eu interviesse e o obrigasse a dar as costas, o estado frágil de nossa rivalidade teria incitado uma divisão entre os deuses. — Os olhos de Atena agora demonstravam pena. — Meu tio estava procurando uma forma de me irritar depois que os atenienses o rejeitaram, e ele sabia que a forma mais simples seria usar uma de vocês, pois mortais são fáceis de manipular. Não pude impedi-lo.

Os deuses usavam humanos para o próprio entretenimento, fazendo-nos passar por sofrimentos e tormentos em benefício deles, como peças em um mapa de guerra. Eu sabia disso. Já tinha ouvido as histórias de mortais que eram lembrados pelas lendas por terem cruzado o caminho de um deus ou outro. Na grande maioria dessas lendas, o humano morria.

Estudei o rosto de Atena.

— O que você vai fazer agora? — perguntei. Esperava que ela já tivesse pensado em como reagiria a um ataque a seu templo, e depois pensado em dois planos alternativos, mas novamente fui enganada por uma deusa que eu achava que compreendia. Em todas as vezes que estive na presença de Atena, nunca a vi vacilar. Seu rosto estava sempre sereno e contido; ela era uma ótima general de guerra diante de conflito, e eu me perguntava quais emoções, se é que havia alguma, ela estava processando por trás daquele escudo mantido de modo vigilante. Agora, a vi afastar a mão e notei, sem acreditar, seus traços hesitarem com um lampejo de arrependimento.

— Poseidon não pode ser punido. Pedir sua expiação por esse crime seria instigar a mesma guerra que venho tentando evitar. Muito mais mortais sofreriam no conflito…

— Não me importa — retruquei, interrompendo a deusa como nunca tinha feito antes, a fúria fria em meu peito escapando em um golpe selvagem. — Não dou a mínima para outros mortais. *Eu* fui estuprada ao pé do seu altar e *você* permitiu que isso acontecesse. Não mereço justiça?

— Haverá punição — disse ela —, mas não para Poseidon.

Atena não era covarde. Não se esquivou de meu olhar enquanto eu tentava entender o significado de suas palavras. Quando me dei conta de sua intenção, pensando no lampejo momentâneo de arrependimento que surgiu naquela fachada calma, senti como se as mãos de Poseidon estivessem me segurando mais uma vez.

— Você não está falando sério.

— Os outros devem ver que uma ofensa contra mim, em meu próprio templo sagrado, não evitará a vingança. — Suas palavras eram medidas, quase treinadas, e quis estender o braço e arrancá-las de sua boca. — Um deus não pode ser punido, mas um mortal pode.

Eu me levantei do chão, meus músculos e minhas articulações gritando em protesto. Parecia que minha cabeça estava cheia de areia. Cambaleei para longe de onde Atena ainda estava ajoelhada e estremeci. O mármore onde eu estava deitada tinha sido aquecido por minha pele, sugando o calor de meu corpo, e agora, parada sobre pernas instáveis, sentia que todo o calor havia deixado o templo. Este lugar que eu, tolamente, chamara de lar havia virado as costas para mim.

— Você não pode... — engasguei, tentando recuar, mas tropeçando em meu próprio pé, os cabelos caindo como uma cortina emaranhada sobre meus ombros. — Você não pode querer me punir pelo que foi feito. Não é justo — gritei. — Não foi minha *culpa*!

Atena se levantou e o templo pareceu prender a respiração. Dei outro passo para trás, mas não ousei desviar os olhos. Eu tinha conseguido criar certa distância entre nós, mas em um piscar de olhos ela a atravessou e ficou diante de mim, a estatura divina de seu corpo se agigantando como uma maré alta.

— Eu sei que a culpa não foi sua — ela disse de maneira serena, mas me enfureci. Ela estendeu o braço e pegou a ponta de um de meus cachos retorcidos, como Poseidon havia feito quando terminou de me violentar, então deu um puxão e disse: — Mas vai enfrentar as consequências assim mesmo. Você o convidou para vir até aqui, encorajou-o a te procurar na soleira de minha porta. Agora ele vai falar de você como uma vitória contra mim. Os mortais precisam ver que a deusa deles não será feita de boba.

Senti meu couro cabeludo formigar com repulsa quando ela puxou a mecha de cabelo. Quis me afastar dela, mas, antes que pudesse me mexer, uma dor lancinante surgiu no alto de minha cabeça. Gritei, enfiando as mãos nos cabelos e agarrando as raízes enquanto caía de joelhos. A pele sob meus dedos estava se *movendo*, como se algo estivesse rastejando logo abaixo da superfície.

A dor se espalhou, como um veneno ou uma estaca quente de fogo abrindo caminho por meu crânio, e meus olhos queimaram. Fechei-os com força e gritei mais uma vez.

Um ruído forte e penetrante inundou meus ouvidos, mas ainda pude ouvir Atena falar, embora parecesse que falava comigo debaixo d'água.

— Você deve enxergar isso da mesma forma que eu, Medusa. O que o povo de Atenas pensaria se a deusa que eles veneram fosse desonrada e não fizesse nada para se vingar? — Ela pressionou o dedo grande e frio sobre minha testa superaquecida, mas, em vez de me acalmar, senti como se ela pressionasse um machucado. — Eles não podem pensar que sou fraca. Não posso admitir que percam a fé em mim, em minha habilidade como deusa.

Atena afastou a mão de mim e eu soltei um suspiro estrangulado.

— As pessoas vão olhar para você uma vez e saber que a deusa delas ainda deve ser temida. Certa vez te alertei sobre sua beleza — disse ela. — Você a vivenciou como uma bênção; agora vai conhecer a maldição em toda sua apavorante glória.

Atena não parecia zangada. Mesmo enquanto minha cabeça parecia se abrir, dava para ouvir a nota de remorso em sua voz.

— Vou dizer o que já disse antes: aprenda a usar sua aparência para o próprio bem, assim como usou sua beleza, pois essa maldição pode funcionar em ambas as direções. Não posso mais te ajudar. Você deve aprender a ajudar a si mesma — terminou.

Tirei as mãos da cabeça e cobri os ouvidos, um gesto infantil que não adiantou nada para abafar o ruído que parecia vir de dentro de meu crânio. Meus olhos estavam queimando atrás das pálpebras, mal conseguia conter o desejo de arrancá-los com meus próprios dedos. Abri a boca e deixei outro grito sair. Algo macio roçava no dorso de minhas mãos, raspando com gentileza na pele, mas não consegui me concentrar por tempo suficiente para descobrir o que era.

Então, com a mesma rapidez que havia começado, a dor desapareceu. Fiquei ofegante, curvada no chão com o queixo enfiado no peito. O mármore frio incomodava meus joelhos descobertos. Mantive os olhos fechados enquanto algumas lágrimas quentes escorriam por meu rosto em filetes úmidos e ardentes, mas tirei as mãos dos ouvidos.

— Você não será sobrecarregada com o fardo dos filhos dele — Atena disse; uma tentativa de gentileza, como uma carícia reconfortante após levar um tapa, e estremeci. — Pelo menos disso será poupada.

A voz dela tinha a natureza áspera de sempre, embora parecesse que o ruído penetrante persistia enquanto algo sibilava em meus ouvidos. Então senti algo macio encostar em meu rosto, como o toque no dorso da mão que havia sentido momentos antes, e abri os olhos rapidamente.

De soslaio, vi uma cobra verde iridescente erguer a cabeça e se afastar de meu rosto. Tentei recuar, mas a cobra se moveu comigo.

— O quê...

A cobra mostrou uma língua vermelha em minha direção. Seu corpo desapareceu de meu campo de visão e levantei o braço para passar os dedos pela lateral dela até que toquei meu couro cabeludo. Contive outro grito.

Onde meus cabelos dourados costumavam fluir em fios longos e macios, agora havia um emaranhado de cobras se contorcendo; os corpos finos e musculosos, com a largura de cerca de dois dedos, estavam se entrelaçando uns nos outros, como uma imitação viva de meus cachos. Elas se pressionaram contra a palma de minha mão enquanto as tateava.

— O que fez comigo? — perguntei a Atena, sem fôlego. Levantei a cabeça para encará-la, mas descobri que ela havia virado o rosto. Tentei olhar nos olhos dela, mas fiquei chocada ao ver que estava de olhos fechados. — Olhe para mim — exigi.

— Não posso.

Senti minha fúria crescer e os sibilos se tornaram mais altos. Ela não tinha nem a decência de olhar para o que havia feito comigo?

— Por que não? — perguntei.

— A maldição — explicou devagar, como se eu fosse uma criança —, ela vem de seus olhos. Nunca mais poderá olhar para outro ser sem que você sofra uma punição. E nenhum outro ser poderá te olhar sem ter medo de se transformar em pedra.

Pisquei e toquei a pele delicada de minhas bochechas. Comparada às escamas firmes das cobras que agora circundavam minha cabeça, a pele sob meus olhos parecia macia como sempre havia sido.

— Meus olhos — falei devagar — podem transformar humanos em pedra?

Atena havia levantado o escudo para ocultar as emoções mais uma vez, mas eu jurava que podia ver o canto de sua boca se elevar de leve. Ela apontou para os seus próprios olhos, bem fechados.

— Não só humanos.

ATENA

Após séculos vendo mortais desmoronarem pelo caminho, como flores cansadas sob seus pés, Atena achou que havia ficado impassível a tantos lamentos. O que importava se alguns humanos se perdessem nos planos que ela havia feito, contanto que ela tivesse o resultado que desejava?

Medusa estava diante dela com pernas tão instáveis como as de um potro recém-nascido. Atena manteve os olhos abaixados, longe do rosto da garota. Dera uma espiada momentos antes de Medusa abrir os olhos e vira as cobras de um verde vivo circundando sua cabeça. Eram diferentes de qualquer serpente que Atena já havia visto. Singulares, exatamente como Medusa havia se tornado.

Mesmo depois de explicar por que não poderia punir Poseidon, Atena sabia que Medusa não entenderia o raciocínio. A garota havia crescido mortal e não era capaz de compreender o tipo de presciência que Atena necessitava usar em todos os momentos, todas as ações, para garantir que o domínio dos deuses continuasse. Medusa só conseguia ver o que estava à sua frente. Atena não conseguia poupar emoções tão míopes.

Ainda assim, ao sentir as cobras pela primeira vez, Medusa gritou quando seus dedos tocaram as escamas fundidas no próprio corpo e Atena rangeu os dentes diante do som de raiva que podia ouvir enterrado por baixo do medo de Medusa. Já ouvira aquele grito antes, de inúmeros heróis.

Aquele som era o chamado da sereia da morte.

— Medusa — Atena disse com tranquilidade, como se falasse com um animal encurralado —, você não pode mais ficar aqui. Este lugar não é mais seguro.

Medusa havia se apoiado em um pilar, palmas das mãos pressionadas no mármore enquanto as pernas tremiam sob seu peso. A respiração irregular era acompanhada do leve sibilar das cobras. No salão silencioso e ecoante, parecia que as serpentes já tinham dobrado em número.

— Não é mais seguro? — perguntou Medusa, com desprezo. — Para quem? Para mim? Seu alerta veio tarde demais. Ou... — parou para respirar desesperadamente — não é mais seguro para *você* me ter aqui? Para onde espera que eu vá?

Atena falou de maneira resoluta:

— Você deve ir embora daqui, mas para onde ainda é escolha sua. Enquanto permanecer aqui, você é um perigo para todos, incluindo para si mesma. Qualquer um que cruzar seu caminho tem motivos para temê-la.

— Por causa do que você fez comigo!

— Sim — confirmou Atena.

Medusa podia estar perdida em horror e raiva, mas não era tola. Atena não podia mentir para ela. Se achasse que a garota fosse entender, teria dito a ela que a maldição também era uma bênção. Medusa não tinha poder, não tinha como se proteger contra alguém como Poseidon… até agora.

Ela sabia que Medusa não enxergaria dessa forma. Para ela, isso não passava de uma punição cruel.

Atena conseguia sentir o olhar petrificador de Medusa sobre ela, acompanhado por dezenas de outros olhos, conforme as cobras de Medusa voltaram a atenção para ela. Estivera em inúmeros campos de batalha na vida, em guerras tanto mortais quanto divinas, e sabia como era ter alguém a olhando com a intenção de matá-la.

Sutilmente, Atena firmou os pés. Mas tão rápido quanto surgiu, a sede de sangue de Medusa desapareceu. Atena ouviu seu suspiro, cambaleando para longe do pilar em que estava encostada, aumentando a distância entre elas. O sibilar das cobras aumentou.

— Medusa?

Atena se virou e viu Pollina, uma de suas sacerdotisas mais novas, parada na passagem arqueada. A jovem segurava uma pequena vela nas mãos delicadas, iluminando seu rosto e a cercando com um halo de luz que contrastava com o corredor escuro. Ela perguntou a Medusa:

— Você está bem?

Atena sabia o que aconteceria em seguida. Podia ver cada momento passar diante dela como cenas retratadas em detalhes meticulosos no corpo de um escudo. Cada acontecimento daquela noite estava passando por sua mente como movimentos em um campo de batalha. Ela já tinha perdido um peão, Medusa, mas sabia que algumas batalhas deviam ser perdidas para ganhar a guerra.

Medusa precisava sair do templo. Atena não poderia deixá-la permanecer ali como símbolo do insulto de Poseidon nem deixá-la vagar pela cidade que se esforçara tanto para construir. Os atenienses apenas a veriam como um monstro. Atena precisava dar a Medusa um motivo para fugir.

Ela viu o momento se desenrolar. Poderia tê-lo impedido. Em vez disso, deixou Medusa levantar os olhos.

Medusa disse, ofegante:

— Pollina, não!

Mas os olhos delas já haviam se encontrado por cima da vela tremeluzente. Atena afastou a cabeça do lampejo vermelho e brilhante que veio da direção de Medusa. Sob a cacofonia de cobras sibilantes e os gritos de Medusa, ela ouviu Polli soltar um pequeno ruído.

Acabou em um instante. Ouviu Medusa cair no chão com um baque, a respiração irregular.

— O que foi que eu fiz? — sussurrou Medusa. — O que foi que eu fiz?

— Seus olhos estão fechados, criança? — Atena perguntou.

— Sim.

Atena a olhou. Medusa estava desmoronada no chão, o rosto entre as mãos e a cabeça abaixada sobre os joelhos. As cobras tocavam com hesitação os narizes nas mãos dela, no pescoço, em qualquer parte que pudessem alcançar. As serpentes não levantaram os olhos quando Atena se moveu e suas sandálias fizeram um leve ruído junto ao chão para se aproximar de Pollina.

A deusa estudou a obra de Medusa. O rosto de Pollina estava da cor de uma tempestade de inverno soprando do mar: um cinza profundo e perturbado a que faltava o calor da vida. O restante do corpo estava igual, das mechas soltas de seu cabelo às mãos que ainda seguravam a vela. A vela também havia sido transformada em pedra, e a pequena chama agora não passava de um ponto de rocha.

Ela estendeu o braço e passou o polegar sobre o rosto duro de Pollina. A garota havia sido uma sacerdotisa dedicada, leal e gentil com todos que colocavam o pé no templo. No fim, foi sua natureza ingênua que a levou à ruína. Atena se permitiu um momento para lamentar a perda dela. Garantiria que o espírito de Pollina encontrasse a paz no Submundo.

— Medusa — disse, afastando-se da estátua —, pode olhar. Não há mais nada que possa fazer para feri-la agora.

Ela esperou Medusa se desencolher, mas a garota permaneceu abaixada no chão com os olhos escondidos. Como uma criança ocultando o rosto e esperando que todos os medos desaparecessem.

— Medusa — Atena disse novamente, com mais veemência. — Olhe.

Medusa se encolheu ao ouvir a voz dela, mas enfim obedeceu. Atena fechou os olhos quando a jovem levantou a cabeça e ouviu quando Medusa viu o que havia feito. Seus gritos se aproximaram quando ela começou a engatinhar na direção de Pollina.

— Não — sussurrou. — Não, não, *Polli*.

Medusa parou aos pés de Pollina e agarrou a barra dura e cinza da camisola imóvel. Atena se afastou e deu a volta até ficar atrás de Medusa. Abriu os olhos devagar, para garantir que Medusa não tivesse se virado.

Mas Medusa estava consumida pela dor e segurou os membros duros de Pollina para conseguir se levantar. Ela passou os dedos no rosto cinza da amiga. A sacerdotisa estava paralisada com um olhar arregalado de confusão, e Medusa bateu com o polegar no canto de seu olho.

— Desculpa — disse à estátua, como se Pollina ainda pudesse ouvi-la. — Por favor, me desculpa!

— Agora você entende por que tem que partir? — perguntou Atena. As cobras se agitaram ao ouvir a voz dela, mas não se viraram para olhar. — Seu poder não pode distinguir amigos e inimigos. Não vai poupar ninguém. Você deve deixar minha cidade antes que mais mortais sejam vítimas de seu poder.

Medusa fungou. Ela tirou os dedos da face de Pollina e tocou o próprio rosto; seus dedos ficaram molhados com lágrimas.

— E eu não sou mais mortal — indagou, devagar —, sou?

— Você não é humana — Atena disse, com cuidado —, e não acho que terá a expectativa de vida de um mortal, mas perder ou não sua mortalidade por completo depende de você.

O poder que Atena havia dado a Medusa agia sempre que ela fazia contato visual com outro ser vivo, mas não era incontrolável. A jovem ainda seria capaz de escolher quando usar sua capacidade de petrificar. Como usaria o poder, de agora em diante, dependeria dela. Atena tinha visto muitos mortais se perderem com poderes muito inferiores a esse, consumidos pela cobiça e pelo orgulho, mas Medusa ainda tinha uma chance de viver como seu ser mortal nunca poderia.

Atena se assustou quando Medusa começou a rir. Era um tipo de gargalhada selvagem, terrível, mais próxima de um grito.

— *Perder ou não minha mortalidade* — Medusa zombou e se virou. Atena rapidamente fechou os olhos e entrelaçou as mãos na frente do corpo. Medusa estava disparando as palavras como flechas. — Se eu não sou mais mortal por causa do monstro em que me transformou, então a perda de minha mortalidade também recai sobre seus ombros.

— Talvez sim — disse Atena, que já esperava essa raiva. — Mas, de agora em diante, Medusa, você está por conta própria. Espero que possa encarar seu futuro sem medo, como uma vez me disse que faria.

Sentiu Medusa estudando seu rosto. Atena pensou em contar a ela que não fizera aquilo como punição. Sem dúvida, Poseidon espalharia a notícia do que havia feito com Medusa, como se uma das próprias sacerdotisas de Atena tivesse se virado contra ela em favor dele. Gabando-se de que havia conseguido profanar o templo de Atena bem debaixo de seu nariz. Ameaçando que, se pôde atrair uma das serventes leais de Atena, poderia tomar a cidade toda.

Pensou em explicar para Medusa que o povo de sua cidade desejaria ver alguém levar a culpa pelo desrespeito à sua reputação e que ela não poderia deixar o povo enxergá-la como fraca. Mas sabia que Medusa apenas ouviria tudo como meras desculpas, e não estaria completamente errada.

No entanto, Atena se lembrou, ela era uma deusa. Não precisava se explicar para ninguém, fosse mortal ou monstro.

Atena se levantou e sentiu Medusa preparando outro bombardeio de perguntas, mas, antes que ela pudesse falar, a deusa liberou sua consciência. Em um piscar de olhos, a estátua que ela havia assumido estava de volta ao altar, com o capacete brilhante transformado em pedra e de volta sobre sua cabeça. Atena permaneceu vagamente presente, pairando atrás dos olhos de pedra da estátua para observar enquanto Medusa olhava de onde estava para o altar sob a sombra.

A jovem ficou tão imóvel quanto Pollina por alguns instantes. Mil pensamentos pareciam cruzar seu rosto. Atena sabia que tinha acabado de arrancar o lar de Medusa e dito para ela partir sem ter para onde ir. Mas, embora Medusa pudesse ter sido mortal antes daquela noite, ainda era filha de deuses.

As sombras do salão mudaram conforme a primeira luz fraca do amanhecer surgiu no horizonte. Os barulhos do início da manhã no templo e na cidade começaram a ficar mais altos à medida que os mortais se levantavam de suas camas. Em pouco tempo, as ruas estariam cheias de atenienses, e seria quase impossível Medusa fugir da cidade sem cruzar o caminho de centenas de pessoas.

Medusa olhou para o outro lado do templo, na direção do limite da Acrópole, onde o caminho de terra a levaria para a cidade e depois para o campo. Atena podia notar que, para Medusa, a distância parecia infinita.

Um novo ruído veio dos corredores enquanto Medusa ficava ali parada, pensando desesperadamente no que fazer; só quando ouviu passos bem perto da entrada foi que a jovem se encolheu. A sacerdotisa principal de Atena, Desma, era sempre a primeira a entrar no salão todas as manhãs.

Medusa correu na direção de Pollina, como se quisesse levar a estátua da pobre garota consigo, mas a sombra de Desma já se aproximava. Atena viu o rosto de Medusa ficar consternado e, logo em seguida, ela fugir.

— Medusa? — A voz de Desma a acompanhou para fora do templo. A sacerdotisa chamou o nome de Pollina também, a poucos metros da estátua de Atena. Um momento depois, a alta sacerdotisa soltou um suspiro terrível, mas Medusa já tinha chegado à entrada do templo. Ainda assim, pôde sentir a falha na voz de Desma quando ela gritou:

— Medusa, o que foi que você fez?!

Ela não olhou para trás, e a última coisa que Atena viu foi o lampejo de um brilho verde quando o sol refletiu nas cobras da cabeça de Medusa.

DEPOIS QUE O VENENO SE INSTALA

Mantendo os olhos baixos, corri pelas ruas de Atenas. Sempre que via a beirada de um pé bronzeado em uma sandália ou a barra de um vestido, eu virava e corria em outra direção, com os olhos em meus próprios pés. Os pedaços rasgados do vestido batiam em minhas pernas.

Respirações horrorizadas me seguiam por toda parte, e, mesmo que eu não estivesse olhando para as pessoas que me viam, podia sentir as cobras encarando os mortais. Seus corpos se sacudiam no ritmo de meus pés batendo no chão. Quando alguém gritava para mim, elas sibilavam em resposta.

— Calem a boca — gritei para as cobras, e elas se calaram.

Minha cabeça parecia pesada como pedra, um pensamento que tirou outra terrível gargalhada de mim.

Sem a orientação de Polli, e com tantas voltas e reviravoltas que tive que dar para evitar os mortais que acordaram cedo, quando finalmente cheguei ao limite da cidade, o sol já havia atravessado o céu por completo. Cambaleei até parar quando as estradas pavimentadas deram lugar à terra. Lembrei-me de como os prédios e as ruas de Atenas tinham se erguido de forma repentina quando minhas irmãs e eu chegamos pela primeira vez à cidade, e como havia apenas algumas fazendas afastadas ao redor das fronteiras. As bordas dos campos de trigo eram irregulares e havia ervas daninhas brotando mais perto da estrada, e essas eram as únicas coisas que pude ver enquanto caminhava de cabeça baixa.

Com a respiração pesada, manquei pela estrada, esperando que qualquer fazendeiro que cruzasse comigo estivesse concentrado demais em suas colheitas, ou muito para dentro dos campos, para me notar. A adrenalina que havia acelerado meus passos pela cidade estava quase acabando, e eu temia não conseguir correr mais, mesmo se precisasse. Meus pés doíam.

Pela graça de algum deus, não vi nenhuma alma na estrada. O caminho de terra foi ficando cada vez menos uniforme, menos reto, e depois de um tempo começou a se misturar com areia.

Ouvi o barulho das ondas e o som quase me fez cair de joelhos. Arrisquei um olhar para a frente e vi a costa estendida diante de mim em uma longa e contínua linha de azul. A areia ainda estava fria da noite e fui direto para a beira da água antes de me sentar, a saia de meu vestido ficando logo ensopada pela areia úmida.

O som das ondas batendo em si mesmas e depois subindo pela praia me lembrou da casa branca na praia solitária. A casa de minha infância parecia ter existido uma vida inteira no passado.

Perguntei-me se meus pais podiam me ver agora, tão perto de seu adorado oceano.

Mas então o cheiro da água atingiu meu nariz quando o vento mudou e recuei. Era o cheiro salgado que estava na pele de Poseidon e ficou na minha quando ele me tocou. Afastei-me da água e fiquei de quatro enquanto vomitava na areia. As cobras, sentindo minha repulsa, alternavam-se entre sibilar na defensiva contra uma ameaça invisível e deslizar com suavidade sobre minha testa e minha têmpora.

Agora, com um sabor azedo na boca, limpei os lábios com o dorso da mão e fiquei ofegante, tentando controlar minha respiração.

Estava perto demais do mar, onde Poseidon vivia e governava.

De repente, senti vontade de chorar novamente. O mar tinha sido um lugar de conforto para mim no passado, o único amigo a quem eu podia recorrer quando vivia na casa branca na praia, e agora mal podia suportar o cheiro dele. Havia um tipo singular de crueldade nisso. Apesar de já ter pedido demais naquele terrível dia, aquilo provava que eu podia ser ainda mais rebaixada pelos deuses. Minha única amiga, o lugar onde sentia que finalmente havia encontrado pertencimento e agora uma das únicas boas lembranças que eu tinha da infância haviam sido arrancados de mim, arruinados pelas ações de dois deuses que seguiriam vivendo como se nada tivesse acontecido.

Meus olhos ardiam devido à ameaça de mais lágrimas e ao cheiro de salmoura, e eu soube que tinha que me afastar da praia.

Julgando que valeria o risco, levantei os olhos devagar. Disse a mim mesma que, se visse pés ou pernas de alguém, eu desviaria os olhos, mas pude erguer o olhar sem ver ninguém.

Eu havia vagado além dos limites mais distantes de Atenas, onde as terras cultivadas davam lugar a uma floresta selvagem e arbustiva. Sentada sobre os calcanhares na areia, virei a cabeça devagar para olhar para a esquerda e depois para a direita. Não vi ninguém nem nada em ambas as direções. Pinheiros empoeirados erguiam-se acima da colcha de retalhos de arbustos que cobria o chão da floresta além da praia arenosa, e os galhos das árvores ofereciam sombra esparsa para aqueles que estavam no chão abaixo.

Com o sol erguendo-se ainda mais atrás de mim, me esforcei para me levantar e entrei na floresta.

Os rasgos de meu vestido ficavam presos nos arbustos finos e só aumentavam quando tentava soltá-los. Olhei para a barra arruinada do vestido que Polli havia me dado naquele primeiro dia no templo. A vestimenta era feita apenas para o uso de sacerdotisas de Atena, e eu certamente não era mais uma sacerdotisa na qual os mortais de Atenas podiam confiar.

Mas Polli havia me dado aquele vestido. Por mais doloroso que fosse o lembrete, amarrei os pedaços da barra de modo que minhas pernas ficaram descobertas do joelho para baixo, para tentar preservar o que restava dele.

Enquanto eu caminhava, os sons da floresta aprofundavam-se e ficavam mais altos conforme pássaros se comunicavam uns com os outros para dar alertas e então ficavam em silêncio para ver se eu era realmente uma ameaça. Sua melodia recomeçava depois de alguns instantes, quando tudo o que eu fazia era continuar andando. As folhas sobre as árvores farfalhavam com a brisa, como os mortais conversadores, fofoqueiros, que eu via reunidos ao redor das praças públicas de Atenas.

Também podia ouvir as cobras. Elas nunca pareciam silenciar, pelo menos uma delas estava sempre sibilando e balançando a língua em todas as direções, mas os sons também estavam vindo de dentro da minha mente. Elas não usavam palavras, exatamente, ou pelo menos não tinham uma língua que eu era capaz de discernir, mas, agora que não estava concentrada em fugir da cidade, percebi que as serpentes falavam comigo o tempo todo. Quanto mais eu me afastava de Atenas, mais minha cabeça esvaziava... e mais alto as vozes das cobras ecoavam em minha mente.

Tem um coelho ali, disse uma não voz. Eu simplesmente soube, de repente, que havia um coelho escondido nos arbustos à minha direita. Uma cobra do lado direito de minha cabeça ergueu a própria cara mais perto da minha enquanto eu pensava isso, e me dei conta de que ela tinha sentido o cheiro do coelho no ar e me deixado ciente disso. Mas por quê?

— O que você quer que eu faça? — perguntei, imediatamente me sentindo tola por falar com a cobra.

Comida, a não voz me disse, *comer*. E depois: *Com fome?*

Fiquei chocada a ponto de parar de caminhar e disse em voz alta:

— Não vou matar um coelho!

O som alto fez o pequeno animal correr dos arbustos, e alguns pássaros nas árvores acima de mim se assustaram e voaram dos galhos. O bater de suas asas chamou a atenção das cobras e algumas delas sibilaram para o céu.

— Calem-se! — ordenei a elas e deixei os pássaros e o coelho para trás. As cobras, parecendo sentir meu tormento, ficaram em silêncio.

Enquanto eu caminhava, os detalhes dos acontecimentos da manhã voltavam aos poucos. Embora eu ainda não tivesse certeza de como os poderes amaldiçoados funcionavam, sabia que a bruma vermelha que vira de canto de olho quando transformei Polli em pedra tinha vindo das cobras. Perguntei-me se a capacidade de petrificar mortais vinha delas, já que não podia pensar em outro motivo para Atena ter transformado meus cachos dourados em um emaranhado de cobras verdes se elas não tivessem algo a ver com esse poder desgraçado.

— Não preciso da ajuda de vocês — disse a elas, quando a não voz tentou me direcionar para outro coelho.

No entanto, por mais que não quisesse admitir, as cobras estavam corretas. Eu estava com fome. Meu estômago roncou quando pensei no pão duro que as sacerdotisas e eu fazíamos no templo. Ainda mais urgente do que a fome era a secura em minha garganta. Entre os gritos, o choro e a correria, sentia que meu corpo havia sido prensado até secar, como uma azeitona.

A floresta começou a se inclinar de leve. Minhas pernas pareciam pesadas como pedras enquanto eu subia, mas não podia parar. Temia que, se parasse para me sentar e descansar um pouco, não fosse capaz de me levantar novamente.

As plantas no chão da floresta mudavam à medida que eu subia a colina, mas eu não reconhecia a maioria delas. Já tinha visto plantas que os cidadãos de Atenas às vezes levavam para tributo, plantas que tinham propriedades medicinais ou algo especial, mas nunca me dei ao trabalho de aprender seus nomes ou para o que serviam. Elas não passavam de mais um sacrifício se desintegrando para eu varrer.

Por ali.

Parei quando a consciência repentina de um riacho próximo surgiu em minha mente. Cruzei os braços e olhei feio para o nada, como uma criança petulante se recusando a andar depois de receber uma ordem, mas as cobras, que apontavam o caminho com os focinhos lisos e cabeças balançando, não se intimidaram com minha frustração. Eu havia dito para que me deixassem em paz. Mas elas também faziam parte desse corpo, então deviam sentir também os efeitos de minha sede, e não estavam dispostas a me deixar morrer de desidratação só porque eu estava zangada com elas.

Uma das serpentes balançou a língua na direção do riacho e esticou o corpo até eu sentir um leve puxão na lateral do couro cabeludo.

Com a boca seca e a crescente irritação, a tentação foi um pouco demais.

— Está bem — cedi, abrindo os braços em demonstração de derrota. — Mostrem o caminho.

Apontando com as línguas vermelhas, as cobras me conduziram para a esquerda de onde eu estava caminhando, por uma parte mais íngreme da colina. Tive que escalar ao redor de algumas rochas grandes, mas seu insistente encorajamento em minha mente me fez continuar, uma vez que elas prometiam o alívio da água fresca em minha garganta. Eu não era capaz de identificar cheiros no ar como elas faziam com suas línguas sensíveis, mas as serpentes compartilharam comigo a ideia do sabor que o *cheiro* da água tinha para elas da melhor forma possível; era doce e limpo, como o primeiro sopro do vento após uma tempestade.

— Isso só está me dando mais sede — resmunguei para elas.

Finalmente, depois que passei pelo último conjunto de pedras, entrei em um trecho de floresta relativamente aberto com um riacho cintilante abrindo caminho pela beirada e descendo a colina. Com um ruído de alívio preso na garganta, corri na direção da água.

Ficando de joelhos a um dedo da margem, inclinei-me para a frente para mergulhar a cabeça toda no riacho. Mas, antes que pudesse me aproximar o suficiente para ver meu rosto no reflexo ondulado da água, senti algo puxar minha cabeça para trás. As cobras, todas as cobras ao redor de minha cabeça, me puxavam com força na outra direção, para longe do riacho.

— O quê? — falei, perplexa e desesperada para beber água. — Vocês me trouxeram até aqui!

Não olhe, as cobras me disseram, a voz que não era voz urgente em minha cabeça, *não pode olhar, não olhe, não, não.*

— Olhar para quê? Para mim?

O riacho não corria muito rápido e, embora houvesse interrupções e pequenas ondulações na água, havia um reflexo bem claro das árvores e do céu.

— Eu não posso olhar para o meu reflexo? — perguntei a elas.

As serpentes relaxaram, de modo que eu não as sentia mais que tentando arrancar minha cabeça do pescoço, e sua confirmação agitou-se em minha mente.

Não pode olhar, elas disseram. *Perigo.*

Atena dissera que esse poder que agora existia atrás de meus olhos funcionava tanto em mortais quanto em deuses. Se eu olhasse em meus próprios olhos por meio do reflexo... o olhar petrificador funcionaria em mim também? Como as cobras sabiam disso?

Quando comecei a usar minha aparência para cultivar a atenção dos mortais que visitavam o templo de Atena e, admiti com minhas entranhas se retorcendo, para atrair o olhar de Poseidon, eu tinha praticado as formas mais sedutoras de movimentar o corpo e deixar os cabelos caírem. Também estudara meu próprio rosto no reflexo dos escudos de prata dados a Atena, analisando o modo como abaixava o olhar ou subia o canto de meus lábios carnudos em um sorriso evasivo. Aquela vaidade, pois tinha sido vaidade, mesmo que eu não houvesse reconhecido isso, não havia me parecido hedonista na época. Agora que não podia nem vislumbrar como eu estava com cobras onde antes havia cachos dourados, senti lágrimas se formarem no canto de meus olhos.

Eu as limpei com raiva, mas elas simplesmente continuaram a cair.

— Isso não é justo. — A reclamação pareceu fraca até a meus próprios ouvidos.

Ter medo do próprio reflexo. Essa era realmente uma maldição em que apenas um deus poderia pensar e jogar em um mortal.

Enquanto as lágrimas secavam em rastros salgados e pegajosos pelo meu rosto, não consegui mais esperar. Fechei bem os olhos e me inclinei para a frente novamente, sentindo o que havia diante de mim com a mão até conseguir jogar um pouco de água no rosto. Peguei um pouco com a mão em concha e levei à boca para experimentar; quando não senti gosto de nada errado, afundei por completo e tomei longos goles direto do riacho. Achei que podia ouvir pequenos sons das cobras tocando suas próprias línguas na água para beber.

Quando minha garganta parou de reclamar, inclinei-me para trás, ainda de olhos fechados, e peguei um punhado de água para jogar no rosto. Limpei os rastros de lágrimas e pressionei as pálpebras com os dedos. A pele parecia a mesma de antes, assim como meus olhos sob elas, ainda que eu soubesse que tudo tinha mudado. Como algo podia estar totalmente diferente e parecer estar como sempre foi?

Quando me afastei da água, deixei as mãos caírem, pisquei os olhos e os abri. O sol claro do meio da manhã brilhava e refletia na superfície do riacho. Quando abaixei a cabeça e suspirei, as cobras oscilaram com o movimento. Gotas de água escorregaram por seus corpos escamosos e caíram em meus ombros. Ergui o braço para pegar uma das gotas no dedo antes que deslizasse pelo torso da cobra. Meu dedo roçou nas escamas verdes. Puxei a mão rápido o suficiente para dar um tranco tanto em mim quanto nelas, mas, é claro, elas me seguiam aonde quer que eu fosse.

A cobra que eu tinha tocado me olhou preguiçosamente. Devagar, levantei a mão de novo e deixei meus dedos tocarem as escamas, seguindo o padrão bem definido que terminava em meu couro cabeludo. Outras serpentes se esfregaram em minha mão. Tudo o que eu tinha visto delas era o que dava para espiar com minha visão periférica, ou quando uma delas se movimentava bem para a frente.

— Eu posso olhar para vocês? — perguntei à cobra que havia tocado. — Quer dizer... sem olhar para mim mesma. Se eu não olhar em meus próprios olhos, posso ser capaz de ver como vocês... como eu sou agora?

Dava para sentir as cobras se movimentarem com um pouco mais de agitação em minha cabeça, mas então a não voz disse: *Cuidado, cuidado.*

— Vou ter cuidado — prometi.

Respirando pelo nariz, pressionei a palma das mãos no chão bem ao lado do riacho e me inclinei para a frente até conseguir ver apenas a ponta de uma das cobras refletida na água. Esticando o pescoço o máximo possível, continuei até o topo de minha cabeça ficar visível, e vi uma parte de minha testa. Não fui além disso.

Cerca de duas dúzias de cobras verdes vibrantes enrolavam-se e contorciam-se em minha cabeça, seus corpos oscilando no movimento do riacho. A visão era hipnotizante. As serpentes não paravam de se mexer e me lembravam de como meus cabelos se movimentavam de maneira independente quando eu estava embaixo d'água, presa em uma corrente. Segui a linha de uma cobra, da base de seu torso até seu pescoço afunilado e sua cabeça em forma de diamante. Ver o marrom de minha pele ao lado do verde era um pouco espantoso, mas então a cobra se enrolou em minha mão e repousou a cabeça na palma. Afastando-me do riacho, abaixei a mão, e a serpente esticou o corpo o máximo que pôde enquanto eu trazia sua cabeça na altura de meus olhos.

Aquecida pelo calor do sol, a pele da cobra estava quente junto à minha, e eu pude sentir o tamborilar da vida sob suas escamas. Ela colocou a língua para fora para experimentar o gosto de minha pele. O reconhecimento do que sentiu ecoou em minha mente, e eu soube o que a cobra estava pensando, *Somos o mesmo ser.*

Elas estavam vivas devido a uma maldição, mas estava claro que não queriam me fazer nenhum mal. Como eu poderia odiá-las se eram uma parte de mim?

Suspirei.

— E agora?

Nenhuma das cobras parecia ter uma resposta para mim, o que eu já deveria esperar. Elas podiam ser capazes de sentir o gosto de água e dos animais no ar e me indicar a direção correta para chegar até eles, mas, se essas serpentes e eu realmente éramos um só corpo agora, então não teriam nenhuma resposta em que eu não pudesse pensar sozinha.

Inclinei a cabeça para trás novamente e fechei os olhos. O borbulhar gentil do riacho e o farfalhar do vento pelas árvores era calmante, e muito diferente dos barulhos mortais, como passos sobre um chão de mármore e cânticos sussurrados, sincronizados com melodias leves, com os quais havia me acostumado no templo. Tentei me concentrar na sensação do chão da floresta arenosa pressionando meus joelhos e canelas, o ar frio que soprava do riacho brigando com o calor implacável do sol. Quando eu morava na casa branca na praia solitária, praticava essa meditação silenciosa com frequência, atraindo minha atenção para a areia ou para os pássaros sobre mim em vez de me concentrar nas provocações de minhas irmãs. Não meditava dessa forma havia um tempo e me senti sem prática. Encontrar silêncio fácil em minha cabeça simplesmente não estava ao meu alcance.

Pude sentir uma pequena ruga se formar entre minhas sobrancelhas e tentei esvaziar a mente.

Estava tão decidida a esvaziar os pensamentos que não notei os chamados de alerta dos pássaros, os mesmos que haviam feito quando entrei na floresta. Então um cachorro latiu atrás de mim e meus olhos se abriram rapidamente.

Assustada, me virei por instinto para encontrar a ameaça e deparei-me com o olhar castanho-escuro de um vira-lata ofegante, sua língua vermelha estava para fora da boca, em felicidade. Quando olhei para ele, senti o mesmo calor pungente atrás dos olhos que havia ocorrido ao transformar Polli em pedra. No momento seguinte, depois de um lampejo de bruma vermelha, o cachorro estava paralisado, sólido como uma rocha, com a língua, agora cinza e seca, ainda pendurada para fora entre os dentes.

Boquiaberta com o que tinha acabado de fazer, não reagi rápido o bastante quando duas pessoas saíram da floresta para a clareira.

— Deka? — um dos viajantes chamou, um homem com um bastão de caminhada e um saco grande sobre o ombro.

Quando ele avistou seu cachorro parado como uma estátua, com o focinho apontado para mim, o homem levantou os olhos. Os meus ainda estavam arregalados de horror, e não pude fechá-los rápido o bastante. Eu o vi registrar as cobras se enrolando e se curvando em minha cabeça e sua boca se torceu, horrorizada.

Outro lampejo vermelho e o homem, seu bastão de caminhada e até seu saco de viagem endureceram e viraram pedra cinza. O olhar agora para sempre fixado em seu rosto era assustado e confuso.

Fechei bem os olhos e me levantei. O segundo viajante, outro homem, embora parecesse mais jovem, gritou atrás de mim. Não me dei ao trabalho de desacelerar e escutar, mas distingui a palavra que ele gritava repetidamente enquanto eu atravessava às cegas o riacho raso e desaparecia na floresta.

— Monstro! Monstro!

NAS GARRAS DA FLORESTA

Eu não queria correr mais o risco de transformar acidentalmente outra pessoa, ou cachorro, inocente em pedra, então rasguei uma faixa de tecido da barra já esfarrapada de meu vestido. Ela cheirava levemente a terra e suor, mas a amarrei sobre os olhos assim mesmo. Tive que dar o nó ao redor do corpo das cobras para garantir que não estava deixando nenhuma presa, mas elas pareciam decididas a ficar no caminho enquanto se enroscavam em meus dedos e tentavam se enrolar nas minhas mãos. Quando consegui afastá-las por tempo suficiente para apertar o nó, elas cederam.

Durante minha fuga às pressas para longe do homem que sobrevivera e das duas criaturas vivas que eu tinha transformado em pedra, os arbustos baixos da floresta haviam feito vários arranhões em minhas pernas desnudas e bati os dedos do pé em mais de uma pedra durante minha corrida às cegas.

As serpentes se dispuseram bastante a me ajudar a desviar e não bater de cara nas árvores nem cair de um penhasco, mas não eram empáticas à dor que se infiltrava em meu coração.

— Não quero machucar mais ninguém — disse a elas, ajustando a faixa de tecido para que ficasse sobre a curva de meu nariz.

Elas não sentem mais dor, as cobras argumentaram. *Pedra não tem sentimento.*

— Não foi isso que eu quis dizer — retruquei, certa de que elas estavam sendo obtusas de propósito. — Não posso transformar ninguém em pedra. Vocês ouviram do que o homem me chamou.

Monstro, as cobras disseram, mas, quando falaram, percebi que não consideravam isso um insulto.

— Sou perigosa para todo mundo — constatei, abraçando meu próprio corpo.

Eu tinha parado de correr em algum ponto da floresta, mais acima da montanha do que estava o riacho, e as árvores ficavam mais próximas a esta altitude. Elas pressionavam por todos os lados e, mesmo não dando para ver as copas, eu sabia que deviam se elevar muito acima de mim como gigantes. Sentia-me pequena sob elas. Como se fossem capazes de me engolir inteira.

Perigosa, as cobras repetiram minha palavra e, mais uma vez, não pareceu uma reprimenda na não voz delas. Quando diziam *perigosa*, era como se quisessem dizer *poderosa*.

Apertei o corpo com mais força e franzi a testa.

— Não quero este poder. Tudo o que fiz até agora foi destruir a vida de pessoas inocentes.

Polli era tão jovem, mais jovem do que eu, mas por minha causa ela nunca seria capaz de crescer e se transformar no que quer que ela quisesse ser. Meu coração afundou quando me dei conta de que nunca havia perguntado o que ela gostaria de fazer da vida; se queria ser como Desma e assumir o posto de sacerdotisa principal do templo de Atena, ou se queria viajar e visitar os santuários e dedicatórias a Atena espalhados pelo continente.

Ela nunca poderia tomar aquela decisão, por minha causa. Por causa do que eu tinha feito a ela.

Mas era mesmo culpa minha? Eu não tinha pedido esse poder. Atena havia decidido que eu levaria a culpa, e garantido que eu não teria ninguém ao meu lado.

Senti a raiva borbulhando em meu peito novamente, um vulcão adormecido tirado de um sono agitado. Atena não tinha dito que esse poder funcionava em deuses também? Houve um momento no templo em que eu quis tirar vantagem disso, quis forçar Atena a olhar nos meus olhos e virar vítima do monstro que criou. Eu poderia voltar à sua preciosa cidade e causar um estrago. Fazê-la sentir a dor e a culpa que havia jogado sobre mim.

Eu poderia enfrentar um deus? Atena havia me criado, mas parecia que nem ela estava imune à criatura em que me transformou. Minha raiva era alimentada por imagens de seu rosto régio, finalmente cedendo para demonstrar alguma emoção verdadeira e então transformando-se em pedra.

Mas se eu deixasse a raiva tomar conta de mim, se eu a deixasse me arrastar de volta para a cidade de Atena e me tornar o monstro que surgia sob a superfície, o que aconteceria? A ideia de mergulhar nesse sentimento e não conseguir sair dele me aterrorizava.

Respirei fundo algumas vezes, deixando a raiva se desfazer. Eu não voltaria. Não podia me deixar sucumbir a essa punição tão rapidamente. Precisava encontrar uma forma de seguir em frente. Atena havia dito que eu poderia aprender a usar esse poder; e, se eu pudesse controlá-lo, poderia aprender a suprimi-lo.

Apertei o nó de minha venda improvisada.

— Não me deixem tropeçar — pedi às cobras e comecei a andar, tentando deixar os pensamentos para trás.

Eu estava mais lenta do que antes, agora que não conseguia nem ver onde colocava os pés, mas não queria ficar parada por muito tempo se isso significasse que algum viajante desafortunado pudesse cruzar meu caminho por acaso. As cobras me conduziam de lá para cá enquanto eu caminhava pela vegetação rasteira. Às vezes elas me diziam *galho baixo à direita,* ou *grande pedra no caminho,* ou *vire à esquerda, árvores demais aqui*, mas os pensamentos que compartilhavam comigo eram truncados e desprovidos das sensações que tinham me feito sentir quando me mostraram o caminho para o riacho.

Como todas as orientações das serpentes eram dadas em silêncio, minha caminhada era quieta. Eu ainda tropeçava em galhos caídos ou montes de terra de vez em quando, e praguejei baixinho para mim mesma quando bati um dedo em uma superfície dura pela terceira vez.

— Olá?

Paralisei. As cobras também ficaram imóveis, mas todas pareciam focar um ponto alguns passos à frente. Se um mortal estava próximo o suficiente para me ouvir praguejar, devia estar próximo o suficiente para me ver. Eu podia ter escondido o mundo de meus olhos, mas não tinha como me esconder, e nem as cobras verdes e vibrantes que brotavam de minha cabeça.

A mesma voz falou novamente, e pareceu feminina e castigada pela idade.

— Se você acha que pode assustar uma velha cega, deveria pensar de novo. Minha visão pode estar pior do que a de um morcego em uma caverna escura, mas calculo que posso ouvir melhor do que ninguém. Se seu desespero é tanto que roubar de uma velha cega é sua única opção, talvez você mereça o que vai encontrar em meus bolsos. E já vou dizendo que não tem nada neles!

Abri a boca e a fechei novamente, perplexa com a mulher e ainda me recuperando do medo que tinha tomado conta de meu corpo quando ouvi sua voz tão perto. O ar pareceu ficar carregado com o silêncio que se seguiu, e eu senti o peso dele pinicando minha pele como um cobertor áspero. Pelo que as cobras podiam me mostrar, eu sabia que na parte da floresta em que estava havia árvores que ficavam longe umas das outras, e a mulher estava a pelo menos alguns passos de distância, então não entendia por que parecia que havia algo me pressionando. Obriguei-me a respirar fundo.

A mulher esperou minha resposta por mais alguns momentos, e então pareceu ficar impaciente.

— Bem, se tem uma coisa que detesto mais do que um ladrão, é um ladrão que faz a vítima esperar pelo golpe.

— Eu não sou ladra — disse, com cuidado.

A voz da mulher tinha o tom provocador que costumava acompanhar um sorriso.

— Então o que você é, garota?

Uma sacerdotisa de Atena, foi o que eu quase disse, até que me lembrei de que não era. Não mais.

— Eu...

Eu não tinha resposta para ela. O que deveria dizer? *Sou um monstro capaz de transformar pessoas em pedra se elas olharem para mim e, só para avisar, tenho um ninho de cobras no lugar do cabelo, mas não se assuste.* Mesmo pelo pequeno vislumbre que tive quando vi o reflexo no riacho, sabia que a visão de mim e das cobras era quase inacreditável, mesmo quando se estava olhando diretamente para ela. Descrevê-la em voz alta parecia ainda pior.

Quando meu silêncio se prolongou demais, a mulher bufou.

— Não sabe o que você é, hum? Você parece jovem, então acho que está tudo bem.

Ouvi a mulher arrastar os pés em minha direção, e junto com os passos ouvi o suave *tap* de um bastão sobre a terra dura, como uma bengala ou cajado que eu já tinha visto mortais mais velhos usarem quando suas pernas já não sustentavam.

— Por que você está aqui, então? Pode responder isso?

Isso eu podia.

— Tive que sair de Atenas.

— Por qual motivo?

Respirei fundo e de maneira trêmula e envolvi o corpo com os braços, agarrando-me nas laterais.

— Não sou mais bem-vinda lá. Eu fiz uma coisa... ruim, para uma amiga minha. Eu tenho um poder que não consigo controlar, e não quero machucar mais ninguém.

O *tap, tap, tap* chegou mais perto, e então a mulher colocou a mão quente sobre meu braço. Eu me encolhi. Seu toque não era cruel, mas por algum motivo meu corpo ficou alarmado com a sensação da pele dela sobre a minha. Pensei, absurdamente, que a sensação era a mesma de quando Atena tocou minha testa, mas isso aconteceu provavelmente porque a deusa havia sido a última a colocar a mão em mim.

A mulher não se afastou imediatamente com minha reação. Em vez disso, apertou meu braço e deu tapinhas em mim antes de retirar a mão. Quando falou, sua voz veio mais ou menos da altura de meus ombros, então olhei para baixo, mesmo que não pudesse ver o rosto dela.

— Por que não me machucou? — perguntou.

Surpresa pela pergunta, lutei para encontrar uma resposta.

— Você não pode me ver — respondi. — E eu não posso ver você. Isso significa que está a salvo de mim.

— Ah — fez a mulher, contente, como se não tivesse acabado de questionar por que não lhe causei nenhum dano físico, mas perguntado sobre o tempo. — Será que finalmente me deparei com uma cega como eu?

Senti o ar perto de meu rosto mudar, e mesmo com as cobras alertando *Perto demais*, a mulher passou os dedos pelas minhas maçãs do rosto, tateando na direção de meus olhos. Quando encontrou o tecido de minha venda, fez um ruído questionador.

— Para que serve isso? — perguntou, e seu destemor inane me confundiu tanto que me impressionou.

— Sou cega por escolha — disse a ela.

As cobras resmungavam sua preocupação em minha cabeça, mas em silêncio disse a elas para ficarem imóveis e quietas. Não queria que a mulher encostasse em um dos corpos escamosos por acidente. Seria muito mais difícil de explicar do que uma venda.

— Uma escolha estranha para uma mulher vagando na floresta — disse a velha. — Me diga, em quantas árvores já trombou até agora?

Na verdade, nenhuma, graças à orientação das cobras, mas não podia dizer a ela que tinha duas dúzias de pares de olhos vendo por mim e me desviando de colisões.

— Não muitas — respondi. — Estou tomando cuidado.

— Mas aposto que está toda arranhada, não?

— Estou — admiti, soltando um suspiro sutil de alívio quando a mulher afastou os dedos de meu rosto para passar as mãos sobre meus braços. Procurava por cicatrizes ou ferimentos, percebi depois de alguns momentos de tateio gentil.

— Precisa arrumar um cajado como o meu. — Ela bateu com a ponta do objeto no chão. — Ajuda a evitar bater nas árvores. Também ajuda quando dou de cara com alguém que quer me machucar.

Sem aviso, ela golpeou com força a lateral de minha panturrilha, e eu saltei para trás com um grito. A pontada aguda de dor era um ponto claro para focar, e senti a tensão desaparecendo de meus ombros quando abaixei para massagear o ponto dolorido. As cobras estavam em conflito, furiosas pelo machucado que não previram e um pouco entretidas pelo fato de aquela velha ter levado a melhor sobre nós.

— Por que você fez isso? — perguntei, encolhendo-me quando meus dedos pressionaram a pele ferida.

— Só para o caso de você ainda estar na dúvida se vai me ferir ou não! — disse a mulher.

— Mas acabei de dizer que não!

— As pessoas falam coisas por falar todos os dias — respondeu a velha. — Descobri que a melhor forma de me proteger, como mulher cega, é cortar o perigo pela raiz. — Ela bateu com o cajado em minha outra panturrilha, e eu saltei para a direção oposta com o toque. — Às vezes de uma maneira quase literal.

Ela estava rindo, mas meus lábios tinham formado uma careta.

— Então você fere as pessoas antes de elas ferirem você — perguntei —, mesmo que elas não pretendam ferir você de jeito nenhum?

A risada da mulher desapareceu.

— Nem sempre. Mas me diga uma coisa, garota, se você fosse eu, cega não por escolha, mas por destino, velha o bastante para ouvir o rangido dos próprios ossos, e uma mulher solitária andando por esta terra, estaria inclinada a confiar em todos os viajantes que encontrasse? — O tom de voz que usou me fez pensar que estava acostumada a ser ouvida e, novamente, eu me lembrei repentinamente de Atena. — Agora, me diga, se tivesse um cajado como eu, não o usaria para se defender? Eu carrego esse cajado porque facilita minha viagem, sim, mas já que o tenho e posso usá-lo para me proteger, por que não deveria fazer isso?

Um instante de silêncio se passou, mas eu achei que ela não estava realmente esperando por uma resposta às suas perguntas. E, de fato, após um longo momento, ela falou novamente.

— Este cajado é meu poder e minha proteção, e vou usá-lo como quiser.

Ela estava certa, supus. Com tanta incerteza ao redor, não ficaria surpresa se ela estivesse inclinada a atacar primeiro em defesa de sua segurança, ainda mais o cajado sendo tão eficiente. Eu me perguntei quantas pessoas ela havia atingido que nem haviam pensado em lhe causar mal, e se elas agora faziam o mesmo. Quanta violência havia gerado por causa dessa estratégia? Mas, mesmo tendo minhas reservas, o fato de ela estar parada diante de mim, inteira e ilesa, provava que seus métodos funcionavam.

— Nós somos iguais — falei, lembrando-me da descrição que ela havia dado de si mesma e tentando encontrar alguma coisa em comum —, somos mulheres em viagens solitárias.

— Mas eu venho sendo capaz de defender minha pessoa solitária há anos — disse a velha com veemência. — Você parece ter apenas começado. Tem alguma coisa para se proteger?

As cobras ficaram agitadas, passando por minha testa e cutucando a venda, embora tivessem ficado quietas quando pedi. Elas estavam preocupadas comigo, percebi.

— Acho que sim — falei, com honestidade —, mas não sei como controlar.

— Você está falando daquele perigo que representa aos outros sobre o qual me alertou no início, não é? O poder de que falou, que, para nossa sorte, não pode me ferir? Você pensa nesse poder como um perigo — a mulher disse. — Bem, então meu conselho é que aprenda a controlá-lo. Não permita que seja apenas uma muleta que te ajuda a capengar pelo caminho ou, pior, um obstáculo que te impeça de seguir seu caminho. Use-o a seu favor.

Estávamos a quilômetros do templo de Atena e o ar parecia solto e inalterado, mas eu não conseguia me livrar da sensação de estar na presença de Atena enquanto a mulher falava. Esse conselho me parecia familiar, e ficou na minha mente enquanto tentava me lembrar do que Atena tinha me dito antes de eu partir. Ela também havia recomendado que eu aprendesse a usar meu poder antes que ele me usasse?

A velha me deixou com o que ela havia dito por mais alguns momentos, e então soltou um grande suspiro.

— Pelo menos pense no que te falei, garota. Mas, já que está aqui, poderia me dizer a que distância estou de Atenas?

— Não está longe — eu disse automaticamente, com a mente ainda girando. — Mais ou menos a meio dia de caminhada daqui.

Não tinha muita certeza sobre quanto tempo havia levado para chegar tão *longe* de Atenas, uma vez que estava correndo em um frenesi de terror durante boa parte da viagem.

— Então vou te deixar com mais um conselho — disse a mulher —, que posso dar porque sou velha e sábia devido a todos os anos que vivi. Não precisa ter medo de usar o poder que reside em você. Ele foi colocado aí por um motivo. Enquanto eu posso culpar as Moiras por minha cegueira e pelos acontecimentos que me levaram a ficar sozinha, não deixo aquelas três imortais intrometidas acabarem comigo graças ao poder que escolhi usar para mim mesma. — Ela riu novamente e deu um tapinha em meu rosto com uma mira certeira. — Espero que dê ouvidos às divagações de uma velha.

Abaixei a cabeça, mesmo que ela não pudesse ver, e disse:

— Obrigada.

Tive que admitir que havia sido um certo alívio falar com alguém que não fossem as cobras, mas estava ansiosa para me afastar da mulher. As cobras também pareciam ávidas para seguir em frente.

— Ah, não me agradeça ainda! — ela disse. — Espere e veja se consegue mesmo fazer seu poder funcionar para o seu bem, primeiro, e demonstre sua gratidão quando nos encontrarmos de novo — disse com uma risada, e pude imaginar um sorriso se esticando em seu rosto.

Suas últimas palavras foram estranhas, pensei, e era muito improvável que nos encontrássemos novamente, mas, antes que eu pudesse perguntar a ela sobre isso, ouvi seu cajado bater no chão enquanto partia na direção pela qual eu tinha vindo.

— Adeus, garota! — ela disse, e então apenas o som da floresta preenchia o ar mais uma vez.

Continuei a viajar para longe de Atenas. Com o passar dos dias, fiquei muito boa em notar quando outros viajantes estavam se aproximando de mim e, com a ajuda das cobras, fui capaz de evitar dar de cara com mais pessoas. Ou eu ouvia os passos altos dos mortais pela vegetação rasteira da floresta e desviava do barulho, ou as cobras sentiam o cheiro no ar e me davam a localização aproximada de onde vinha o odor. Trabalhávamos bem juntas, pelo menos para este fim.

Retirava a venda apenas por alguns momentos durante o dia, para lavar meu rosto com água fria em um riacho ou rio, e às vezes de manhã bem cedo eu ficava sem a venda para ver o sol subir no céu. Se eu estivesse no alto de uma colina, conseguia ver como o azul do oceano e o azul do céu se separavam no horizonte quando o amanhecer chegava, e as manhãs eram tão silenciosas. O mar e o céu não faziam som nenhum quando se dividiam, e os pássaros e animais da floresta ficavam em silêncio quando a noite dava lugar ao dia.

Encontrar comida era difícil. Tinha água suficiente para beber, já que as cobras conseguiam encontrar riachos com facilidade, mas eu não sabia caçar nem tinha as ferramentas para isso. Em vez disso, quando as cobras sentiam o cheiro de um coelho e, de vez em quando, um animal maior, como um cervo, eu levantava a venda e analisava o que o animal estava comendo de longe. Cuidava para desviar os olhos ou cobri-los com a venda se ele se virasse para mim.

Os animais comiam as variadas plantas folhosas espalhadas pelo chão da floresta. Depois de ver um coelho pequeno enchendo a boca com uma planta que tinha folhas verdes e roxas, arranquei o restante para mim. Elas eram amargas e tinham mais gosto de terra do que de qualquer outra coisa, mas era alguma coisa. A maioria das plantas que eu comia tinha sabor amargo, mas achei ter reconhecido algumas delas das saladas que misturávamos com azeite de oliva para comer com pão no templo.

Em determinado ponto, no terceiro ou quarto dia, as cobras haviam sentido o cheiro de alguma coisa na brisa e me puxado na direção dele sem nem tentarem me dizer o que era. Chegamos à base de uma figueira e, quando tirei a venda para ver onde haviam me levado, fiquei sem palavras de tanta alegria. Peguei o máximo de figos que podia carregar, comendo muitos ali mesmo, e colocando o resto em um cesto improvisado que eu tinha feito segurando as pontas do vestido para formar um bolso. A suavidade do figo sob meus dentes ao mordê-lo e o gosto doce em minha língua eram divinos.

Para dormir, eu pedia às cobras que me levassem até um bosque ou saliência rochosa onde eu pudesse ter uma parede sólida atrás de mim. Permanecia de venda, mesmo dormindo, e as cobras pareciam decididas a zelar por mim durante a noite.

Uma noite, quando já estava acomodada com um carvalho grande atrás de mim, ouvi pessoas se movimentando pela floresta sob os restos tênues do pôr do sol. Meus ombros ficaram tensos, ouvi com atenção e esperei as cobras colocarem as línguas para fora e sentirem o gosto do ar. Elas me avisariam se sentissem perigo.

De repente, senti as cobras recuarem e me levantei, apoiada nas mãos quando uma voz grave masculina disse:

— O que temos aqui?

Uma mão se fechou ao redor de meu tornozelo.

Chutei com a perna, a sensação da palma áspera do homem sobre minha pele me lembrando da sensação das mãos de Poseidon em meus pulsos e meu pescoço.

— Solte! — gritei.

— Uma *mulher* — disse outra voz, também masculina.

— Sozinha na floresta — disse o primeiro homem, e seu tom era asqueroso como entranhas de peixe. — Por que não vem com a gente?

Ele apertou mais minha perna e me puxou com força, me fazendo escorregar para fora de onde tinha me encolhido para dormir, sob a sombra do grande carvalho. Ele colocou a outra mão mais para cima em minha perna, onde a beirada de meu vestido esfarrapado havia embolado.

A venda que eu usava me impedia de ver a noite nublada ou como a floresta tinha se tornado um lugar escuro e borrado, mas, quando os homens pegaram em mim, uma pequena parte das nuvens saiu da frente da lua e deixou a luz passar.

— Deuses do céu — o segundo homem exclamou —, isso não é uma mulher! Que raios é essa coisa?

Minhas cobras estavam se retorcendo e sibilando, libertadas do choque temporário, e dava para sentir o medo delas. O mesmo medo que rastejava sobre minha pele.

— Tem o corpo de uma mulher — o primeiro homem disse, embora sua voz também tivesse um quê de repulsa. Senti um calafrio no corpo. — Isso basta.

Diferentemente de Poseidon, este homem estava tão concentrado em apertar minhas pernas o bastante para me machucar que não prestou atenção em minhas mãos. Eu levantei o braço e arranquei a venda.

Você tem proteção, garota?, a velha havia perguntado.

É seu poder. Use-o a seu favor.

Abri os olhos, feliz por ser noite, de modo que a luz fraca não era tão diferente da escuridão sob a venda.

O homem que me segurava era grande, com um rosto largo e cabelos desgrenhados. Ele olhava para o meu corpo, mas, quando o segundo homem atrás dele fez um barulho, levantou a cabeça.

Meus olhos não chamejaram de dor desta vez. Quando o lampejo vermelho veio, senti uma sensação parecida com alívio pulsar da minha cabeça até os pés. As mãos do homem ficaram frias e eu me encolhi e soltei minhas pernas, a pedra pesada arranhando minha pele.

Apoiei meu peso nas mãos e cambaleei para trás, para longe da estátua. As cobras ainda estavam sibilando em meus ouvidos, *O outro, rápido, pegue o outro.*

Olhei para cima com ferocidade e encontrei o segundo homem, que havia conseguido dar apenas um passo para trás, com as mãos erguidas em rendição, até que meu olhar encontrou o dele e a bruma vermelha piscou quando foi transformado em pedra. A pedra pareceu vir de dentro de seu corpo, o granito se espalhando por sua pele como uma alergia enquanto cada membro endurecia e parava em sua posição final.

O olhar petrificado em seu rosto era de horror.

Chutei o chão com os pés para me afastar ainda mais das duas estátuas. Minhas costas bateram na árvore sob a qual eu estava dormindo e eu usei as pernas para me empurrar tronco acima até ficar de pé.

As cobras estavam se contorcendo loucamente em minha cabeça, suas bocas abertas enquanto experimentavam o ar em busca de mais inimigos à espreita na floresta. Dava para sentir a irritação delas, chateadas por não terem conseguido me alertar a tempo e terem permitido que aqueles homens me causassem dor. Entremeado à raiva delas estava meu próprio desespero. Não havia falado que não machucaria mais nenhum mortal? Não havia dito a mim mesma, e às cobras, e àquela mulher cega, que não queria machucar outro ser? Eu era realmente tão fraca a ponto de ter que usar isso novamente, apesar de minhas reservas?

Afundei os dedos na casca da árvore e senti farpas entrando na pele macia sob minhas unhas. A dor foi aguda e clara. Ela me ajudou a organizar meus pensamentos.

A velha dissera para usar meu poder para me proteger. Atena tinha me dito para usá-lo a meu favor antes que outros o usassem contra mim. Mas o que elas sabiam realmente sobre ele? Apenas eu compreendia todas as consequências do que esse poder poderia fazer com as pessoas e o que faria comigo.

Não há mais nada, as cobras me disseram quando terminaram de vasculhar a área em busca de mais pessoas, embora não tivessem parado de se contorcer. Afrouxei minhas mãos na árvore e me afastei do tronco. Minhas pernas pulsavam de leve, fatigadas pela adrenalina e latejando sob a pele onde o homem havia me segurado.

A sensação familiar me lembrou de Poseidon novamente, e a lembrança que a sensação trouxe à tona logo fez cada som, cada movimento, parecer uma estaca quente atravessando minha testa. Até mesmo os movimentos preocupados das cobras me faziam sentir náuseas.

— Parem — rosnei, e as cobras ficaram imóveis ao ouvirem meu tom duro.

Minha cabeça ficou, para meu alívio, em silêncio por um momento, e a não voz perguntou, hesitante, *Machucada?*

— Fique *quieta* — retruquei. E então, ao sentir o desalento das cobras, acrescentei: — Não.

Não conseguiria dormir mais aquela noite, então, assim que senti que minhas pernas estavam fortes o bastante para me sustentar, deixei as duas estátuas para trás e comecei minha lenta e difícil caminhada pela floresta mais uma vez. A venda estava solta em volta de meu pescoço. O céu e as árvores sombreadas estavam silenciosos, então meus pensamentos ecoavam sobre tudo.

Não dava para continuar viajando dessa forma. Toda vez que encontrava outro ser vivo, corria o risco de matá-lo se ficasse sem a venda, ou de me colocar em perigo se ficasse com ela. Não havia como prever quando eu daria de cara com mais alguém. E, quando me deparasse com um humano, como poderia confiar nele por tempo suficiente para saber se pretendia me fazer mal? Com minha aparência, o mais provável era que qualquer mortal viesse até mim com armas na mão e não de braços abertos. Isso significava que ir para qualquer lugar próximo de uma cidade ou vilarejo estava fora de questão.

Eu tinha que ir para algum lugar em que os mortais nunca pudessem chegar. Onde eles nunca seriam capazes de trombar comigo no meio da noite. Sabia que esses lugares existiam, já que havia crescido em um deles. A casa branca na praia só era acessível àqueles com sangue divino nas veias, ou alguém como eu, que havia nascido lá. Mas nunca havia aprendido a localização de outro lugar como aquele. Precisava que alguém me dissesse onde encontrar um lugar no qual nenhum mortal pudesse entrar, e como chegar lá.

Um pássaro cantava nos galhos acima de mim. Ainda era cedo, horas antes de o sol alcançar o horizonte leste. O pássaro podia estar dando um alerta, ou talvez chamando outro para ajudá-lo a encontrar o ninho depois de se perder no escuro. Ambos ficamos esperando uma resposta.

Quando o silêncio se estendeu na escuridão, pensei em quem eu poderia chamar, como aquele pássaro. Quem me guiaria até um lugar seguro? E então pensei que só havia um ser no qual confiar para me dizer a verdade nua e crua, alguém que me diria o que havia no caminho à minha frente. Três seres, para ser mais específica, embora formassem uma entidade.

Pedi às cobras para me dizerem como chegar a Delfos.

Elas responderam facilmente e, quando virei para noroeste, ouvi outro pássaro cantar na escuridão, respondendo àquele pedido para levá-lo para casa.

OUTRA PROFECIA ESQUECIDA PELOS DEUSES

Já tinha visto alguns mapas de terras mortais antes. Havia um desenhado em um antigo pergaminho na biblioteca da casa branca na praia, o papel amarelado e liso ao toque. Outro mapa que eu tinha visto havia sido deixado no altar de Atena, cuidadosamente enrolado e lacrado com cera até outra sacerdotisa quebrar o lacre para ver o que era. Espantadas com a arte e os detalhes, as sacerdotisas do templo haviam cercado o mapa e estudado a escrita cuidadosa de nomes perto de cidades e marcos célebres. Algumas sacerdotisas conseguiram apontar as cidades em que haviam nascido. A velha casa branca na praia não apareceria em nenhum mapa mortal, uma vez que era um lugar feito apenas para divindades, mas eu tinha gostado de passar o dedo pela costa do país mortal.

Lembrando-me daquele mapa, sabia que Delfos ficava a uma boa distância de Atenas, localizada na base da grande península, enquanto Atenas ficava situada perto da ponta. Em mais ou menos uma semana vagando, eu tinha seguido para o norte de Atenas, e agora só precisava seguir para o oeste. Embora soubesse que havia estradas de terra que serpeavam pelas florestas e cortavam grandes cadeias de montanhas, não podia arriscar viajar por rotas tão cheias. Teria que viajar sozinha pelo campo, onde era menos provável que visse mortais.

Evitar as estradas significava que o que poderia ser uma viagem de dois dias se tornaria uma caminhada de quatro. As cobras tinham um incrível senso de direção que garantia que eu não saísse do ângulo no sentido oeste que elas tinham traçado para mim, mesmo quando o sol estava oculto entre as nuvens.

Cada noite eu tirava as sandálias para massagear meus pés doloridos, limpando grãos de poeira e terra da jornada daquele dia. Havia abandonado totalmente a venda, então tropeçava em menos pedras e não tinha que aturar galhos batendo na minha cara, mas a caminhada ainda era difícil. Eu estava acostumada a permanecer em um só lugar. Nos últimos dias, havia viajado mais do que em toda minha vida.

Mas, quando pensei sobre isso, perguntei-me como tinha me contentado em ficar em uma cidade, em uma casa, por tantos anos. Só durante a última semana, tinha visto dezenas de nasceres e pores do sol, um mais belo que o outro, enquanto eu subia e descia colinas, entrava e saía da floresta, de modo que a vista estava sempre mudando. As poucas cidadezinhas que avistara de longe estavam frequentemente cheias de mortais, crianças correndo pelas ruas e adultos se movimentando entre casas com barulhos familiares de saudações. Tomei cuidado para ficar escondida quando passei por essas cidadezinhas, mas quis muito correr para as feiras que vi com bancas de frutas, pães e bolos e comer o máximo que conseguisse.

A dor da fome, no entanto, parecia uma coceira superficial que só ficava persistente quando eu pensava nela. Quando estava viajando e conseguia empurrar o pensamento em comida para o fundo da mente, não ficava com fome. Ver comida era o que me lembrava de que eu deveria sentir fome. No entanto, meu estômago não doía como costumava fazer quando estava vazio, e mesmo depois de dois dias e meio sem comer, não me sentia fraca.

Sem ninguém com quem conversar, tinha todo o tempo do mundo para pensar, e comecei a perguntar às cobras se elas precisavam comer ou se sentiam fome apenas quando eu sentia.

Mas você está com fome?, a não voz perguntou em resposta.

— Não — respondi imediatamente, e fiquei surpresa em descobrir que era verdade. — Não como há três dias, mas não estou com fome.

Ou eu estava mais exausta do que pensava, cansada demais até para sentir fome, e meu corpo estava prestes a ceder sem aviso, ou não precisava mais comer para viver.

— Como pode?

Nós não somos mortais, as cobras disseram, e seu tom sugeriu que eu já deveria ter percebido isso. *Não sucumbimos às necessidades mortais.*

— Este corpo foi mortal por muitos anos — falei, mas, mesmo me lembrando de como era estar em um corpo mortal, sabia que não era mais quem eu era agora. O que quer que Atena tivesse feito comigo além das cobras e de meus olhos, eu não era mais a Medusa que precisava comer para permanecer viva.

Nos primeiros dias de minha caminhada, eu só tinha comido as plantas e frutas que encontrei porque achei que deveria. Mas estava mesmo com fome ou só achei que deveria estar?

A resposta estava bem diante de mim, é claro. Só não queria pegá-la e examiná-la. Lembrei-me de como meus pais e minhas duas irmãs tratavam comida, como um luxurioso, mas desnecessário, ato do qual fazer parte. Eu comia o peixe e o pão que as criadas preparavam porque precisava; minhas irmãs comiam por diversão. Os imortais com os quais eu havia crescido não dependiam de comida para manter os corpos saudáveis e em funcionamento — sua divindade inerente garantia que nada os matasse, exceto o que as Moiras tinham preparado.

Se eu não dependia mais de comida para viver, era porque esse corpo novo, monstruoso e imortal não precisava ser mimado como um humano frágil.

Ótimo, as cobras pensaram com orgulho.

— Parem de ouvir meus pensamentos — retruquei, depois franzi a testa.

Se aquelas cobras eram mesmo só mais uma parte deste corpo, estava apenas discutindo comigo mesma. Mas aquele pensamento fez minha cabeça doer, então o afastei.

O último pedaço de terra que eu tinha que percorrer antes de chegar a Delfos passava por uma pequena cadeia de montanhas. Conforme eu subia, dava para ver uma montanha maior agigantar-se ao norte de meu caminho. Lembrando-me do mapa que tinha visto no templo de Atena, soube que aquele era o monte Parnaso e, lembrando-me da fofoca das sacerdotisas, sabia que era um monte favorecido pelo deus Dionísio. Conhecia pouco sobre o deus do vinho e da loucura ritualística, mas era o suficiente para querer ficar longe daquele monte. Quando cheguei no alto da colina, virei as costas para ele.

O problema com Delfos, logo descobri, era que havia muitos oráculos menores que se aglomeravam na cidadezinha ao lado da colina para ficarem mais perto do oráculo de Apolo, abençoado pelo deus. Seria difícil analisar todos esses oráculos para descobrir onde as Greias haviam se isolado. Principalmente porque eu não podia falar com ninguém.

— Vocês podem me ajudar a encontrá-las? — perguntei às cobras depois de passar quase uma hora sentada sobre uma pedra em meio às poucas árvores, olhando para os telhados de Delfos.

Precisamos de alguma coisa para procurar, a não voz explicou, *precisamos de um cheiro, algo para rastrear.*

Pensei na última vez que havia visto as Greias, no casamento de Equidna. Suas órbitas oculares vazias perfurando buracos em mim, e sua pele, enrugada e cinzenta como uma criatura marinha ressecada, mais próxima da cor de um cadáver do que de um corpo vivo. Não sabia se seres divinos, divindades reais, não os devotos fanáticos que inundavam esta cidade, tinham um cheiro específico. Teria que escolher algo que fosse capaz de sentir enquanto ainda era humana.

— Decomposição — disse devagar. — Vejam se vocês conseguem captar o cheiro de três mulheres com o odor de quem está a meio caminho a sepultura.

As cobras obedeceram de imediato, algumas delas balançando a língua nos rápidos lampejos cor-de-rosa que eu tinha me acostumado a ver, e outras abrindo a boca em um largo sorriso que revelava as duas presas. Eu me levantei e girei em círculo antes de me dar conta do que estava fazendo. Parte de mim havia pensado que seria mais fácil para elas pegarem o rastro de um cheiro se fossem capazes de se virar para múltiplas direções, e, embora as cobras pudessem virar a cabeça para olhar ao redor, o restante de meu corpo havia reagido e facilitado para elas sem pensar. Eu queria ficar frustrada pelo fato de o restante dos membros humanos que eu tinha estarem respondendo à necessidade de minha monstruosidade, mas simplesmente não consegui encontrar motivos para ficar zangada comigo mesma.

Uma das cobras acima de meu ouvido esquerdo de repente fechou a boca e começou a mostrar a língua em movimentos rápidos. As cobras que a cercavam se viraram na mesma direção e repetiram o movimento.

Ali, a não voz me disse, *morte, lá em cima.*

As cobras estavam olhando para o alto dos penhascos, ainda mais alto do que eu já estava acima da cidade, e dava para ver colunas de um templo e santuário sobre afloramentos rochosos.

— Elas estão perto do templo de Apolo? — perguntei, descrente.

Mal conseguia imaginar as Greias abrindo mão de controlar aquele orgulho mortal que tinham por tempo suficiente para reconhecer outro ser divino com habilidades semelhantes, ou superiores.

Não, as cobras disseram, seus corpos agora tensos e enrolados na expectativa, *mais alto*.

Sobre o templo havia mais penhascos. Quando subi, com cuidado para desviar das áreas planas, onde caminhos de pedra criavam uma rede ao redor dos templos e dos santuários menores a Apolo e ao oráculo, pude ver que havia cavernas nas laterais do penhasco. As primeiras cavernas pelas quais passei eram pequenas demais até para me agachar, e comecei a me perguntar se as Greias estavam mais perto de seus túmulos do que pensei. Mas, assim que cheguei a uma altura em que podia olhar para baixo e ver os templos e o grande semicírculo de um teatro como pequenos brinquedos ao longe, senti uma mudança na pressão do ar passar sobre minha pele.

A sensação era diferente da que sentia na presença de Atena. Quando um deus entrava no cômodo, sentia algo como um choque, e todos e tudo se acostumavam a uma pressão maior. Desta vez, foi como entrar em uma cachoeira torrencial. Dava para sentir o peso, mas durou apenas um instante antes de desaparecer.

— O quê... — comecei a perguntar, mas senti a confusão das cobras percorrer minha mente e soube que elas também não faziam ideia do que tinha acabado de acontecer.

Olhei para trás, mas não havia nada, apenas a mesma trilha rochosa e vegetação baixa pela qual havia andado pelos últimos trinta minutos. Estendi o braço até roçar em uma leve resistência. Era como se houvesse uma cortina de ar mais pesada do que a atmosfera ao redor.

— Parece um portal — pensei em voz alta. — Ou uma parede.

De qualquer modo, haviam permitido que eu passasse.

Continuei a subir o penhasco, movimentando-me muito mais devagar, pois a inclinação tinha passado de íngreme a quase vertical, e precisei usar as mãos para subir em alguns pontos. Dando a volta em uma pedra enorme, de repente me vi em uma pequena faixa plana do penhasco, com uma queda reta de um dos lados e a entrada de uma caverna escura do outro. A caverna era uma cabeça mais alta do que eu na abertura e, mesmo com o forte sol do meio-dia batendo na lateral do penhasco, o interior era sombrio e frio.

Lá dentro, as cobras me disseram, embora já tivesse me dado conta sozinha. A sensação que emanava da caverna me lembrava de ser encurralada pelas Greias quando elas se agigantaram para cima de mim. Mas não havia parede atrás de mim agora.

Fiz uma pausa para considerar se deveria cobrir os olhos antes de entrar, mas estava viajando sem a venda havia tanto tempo que a colocar de volta teria parecido uma derrota. Deixei o pedaço de tecido onde estava, amarrado ao redor de meu pulso.

Meus pés ecoavam na pedra áspera da caverna. As cobras se encolheram de maneira protetiva, seus corpos se dobrando em curvas em forma de S, repletas de uma energia tensa, mas eu não estava tão nervosa quanto elas. As cobras estavam vendo minhas lembranças de como as Greias tinham me tratado na infância, vivenciando aquelas emoções pela primeira vez, e reagiram com uma defesa afiada, mas não podia retomar o medo que costumava sentir quando encarava as Greias. Talvez fosse porque a grande profecia sobre meu destino, sobre a terrível monstruosidade que me esperava, já havia acontecido e não achava que as Greias poderiam me dizer algo mais que pudesse me machucar.

Ainda assim, as cobras se encolheram de maneira protetiva ao redor de minha cabeça, seus corpos escamosos deslizando uns sobre os outros e fazendo leves sons de arranhão. Tentei acalmá-las com alguns pensamentos silenciosos, mas elas não deram trégua.

A caverna inclinou-se gentilmente para baixo enquanto eu caminhava, como se eu estivesse descendo para a barriga do penhasco, e o eco de meus passos amplificaram-se quando cheguei ao fim do túnel.

Uma pequena fogueira queimava no centro do chão, a madeira enegrecida se desintegrando, e lançava sombras dançantes pelas paredes rochosas e pelas três figuras agachadas ao redor das chamas. Pênfredo, Ênio e Dino não tinham mudado nada em quase uma década, mas não esperava que tivessem, uma vez que deuses e divindades não envelheciam.

Me dei conta, de repente, de que eu também não envelheceria mais.

— Quem veio até as Greias? — Pênfredo, que estava sentada entre as irmãs, perguntou. Sua voz áspera parecia vir de todas as direções do espaço apertado.

Embora devessem ter me ouvido chegando desde o momento em que entrei na caverna, olhei com atenção e notei que nenhuma das três irmãs estava usando o olho, então não tinham visto quem eu era. Em vez disso, Pênfredo segurava o olho na mão doentiamente cinza. Quando fiquei em silêncio por tempo demais, ela começou a levar o olho à órbita vazia.

— Espere — falei —, não coloque o olho. Sou a Medusa.

Mesmo que Ênio e Dino não tivessem de posse do olho, elas reagiram de imediato, cada uma soltando um grito agudo e tateando em busca da mão de Pênfredo, para garantir que não tentasse usá-lo. Pênfredo se desvencilhou delas, mas pude ver como segurava o olho com força agora. Achei que ele estouraria se o apertasse muito mais. Ela colocou a mão, e o olho, atrás das costas antes que eu pudesse vê-lo.

— Górgona de cabelos de cobra — disse, asquerosa. — Quantos mortais você transformou em pedra desde que Atena a amaldiçoou a tomar essa forma?

Franzi a testa.

— O quanto sabiam quando me contaram aquela profecia no casamento de Equidna? — perguntei.

— O suficiente para saber que você assumiu a aparência de um monstro, mesmo que não possamos olhá-la — Pênfredo respondeu Pênfredo e roubou o dente da irmã. Pênfredo esticou o braço para tentar pegá-lo de volta, mas Ênio já estava enfiando o dente em suas gengivas rosa e sujas.

— Nós sabíamos que se tornaria algo tão horrível que seria fatal se humanos olhassem para você — disse —, embora Atena certamente seja sábia por ter amaldiçoado o único aspecto positivo de sua mortalidade.

— E o que é isso? — perguntei, surpresa que as três pudessem ter encontrado algo bom na mortalidade, principalmente na minha.

— Ora, sua aparência, é claro. Você era uma criança linda — Ênio disse, como se fosse uma declaração óbvia —, e sua beleza apenas cresceu junto com você. Sabemos que se tornou vaidosa enquanto servia no templo de Atena, uma vez que estava cercada de mortais que valorizavam sua aparência. A beleza mortal é preciosa porque desaparece. Atena tirou a sua antes que pudesse saboreá-la por completo, e virou seu próprio rosto contra você.

Pênfredo e Dino sorriram para mim com as bocas desdentadas, extremamente satisfeitas com a minha situação. Dei-me conta de que aquela era a primeira vez que pude olhar para o rosto de outro ser desde que havia sido amaldiçoada, sem temer transformar as Greias em pedra. Elas não podiam me ver. Mesmo que os rostos delas fossem cinza matizados e repletos de rugas profundas, olhei para eles com admiração. As órbitas oculares vazias eram escuras como a entrada da caverna. Ergui o braço e toquei a pele macia sob meus próprios olhos, onde a maldição aguardava para atacar, e fiquei aliviada por parecer normal. O calor que acompanhava o poder petrificador não estava lá.

As Greias, é claro, não podiam ver essa percepção recair sobre mim, então consideraram que meu silêncio era de frustração.

— Sim, que bela maldição para você sofrer — Ênio continuou. — Mas nós nos perguntamos o que trouxe a Górgona petrificadora à nossa porta. Está zangada por nossa profecia ter se concretizado?

— Não — falei, com sinceridade, pois sabia que ficar zangada com as Greias por uma maldição causada por dois deuses não me levaria a lugar nenhum, mesmo elas tendo sido parte dos acontecimentos que levaram à minha monstruosidade. Foi por causa de minha briga com as três no casamento de Equidna que Atena e Poseidon se interessaram por mim. Mas havia preocupações mais urgentes do que vingar os acontecimentos de minha infância. — Vocês falam a verdade quando ela se torna disponível para vocês e, embora tivessem intenções maliciosas, seu alerta foi dado de maneira legítima. Venho até vocês agora para pedir ajuda.

— Nós ajudarmos uma Górgona? — Ênio riu, com rispidez. — Nada que possamos dizer vai te livrar dessa maldição horrorosa.

Abri a boca e depois a fechei novamente. Estava tão preocupada em não deixar outro mortal ser presa de meus olhos que só havia pensado em me separar da sociedade; nunca tinha considerado tentar me livrar da maldição. Talvez eu soubesse que não haveria meio de desfazer uma maldição colocada em mim por uma deusa como Atena.

Enquanto pensava em como seria me livrar da maldição, as cobras começaram a sibilar e se esfregar em minhas têmporas e minha testa. Pude ver o vislumbre de terror com o pensamento de que me livraria delas e senti a culpa borbulhar em meu peito. As serpentes não tinham feito nada além de tentar cuidar de mim desde que se tornaram parte de meu corpo. Elas podiam ser parte da maldição, mas eram a única parte boa dela.

— Shhh — as acalmei, em voz baixa. — Vocês não vão a lugar nenhum.

As cobras pareceram se tranquilizar e se acomodaram de volta em posições cautelosas.

— Está falando sozinha agora, é? — perguntou Ênio. — Ou está falando com aquelas serpentes que tomaram conta de sua cabeça e te livraram da beleza?

Ela e as irmãs riram novamente. Ignorei a pergunta, mesmo com as cobras eriçadas.

— Quero que me digam onde posso encontrar um lugar longe dos mortais — falei, com firmeza —, um lugar para eu viver sem machucar mais ninguém.

Ênio não tinha olho para revirar, mas ainda senti como se o gesto fosse aparente quando ela disse:

— Os únicos lugares onde mortais não têm permissão para ir são os que pertencem aos deuses. Um monstro terrível como você nunca seria bem-vindo.

— Mas tenho sangue divino em minhas veias — afirmei —, e, agora que sou imortal por intervenção divina, serei reconhecida dessa forma.

Dino, que estava rindo e zombando com as irmãs o tempo todo em minha presença, de repente se endireitou de sua postura curvada. Ela esticou as mãos cegamente sobre Pênfredo, atingindo a irmã do meio na lateral da cabeça, e tentou alcançar a boca de Ênio. As irmãs gritaram e brigaram umas com as outras por um momento até que Dino se afastou com o único dente nas mãos. Ela o colocou na boca.

— Você conseguiu encontrar esta caverna — ela disse, como uma acusação. — Passou por nosso portal de proteção.

Pisquei para ela.

— Está falando da parede de ar pesado do lado de fora? Sim, senti aquilo.

— Apenas seres com algum nível de divindade conseguem passar por aquela parede, a menos que desejemos que um mortal entre — Dino disse, e agora Pênfredo e Ênio estavam viradas na minha direção, boquiabertas. — Você de fato não é mais mortal, mas também é muito mais do que um simples monstro. — Ela bateu no próprio queixo com a unha suja e rachada.

— Nós sabemos para onde vai — ela continuou, mesmo quando Pênfredo e Ênio viraram a cabeça na direção dela e fizeram ruídos que não passavam de respiração e gengivas batendo, tentando silenciá-la. — Tivemos uma visão de uma ilha, longe das cidades dos mortais, de onde nenhum navio se aproxima, na qual você vai se acomodar e não transformará mais homens em pedra. Encontrará a paz lá.

Abri a boca para perguntar onde era a ilha, pois parecia exatamente o que eu estava procurando.

— Mas não estará sozinha — Dino disse, e me contive. — Suas irmãs Euríale e Esteno também estarão lá.

— O quê? — perguntei.

— Suas irmãs — Dino repetiu, falando devagar e alto como se eu fosse um cachorro idiota.

— Elas vão te encontrar e se juntar a você na ilha para viverem juntas como antes. Trigêmeos de linhagem divina não podem ficar longe uns dos outros por muito tempo, sabe? Nós Greias somos prova disso. As Górgonas ficarão juntas novamente.

Minha mente ficou girando com essa informação. Não tinha visto nem ouvido nada sobre minhas irmãs desde que nos separamos. Por que elas viriam à minha procura, principalmente agora que eu tinha me tornado um monstro? Não conseguia entender.

— Isso não é tudo que nós vimos.

A voz de Dino mudou de repente, tornou-se obscura e ecoou pela caverna enquanto suas palavras assumiram a natureza triplicada que eu havia vivenciado da última vez que as Greias fizeram uma previsão sobre meu futuro.

— Essa paz tem um custo, todas as coisas têm. Você vai sofrer muito na jornada até essa ilha, muitos vão sofrer por sua causa e não há nada que possa fazer para evitar isso. Os danos que infligirá vão enfurecer um rei e o fazer tremer de medo de seu poder, então ele mandará um garoto para a ilha e ordenar que leve sua cabeça para ele.

"O nome do garoto é Perseu. Ele vai encontrar a ilha de suas irmãs com a ajuda de Hermes e da própria deusa Atena, e vai chegar preparado como se fosse lutar uma batalha feroz, com uma armadura brilhante e sandálias aladas nos pés. O garoto carregará um escudo da deusa da sabedoria, livre de qualquer marca ou gravura, que ele poderá usar para desviar seu olhar.

"No entanto, ele não vai precisar dessas ferramentas de guerra, pois vai chegar enquanto você estiver dormindo, tão indefesa quanto uma ovelha mamando no peito da mãe, cega ao perigo que a cerca. Perseu não vai esperar você acordar nem arriscar mais um instante antes que seus olhos fatais se abram novamente. O garoto vai cortar sua cabeça com a espada dada por Atena e colocá-la em um saco para o rei que o enviou. Isso é o que vemos esperando por você além do véu do presente."

A caverna estava silenciosa demais quando Dino terminou de falar. As cobras, que haviam sido tomadas por uma onda de ação no início da profecia, ficaram imóveis e caídas, como pedras pesadas na ponta de um barbante. Senti um apito nos ouvidos, como se as palavras de Dino ainda ecoassem pela caverna e ricocheteassem em minha mente. As Greias estavam me observando sem ver, esperando minha reação.

Não dei essa satisfação a elas.

Corri para fora da caverna. Meus passos ecoaram fortemente contra as paredes de pedra enquanto subia às pressas e saía da escuridão até ficarem abafados contra a terra da lateral do penhasco. Cambaleei até parar na beirada da parte plana e caí de joelhos.

O sol brilhava forte sobre os penhascos e as pequenas florestas que cercavam Delfos. O cheiro de terra quente e mato seco enchiam o ar, e eu podia ouvir pássaros cantando nos penhascos abaixo de mim. Tudo estava normal demais.

Um grito terrível escalou minha garganta, e eu estava muito frustrada e zangada para tentar contê-lo. Eu o deixei destruir o ar de meus pulmões e se espalhar pela tarde calma.

Quando minha garganta começou a arder e eu não tinha mais forças para gritar, me levantei e deixei a caverna para trás. Lágrimas quentes escorriam pelo meu rosto. Solucei e esfreguei a base das mãos nos olhos, pressionando um pouco forte demais. A escuridão sob minhas pálpebras tremulou sob a pressão.

Saber que eu viveria neste corpo monstruoso pelo resto da vida era algo que começava a aceitar lentamente. Tinha pensado que, se fosse capaz de evitar qualquer contato com mortais, poderia encontrar alguma espécie de paz e me proteger do resto do mundo. Não sabia quanto tempo viveria, mas talvez pudesse encontrar alguma felicidade.

Agora, sabia que isso não tinha passado de um sonho bobo. Já machucara muitas pessoas e não tinha como garantir que minha maldição não transformaria mais alguém em pedra. Petrificaria e mataria mais mortais. As Greias tinham dito que não havia como evitar isso. E, além disso, a maldição traria minha própria morte, já que não seria permitido que um monstro como eu vivesse no mundo mortal. Se algum dia me sentisse satisfeita e tranquila com minha vida, saberia que minha morte estava próxima.

Enquanto saía de Delfos, ávida para deixar a caverna escura das Greias para trás, e seguia para a floresta fechada, minha mente vagava de maneira espontânea. As Greias disseram que Atena armaria o garoto que me mataria. Disseram que Atena lhe daria um escudo com o qual ele poderia desviar meus olhos fatais. Seria um dos escudos que eu tinha encontrado no templo de Atena? Um dos escudos que havia guardado e polido com minhas próprias mãos?

E como esse escudo protegeria o garoto de mim? Não estava surpresa por Atena saber mais do que eu sobre a maldição, mas fiquei louca ao pensar que havia uma forma de impedir que os mortais morressem com um olhar meu que ela não havia mencionado.

No entanto, tive dificuldade em me apegar à ideia de que não queria mais machucar mortais. Se tanta destruição e morte já estavam destinadas a mim, quem era eu para tentar evitar? Por que deveria desperdiçar o esforço?

Tive então que parar de andar, surpresa pelo tom resignado de meus pensamentos. Estaria mesmo disposta a desistir de tentar proteger os outros de minha própria monstruosidade só porque não conseguia ver uma saída?

— Isso é bobagem — falei em voz alta com novas lágrimas escorrendo de meus olhos. Minhas cobras sibilaram em concordância. Amaldiçoei os deuses também, mas guardei isso para mim, de modo que não irritasse a deusa para a qual aquilo estava direcionado, caso ela estivesse escutando.

Entrei mais a fundo na floresta pelo restante da tarde até escurecer. As cobras estavam estranhamente quietas em comparação com as outras vezes que vaguei assim, com a cabeça cheia de pensamentos trêmulos. Elas apenas ficaram sobre minha cabeça, como se também estivessem com a mente cheia. Perguntei-me se estavam pensando em seu próprio papel na maldição e na morte que vinha para nós todas.

Assim que o sol estava se pondo, algumas horas depois, e me livrara da rápida sequência de pensamentos por tempo suficiente para procurar um lugar para dormir, ouvi gritos à minha frente. Mesmo que a floresta estivesse densamente coberta de pinheiros altos, parecia que havia uma grande procissão de pessoas caminhando em meio à vegetação rasteira. Eu estava longe de Delfos ou de qualquer outra cidade, e me perguntei o que tanta gente estaria fazendo no meio da floresta ao pôr do sol.

As cobras ergueram as cabeças enquanto eu rastejava na direção do barulho. Ou elas também estavam intrigadas, ou meu interesse e foco repentinos as haviam encorajado a ficar alerta. Movimentei-me em silêncio pelas árvores, embora não precisasse me preocupar em ser sorrateira. O barulho da procissão ficava mais turbulento e rude conforme eu me aproximava, e talvez nada além de um vulcão em erupção fosse alto o suficiente para distraí-los. Quando cheguei perto o bastante, vi figuras se movendo, suas sombras projetadas pelo chão da floresta por tochas brilhantes que vinham do alto, e me dei conta de que estavam dançando. Quando me aproximei ainda mais, percebi que eram todas mulheres.

De cabelos soltos e olhos selvagens, as mulheres saltavam descalças ao redor da pequena clareira. Todas usavam os vestidos comuns que eu tinha visto muitas mulheres usarem tanto em Atenas quanto nas cidades menores por onde passara, mas algumas tinham cortado as barras das saias tão curtas que dava para ver um bom pedaço das coxas. Outras tinham feito o contrário e arrancado as mangas de suas túnicas, de modo que o tecido ficava inutilmente sob seus peitos desnudos. Todas brilhavam com o suor de seus corpos.

Elas se movimentavam em uma direção, embora seus movimentos rítmicos as mantivessem em um passo muito lento, então me virei e olhei para a direção em que iam.

Montanha, disse a não voz.

Fazia um tempo que as cobras não falavam diretamente comigo, percebi, e não consegui evitar a sensação de alívio por falarem de novo. Mas o alívio desapareceu um tanto quanto rapidamente quando notei o que estavam querendo dizer. Eu tinha caminhado justo para a base do Parnaso, sem me dar conta.

O que significava que aquelas mulheres deviam ser seguidoras de Dionísio, presas em sua loucura. Afastei-me da clareira. Já havia tido minha dose de deuses e divindades por um dia e não queria cair no feitiço de outro.

— Ora, é uma pena — disse uma voz atrás de mim. — Não vai se juntar a nós?

EMBEBIDA EM VINHO E SANGUE

Quase me assustei o suficiente para me virar. Na verdade, tinha começado a girar a cabeça para olhar para trás, mas, antes de ter um vislumbre de quem estava ali, as cobras esticaram os corpos ao nível de meus olhos e sibilaram. Sua atenção ficou dividida entre mim e a pessoa que falava. As cobras que estavam mais perto do meu rosto me olharam e balançaram a língua de maneira enfática, garantindo que eu não petrificasse quem quer que fosse.

O restante das cobras estava mostrando as presas para a pessoa.

— Este é um caso muito singular de cabelos embaraçados — a pessoa perguntou —, ou estou certo em presumir que está sob algum tipo de maldição?

— Quem é você? — perguntei, indignada em nome das cobras que espumavam por terem sido chamadas de *cabelos embaraçados*.

Meu interlocutor riu.

— É uma dúvida justa, mas me pergunto por que você não se vira e vê com os próprios olhos.

— Não posso — respondi, sucinta. — A menos que você deseje morrer.

— De fato, isso eu não desejo — a pessoa disse de maneira afável. — Vejamos, se você não pode olhar para mim, talvez isso ajude você a adivinhar quem eu sou.

Como se eu tivesse mergulhado de repente no mar, senti a pressão do ar ao meu redor aumentar e me fazer querer estalar os ouvidos. Meu estômago revirou.

— Você é um deus — sussurrei. Considerei brevemente como ele conseguia controlar o peso de sua presença de maneira tão fluida, mas não tive a chance de perguntar.

— Correto! Agora, adivinhar qual deus pode ser difícil, uma vez que há vários, mas vou permitir que me faça três perguntas para…

— Dionísio.

— Ah — fez o deus do vinho, da celebração e do prazer, parecendo desanimado. — Você adivinhou muito rápido.

— Estou na base de seu monte — expliquei —, e aquela multidão de mulheres que acabou de passar estava agindo de um jeito muito estranho. Elas estão sob a influência de sua loucura? São suas mênades?

Dionísio ficou em silêncio por um momento antes de responder em um tom que parecia mais triste do que eu imaginava ser possível para um deus.

— Sim, são. E suponho que não deveria ficar surpreso por você ter sido capaz de concluir isso. — Seu tom ficou mais animado, como a luz do sol passando por uma fresta entre as nuvens. — Bem, você sabe quem eu sou, então por direito devo saber quem você é. Não conheço muita gente que tem cobras no lugar dos cabelos.

Minhas cobras sibilaram para ele mais um vez. Pedi mentalmente que elas ficassem em silêncio, não queria ofender este deus. Já havia sido amaldiçoada por um ser divino e não pretendia convidar outro a piorar a situação. No entanto, eu tinha um poder que Dionísio deveria temer. Se ele tentasse alguma coisa, seria capaz de usar essa capacidade de petrificação? As cobras se aquietaram, mas permaneceram em posição defensiva, e a tensão em seus corpos fez com que eu sentisse que estava sendo puxada com força por uma corda esticada.

— Acredito — disse a ele, com cuidado — que seria melhor você não me conhecer.

— E por quê?

A luz do fogo da procissão de mulheres já tinha quase desaparecido depois das árvores, mas a luz da lua que passava pela copa das árvores ainda era suficiente para eu enxergar. As formas vagas das árvores eram lúgubres, mas me dirigi a uma delas, pois me recusava a me virar para Dionísio.

— Não posso olhar para você — expliquei novamente —, senão posso te matar.

— Você não precisa olhar para mim — Dionísio disse simplesmente. — Só quero saber seu nome.

Pressionei os lábios, formando uma linha fina.

— Medusa.

— Hum — fez ele. — *Rainha.* Com certeza nunca vi uma rainha como você.

— Minha mãe não sabia que um dia eu teria essa aparência — falei, franzindo a testa ao me lembrar de que minha mãe havia me dado o nome de Medusa na esperança de me alinhar com uma posição de poder. Se ela pudesse me ver agora, tenho certeza de que seu raciocínio por trás de meu nome pareceria ainda mais ridículo. Fiz uma pausa, considerando o quanto deveria dizer, mas imaginei que dizer logo a verdade seria a melhor opção. — Ela também não sabia que eu seria amaldiçoada com olhos capazes de transformar qualquer um que ousasse me olhar em pedra.

Atrás de mim, Dionísio juntou as mãos.

— Ah, é assim que sua maldição funciona? Bem, então há uma solução simples, não é? Basta eu fechar os olhos. — Ele fez uma pausa. — Certo, estão fechados!

Fiquei sem fala por um momento.

— Você quer que eu olhe para você?

— Considere uma troca — respondeu. — Você olha para mim, e eu posso olhar para você. Poucos podem me ver como sou, mas acho que você será capaz de ver a verdade em mim.

Os pensamentos do deus pareciam ser duas vezes mais rápidos que os meus e, ainda que estivesse na mesma conversa, lutava para acompanhar. Ele falava rápida e abertamente, o que era bem diferente dos comandos comedidos de Atena, e divergia da imagem régia dos deuses que sempre tive na cabeça. Embora eu só tivesse falado com um punhado de deuses na vida, Dionísio era de longe o mais estranho. Fiquei me perguntando o que ele queria dizer com "a verdade nele", e aquela curiosidade foi suficiente para eu me virar.

Ele era diferente de qualquer deus que eu já tinha visto antes. Um jovem estava parado a uma certa distância, a pele pálida brilhando sob o luar e contrastando fortemente com os cachos castanho-escuros entrelaçados em uma coroa de folhas de uva roxas e verdes machucadas. Quando olhei com mais atenção, vi que ainda havia cachos de uva presos às vinhas. Dionísio usava uma túnica solta, presa de forma casual sobre um ombro, deixando o outro braço e a maior parte do peito forte expostos. Seus olhos estavam fechados sob sobrancelhas grossas, mas elegantemente arqueadas, e seus lábios carnudos estavam elevados em um leve sorriso.

Ele era incrivelmente belo. Sabia que ser atraente era algo básico para a maioria dos deuses, mas a aparência de Dionísio era desprovida da beleza severa que eu esperava da maioria dos seres divinos. Em vez disso, Dionísio exibia a gentileza encantadora de um garoto que tinha acabado de chegar ao auge, e isso me pareceu distintamente humano.

— Por que você parece tão jovem? — perguntei sem pensar.

O sorrisinho de Dionísio se transformou em um sorriso amplo.

— Eu quis assim!

— Você quer dizer que muda sua aparência de acordo com sua vontade?

— Ah, é claro — Dionísio respondeu, balançando a mão em um gesto de pouco caso. — A maioria de minhas contrapartes usa essa habilidade para se disfarçar e poder interferir na vida dos mortais. Você sabe, eles se transformam em garotinhos com notícias que só um deus saberia, ou em velhas que sabem mais sobre você do que você mesma, certo? É claro que sim. Resolvi usar esse poder para me agradar.

— E como costuma ser sua aparência? — perguntei, pensando no que Dionísio havia dito sobre seu eu verdadeiro.

Dionísio apenas sorriu novamente e balançou a cabeça, as folhas agitadas de sua coroa lançando sombras sobre seus olhos fechados.

— Talvez você possa ver uma outra hora.

Ele juntou as mãos novamente.

— Minha vez! Feche esses olhos perigosos.

Abri a boca para me recusar, mas rapidamente reconsiderei e fiz o que ele pediu. Nada de bom viria de uma recusa. Quando meus olhos se fecharam, as cobras se enrolaram ao redor de minha cabeça.

Esperamos em silêncio por um momento, e depois dois, até que Dionísio perguntou com impaciência:

— Bem? Já estão fechados?

— Ah — disse, surpresa por ele ter esperado por mim —, sim.

Dionísio não fez nenhum barulho quando abriu os olhos. Desejei poder ver que forma seu rosto estava assumindo. As cobras, pelo menos, não pareceram alarmadas.

— Interessante — ele disse enfim. — Uma mulher mortal com uma maldição divina que tomou conta de seu corpo. Você parece estar lutando bastante, querida, com o que considera os dois lados de si mesma.

— O quê?

— Ah, você tem razão — Dionísio disse gentilmente, embora achasse que o sorriso largo estivesse de volta em seu belo rosto. — Esta é uma conversa que não pode acontecer até termos tomado uma taça ou duas de meu melhor vinho. Aqui, vou passar por você e virar o rosto. Vire-se e me siga se desejar. O que deveria.

— Deveria o quê?

— Desejar me seguir!

Agora ele falava com o tom de comando que eu associava a deuses como Atena, como se ele estivesse acostumado a dizer aos outros o que queria e também a receber isso. Havia algo levemente estranho nele, no entanto, uma vez que também falava como uma criança mimada. Eu tinha acabado de conhecê-lo, e ainda assim ele tinha um completo descaso pelo poder que eu possuía, e parecia determinado a ignorar qualquer aviso que eu pudesse lhe dar como se fosse um escudo de grama. Todavia, não havia forma possível de me negar a fazer o que pedia. Ele ainda era um deus.

Eu o senti dar a volta e chegar atrás de mim, a terra e as pedras sendo esmagadas sob seus pés. Quando tive certeza de que teve tempo suficiente para colocar alguma distância entre nós, abri os olhos e, com uma respiração calma, olhei para trás.

Dionísio não estava de frente para mim, como havia dito, e eu podia ver a parte de trás de seus cabelos cacheados e a coroa de folhas de uva, assim como uma grande parte de seu ombro desnudo.

— Está pronta? — perguntou.

O deus começou a caminhar antes que ele respondesse, indo na mesma direção da procissão de mulheres seminuas que dançavam. Apressando-me atrás dele e mantendo uma boa distância entre nós, pedi às cobras em silêncio para ficarem de olho em qualquer coisa suspeita. Estava preocupada com um ataque das seguidoras desvairadas. Mesmo que Dionísio estivesse determinado a arruinar minha ideia do que um deus deveria ser, e ele era muito diferente dos deuses olimpianos que eu já tinha encontrado, isso não significava que não era perigoso.

Continuei a segui-lo apesar do perigo, no entanto, porque ele não tinha olhado para mim com repulsa, olhara além do exterior e desenterra o que havia embaixo. Eu não pensara que meu corpo e eu éramos duas coisas separadas apenas alguns dias atrás? Queria saber como ele tinha me analisado tão facilmente.

Embora a lua e as estrelas brilhassem contra o céu escuro, a luz era muito fraca para passar pelas copas das árvores enquanto a floresta ficava cada vez mais densa e selvagem. Comecei a ver vinhas se enrolando nos troncos das árvores, suas folhas largas formando uma cobertura grossa ao redor da casca, e tentei pensar em todas as plantas que tinha visto até então em minha jornada. Não consegui me lembrar de ter visto vinhas assim em lugar nenhum.

Ou meus passos haviam desacelerado enquanto eu analisava as vinhas, ou talvez Dionísio pudesse, de fato, dizer o que eu estava pensando, porque falou lá da frente para explicar.

— Videiras. Elas tendem a brotar por vontade própria nos lugares onde passo muito tempo. São coisinhas determinadas.

Ele passou a mão com ternura sobre as folhas da próxima vinha pela qual passamos, e ela estremeceu sob seu toque como um cachorro que balança o rabo depois de receber a aprovação do dono, e então fez nascer um punhado de novas folhas ao longo do caule principal.

Logo, pude ouvir o barulho das mulheres dançando novamente. Fosse qual fosse a música que estavam dançando, algo de um instrumento de corda combinado com as batidas dos pés no chão, ela ficou mais alta e o barulho chegou até nós bem antes da luz. Depois de mais alguns minutos subindo a colina, finalmente vi o brilho das tochas pelos espaços entre as árvores. Dionísio me levou até a clareira onde as mulheres haviam se reunido, girando em um círculo gigantesco e chutando folhas e pequenas flores enquanto dançavam. Meus passos desaceleraram, e meu estômago revirou quando vi quantas pessoas havia ali. Não ficava em uma multidão como essa desde que havia deixado Atenas. Havia muitos olhos.

Por um espaço entre as dançarinas, Dionísio foi para o meio do círculo e girou as mãos no ar com os olhos fechados. As mulheres vibraram com sua chegada, dando gritos alegres e berros sobre a música.

Fiquei fora do círculo, mais perto da orla da floresta. Dionísio tinha dito que não olharia para mim, mas as mulheres não tinham feito tal promessa e não achava que elas estavam preocupadas com algum perigo naquele momento.

— Minhas amigas — Dionísio disse, e a música abaixou só um pouco, o suficiente para sua voz ser ouvida —, bem-vindas à minha montanha. Espero que dancem e bebam até o coração ficar satisfeito. Tenho um pedido, no entanto. Estou com uma convidada especial esta noite, e ela está muito preocupada em ferir vocês.

— Ela que tente! — uma das mulheres gritou de maneira zombeteira, e as outras riram. Fiquei surpresa. Achei que suas mentes estivessem perdidas para qualquer selvageria que as tivesse levado até lá, mas a mulher que gritou parecia ser sã o suficiente para fazer uma piada.

— Sim, sim — Dionísio disse com um sorriso —, vocês podem se defender; já me mostraram isso. Mas, por favor, peço pelo bem de vocês, pelo meu e também pelo de minha convidada: *não olhem nos olhos dela.*

A voz do deus mudou com o comando e pareceu similar a como as Greias falavam quando entregavam uma profecia, como se sua voz estivesse sendo amplificada por muitas gargantas. Dionísio parecia mais sério do que estivera até então. Assim que suas palavras recaíram sobre a clareira e receberam alguns acenos positivos de cabeça das mulheres, ele voltou a abrir um sorriso.

— Encontrem o prazer — ele disse às mulheres, e elas vibraram em resposta. O volume da música subiu novamente, ficando ainda mais alto, e elas iniciaram uma dança rápida que fazia seus cabelos voarem como fitas.

Dionísio acenou para chamar minha atenção, ainda desviando os olhos, e depois fez sinal para eu me aproximar. Olhei ao redor com cuidado e vi que as mulheres mais próximas a mim estavam de fato seguindo a ordem de Dionísio; seus olhos desviavam para longe de onde eu estava como água fluindo ao redor de uma rocha em um riacho. Ainda assim, mantive os olhos baixos enquanto seguia o deus pelo meio do círculo, desviando dos membros errantes das mulheres que dançavam.

Do outro lado da clareira havia um abrigo de árvores. As copas pendentes das árvores combinadas com as videiras florescendo que subiam pelos troncos davam ao abrigo uma distinta sensação de caverna. Espalhadas no chão, sob as árvores, havia uma série de almofadas reunidas em volta de uma mesa baixa e rústica repleta de todos os tipos de frutas. Havia também um jarro grande de vinho tinto escuro e algumas taças.

Dionísio fez sinal para eu passar por ele.

— Você pode sentar nos fundos e eu me sento à frente, desviando os olhos de você, de modo que possa ficar de olho em mim, certo?

— Hum — respondi, passando por ele e sentando-me na almofada mais próxima aos fundos do abrigo. Embora não fosse realmente uma caverna, a sensação de uma parede grossa de folhagens atrás de mim era confortável. Desde que eu havia começado a dormir de costas para uma árvore ou pedra, durante as últimas semanas, e esses com frequência eram os únicos momentos de paz que eu tinha, a sensação de ter uma parede sólida atrás de mim me permitiu relaxar um pouco perto do deus.

Jogando-se sobre três almofadas de costas para mim, Dionísio pegou um cacho de uvas roxas da pilha de comida sobre a mesa e começou a arrancá-las e colocá-las na boca uma por uma. Ele estava olhando para a clareira, observando enquanto as mulheres dançavam.

— Como sabia? — perguntei. Não pensei que ele precisaria que eu explicasse o que quis dizer, já que ele compreendera um pouco meus pensamentos só de olhar para mim.

— Está se referindo ao fato de eu ter achado que uma mulher sozinha e amaldiçoada por uma deusa, sujeita a uma vida de fugitiva, ia preferir ficar com as costas protegidas e com todos os perigos possíveis em sua linha de visão? — Dionísio perguntou com facilidade — Ou ao fato de eu saber que prefere vinho tinto?

— Eu… — Olhei para o jarro de vinho, que tinha uma cor bordô-escura, e depois de volta para Dionísio. — A primeira coisa, principalmente, mas a segunda também, agora que você mencionou.

Ele tinha razão, eu preferia mesmo vinho tinto.

Dionísio riu com alegria e colocou a mão para trás, tateando a mesa até encontrar o jarro de vinho e duas taças. Ele as encheu quase até a boca, sem olhar para elas, e entregou uma para mim.

— Bem, a segunda foi fácil. Como deus do vinho, é claro, sei o que cada pessoa que conheço prefere em termos de bebida. Fica muito mais fácil agradá-las. — Dionísio tomou um longo gole e estalou os lábios. — Quanto à primeira, também sou capaz de reconhecer alguém sensível e na defensiva como você — ele disse, e então logo continuou, como se pudesse sentir eu me irritar —, porque já estive em sua posição.

As cobras mostravam a língua para Dionísio, tentando capturar o cheiro de mentiras no inebriante ar noturno, e me senti melhor quando elas não reagiram com alarme. Algumas delas estavam se inclinando e tentando pegar uma gota de vinho com a língua. Afastei a taça de seu alcance de forma distraída, ainda encarando a parte de trás da cabeça de Dionísio.

— Acho difícil acreditar — falei devagar — que qualquer deus possa ter se sentido como me sinto agora.

Dionísio riu de novo

— Nem todos nascemos com os poderes que detemos atualmente. Não sou como a maioria dos deuses que você conhece. Sou completamente diferente de minha irmã Atena, por exemplo.

À menção do nome dela, as cobras sibilaram e se enrolaram perto de meus ouvidos, na defensiva. Estreitei os olhos para Dionísio.

— Sua irmã?

— Sim — disse Dionísio. Depois de comer as uvas, ele passou a mão pelas frutas sobre a mesa e pegou uma romã. Pressionou os polegares na casca dura até ela rachar e se abrir sob a pressão, espalhando suco e sementes pelos dedos. — Você sabia que Atena nasceu da cabeça de Zeus?

Assenti e logo lembrei que Dionísio não estava olhando para mim.

— Sabia.

— Como? — ele perguntou, parecendo surpreso.

— Ouvi a história no templo dela, em Atenas — falei depressa, o que era a verdade, embora um pouco diluída. — A lenda do nascimento dela está gravada nas paredes.

— Ela ficaria orgulhosa disso — Dionísio disse, embora seu tom me fizesse pensar que não havia nada de que ser orgulhar. Ele lambeu um pouco do suco de romã escuro dos dedos. — Nascida da mente do rei de todos os deuses, certo? Bem, eu também nasci de Zeus, mas não vim de nenhum lugar tão importante ou poderoso como sua cabeça. Eu — falou ele com um floreio — nasci de sua coxa!

Dionísio ergueu a perna direita e apontou para ela com sua romã, o tecido rico de sua túnica escorregando e revelando músculos torneados. Ele bateu em um lugar no meio da coxa, talvez o mesmo lugar de onde tinha surgido de Zeus, e deixou uma marca grudenta.

— Sabe — ele continuou, abaixando a perna —, minha mãe morreu enquanto ainda estava grávida de mim. Ou talvez *morreu* seja uma palavra gentil demais. Minha mãe, Sêmele, era boa e bela, mas também era um pouco idiota. — A voz de Dionísio assumiu um tom ardiloso, duro e ao mesmo tempo afetuoso. — Hera a odiava por ter dormido com Zeus, é claro, e convenceu minha mãe de que Zeus precisava provar seu amor por ela revelando sua verdadeira forma. Meu pai gostava de minha mãe e havia prometido realizar todos os seus desejos quando ela ficou grávida, então não teve escolha. Mostrou a Sêmele sua verdadeira forma e isso a matou.

Dionísio tirou um pouco do miolo fibroso da romã de sua mão. Seus ombros ainda estavam relaxados, mas eu me perguntei se tal postura se devia à falta forçada de sentimentos em relação à história que estava contando, ou se se era algo que vinha de passar décadas tentando fazer as pazes com os eventos de seu nascimento.

— Meu pai me tirou do útero de minha mãe e me costurou na coxa dele até eu estar pronto para nascer, totalmente formado. Mais ou menos como Atena, não?

— Sim — concordei com relutância. Eu tivera que recitar a história de Atena saindo da cabeça de Zeus totalmente formada tantas vezes para os visitantes do templo que a havia memorizado, e conseguia enxergar as semelhanças. A mãe de Atena, Métis, também fora destruída por Zeus antes de dar à luz. O deus temia uma profecia e por isso comeu Métis e deu à luz Atena ele próprio.

— Mas, é claro, minha história não é tão interessante, já que apenas saí de sua perna, e Atena teve a glória de vir de sua cabeça — Dionísio disse com irreverência. Ele tomou um gole do vinho, depois bufou. — Ambos viemos de sua outra cabeça, no entanto, não é?

Engasguei com o gole de vinho que estava tomando, surpresa por uma piada tão grosseira ter vindo da boca de um deus. Olhando feio para Dionísio enquanto limpava o queixo, falei:

— Ainda não é motivo para se orgulhar, eu acho.

— Talvez não — concordou Dionísio. — Meu pai não tem a melhor das reputações. E nem seus filhos, ao que parece. — Ele esvaziou a taça e se serviu de mais uma.

— Não que essa aula de história não tenha sido interessante — comentei —, mas você poderia chegar à parte sobre como eu e você somos semelhantes? Ou fomos semelhantes em algum ponto?

— Sim, sim. Mas primeiro me diga como sua maldição funciona.

— O quê? Você já não sabe? — perguntei de maneira exasperada. Mal liguei de estar sendo grosseira com um deus que poderia me destruir. Ele parecia mais um de meus irmãos imortais, cheio de poder, mas pouca noção. — Você parece saber tudo sobre mim.

— Apenas algumas suposições, querida — disse ele.

Soprei ar pelo nariz e as cobras mostraram a língua em empatia, mas elas não pareciam tão frustradas com o deus quanto eu. Respirei fundo.

— Nenhum ser, mortal ou imortal, pode olhar em meus olhos ou será transformado em pedra, petrificado.

Um momento de silêncio se passou, e então Dionísio perguntou:

— Só isso? E as cobras?

— O que têm elas?

— Você não explicou o que elas têm a ver com a maldição. São meramente decorativas?

— Não — retruquei. As cobras ficaram agitadas quando tentei explicar. — As cobras são uma parte da petrificação, eu acho. Meus olhos são a causa da petrificação, mas eu já vi um lampejo vermelho de luz sair delas quando a maldição está agindo.

— Humm... Eu pude olhar para as cobras, e elas olharam de volta para mim, e ainda assim não estou petrificado. Então a maldição está contida apenas em seus olhos, certo? Por que, então, as cobras agora são parte de você?

— Não faço ideia — respondi.

— Mentirosa — Dionísio disse cordialmente, e deu para ver um cantinho de sua boca se elevando em um sorriso junto com a acusação. — Você deve saber para o que elas servem. Acho que você deve ter sido uma mortal muito bonita, não é?

— Eu — então fechei a boca. Todas as vezes em que eu havia exibido meus cabelos dourados e tentado deslumbrar os mortais com minha aparência piscaram em minha mente, e senti uma pontada no estômago com vergonha de minha vaidade inútil. — Eu era... bonita.

— É o eufemismo de uma era, eu acho — Dionísio respondeu. — Essa sua maldição foi criada para te torturar em duas partes. Primeiro, ninguém jamais poderá olhar para você novamente em segurança, então não poderá te apreciar como no passado. Segundo, a aparência que você prezava tanto foi tirada de você. Então, pergunto mais uma vez, por que cobras?

Levantei a palma para as serpentes e uma delas encaixou o corpo na curva de minha mão, empurrando meus dedos com o focinho arredondado. Mesmo que estivessem longe de ser meus cachos macios e dourados, havia começado a gostar delas naquelas últimas semanas, assim como elas gostavam de mim. Será que Atena queria que isso acontecesse? Certamente eu não deveria aprender a amar uma parte da maldição que havia destruído minha vida.

O silêncio se estendeu no abrigo, mas Dionísio não parecia querer rompê-lo desta vez. Ele reclinou, apoiou a cabeça na mão e observou as mulheres que dançavam. Seus pés balançavam para cima e para baixo com a batida da música.

— Por que somos semelhantes? — perguntei novamente, sabendo que estava mudando de assunto.

Com um suspiro profundo, Dionísio colocou a taça vazia sobre a mesa e deitou-se de costas. O movimento foi nitidamente juvenil, mas não parecia deslocado em seu corpo jovem, mesmo eu sabendo que ele era séculos mais velho do que eu. Seus olhos estavam fechados novamente.

— Hera, com seu ciúme avassalador, não se contentou em apenas ter minha mãe destruída por Zeus. Então eu, como símbolo da infidelidade eterna de meu pai, precisava ser punido também. Quando ela descobriu onde Zeus havia me escondido depois de meu nascimento, jogou uma maldição em mim muito semelhante à sua.

Olhei para ele de cima a baixo com desconfiança.

— Minha maldição não pode ser vista por fora — ele disse, respondendo a meu julgamento silencioso. — Mas eu, como você, sou um perigo para todos os mortais que se aproximam de mim. — Ele gesticulou para o círculo de dançarinas. — Por que você acha que aquelas mulheres estão agindo dessa forma?

— Achei que elas estivessem sob seu feitiço — respondi, com honestidade.

— Isso é parcialmente verdadeiro — Dionísio disse. — A selvageria e a loucura são por minha causa, não por causa de algo que eu disse ou fiz. Mortais que chegam perto de mim simplesmente ficam fora de si. Hera me amaldiçoou com o dom da loucura que se infiltrou em todos os poros de meu ser. E quanto mais perto um mortal fica de mim, mais insano ele se torna. Muitos não têm controle nenhum sobre o que fazem.

— Você está dizendo que aquelas mulheres estão aqui contra a vontade? — perguntei, com a indignação já fervendo em meu peito.

— Ah, não — ele disse rapidamente, então cobriu os olhos com uma das mãos. — Os mortais dos arredores da montanha conhecem meu poder. Essas mulheres sabiam o que aconteceria se me procurassem. Estão aqui porque *querem* ficar fora de si por uma ou duas noites.

Recuei da posição firme que havia assumido, pronta para arrancar a mão de Dionísio do seu rosto e petrificá-lo para libertar as mulheres. Não me importava se ele era um deus. Não queria que mais ninguém ficasse indefeso e à mercê de um deus negligente. Minhas cobras estavam procurando o odor de falsidade, o cheiro forte de mentiras no ar, mas não encontraram nada. Dionísio dizia a verdade.

— É claro — continuou — que muitos já vieram contra a vontade, durante aqueles primeiros anos, enquanto eu lutava sob a maldição de Hera. Muitos morreram, inclusive pessoas próximas a mim. — Ele deu uma risada oca. — É difícil controlar a loucura quando você mesmo sente que ela vai te consumir. Tentei me separar da sociedade, colocar o máximo de distância entre mim e qualquer mortal que pudesse cair em meu feitiço. — Ele apontou para mim e depois para si mesmo. — Somos farinha do mesmo saco, não somos?

Engolindo o restante de meu vinho, joguei a taça sobre a mesa e me deitei como Dionísio. Seus modos livres, em oposição a tudo o que eu conhecia sobre deuses, tinham me deixado à vontade. A saliência de galhos de árvore se mexia de leve, balançando ao vento, e isso ajudou a desfazer a sensação de caverna. Parecia que o próprio bosque estava respirando.

Dionísio pareceu tomar meu silêncio como concordância e continuou:

— A maldição de Hera não seria ignorada. Tive que encontrar mortais em algum momento e, quando o fiz, a loucura os arruinou. Era terrível ver as pessoas ao meu redor ficarem loucas, sabendo que eu era a causa, apenas por ser como eu era. Mortais são muito crédulos.

Vindo de um deus, isso deveria ter soado como uma acusação cruel contra humanos. Mas Dionísio não falava como se achasse que a confiança inerente que humanos poderiam ter em outro ser fosse algo de que se envergonhar. Ele falava como se tivesse pena dos mortais.

— Você disse que perdeu pessoas próximas. Elas eram humanas? — perguntei, pensando em Polli e em como seus olhos haviam congelado em um olhar de tamanha confusão da última vez que a vira. Sua gentileza em relação a mim teria sido parte de sua credulidade? Odiava pensar que foi a afeição fácil que ela sentia por mim que a levou à morte. As cobras se mexeram, sentindo meu desconforto, e a tirei da mente.

Dionísio soltou um fluxo de ar pelos lábios entreabertos.

— Sim.

A música na clareira tinha diminuído, e agora apenas um músico tocava uma canção triste no alaúde. Algumas das mulheres haviam parado em diferentes pontos no círculo de grama pisoteada e se movimentavam de um lado para o outro. Outras estavam girando no lugar, balançando as mãos sobre a cabeça como pássaros aprisionados. O alaúde gritou mais algumas notas, e então as mulheres se juntaram a ele, suas vozes destreinadas se elevando em uma melodia que eu nunca tinha ouvido antes.

Dionísio tinha virado o rosto na direção das mulheres que cantavam, ainda de olhos fechados.

— Você pode tentar fugir da maldição — ele disse em voz baixa —, mas não há como escapar de si mesma.

Levantei os braços sobre a cabeça como as mulheres que dançavam, virei as mãos algumas vezes, e depois as deixei cair sobre a grama e as almofadas macias.

— Isso é uma merda — falei.

Dionísio soltou uma gargalhada.

— É a vida — respondeu ele —, tanto para mortais quanto para imortais.

Ele se sentou e nos serviu mais uma taça de vinho.

RIOS LENTOS PODEM VIRAR CORREDEIRAS VIOLENTAS, TRANSFORMANDO PEDRA EM NADA

Fiquei com Dionísio por muitos dias, embora tivesse dificuldade em separar um dia do outro. O único indicador real da passagem do tempo era que os mortais que lotavam a clareira mudavam, ainda em sua maioria mulheres, com apenas um ou outro homem jovem. A cada nova leva de mortais, Dionísio repetia a mesma ordem que dera em minha primeira noite com ele, dizendo para os humanos não olharem para mim.

Eu sentia conforto por sua tentativa contínua de proteger seus seguidores de mim, e vice-versa. Às vezes, quando o vinho fluía um pouco livremente demais do jarro para seu copo, eu ficava preocupada que ele se esquecesse de sua promessa e olhasse para mim, mas ele nunca fez isso. Não importava o quanto o deus ficasse embriagado, ele sempre tinha noção suficiente para manter seus olhos, e os olhos de seus seguidores, afastados de meu rosto.

Mesmo o deus parecendo um garoto descuidado de vinte anos, suas ações com frequência mostravam sua verdadeira natureza. Eu via sua dedicação a proteger os mortais que o procuravam, e a forma como ele me protegia.

Fui lembrada do verdadeiro poder de Dionísio cerca de uma semana depois que ele me encontrou na base de sua montanha. Era meio-dia e os mortais da noite anterior finalmente haviam deixado a clareira para voltar para casa, ou pelo menos para dormir até que a loucura passasse antes de voltarem novamente quando a noite caísse. Dionísio tinha desaparecido em algum momento do início da manhã, permitindo que os mortais recobrassem o juízo.

Eu estava deitada em um pedaço de grama alta, deixando minhas cobras farejarem a terra. Estava tão acostumada à clareira cheia de música, cheia de barulho, que o silêncio da tarde pareceu sobrenatural. O vento sacudia as folhas acima de mim.

Minhas cobras pararam de cutucar a grama e ficaram tensas. Alertada por sua imobilidade repentina, eu me sentei. A brisa que passava pela clareira era gentil, pouco mais de uma rajada de ar, e ainda assim as árvores estavam balançando como se uma ventania sacudisse seus galhos.

— É uma mensagem — Dionísio disse, aparecendo em silêncio atrás de mim. — Há mortais vindo nessa direção. Homens. — Ele apontou para o bosque de árvores no limite do prado e me disse que garantiria que ninguém pudesse me ver nem olhar naquela direção.

— Você vai ficar bem? — perguntei. Virei o rosto, olhando para ele enquanto ele olhava na direção dos homens que se aproximavam.

Dionísio sorriu, e eu fiquei feliz quando a ruga entre suas sobrancelhas desapareceu, mesmo que por apenas um momento. Seu rosto era feito para sorrir.

Ele disse:

— Sou um deus, Medusa. Esses mortais não vão me fazer mal. — Então, fez um sinal me dispensando e disse: — Mas obrigado pela preocupação.

Enquanto ele ia até o centro da clareira para esperar pelos caçadores, segui sua sugestão e me recolhi no bosque sombreado. Ele tinha dito que ninguém poderia me ver, mas me agachei perto das árvores, pressionando o ombro na folhagem densa e no tronco para tentar me esconder ainda mais. Minhas cobras estavam testando o ar desde que Dionísio ficara em alerta. Os mortais estavam próximos.

Nos poucos momentos que levei para me esconder nas árvores, Dionísio havia se plantado no meio da clareira, virado para o sul. Pisquei algumas vezes, perguntando-me se a luz estava me pregando peças.

Sabia que Dionísio era o único na clareira, mas o homem ali parado agora não se parecia em nada com o Dionísio que eu tinha conhecido ou com quem eu tinha acabado de falar alguns instantes atrás. Este Dionísio era alto como Atena, com ombros largos e bronzeados envolvidos em uma pele de leopardo, e um torso grosso como uma árvore. Seus braços eram quase tão grandes quanto uma de minhas coxas, e, na mão grande como um prato de jantar, segurava um cajado — um tirso. Uma grossa videira enrolada como uma cobra em volta do cajado.

De costas, com seus cabelos escuros encaracolados e ombros morenos, poderia ser confundido com Poseidon. Meu coração parou no peito por um segundo, as cobras se enrolando de repulsa com o pensamento. Lembrei-me de que, embora tivesse desenvolvido um pouco de confiança em Dionísio, ele ainda era um deus olimpiano. Seu sangue fluía dourado como o de Poseidon. De que outras formas eles eram semelhantes?

Mas então Dionísio se virou, de leve, como se para olhar para mim, e eu vi que seu rosto ainda era gentil. Ele tinha uma barriga arredondada como a de um nobre bem alimentado. A força e o poder que emanavam dessa forma eram inequívocos. Seria essa a verdadeira versão que Dionísio quis que eu visse naquele primeiro dia em que nos encontramos? Ou o garoto de rosto gentil com um sorriso travesso seria quem Dionísio realmente era?

O deus inclinou a cabeça, como se estivesse escutando um chamado distante. Não ouvi nada além do som do vento por entre as folhas.

Então minhas cobras me deram um puxão fantasma e alertaram: *Ali.*

Olhei para o local que as cobras tinham escolhido, do outro lado da clareira, e com certeza vi uma sombra se movendo entre as árvores. Os caçadores andavam pela floresta em silêncio. Havia uma dúzia deles, e todos entraram na clareira juntos, como se quisessem garantir que nenhum homem fosse distinguido. Cada um deles segurava uma arma, ou uma espada curta ou uma lança.

Dionísio esperou até eles pararem a uma certa distância dele e então falou. Sua voz também havia mudado com a nova forma. Estava mais grave e mais autoritária.

— O que vocês querem comigo? — perguntou. Estava segurando seu tirso longe do corpo, com a ponta encostada no chão. Mesmo que sua pose o deixasse completamente aberto ao ataque, os homens foram espertos o bastante para hesitar.

Um caçador falou no meio do grupo.

— Viemos libertar nossas mulheres de seu feitiço — declarou. — Você pode ser um deus, mas não é certo tirar nossas esposas e filhas de casa. Liberte-as de sua corrupção.

Dionísio torceu o tirso.

— Isso foi uma ordem? — ele perguntou de maneira frívola.

Um dos caçadores, um jovem, cutucou com o cotovelo o homem que havia falado e sussurrou alguma coisa.

— Não, meu senhor — o homem disse, embora tenha sido por entre dentes cerrados. — É um pedido. — Ele fez uma pausa e, quando Dionísio não respondeu de imediato, continuou: — Mas vamos usar força se for necessário.

— Vocês já pensaram — Dionísio perguntou, cruzando um pé sobre o tornozelo em uma pose casual — que talvez essas mulheres não queiram estar em casa com vocês?

O homem deu um passo zangado para a frente e, quando o outro que o havia cutucado tentou segurar seu braço, ele se desvencilhou.

— Não seja ridículo. Elas nos deixam porque estão sob seu feitiço repulsivo. Se não as libertar, vamos levá-las de volta à força.

Analisei os rostos de cada um. Enquanto muitos dos caçadores franziam a testa e olhavam feio para Dionísio, assim como o homem que falava, alguns deles pareciam preocupados. Seguravam as armas de leve, como se estivessem com medo até de erguê-las contra Dionísio. Quando o homem o ameaçou, alguns dos caçadores se entreolharam com nervosismo.

Dionísio inclinou a cabeça de lado, como se estivesse considerando uma pergunta difícil, e soltou um suspiro.

Ele gesticulou para o campo vazio ao redor deles.

— Como vocês podem ver, as mulheres não estão aqui.

— Se estão sob seu comando, pode trazê-las até aqui — disse o homem.

— Essa pode não ser uma boa ideia — afirmou Dionísio. — Elas ainda devem estar se recompondo da celebração de ontem à noite. Se eu as trouxer de volta cedo demais, não serei capaz de controlá-las.

— Você está falando coisas sem sentido. Elas não vão mais ter que ouvir você. Nós estaremos aqui para protegê-las. — Ele levantou a espada, apontando a ponta para Dionísio. — Chame nossas mulheres de volta para que elas possam nos ver salvando-as de seu feitiço e arrancando sua cabeça.

Pressionando-me mais profundamente na folhagem, me perguntei como um mortal poderia ser tão burro a ponto de ameaçar um deus.

Minhas cobras estavam tensas na cabeça, enquanto balançavam a língua na direção dos humanos. O ar estava entremeado de medo, mesmo que o homem que falava não demonstrasse. Talvez ele próprio tivesse sido pego na loucura que cercava Dionísio, e isso estivesse permitindo que ele falasse sem inibições.

Embora eu não pudesse ver seu rosto, Dionísio deu de ombros e disse:

— Como quiser.

Ele bateu o tirso no chão. Depois de passar dias ao lado de Dionísio, a sensação de sua aura me era familiar, a magia inerente que parecia pingar dele. No momento em que seu cajado bateu na terra, seu poder rolou pelo prado e pela floresta como uma onda se espalhando pela superfície da água. Um segundo se passou, depois dois, então ouvi um grito selvagem dentro da floresta. Era o grito discordante de todas as vozes que tinham cantado e dançado canções na noite anterior, mas agora elas pareciam um bando de animais selvagens caçando.

— Você disse que protegeria suas mulheres — Dionísio disse lentamente, desenhando um pequeno padrão na terra com a ponta do cajado —, mas quem vai proteger vocês delas?

Quando as mulheres surgiram na linha das árvores e saíram na luz, alguns dos caçadores se encolheram. As mulheres estavam sujas de lama. Seus vestidos e suas túnicas ainda estavam rasgados na gola e na barra, mas foi o rosto delas que aterrorizou os homens. Seus olhos eram brilhantes e claros, e havia um calor fervilhante neles que eu reconheci de imediato: puro ódio.

Voltar de uma euforia induzida por um deus incitaria uma grande reviravolta nas emoções, e essas mulheres estavam com os nervos à flor da pele, chamadas de volta para a briga antes que pudessem se recuperar. Seus rostos exibiam claramente a perturbação. Ainda estavam esfoladas pela loucura.

— O que você fez com elas? — o caçador acusou. Ele tinha virado a espada na direção da mulher mais próxima, uma garota de cabelos escuros que tinha dançado espirituosamente na noite anterior. Suas mãos sujas de terra estavam cerradas em punho. O caçador disse:

— Celena?

A mulher deu um passo para a frente e os caçadores que tinham trocado olhares nervosos deram um passo para trás.

— Você não devia ter vindo até aqui — disse Celena. Minhas cobras sibilaram para sua voz, e até eu pude sentir o ódio e o ressentimento que escorriam de cada uma de suas palavras.

— Senhor — o caçador chamou Dionísio —, o que há de errado com elas? Liberte-a de seu feitiço!

— Eu não posso — respondeu Dionísio. Ele estava apoiado no tirso novamente. — Você me disse para chamá-las. Você é o motivo de elas terem ficado assim. Eu te disse que não era uma boa ideia.

— Dionísio! — o caçador suplicou, frenético agora, enquanto Celena dava outro passo para a frente. Todo o campo estava coberto com o poder das mulheres, alimentado pelas emoções descontroladas. Achei que os homens tinham razão em ficar assustados. Essas mulheres mortais pareciam ter o poder dos deuses dentro delas.

— Eu te disse — repetiu Dionísio.

E então algo estalou. Todas as mulheres que tinham entrado na clareira se movimentavam como uma só, e os caçadores caíram sob suas mãos. As armas dos homens pareciam inúteis contra as mulheres seminuas, e cobri a boca com a mão enquanto via o campo se transformar em um massacre. Minhas cobras se enrolaram perto de minha cabeça.

Dionísio era um pilar calmo e sólido no meio da loucura. As mulheres, jovens e velhas, destroçaram os caçadores um por um. Alguns dos homens estavam gritando os nomes delas, mas os gritos logo se transformaram em berros, e depois em silêncio. Não ousei fechar os olhos.

No fim, restaram alguns homens vivos, caídos na grama. Eles estavam respingados de sangue de seus companheiros e olhavam com os olhos arregalados para as mulheres ensopadas de sangue que estavam acima deles. As mulheres respiravam com dificuldade. Lentamente, suas mãos se abriram e elas limparam o sangue do rosto.

Celena olhou para Dionísio de onde estava, sobre os restos mortais do caçador que a havia chamado. O ódio tinha desaparecido de seu olhar, mas ainda estava com os olhos claros. Dionísio acenou com a cabeça para ela, e ela inclinou a dela em resposta. Sem olhar para os corpos no campo, as mulheres saíram.

Dionísio se dirigiu aos homens que restavam, três dos garotos que tinham trocado olhares nervosos quando seu líder ameaçou o deus.

— Tenham cuidado com uma mulher — disse — e, além disso, tenham cuidado com uma mulher que dá poder a suas emoções. Ela pode destruir o mundo com as próprias mãos. — Ele deu um passo à frente, desviou dos corpos e agachou perto dos garotos. — Vocês vão para casa. Vão contar aos outros o que aconteceu aqui e aconselhá-los a não cometerem o mesmo erro.

Um garoto concordou com a cabeça, seus olhos arregalados como os de um cervo com a perna presa em uma armadilha. Dionísio fez um sinal com a mão os mandando embora, e os três homens se levantaram com dificuldade, escorregando na grama suja de sangue, e fugiram para a floresta.

Dionísio ficou parado. Mais uma vez, o único som na clareira era o farfalhar do vento entre as folhas. Eu não havia me movido.

— Você já pode sair — Dionísio disse.

Minhas pernas estavam duras quando me levantei, doloridas por ficar tanto tempo agachada. Fui com cuidado até Dionísio, olhando para baixo para evitar pisar em sangue ou outras coisas que não quis olhar muito de perto.

Quando cheguei ao lado dele, Dionísio havia se transformado de novo na forma jovem e esbelta com que eu o havia conhecido. Ele estava olhando para a floresta, onde as mulheres e os três garotos haviam se refugiado, então passei um momento analisando o rosto do deus. O que vi era completamente oposto ao de Atena; o rosto de Dionísio era um livro aberto de emoções. Suas sobrancelhas estavam franzidas de preocupação e sua boca carnuda estava pressionada, formando uma linha fina.

— Não guarde rancor delas — ele disse. — Das mulheres.

— Não posso — respondi. — Eu as compreendo.

Finalmente, Dionísio sorriu. Um sorriso fraco e pequeno, mas estava lá.

— Achei mesmo que compreenderia. Sinto muito por isso, mas acho que sua capacidade de as compreender é a razão de nos darmos tão bem. — Então ele me cutucou com o cotovelo. — Você também não deveria guardar rancor de si mesma.

— Como assim?

Dionísio apontou para a floresta com o queixo.

— O que quer que você tenha feito o que quer que tenha precisado fazer antes de chegar até aqui, não guarde rancor disso. Você não precisa se envergonhar das ações que te permitiram escapar de uma situação ruim. Se é capaz de perdoar aquelas mulheres por usarem seu poder para se libertar — ele disse calmamente —, então pode se perdoar.

Odiei Dionísio naquele momento, por desvendar meus pensamentos com tanta facilidade mais uma vez. Mas sabia que ele estava certo. Se eu fosse uma daquelas mulheres, sabia que teria feito exatamente o que elas fizeram. Havia sentido aquele desejo de destroçar com minhas próprias mãos as pessoas que me causaram dor. Não podia culpá-las por ceder. E queria aquela mesma consideração por mim.

Pigarreei e perguntei:

— O que você desenhou na terra antes? Com o cajado.

— Ah, isso. — Dionísio disse, dando um passo para trás para que eu pudesse ver o símbolo sob seus pés. Não consegui entender o que dizia; não estava escrito em texto comum. — Foi para proteger aqueles três garotos. Esta marca permitiu que as mulheres soubessem que estava tudo bem deixá-los vivos. Eu descobri — Dionísio explicou enquanto esfregava a marca na terra — que o medo corre mais rápido do que qualquer rumor. É uma coisa poderosa, quando manipulado do jeito certo.

— Sim — concordei. — É mesmo.

Levantei o braço e permiti que as cobras se enrolassem em meus dedos. O cheiro de sangue no ar estava entorpecendo seus sentidos, e elas buscavam conforto em meu toque. Apertei-as com mais força. Ao fazer isso, notei que Dionísio estava agarrando o tirso, segurando-o como se fosse uma corda de salvação, como eu estava fazendo com as cobras.

— Posso perguntar — comecei a falar — se aquela forma que você assumiu quando os caçadores chegaram é sua verdadeira forma? Aquela que você mencionou quando nos conhecemos? Ou se este é — apontei para sua forma atual — quem você realmente é? Ou apenas quem quer ser?

Dionísio torceu o tirso na mão, fazendo um pequeno buraco na terra.

— Quando você viu aquela forma — ele perguntou em resposta —, achou que eu parecia mais com os outros deuses que conheceu? Mais com Atena?

— Achei — disse a ele, embora não tenha dito que ele havia me lembrado de Poseidon, acima de tudo. Achei que ele não gostaria de ouvir isso de mim.

Dionísio acenou com a cabeça.

— Aquela forma é a que as pessoas esperam de mim. Quando homens como aqueles caçadores me procuram, esperando um deus malicioso e todo poderoso que roubou e enfeitiçou suas mulheres, esperam encontrar *ele*. — Dionísio gesticulou amplamente com uma mão, indicando a enorme estatura de sua outra forma. — Não esperam me ver. — Ele colocou a mão sobre o peito, agora mais magro e mais suave, embora ainda tonificado com músculos subjacentes.

— Então você dá a eles o que esperam de você? — perguntei. — Por que se preocupar?

— Posso ver por que pensaria dessa forma — disse Dionísio. Ele deslizou a mão para cima e segurou a própria garganta. — Mas não é assim que eu vejo. Não assumo aquela forma porque acho que vai satisfazer as expectativas dos homens mortais. Assumo aquela forma porque desejo proteger esta. Este corpo — ele explicou com calma — é para mim. É quem eu gostaria de ser, o tempo todo. Ainda sou um deus em qualquer forma, mas esta é a que faz eu me sentir eu mesmo.

Ele sorriu. Fiquei feliz por ele parecer satisfeito de encarar o espaço, porque eu não podia tirar os olhos dele.

— Esta é sua verdadeira forma — falei devagar, elaborando o que Dionísio havia me dito. — E a outra é... uma fachada?

— Acho que essa é uma boa palavra para isso — concordou. — Talvez seja como esta montanha, que a maioria dos mortais teme escalar porque sabe que moro aqui, mas aqueles que chegam a este prado descobrem que é diferente dos rumores.

— E esta forma protege seu verdadeiro eu e as pessoas com quem você se importa — constatei. — Como um escudo.

O sorriso de Dionísio se ampliou e ele confirmou com a cabeça.

— Sim. É isso. Exatamente como um escudo.

Algumas noites depois, após uma tempestade repentina ter lavado o sangue da grama e os restos do grupo de caçadores já terem desaparecido, eu estava sentada observando o círculo de dançarinos quando o Dionísio de rosto jovem se juntou à dança de passos rápidos. Eu me perguntei se o deus podia ficar embriagado como os mortais. Ele certamente engolia vinho não diluído mais do que o suficiente para matar um humano e podia ser descuidado com seus movimentos e seu toque, mas o modo como jogava os braços ao redor dos ombros de uma mulher ou levava a mão de um homem aos lábios parecia consciente demais. Talvez fizesse isso pelo bem das pessoas ao seu redor. Ser o único sóbrio em uma multidão de bêbados não era uma experiência agradável, e Dionísio estava em uma multidão de bêbados quase todas as noites.

Ou, pensei enquanto observava Dionísio sorrir distraído para um homem alto e musculoso de pele escura e brilhante e um sorriso amplo que estava por perto do deus a noite toda, Dionísio queria desesperadamente ficar bêbado como os mortais ao seu redor. Mas o mais próximo que ele conseguia chegar era essa falsa performance.

Havia notado que o vinho não tinha o mesmo efeito em mim que tinha quando apenas sangue mortal corria em minhas veias, assim como meu desejo por comida tinha diminuído. Girando o resto de meu vinho tinto na taça, recostei sobre uma mão, desviei os olhos de Dionísio e do homem e analisei os outros mortais próximos ao deus.

Dionísio havia me dito, quando o questionei por que eu não ficava fora de mim quando estava perto dele, que seu efeito em imortais era reduzido, como um rio caudaloso reduzido a um filete de água escorrendo de uma barragem rochosa. Mas os mortais recebiam a força total.

Virei a taça junto aos lábios para terminar o vinho e, quando a coloquei na grama, uma mulher apareceu do meu lado. Desde o dia em que os caçadores tinham vindo, tentara observar os mortais em busca dos rostos familiares das mulheres que tinham deixado a clareira manchada de sangue com os olhos arregalados e claros. Não tinha visto nenhuma delas desde então. De canto de olho, deu para ver que a mulher ao meu lado estava descalça e sua túnica estava levantada na altura das coxas, revelando as longas pernas. Ela tinha arranhões superficiais nas panturrilhas e manchas nos joelhos por vagar pela floresta, como todos os seguidores de Dionísio tinham que fazer para chegar naquela clareira.

— Você dança? — ela me perguntou.

Fiquei assustada. Era a primeira pessoa a falar comigo além de Dionísio, e isso me arrancou uma resposta chocada.

— Não.

— É boa demais para dançar com a gente, mas não é boa demais para beber com a gente — ela provocou, e eu olhei para ela. Por causa da ordem de Dionísio, toda vez que eu chegava perto do olhar de alguém, eles imediatamente encontravam outro lugar para olhar. Ela podia estar me encarando até eu levantar a cabeça, mas, quando olhei para ela, ela estava olhando para os dançarinos, acompanhando seus movimentos com os olhos. Eu não a reconheci. Cabelos longos e pretos abaixo dos ombros, e um sorriso que brilhava como uma estrela em contraste com o céu escuro, iluminando seu rosto em forma de coração.

— Beber é fácil — eu disse a ela enquanto algumas de minhas cobras levantavam a cabeça e balançavam a língua. — Posso fazer isso sem ser observada.

— Ninguém pode te observar, de qualquer modo — ela protestou. — Não temos permissão para olhar para você.

Não pude protestar, e ela se exibiu um pouco por vencer meu argumento. A mulher falava comigo como se eu não fosse diferente de ninguém na clareira.

— Então, já que ninguém vai estar olhando para você — continuou, colocando uma das mãos diante de meu rosto e balançando os dedos —, vai se juntar a mim?

— Por que está me pedindo isso? — retruquei, olhando para a mão dela. As cobras balançavam a língua para os dedos da mulher com curiosidade. — Há outros mais dispostos, com quem é muito mais fácil conversar do que comigo.

A mulher não abaixou a mão.

— É verdade, mas nenhum deles é tão interessante quanto você.

— Por interessante você quer dizer perigosa?

— Talvez — respondeu ela com uma risada.

Alternando o peso entre os pés, ela balançou os dedos para mim novamente e, com o movimento, encostou na língua de uma de minhas cobras. Ela tinha sabor de suor e de um pouco de terra, mas também o gosto forte da loucura que emanava dos seguidores de Dionísio. Estava estranhamente suave, como se tivesse sido diluído.

Sabia que só alguém meio fora de si teria coragem suficiente para se aproximar de mim, mas eu estava na montanha de Dionísio havia um certo tempo, então talvez alguns dos mortais que vadiavam perto do deus tivessem se acostumado com minha presença. Como alguém se acostuma ao cheiro da podridão marinha após viver perto do mar.

Olhei para a mulher de novo, e os olhos dela se esquivaram um segundo antes de encontrar os meus. Para ser sincera, estava aliviada por ela ter ido conversar comigo. Às vezes, parecia que eu era invisível, ou que nem mesmo existia, já que ninguém na clareira podia me olhar, e apenas Dionísio falava comigo. Mas ela tinha me procurado.

— Tudo bem — falei, e depois repeti para começar a me mexer. — Tudo bem.

Abandonando minha taça na grama, levantei-me e peguei na mão da mulher apenas quando já estava de pé. Sua pele era quente.

— Vamos! — ela gritou alegremente e me arrastou para o círculo.

Meus pés eram desajeitados, mas tentei copiar os movimentos dela da melhor forma possível. As cobras balançavam com o impulso de minha cabeça, mas elas pareciam obrigadas a deixar isso acontecer e não resistiam. A música não tinha um ritmo tão acelerado quanto antes, embora a dança ainda fosse rápida; sempre que me concentrava muito no movimento dos meus pés, acabava tropeçando.

— Não olhe para os pés — a mulher me disse, ainda envolvendo minha mão com força enquanto me puxava pelo círculo. — Eles também não sabem o que estão fazendo. Apenas ouça e me acompanhe. O resto vai se resolver.

Fiz o que ela sugeriu e parei de encarar meus pés, me concentrando nela e cuidando para manter meu olhar apenas na lateral do rosto dela.

Seus cabelos pretos espalhavam-se de maneira selvagem ao redor dos olhos e da boca conforme se movia, mas não se dava ao trabalho de afastá-los. Alguns fios estavam presos no pescoço por causa do suor.

O volume da música aumentou. Por não estar olhando para o chão, comecei a ver o padrão nos passos dos outros dançarinos, como eles mudavam rapidamente de um pé para o outro e equilibravam o peso enquanto giravam. Imitei o balanço do corpo da mulher, e meus pés entraram naturalmente no ritmo em que eu tropeçara apenas alguns momentos antes.

— Bom, bom! — A mulher vibrou com a saia apertada agitando-se ao redor das coxas enquanto girou comigo em comemoração. Comecei a tropeçar quando saí do giro, mas ela me puxou novamente para o ritmo com facilidade.

Sorri conforme voltava ao padrão, e quando os dançarinos acompanharam a música batendo os pés, me juntei a eles.

A mulher e eu dançamos até meu vestido colar em minhas costas com o suor e eu começar a me sentir tonta de tanto girar. Quando senti que minhas pernas iam ceder, puxei os dedos da mulher e me inclinei para a frente de modo que minha boca ficasse mais perto de seu ouvido e ela pudesse me ouvir apesar da música.

— Preciso me sentar, senão vou desabar.

A mulher riu, mas assentiu e, ainda dançando, nos tirou do círculo de dançarinos e seguiu na direção da orla da clareira. De alguma forma, ela encontrou uma mesa repleta de comida e jarros de vinho no meio da multidão e pegou um cacho de uvas com a mão livre.

Ela me levou para o limite da floresta, onde era bem mais fresco e silencioso sob a cobertura de pinheiros. Ela andava na minha frente, de modo que eu só podia ver a parte de trás de sua cabeça, e me dei conta de que não tinha perguntado o nome dela.

— Como devo te chamar? — perguntei.

A mulher tentou olhar por sobre o ombro, mas a ordem de Dionísio a impediu de olhar totalmente para trás, então acabou inclinando a cabeça de lado, como um pássaro curioso.

Acrescentei, em um tom de voz mais baixo ao deixarmos o barulho da clareira para trás:

— Desculpe por não ter perguntado antes.

— Ah, tudo bem — respondeu ela, com alegria. — Você pode me chamar de Naidah.

— Naidah — repeti.

Caminhamos até a clareira não passar de uma luz fraca e um som abafado, quase completamente obscurecida pelas árvores e videiras folhosas. A mão de Naidah era quente junto à minha. Ela finalmente parou perto de um riacho raso e se sentou de costas para um tronco de árvore fino e flexível, puxando-me para baixo com ela. Sentei-me com as pernas cruzadas sob o corpo, mas Naidah fez um barulho impaciente e deslizou a mão pelo meu braço para me fazer descer mais, até minha cabeça estar apoiada sobre sua perna, logo acima do joelho.

Estremeci quando senti a pele da coxa dela tocar os corpos escamosos das cobras e tentei me sentar novamente. As cobras também pareceram assustadas com a sensação.

— Está tudo bem — Naidah disse de modo calmante. — Eu não me importo com elas.

— Mas... — comecei a dizer, mas ela me mandou ficar quieta novamente.

— Contanto que elas não me mordam, está tudo bem.

Ela disse tudo isso com os olhos praticamente fechados, as pálpebras abaixadas e os longos cílios pretos criando pequenas sombras sobre suas bochechas. Ela apertou mais meu braço até eu voltar a deitar a cabeça. As cobras se ajeitaram para que nenhuma ficasse esmagada entre minha cabeça e a coxa dela, mas, mesmo elas tentando ficar o mais imóveis possível para não a assustar, algumas cobras balançaram a língua junto à pele de Naidah.

— Hum — ela disse com uma risada —, isso faz um pouco de cócegas.

Em silêncio, disse para as cobras pararem de uma vez, e então falei em voz alta:

— Desculpe.

— Ah, mas não foi nada! — Naidah recostou na árvore e apoiou o cacho de uvas sobre a barriga com uma das mãos ao redor dele para segurá-lo, pegando a fruta com a outra mão e a levando à boca uma por vez. — Você precisa aprender a relaxar.

Eu não havia relaxado um único instante desde que fugi do templo. Não podia explicar a ela que provavelmente havia esquecido como relaxar depois de inúmeros dias viajando em alerta pelos mínimos sons de mortais, ou porque havia me cegado, ou por causa do terrível destino que me esperava depois de uma quantidade de tempo desconhecida, porém finita.

— Hum — murmurei.

— Quando foi a última vez que você dormiu a noite toda, sem preocupações?

— Séculos atrás.

Naidah colocou outra uva na boca e depois me ofereceu uma, batendo os dedos desajeitadamente em meu queixo antes de encontrar minha boca. Ela pressionou a fruta em meus lábios e eu os abri para comê-la. A casca firme da uva rachou sob meus dentes e o suco que se derramou era doce e fresco. Naidah bateu com o dedo em minha boca fechada.

— Você pode dormir agora, se quiser — ela disse, e sua voz estava mais firme do que na clareira, como se a névoa da loucura de Dionísio estivesse deixando sua mente. — Eu fico de vigia para você.

— Por quê?

Com o riacho borbulhando suavemente e a luz pálida das estrelas mal passando pelas árvores, eu não podia negar que este lugar parecia o mais seguro possível. Principalmente com Naidah me protegendo. Mesmo que eu a tivesse conhecido apenas esta noite, eu me sentia conectada com as mulheres que vinham à montanha de Dionísio. Eu havia visto o que elas eram capazes de fazer com mãos simples e mortais. Elas eram capazes de grandes atos de fúria, assim como eu. Talvez eu sentisse que Naidah podia me entender, mais até do que Dionísio. Mas não entendi por que ela estava me oferecendo tamanha gentileza.

O dedo que havia batido em minha boca subiu delicadamente por meu rosto, até meus olhos, onde parou e esperou que eu os fechasse, antes de acariciar de leve a fina pele das pálpebras.

— Porque eu quero — ela disse simplesmente.

Alguns motivos para ela *não* querer cuidar de mim dessa forma borbulhavam em minha língua, mas eu os deixei dissipar antes que se transformassem em palavras no ar. Naidah agora acariciava minha têmpora com delicadeza, onde a pele dava lugar às duras escamas verdes das cobras, e tanto as cobras quanto eu estávamos nos perdendo na sensação desse toque.

Adormeci. Não por escolha, mas porque meu corpo não ficava isento de ansiedade assim há tanto tempo que a exaustão repentina recaiu sobre mim e me varreu como uma corrente de retorno.

Quando acordei, ainda era noite. O céu acima das folhas estava escuro, embora as estrelas tivessem desaparecido em consideração ao sol que logo subiria no horizonte. Pisquei para me livrar do sono, as pálpebras estavam pesadas do descanso profundo, e olhei para Naidah. Ela também tinha pegado no sono encostada na árvore, os olhos fechados e a cabeça caída de lado sobre o ombro. O resto do cacho de uvas estava sobre sua barriga, sem nenhuma fruta.

Depois do riacho, ouvi um galho caído estalar sob a pisada de um pé pesado.

Sentei-me rapidamente e as cobras, ainda grogues de sono, balançaram com o movimento.

Alguns homens surgiram entre as árvores do outro lado do riacho. Eles usavam armaduras leves com uma insígnia no ombro e saias de couro curtas e carregavam as lanças longas dos soldados de infantaria. Seus capacetes emplumados obscureciam a maior parte de seus rostos. Havia cinco no total.

— Ei — um deles gritou. Ele parecia muito jovem. — Vejam ali!

Fiquei paralisada, meus membros pesados pela exaustão e pelo medo repentino.

Eu tinha sido tão cuidadosa, tão persistente sozinha usando a venda, mas viver entre Dionísio e seus seguidores me fez ficar acostumada a mortais que não podiam olhar nos meus olhos. Esses homens não tinham essa restrição.

O primeiro homem, o que tinha falado, virou pedra em um mísero instante e não senti nada quando os olhos das cobras piscaram em vermelho à minha volta. Os dois homens seguintes se assustaram quando o companheiro foi petrificado, e depois ficaram zangados, mas não sabiam que deviam evitar meus olhos. Quando o lampejo vermelho chegou para eles, foi como se eu pudesse ver seu ódio reforçado atrás de meus olhos enquanto suas bocas raivosas congelavam no lugar. A raiva deles foi o que finalmente descongelou meus membros. Cambaleei para trás apoiada nas mãos, para longe do riacho, e me virei, pensando que, se conseguisse chegar à clareira de Dionísio, conseguiria acabar com aquilo. Dionísio poderia fazer os homens pararem.

Atrás de mim, ouvi pés chapinhando no riacho, e então Naidah deu um grito agudo.

Aquele som me fez interromper minha corrida enlouquecida. Reconhecia aquele som. Era o grito de alguém indefeso que não conseguia revidar. Conhecia aquele som porque tinha produzido um igual quando Poseidon me agarrou no templo.

Não havia ninguém para me ajudar quando Poseidon me violentou. Até Atena havia se recusado a me ajudar, por medo de sua maldita reputação. Lembro-me de como me senti quando me dei conta de que ninguém — como desejei que o mundo todo desmoronasse sob minha raiva. Eu era a indefesa naquele momento. Como poderia deixar Naidah na mesma situação? Com a influência de Dionísio esmorecendo, ela não estava preparada para revidar. Não teria força.

Mas eu não era mais indefesa.

— Use-o — murmurei para mim mesma. Minhas cobras se movimentaram loucamente ao redor de minha cabeça, enfurecidas por terem sido surpreendidas mais uma vez, mas ficaram imóveis com minhas palavras: — Use-o a seu favor.

Eu me levantei e girei em um rápido movimento; quando vi o quarto homem puxar Naidah pelo braço, senti minha própria raiva irromper. O homem estava gritando alguma coisa e seu rosto se contorcia de maneira desagradável enquanto Naidah balançava a cabeça freneticamente, então ela começou a escorregar da mão dele. Achei que talvez o homem tivesse perdido o controle sobre ela, mas ele também pareceu confuso. Pisquei e me dei conta de que Naidah estava literalmente escorregando das mãos dele, o pulso deslizando dos dedos do homem e sua pele brilhando como a luz do sol refletindo em um lago parado. Os braços de Naidah e depois o restante de seu corpo, assim como suas roupas e tudo o mais, se transformaram em nada além de alguns punhados de água que fluíram depressa para o riacho e desapareceram.

Naidah, pensei estupidamente, chocada por não ter me dado conta antes do que ela era. Em nossa língua, seu nome poderia significar "rio". Ela era uma ninfa da água, e dormia ao lado de seu riacho.

O homem que a segurava alternou o olhar entre sua mão vazia e o riacho e fez um ruído de confusão. Ele olhou para mim.

— Como… — Foi tudo o que ele foi capaz de dizer antes de eu transformá-lo em pedra. Seus dedos rígidos ainda estavam curvados ao redor de um pulso-fantasma.

O quinto homem…

Quando olhei para o limite das árvores, o quinto homem havia desaparecido. Fiquei tentada a ir atrás dele; a raiva que sentia do homem que tentara ferir Naidah ainda pulsava em minhas veias. Poderia tê-lo pegado se quisesse, tinha certeza; minha raiva poderia ter alimentado uma corrida enlouquecida atrás do homem sem problemas. Ele não teria a menor chance. Meu sangue bombeou pelas pernas, tornando-me mais forte. Eu não era mais uma vítima indefesa.

Mas não o segui. As cobras estavam ávidas por perseguir o último homem e transformá-lo em pedra como eu havia feito com os outros quatro, mas quando olhei para a primeira figura cinza, e depois para suas companheiras petrificadas, a raiva se tornou vergonha, e depois exaustão.

A morte deles era culpa minha. Eu tinha me acomodado. Ficado preguiçosa em minha tentativa de proteger as outras pessoas, e aqueles quatro homens haviam sofrido por isso. Embora um deles tivesse tentado ferir Naidah, e muito provavelmente teria me ferido se tivesse a chance, aquele primeiro rapaz petrificado não tinha feito nada contra mim. Seu único erro foi entrar na clareira errada. Respirei fundo e as batidas zangadas de meu coração desapareceram.

Pressionando dedos trêmulos contra a boca, desviei os olhos das quatro estátuas e corri de volta para dentro da floresta, seguindo o caminho que Naidah havia feito.

A clareira ainda vibrava com a música quando finalmente a encontrei de novo, e mesmo sabendo que aqueles mortais não podiam olhar nos meus olhos, mantive-os em movimento pelo campo como um pássaro rápido. Dionísio estava parado ao lado do círculo de dançarinos, de cabeça baixa para ouvir uma mulher com longos cabelos pretos que falava em seu ouvido. Era Naidah.

Pela forma com que a alegria sumiu do rosto de Dionísio e seus lábios carnudos afinaram e repuxaram para baixo nos cantos, eu sabia que a náiade estava dizendo a ele tudo o que tinha acabado de acontecer. Ela terminou o relato, olhando para trás, e, quando seus olhos encontraram o lugar para onde não podia olhar, franziu o rosto e desapareceu na multidão.

Considerei partir naquele exato momento, apenas voltar para a floresta e deixar Dionísio e sua montanha para trás antes que o deus pudesse fazer um escândalo e me botar para fora. Pelo menos, quando Atena me puniu, estávamos sozinhas no templo. Sabendo como Dionísio adorava um drama, não descartaria que ele fizesse um grande tumulto para me confrontar apenas para se divertir. Virei as costas para a clareira.

— Medusa — Dionísio disse, agora apenas um passo atrás de mim, com a voz baixa e comedida. Xinguei silenciosamente os deuses e todas as suas habilidades.

— Estou indo embora — falei sem rodeios.

— Certo — disse ele. — Por quê?

— Não posso ficar aqui. Não posso... não vou ferir mais ninguém. Deixe-me ir.

— Não vou te impedir se partir é o que deseja — Dionísio falou alto o suficiente apenas para eu ouvir. Os mortais à nossa volta não nos observavam. — Mas, por favor, me deixaria te acompanhar, para que eu possa falar com você uma última vez?

Meus ombros ficaram tensos.

— Se vai me punir pelo que fiz, sim, então, eu preferiria que não tivéssemos público.

Dionísio suspirou.

— Minha cara — ele disse com exasperação. — Não vou te punir por se defender. Aqueles mortais não significavam nada para mim. Só quero te alertar sobre o que eles e o companheiro que sobreviveu podem significar para você e seu futuro.

Ele hesitou e colocou uma das mãos em meu cotovelo. Eu me encolhi a princípio, mas ele não se afastou nem apertou mais.

— Só quero te ajudar, mas você precisa deixar — ele disse com suavidade. Queria ver seu rosto, mas não podia suportar que ele visse o meu naquele momento.

Os mortais continuavam com o canto frenético, batendo os pés atrás de nós, e parecia que o ar ao nosso redor era o único espaço na clareira. A presença de Dionísio não me trouxe nenhuma sensação de confusão. Eu me senti mais calma com seu toque. As cobras, que tinham ficado tensas e em alerta desde que os cinco homens apareceram perto do riacho, relaxaram os músculos e pude sentir como estavam mais calmas diante daquela presença familiar. O fato de Dionísio ter se tornado uma presença familiar e tranquilizadora no pouco tempo que eu havia passado com ele deveria ser preocupante, mas queria desesperadamente ter alguém em quem pudesse confiar. E ele sempre agiu em nome de meus interesses.

— Por quê? — perguntei. Essa parecia ser a pergunta que estávamos constantemente jogando um para o outro: *Por que você, por que agora, por que eu?*

A resposta de Dionísio quase tirou o ar de meus pulmões.

— Porque sou seu amigo — ele disse. — Mesmo você não sendo minha amiga.

Seus dedos ainda repousavam levemente sobre meu braço. O deus esperava que eu lhe desse permissão, respeitando meu espaço como havia respeitado meu poder ao remover meu medo de machucá-lo ou de machucar seus mortais.

Abaixei os ombros quando fiz minha escolha. Dobrei o braço apenas de leve e ele deu um passo à frente, deslizando a mão pelo espaço aberto, de modo que ficamos de braços dados. Quando dei um passo para dentro da floresta, ele acompanhou meu ritmo.

Já estava quase amanhecendo, e o azul-claro do céu desaparecia e reaparecia nos espaços entre as copas das árvores. Conforme a música sumia atrás de nós, dava para ouvir os primeiros pios dos pássaros que acordavam e chamavam uns aos outros. Eu nos conduzi montanha abaixo, as cobras dando cutucões gentis na direção certa de tempos em tempos, e Dionísio caminhou cordialmente ao meu lado. Apenas quando chegamos à parte da floresta na qual as videiras não brotavam nos troncos das árvores foi que ele falou.

— Já ouviu falar de um homem chamado Polidecto?

Olhei para Dionísio e o vi olhar para o alto das árvores, com uma pequena ruga na pele normalmente lisa entre as sobrancelhas, enquanto pensava.

— Não.

Embora ele não estivesse olhando para o chão, Dionísio nos guiou por um emaranhado de arbustos e rochas antes de continuar.

— Não estou surpreso — disse. — É um rei, numa ilha bem ao sul daqui. Como a maioria dos homens, é infeliz com o que os deuses lhe deram, então ele manda seus soldados para outras ilhas, e até para o continente, em busca de lugares que possa tomar para si. — Dionísio soltou um suspiro. — Os homens de Polidecto estão vagando por minha montanha há semanas. Os espíritos da floresta e as náiades dos rios e riachos estão rastreando o paradeiro deles e me alertando se chegam perto demais. — Lembrei-me de quando Dionísio ouvira as folhas farfalharem nas árvores no dia em que os caçadores chegaram, então me dei conta de que devia ter sido uma mensagem de uma dríade. Ele continuou: — Hoje, eu não recebi o alerta rápido o bastante. Aqueles cinco homens com que você e Naidah cruzaram pertenciam a esse rei. Naidah me disse que um deles escapou antes que você pudesse petrificá-lo, não foi?

Confirmei com a cabeça, e Dionísio pegou o movimento de canto de olho.

— Certo, bem, isso pode te trazer problemas no futuro. Acho que Polidecto não vai aceitar bem o fato de você ter matado seus homens. — Dionísio deu alguns tapinhas em meu braço com a mão livre quando sentiu minha tensão ao me preparar para argumentar. — Por mais que tenha sido ter sido um acidente, não acho que o homem que sobreviveu vá dizer isso quando voltar para o rei. Só quero te alertar contra o orgulho frágil dos homens mortais, principalmente reis.

— Você acha que ele vai mandar mais homens atrás de mim? — Odiei pensar que depois de todo o meu trabalho cuidadoso em evitar cidades cheias e ser caçada como um monstro, tinha enfim cometido um erro ao decidir não perseguir aquele homem. E agora ele e os seus derramariam medo e raiva sobre minha cabeça.

— Acredito que o homem que sobreviveu vai contar a todos que encontrar sobre a mulher com cabelos de cobra que viu nas montanhas e como ela derrubou quatro jovens soldados em questão de segundos — Dionísio disse. — E então, quando ele finalmente chegar à sua terra para contar ao rei como seus homens foram tão facilmente derrotados, o rei vai ficar assustado. — Dionísio agora falava de maneira desdenhosa. — E o rei vai transformar esse medo em uma razão para pintar você como um monstro aos olhos de todos que vivem no reino.

Monstro. Essa era a palavra que as Greias tinham usado para descrever meu futuro há tantos anos, quando previram como seria minha aparência e o que eu me tornaria. Quando senti pela primeira vez as cobras no lugar onde antes havia cachos dourados, achei este corpo monstruoso. Mas, talvez, se eu não usasse o poder que vinha com ele, não me tornasse um monstro afinal. Certamente, a parte de mim que se lembrava de ser humana não desapareceria com tanta facilidade. Havia pensado que estava simplesmente presa em um corpo que parecia um monstro, e que se eu me apegasse ao que me tornava humana seria capaz de me separar do destino que as Greias tinham profetizado.

Mas essa nunca havia sido a verdade. Enquanto negara meu poder, havia petrificado Polli, o viajante e o seu cachorro na floresta perto de Atenas, e então, aterrorizada, cobri meus olhos para não ferir mais nenhum mortal inocente. Mas quando aqueles homens tentaram me atacar na noite anterior à que encontrei Dionísio, usei o poder, realmente o usei com intenção de ferir, pela primeira vez. Desde então, não havia dúvida de que o poder era parte de mim, assim como o corpo que eu achava monstruoso também era uma parte minha.

E a sensação de petrificar aqueles homens que foram atrás de mim no escuro? Não tinha sido boa? Deti o homem que ousou me segurar pela perna, matando-o antes que ele pudesse ir além. Não tinha sido um alívio saber que eu poderia matar qualquer homem que colocasse as mãos em mim? Qualquer um que achasse que tinha o direito de reivindicar meu corpo? E que bastava apenas um olhar meu para fazer isso acontecer? Seria possível compensar o custo de vidas inocentes, como a de Polli, em troca do poder de me proteger? Até mesmo pensar em minhas ações dessa forma me deixava confusa. A menor e mais vingativa parte de mim que estava feliz por eu ter matado aqueles homens estava ficando cada vez mais difícil de ignorar.

No entanto, agora que o homem que escapou espalhava boatos sobre minha habilidade por toda a região e além, o que eu poderia fazer? Os mortais que ouvissem a descrição horrível de como transformei seus companheiros em pedra acreditariam sem dúvida que eu era um monstro. Algumas das mulheres que ouvissem a história se perguntariam como uma mulher sozinha, por mais monstruosa que fosse, havia sido capaz de derrubar quatro soldados. Elas desejariam ter o mesmo poder, mesmo que por um momento? Lembrei-me de como havia me sentido indefesa no chão do templo de Atena e de como teria dado qualquer coisa para retomar o controle da situação e sentir que podia demonstrar a raiva que fervilhava dentro de mim.

Conforme a floresta clareava, o caminho inclinado pelo qual Dionísio e eu serpentávamos se abriu lentamente, e as árvores foram ficando mais distantes. Dionísio tinha ficado em silêncio enquanto eu refletia. Algo na forma como seu queixo estava inclinado me mostrava que ele tinha mais alguma coisa a dizer, no entanto.

Fiz uma pergunta primeiro:

— Existem pessoas que acham que você é um pouco monstro, não é? Como aqueles caçadores?

Era uma pergunta impertinente para se fazer a um deus, mas Dionísio apenas riu, o rosto jovem repleto de felicidade genuína enquanto seus cachos escuros balançavam na frente da testa quando ele jogou a cabeça para trás.

— Ah, é claro — respondeu —, as mães e os pais dos mortais que me procuram ou acabam no meio de meus outros seguidores. Esses me amaldiçoam por trás de portas fechadas por roubar seus filhos. Mesmo alguns dos mais corajosos filhos que perderam as mães para mim tentam me desafiar, e os nomes que me lançam são bastante grosseiros. — Ele estalou a língua e balançou a cabeça. — E, de fato, *monstro* com frequência é dito em algum momento. Nunca é o termo mais criativo.

Dionísio não pareceu incomodado por se lembrar dos insultos contra ele, mas supus que, depois de séculos lidando com mortais raivosos, a força de suas palavras tivesse diminuído um tanto. Ou a pele de Dionísio havia endurecido ao abuso frágil deles, ou a lâmina das palavras abusivas havia se desgastado em anos de ataque. Só que eu não tinha séculos de tempo para amenizar a dor.

— Você acha que ser um monstro é uma coisa ruim? — perguntei com calma. Essa era a pergunta que estava na ponta da minha língua, aquela para a qual eu ansiava por uma resposta.

Dionísio acenou preguiçosamente na direção das terras do sul e do mar, que tinha muitas ilhas aglomeradas ao redor da ponta.

— Aquele rei vai te achar um monstro, assim como os mortais que não te conhecerem, pois vão tirar conclusões sobre você a partir da palavra de um homem assustado. Deixe-me analisar sua pergunta primeiro: você acha que o medo deles te transforma em um monstro, é isso? — Ele respondeu à própria pergunta: — Não. Eles podem te chamar do que quiserem, mas isso não faz de você quem você é. Se acho monstruoso o fato de você ter se protegido? É claro que não. Mas se utilizar o poder imposto a você por uma deusa te torna um monstro, então eu diria que um monstro não é uma coisa ruim de ser. — Pude ver o brilho do sorriso dele de canto de olho. — Falando de um monstro para outro.

Suspirei e fechei os olhos, parando antes de inclinar a cabeça para trás para ouvir o vento movimentando os galhos e o raspar áspero de pedra e terra sob os pés de Dionísio quando ele também parou. Ainda estávamos de braços dados, e eu o senti me puxar com força para o seu lado.

— Você não é uma coisa ruim — Dionísio disse em voz baixa, mesmo que estivéssemos sozinhos entre as árvores.

— Nem você — afirmei.

Ele riu novamente, e eu sorri. Admirava como ele era risonho, mesmo depois de tudo que havia enfrentado.

— Certo, bem — Dionísio disse, e começamos a andar novamente depois que abri os olhos —, apenas saiba que estarei sempre ao seu lado, monstro ou não. Meus sentidos divinos me dizem que você vai ter que enfrentar muito mais vezes esse conflito interno que vem alimentando.

— Seus sentidos divinos podem ser um pouco mais específicos, por acaso?

— Não — ele disse com uma risada.

— É claro que não — falei, resignada, sabendo que nenhum deus ou divindade jamais quis, ou até mesmo pôde, dar uma resposta direta.

— Mesmo sem meus sentidos divinos — Dionísio disse quando alcançamos a base da montanha e da estreita trilha de terra que me levaria embora —, sei que Polidecto vai te causar muitos problemas. Tenha cuidado, menina dos cabelos de cobra. Nem todo mundo é tão compreensivo quanto eu.

— Obrigada — agradeci, e não me referia apenas ao conselho, mas também aos momentos de paz que ele tinha me proporcionado e à gentileza de sua amizade. — Você é um deus muito peculiar, mas acho que não preferiria outra pessoa para ser meu amigo.

Ainda não podíamos olhar um para o outro, mas vi o sorriso que se abriu em seu rosto e quis desesperadamente saber como estavam seus olhos. Queria ver se aquele sorriso chegava até eles.

— Nós, seres amaldiçoados, temos que ficar juntos — ele disse, então soltou meu braço e pegou na minha mão. — Posso perguntar para onde pretende ir?

Não tinha pensado nisso. As cobras, que tinham ficado quietas durante nossa conversa, balançaram a língua em todas as direções, tentando encontrar uma cidadezinha próxima ou algum lugar para me dirigir. Levantando a mão que estava livre, passei os dedos ao longo de um corpo fino e escamoso perto de minha orelha, e o músculo firme se enrolando sob o padrão verde iridescente, me lembrou, com lembranças tão repentinas e vívidas que fizeram meu estômago revirar, de Equidna.

— Vou procurar minha irmã — anunciei, decidindo imediatamente e surpresa por não ter pensado em recorrer a ela antes. — Ela pode ser capaz de…

Mas eu não tinha palavras para o que queria de Equidna. A conversa que tivemos na praia na noite do casamento, eu com sua coroa de louros em minha cabeça e ela com sua cauda parecida com uma cobra encolhida sob ela, estava guardada em minhas memórias como uma flor entre as páginas de um livro.

Você acha que sou horripilante?, ela havia me perguntado.

E eu havia respondido: *Não. Você é linda.*

— Vou procurar Equidna — disse com firmeza.

— Muito bem — Dionísio disse, dando um último tapinha em minha mão. — Me deixe te dar um presente de despedida.

Com um floreio, ele puxou um longo pedaço de tecido do nada. Era um vestido, percebi quando ele o segurou no alto, feito de um fino linho verde-claro. Olhei para os restos esfarrapados do vestido do templo, puxando a barra rasgada, e decidi que era hora de deixá-lo de lado. Dionísio colocou o vestido em minhas mãos e virou de costas, olhando para o outro lado como havia feito no dia em que nos conhecemos, para que eu pudesse me trocar.

O novo vestido era leve e macio e senti que um peso havia sido tirado de meus ombros quando removi o vestido manchado do templo. Ela não tinha mais utilidade além das lembranças que guardava, mas eu precisava deixá-las para trás. Agachei perto da base de uma árvore alta e o enterrei. No mínimo, pensei, uma parte minha que havia sido mortal permaneceria ali.

Finalmente disse a Dionísio que ele podia olhar, pois deu para notar que ele queria, e sua surpresa de apreciação muda me fez sorrir.

Ele pegou na minha mão novamente e beijou o dorso.

— Linda — disse ele. — Agora, tome cuidado em sua jornada. Tente não sujar ele de terra.

Quando soltou minha mão, senti um lampejo de solidão arrebatador. Então as cobras, que estavam quietas desde que descemos a montanha, esfregaram os torsos gentilmente em minha têmpora para chamar minha atenção.

Por ali, a não voz me disse, direcionando meus pés para o sul, *por ali, para Equidna.*

Ouvi um estalo leve atrás de mim, quando olhei, Dionísio havia desaparecido. Sua partida não deu a sensação de que o ar ao redor precisava se remoldar à forma original, como eu tinha sentido com Atena ou Poseidon. Em vez disso, ele simplesmente escorregou entre as dobras do ar como se estivesse passando entre duas cortinas, e o ar se agitou brevemente antes de voltar a ficar imóvel.

UM AMANHECER SIMPLES E DOCE

Muitas estradas levam ao sul. Contornei algumas delas nos dias em que acordei antes do sol nascer, viajando à meia-luz do amanhecer, quando não havia mortais por perto. Na maior parte do tempo, caminhei por florestas e pelas laterais das montanhas, as cobras agindo como bússolas internas que me guiavam na direção da borda oeste inferior do continente.

Não falamos muito, as cobras e eu, em parte porque não havia necessidade de usar palavras para indicar as direções que elas me davam, e em parte porque elas já sabiam tudo o que eu pensava.

Não voltei a colocar a venda. A tira de tecido que eu tinha rasgado do vestido velho e usado para cobrir os olhos antes de encontrar Dionísio tinha se perdido, largada ou esquecida em alguma parte do Monte Parnaso. Depois de tanto tempo sem usar venda, a ideia de ocultar o resto do mundo de mim parecia extremamente tola. Quem eu estava tentando proteger com aquela faixa de tecido? Nem eu nem os mortais com quem encontrara haviam sido protegidos por ela, no fim das contas.

Depois de alguns dias de caminhada, deixando o Parnaso bem para trás, cheguei ao limite da floresta esparsa pela qual estava andando a manhã toda e me encontrei na beira de um penhasco que descia para o mar. O cheiro repentino e arrebatador de água salgada, não filtrado pelo aroma dos pinheiros e da floresta em decomposição, me chocou a ponto de me paralisar. Era salmoura, algas marinhas e areia quente, e eu pude senti-las, densas e nauseantes, presas na parte interna de minha garganta.

Não sentia o cheiro do mar desde que havia deixado Atenas, quando passei mal naquela praia cheia de vento perto da cidade por causa do cheiro da água salgada, que me lembrou violentamente das mãos de Poseidon em meu pescoço e em minhas coxas. Os riachos e os rios que encontrei nas florestas eram água doce escoada das montanhas e muitas vezes cheiravam a pedras molhadas e lama. Pressionando o dorso da mão sob o nariz, recuei no penhasco e me vi encostada em uma árvore. Virei o rosto para o tronco e encostei a testa na casca áspera para sentir as pontas pressionando minha pele.

Mesmo não existindo quando Poseidon me atacou no chão do templo, as cobras estavam se contorcendo com desconforto ao se lembrarem daquela noite junto comigo. A reação delas foi visceral. Isso me fez perguntar se elas estavam chateadas com meu sofrimento ou se não queriam confrontar o acontecimento que levou à criação delas.

O som das ondas batendo na base rochosa do penhasco parecia ecoar o pânico crescente que me consumia lentamente. Eu tossi, tentando tirar o gosto de água salgada da boca. As cobras balançaram as línguas, e o cheiro de oceano ficou mais pungente, mas quando tive ânsia de vômito e supliquei, em silêncio, que parassem, elas pararam. Mantendo as bocas bem fechadas, as cobras tentaram transmitir seu arrependimento por terem me causado mais mal acariciando minhas têmporas com os corpos. Uma delas se afastou de mim e se esticou, tentando me levar de volta à floresta.

Água, a não voz disse, *água fresca, lá.*

Com grande alívio, me afastei da árvore e voltei para a floresta, deixando o penhasco e o mar agitado para trás. Mantive a mão pressionada ao nariz e respirei com dificuldade enquanto me apressava pela vegetação rasteira.

Um riacho amplo, porém raso, apareceu entre os pinheiros. Fui direto até a água e finalmente abaixei a mão, mas, mesmo com o mar bem longe, achei que ainda podia sentir o cheiro dele em minhas roupas e em minha pele. Minha respiração estava acelerada demais e apenas piorou quando comecei a tirar o vestido. Eu o passei sobre a cabeça, e as cobras sibilaram, algumas presas no tecido, mas não tentaram me impedir. Quando as serpentes e eu estávamos livres do vestido, o joguei para trás e entrei no riacho. As tiras de minhas sandálias desgastadas ficaram presas nas pedras do rio e, com um resmungo frustrado, eu me inclinei para arrancá-las e as atirei, uma depois da outra, para a margem, perto de minhas roupas amassadas.

Não olhe, as cobras me lembraram com um cutucão silencioso, porém firme, que manteve meus olhos longe de onde meu reflexo aparecia na água.

— Eu sei — respondi.

A água estava se movimentando rápido demais para haver uma superfície lisa. Quando as cobras continuaram a pressionar minha mente cheias de cautela, apertei os lábios e mantive os olhos apontados para um ponto do outro lado da água, perto da margem oposta.

O riacho era frio e límpido e, quando andei até o meio com passos chapinhados, a parte mais funda dele chegava apenas até minha cintura. Mexi os sedimentos no fundo, e listras de lama marrom-clara apareceram. Pouco me importei, concentrada demais em levantar punhados de água para molhar meus ombros e minha garganta e tentar livrar minha pele do cheiro de sal marinho. Caí de joelhos e senti as bordas arredondadas e ásperas das pedras do rio pressionadas contra minhas pernas.

Fechei os olhos e juntei as mãos em concha, levando a água ao rosto e a esfregando na pele. Parei antes de esfolar minha pele de tanto esfregar e me sentei nos calcanhares para finalmente respirar pelo nariz. Agora, só podia sentir o cheiro do traço terroso do fundo lamacento do riacho e dos pinheiros à minha volta. Respirei várias vezes até não parecer mais que meu peito estava preso em uma prensa.

Fiquei um bom tempo na água, me molhando repetidas vezes conforme meus ombros secavam sob o calor do sol. Depois, quando meus batimentos cardíacos finalmente desaceleraram, fui para a margem e me deitei de costas com a cabeça apoiada no tecido empilhado do vestido. Mantive as pernas e os quadris na água, apenas para senti-la bater gentilmente em minha pele. Pedras alisadas pela corrente afundavam em minhas costas. As partes de meu corpo que eu tinha molhado com a água do riacho estavam frias, mas estavam se aquecendo rapidamente no sol.

Sem pensar ou raciocinar, havia mantido as cobras fora da água. Quando me dei conta de que havia feito isso, perguntei a elas:

— Vocês não gostam de se molhar?

Você tem um corpo de sangue quente, a não voz me disse, *nós não. Cobras não gostam de se molhar; para as cobras, se molhar significa frio.*

— Como eu sabia que deveria manter vocês fora da água? — perguntei. — Não sabia que isso deixaria vocês desconfortáveis, mas evitei assim mesmo.

Podemos ter corpos diferentes, mas você aprendeu a cuidar de nós como nós cuidamos de você, disse a não voz com afeto.

Senti um calor no peito ao considerar como as cobras e eu tínhamos começado a cuidar umas das outras, conscientemente ou não, mas depois comecei a pensar na primeira parte do que elas haviam dito. *Corpos diferentes*: fisicamente, as cobras e eu éramos incompatíveis, e ainda assim éramos um único ser. Meu ato inconsciente de mantê-las fora da água devia-se ao meu entendimento inerente de suas necessidades, já que as necessidades delas eram também as minhas? Nós protegíamos umas às outras porque éramos uma só.

— Hum — sussurrei enquanto pensava, e ergui o braço para acariciar uma das cobras. Gotas de água que estavam em minha pele caíram sobre as escamas enquanto eu a acariciava, mas ela apenas sibilou fingindo desgosto e empurrou minha mão para longe com a cabeça.

Talvez mais uma hora tenha se passado enquanto eu estava meio dentro e meio fora do riacho, antes que um pequeno respingo vindo do alto da correnteza quebrasse o silêncio pacífico da floresta. Sentei-me de repente, mas, antes que pudesse olhar para a fonte do barulho, as cobras disseram, *Cuidado!*

— Espere, espere! — uma voz familiar disse. — Não olhe! Sou eu, a Naidah!

Fechei os olhos. O comando de Dionísio, embora certamente pudesse se estender depois do alcance de sua montanha, podia não ter tanta força tão longe de sua fonte. Não quis arriscar.

— O que você quer? — gritei de volta para ela, cautelosa. Enquanto Dionísio havia se despedido de mim com alguns bons conselhos e um vestido novo, não tinha tanta certeza de como Naidah havia reagido ao meu poder. Ela dissera a Dionísio o que tinha acontecido, mas não havia ficado para ver o que aconteceria comigo. Não conseguia entender por que estava aqui agora.

— Posso chegar mais perto? — perguntou ela.

— Por quê?

— Porque quero falar com você sem gritar.

Mesmo nervosa, não consegui deixar de sorrir, porque aquela não era exatamente a resposta que eu esperava, já que achava que uma náiade fosse capaz de deslizar por uma conversa como havia deslizado pelos dedos daquele homem. Encolhi as pernas junto ao peito e as envolvi com os braços, as pedras agora afundavam desconfortavelmente na lateral desnuda de minhas costas. Estava ciente de minha nudez, mas não queria me mexer mais nem abrir os olhos para vestir a roupa. Não sentia vergonha de estar nua, principalmente desde que me acostumei a ter cobras vivas como parte de meu corpo. Não havia como escondê-las em nome da modéstia.

De qualquer modo, Naidah já tinha visto minhas cobras de perto. O resto do meu corpo seria um tanto quanto convencional comparado a elas.

— Tudo bem — eu disse, para avisá-la que podia se aproximar, mas não ouvi o barulho da água com seus movimentos.

Depois de um momento, ela perguntou:

— Posso abrir os olhos? Vai ser difícil chegar até você com eles fechados.

Nós duas estávamos paradas com os olhos fechados, sem saber que a outra estava fazendo a mesma coisa, e o absurdo da imagem não passou despercebido para mim. Ri alto, antes de abafar o restante com a mão junto aos lábios. Naidah, como Dionísio, esperou meu consentimento antes de se mover. Quando lhe disse que podia abrir os olhos, só ouvi um leve ondular da água.

— Posso perguntar primeiro — falei quando ela se aproximou — como você me achou?

Ela devia estar a um braço de distância de mim agora, e as ondas leves criadas por seus movimentos batiam em minhas canelas e minha cintura.

— Esse riacho pertence a uma de minhas irmãs — ela disse. — E somos todas conectadas. Enviei uma mensagem perguntando se alguém tinha visto você e consegui viajar pelos riachos e rios para te encontrar aqui.

— Uma ninfa da água — eu disse, mais para me lembrar do que para acusá-la de alguma coisa. — Você não me disse.

Naidah deve ter dado de ombros, porque a água se movimentou um pouco, e depois disse:

— Você não perguntou. Isso te incomoda?

— Nem um pouco — respondi com um sorriso apagado. — Como pode me incomodar se eu tenho essa aparência? Eu que deveria perguntar se te incomodo.

— Não me incomoda! — ela disse, categórica. Então colocou a mão com hesitação em meu braço e, como não me afastei, enrolou os dedos ao redor dele e se acomodou perto o suficiente para que nossos ombros e quadris se encostassem. Seu toque era quente junto à minha pele fria. — Você me salvou daqueles homens. Nunca poderia me incomodar. Eu vim até aqui te agradecer.

— Mas você poderia ter escapado daqueles homens sem mim — falei em voz baixa. — Você já tinha escapado das mãos daquele homem quando eu...

— Não importa! — Naidah me interrompeu. — Você me ajudou e por isso sou grata.

— Não foi nada — falei devagar.

Aqueles homens ficariam para sempre paralisados no riacho de Naidah, seus corpos de pedra espalhados de uma margem à outra. Talvez a água acabe erodindo a pedra até não sobrar mais nada. Mas com Naidah sentada ao meu lado, com os dedos quentes em minha pele, e sua gentileza se estendendo tão longe da montanha de Dionísio, logo me esqueci de qualquer preocupação a respeito dos homens de pedra.

— Para onde você vai? — perguntou ela. — Quer dizer, presumindo que tenha um destino em mente, já que chegou tão longe em tão pouco tempo com suas pernas humanas. — Naidah bateu com o dedo em meu joelho.

— Vou visitar minha irmã.

— E onde ela está?

Fiz uma pausa, tentando encontrar as palavras para explicar como sabia onde Equidna estava. As cobras e eu nunca tivemos que conversar sobre isso.

— Equidna, esse é o nome dela, vive ao sul daqui, em direção ao mar e um pouco à esquerda do ponto onde o sol se põe no horizonte — expliquei devagar enquanto as indicações das serpentes surgiam em minha cabeça, mostrando-me o caminho. — Ela vive em uma ilha que não é acessível a navios mortais.

— E como está planejando chegar até lá? — A voz dela denunciava um sorriso. — Até onde você consegue nadar?

Aquilo era algo que eu não tinha parado para considerar. Como eu atravessaria o oceano — além do fato de que mal podia suportar o cheiro dele — se não tinha nenhum barco para me levar além das ondas? Não podia embarcar em um navio cheio de mortais. E como Equidna vivia em uma ilha protegida pela mesma barreira que cercava a caverna das Greias e a praia com a casa branca em que eu havia crescido, nenhum navio mortal seria capaz de me levar até lá, de qualquer modo. Precisaria navegar até a casa de Equidna por conta própria.

Abaixei a cabeça entre meus joelhos e soltei um longo suspiro.

Naidah, com a voz séria desta vez, perguntou:

— Precisa de ajuda para atravessar o oceano?

Balancei a cabeça, ainda olhando para baixo, e disse:

— Gostaria que esse fosse meu único problema. É... o cheiro... — Minha garganta secou enquanto lutava para encontrar as palavras. — O cheiro do sal do mar é paralisante para mim. Eu tenho lembranças terríveis associadas a isso. Quando o senti por apenas um momento, foi como se alguma coisa estivesse me sufocando. Foi por isso que vim para cá, para tentar me livrar do cheiro.

Movimentando-se devagar, como se não quisesse me assustar, Naidah envolveu meus ombros descobertos com o braço e apertou de leve As cobras, divididas entre me confortar e inspecionar a ninfa da água que agora estava tão perto, balançaram as línguas na direção dela de maneira inquisitiva.

— Essas lembranças — Naidah começou a falar —, elas têm a ver com o motivo de você ter essas amiguinhas aqui? Com o motivo de você ter o seu poder?

Fiz que sim com a cabeça e a pele de minha testa raspou nos joelhos. As cobras haviam se animado por terem sido chamadas de minhas amigas.

Naidah estava acariciando meu ombro com o polegar quando disse:

— Não tenho certeza se há uma forma de você esquecer essas lembranças, mas talvez possa criar novas com o cheiro do mar. Não foi o mar que te fez mal, foi? — Fiz que não com a cabeça. — Foi alguma coisa com cheiro de mar? — Confirmei. — Bem, então não é do mar que você tem que ter medo, afinal pois ele não fez nada de errado. A pessoa que te feriu não merece manter o mar de refém em suas lembranças.

Naidah pegou minha mão com sua mão livre e entrelaçou nossos dedos. Concentrei-me na pressão fria da palma de sua mão contra a minha.

— Você tem outras lembranças, antes daquela, com o som, o cheiro ou a imagem do oceano?

Como meus olhos já estavam fechados, então foi fácil imaginar as cenas fugazes da minha vida na casa branca na praia. As caminhadas pela praia durante horas apenas com as ondas como companhia. Como meus pais haviam saído da espuma do mar e seus passos fazendo marcas na areia toda vez que iam nos visitar. Como a água havia refletido as estrelas à noite quando me sentei com Equidna após o casamento. Eu me apeguei àquela lembrança em particular: Equidna e eu sentadas na areia com o mar escuro indo e voltando na praia à nossa frente, o cheiro do sal misturado com o óleo das folhas de louro em meus cabelos e a voz de Equidna sobre o som da água se arrastando sobre a areia molhada.

— Sim — finalmente respondi. — Tenho uma lembrança.

— Ótimo — disse Naidah. — Você pode usá-la para combater a outra lembrança? Não vai ser fácil.

— Nem me fale. — Dei uma risada seca.

Desencostei a cabeça dos joelhos, secando as bochechas quentes com a mão.

— Aqui, apenas… — Naidah se afastou, deslizando pela água sem esforço. — Espere só um momento. E pode abrir os olhos se quiser. Não vou olhar.

Abrindo os olhos e piscando, vi Naidah se levantar e procurar pelo mato e pela vegetação rasteira da margem oposta. Ela ainda usava o vestido com a barra amarrada, e a água escorria do tecido encharcado por suas pernas e pela terra.

Depois de alguns instantes, Naidah fez um som vitorioso.

Ela se virou e atravessou o riacho, com um maço de planta verde e ramosa nas mãos. Mantendo os olhos para baixo, Naidah voltou a se sentar ao meu lado e cruzou as pernas sob o corpo. Segurou a planta para eu inspecionar.

— Alecrim — ela explicou —, ou "orvalho do mar", como minha irmã chamaria. Ela me ensinou sobre essa planta. Talvez ajude com o cheiro. Segure para mim por um momento.

Deixando a planta em minha mão, Naidah começou a cavar ao redor das rochas do rio até encontrar uma pedra larga e achatada e outra menor, arredondada. Colocou a pedra achatada entre as pernas, apoiada em seus joelhos dobrados. Pegando o alecrim de volta, colocou-o sobre a pedra grande e começou a moer a planta com a pedra redonda. Conforme as folhas finas se desfaziam, um cheiro doce e terroso exalava dos óleos e restos granulosos do galho, lembrando-me, espontaneamente, da cozinha do templo de Atena, onde Polli me ensinou a sovar pão.

Naidah moeu o alecrim até sobrar apenas o óleo e uma pasta solta. Raspou a pasta para o lado, pressionando-a enquanto inclinava a rocha apenas o suficiente para o óleo remanescente ser extraído. Depois, cuidando para não derramar o líquido no riacho, mergulhou os dedos na água e os colocou sobre a pedra, misturando algumas gotas com o óleo para diluí-lo.

Ela passou o dedo indicador no óleo diluído e o levou aos meus lábios.

— Vou precisar olhar para o seu rosto enquanto faço isso — ela me alertou. Então fechei os olhos, ainda com o rosto inclinado na direção dela.

Naidah bateu gentilmente com o dedo sobre a pele entre meu lábio superior e o nariz. O óleo grudou em minha pele, e logo seu aroma era tudo o que eu podia sentir. Respirei fundo pelo nariz. O cheiro era forte, por isso escondia qualquer outra coisa que estivesse presente.

— Melhor?

Suspirei.

— Muito.

Naidah passou o polegar, que estava sem óleo, na pele fina sob meu olho em um movimento delicado. Não sabia dizer se o perfume de alecrim que acompanhava o movimento vinha de minha própria pele ou da mão dela.

— Vou absorver o restante com um pano para você — ela disse — e, quando precisar reaplicar o óleo, só precisará umedecer o pano e passar sobre a pele. — Ouvi o som de tecido rasgando. Abri os olhos, certa de que ela não estava olhando para mim, e a vi rasgar uma pequena tira da própria barra do vestido. Naidah pressionou a tira no óleo que restava e depois a arrastou pela pedra achatada para absorver todo o líquido. Quando ela aproveitou tudo o que era possível da pedra, dobrou o tecido, com a parte do óleo para dentro, e o entregou a mim.

— Obrigada — eu disse ao pegar.

— De nada — ela respondeu, e sorriu como eco de minha gratidão. — Bem, uma questão foi resolvida por enquanto. Mas você ainda precisa encontrar uma maneira de atravessar o oceano.

— Eu posso nadar — falei, girando para colocar o tecido sobre meu vestido.

— Não até onde você precisa ir — Naidah argumentou, e franzi a testa, mesmo ela estando certa. — Você precisa de um barco.

— Posso fazer um.

— Você já fez um barco antes?

— Não — respondi, olhando para as margens do riacho em busca de quaisquer galhos soltos que pudessem ter caído das árvores ao redor. — Mas acho que tenho uma ideia geral.

— Então me deixe ajudar — Naidah pediu, levantando-se.

— Você já ajudou o bastante — protestei, levantando-me também, passando as mãos pelo corpo e sobre as pernas para tirar o excesso de água. Virei e sacudi a terra do vestido antes de vesti-lo pela cabeça, desviando das cobras, e então bati nas dobras até encontrar um bolso interno para guardar o tecido com óleo de alecrim.

— Certo — Naidah concordou. Ela estava parada no meio do riacho, com o corpo dobrado para pressionar a palma da mão na superfície da água. — Então me permita finalizar minha assistência como meu agradecimento a você.

— Eu já te disse que não há necessidade…

— E mesmo assim eu quero fazer. — Naidah se levantou, esfregando as mãos como se tivesse acabado de terminar um trabalho difícil e quisesse tirar terra das palmas. Seus cabelos estavam praticamente secos e brilhavam sob a luz do sol, caindo em uma cortina densa por suas costas. Ela se virou e eu rapidamente olhei para baixo. — Certo — ela disse, voltando a se aproximar de mim —, deve estar aqui em breve. Você deveria calçar as sandálias.

Franzi a testa olhando para os pés dela, que estavam descalços, mas logo peguei minhas sandálias abandonadas. Acabara de amarrar a última tira quando Naidah fez um ruído de satisfação. Ela olhava riacho acima, e me inclinei para o lado para espiar ao redor dela e ver o que a estava deixando tão empolgada.

Uma jangada pequena, mas de aparência resistente, estava flutuando pelo riacho em nossa direção: quatro troncos grossos de pinheiro amarrados com cordas reforçadas, e um quinto tronco, mais fino, encaixado em um buraco entalhado, perpendicular aos outros, com uma vela de lona presa a ele — o mastro. Outro pedaço vertical de madeira, estreito na parte superior e gradualmente alargado na parte inferior até formar um remo, foi preso à parte traseira da jangada como leme de direção. Sem peso pressionando-a para baixo, a jangada flutuava com leveza sobre a água. Havia espaço apenas para um corpo e dois objetos amontoados ao redor da base do mastro.

Naidah se apressou pelo riacho para segurar a jangada antes que ela passasse por nós, e eu entrei para a ajudar a empurrá-la até a margem quando a corrente quase a puxou de suas mãos. Juntas levamos a jangada para a beira de modo que ficasse apoiada na margem pedregosa do riacho. Os dois objetos que, na verdade, estavam amarrados ao mastro com barbante eram um odre para água e um pequeno saco de tecido cheio de plantas folhosas e alguns punhados de nozes, que reconheci como algo que costumava procurar na floresta quando ainda sentia a necessidade de comer.

— Ah, devia ter dito a elas que você não precisava de comida — disse Naidah.

— Dito a quem? — perguntei, perplexa, alternando o olhar entre a comida e a água em minhas mãos e a jangada que tinha aparecido do nada. — Quem mandou isso?

— As outras náiades! — Naidah disse com alegria. — Perguntei se alguma delas tinha um barco preso em suas águas. Acho que veio de Corycia, ela vive perto de Delfos.

— Ela tirou isso de alguém?

Naidah acenou sem preocupação.

— Tenho certeza de que estava abandonado ou algo assim. Ou talvez o dono anterior tenha feito algo ruim com a fonte de Corycia e se afogado. Bem, de qualquer modo, agora é seu!

Voltando a amarrar o odre e o saco de comida ao mastro, passei a mão sobre a madeira e puxei o cordame. Estava firme.

— Obrigada — eu disse em voz baixa, e depois: — Naidah, feche os olhos por um momento.

— Está bem.

Quando me virei para Naidah, o rosto dela estava relaxado, com um pequeno sorriso orgulhoso nos lábios. Coloquei a mão sobre seu ombro e me inclinei para a frente para pressionar a boca em sua testa, logo abaixo da linha do cabelo. Quando comecei a me afastar, ela pegou em meu cotovelo. Quando não o puxei, ela se inclinou e eu paralisei.

— Está tudo bem — ela sussurrou, e estava.

Ela pressionou os lábios quentes e firmes nos meus, e foi como se a primeira luz cor-de-rosa do amanhecer despontasse em mim, quando o sol surge e desaparece no horizonte. Naidah se afastou com os olhos ainda fechados, pelo que fiquei grata porque não conseguia parar de olhar para ela. As cobras também estavam totalmente focadas no rosto de Naidah. Uma delas balançou a língua na direção dela, lambendo sua testa. Ela riu.

O sol parecia quente demais, e eu tive que piscar devido ao brilho extremo que o riacho, a floresta e o ar ao meu redor tinham adquirido. A manga do vestido de Naidah estava amassada sob meus dedos onde eu a havia agarrado, e me forcei a soltar e desamassar o tecido.

— Eu… — gaguejei e lambi os lábios. — Obrigada.

Ela riu novamente e o som doce ecoou pelo riacho.

— Agora *você* precisa parar de dizer obrigada. Isso foi bom para mim tanto quanto para você.

— Não vou esquecer — eu disse a ela. Estava me referindo ao beijo, à gentileza e até à forma como ela ficava quando dançava com um sorriso selvagem no rosto. Esperava que ela compreendesse.

— Ótimo! — ela vibrou e me puxou para envolver minha cintura com os braços em um aperto forte. Mal tinha levantado os braços para abraçá-la também, ela se afastou.

— Sempre que você vir um riacho ou um rio, ou mesmo a imensidão do mar, saiba que há uma amiga por perto.

Acenei com a cabeça, mesmo ela não podendo ver.

— Até a próxima — falei, levemente confusa, esperando muito que nos encontrássemos novamente algum dia.

Virei-me para empurrar a jangada de volta para a água. Quando ela começou a flutuar de novo, subi na madeira e empurrei o fundo rochoso com o pé. A jangada foi até o meio do riacho, onde a correnteza era mais forte, mas, antes de me afastar demais, olhei para trás.

Preocupada que ela pudesse ter aberto os olhos para me ver partir, mantive os meus abaixados e vi que a jangada deixava um rastro plano na superfície da água que refletia o rosto de Naidah.

Estava abalada demais pelo beijo. Não estava prestando atenção, e foi isso que arruinou tudo. Vi os olhos dela no riacho. Mesmo meio distorcidos pela água, pude ver que os olhos de Naidah eram de um castanho-dourado agradável.

Fui tomada pelo pânico. Cambaleando para trás na jangada, minhas costas bateram no mastro e coloquei a mão sobre os olhos. As cobras também estavam descontroladas, e lágrimas quentes faziam os cantos de meus olhos arderem.

— Não — chorei, certa de que havia mais uma vez arruinado a vida de alguém que tinha sido tola o bastante para ser gentil comigo. Mas então ouvi um grito da margem.

— Não, não, Medusa, olhe! — Não quis remover a mão do rosto, mas a súplica de Naidah finalmente me fez ceder. — Por favor!

Olhei. Naidah ainda estava parada na margem, com os pés descalços na água, olhos fechados, e balançava os braços em uma leve lembrança dos movimentos agitados das danças que fazia na montanha de Dionísio. Não estava petrificada. Eu tinha visto seus olhos, e ainda assim ela não estava petrificada.

— De que cor — comecei a dizer com calma, a pergunta saindo sem avisar enquanto um alívio tomava conta de mim, e depois gritei: — De que cor são meus olhos?

O riacho estava me levando embora muito mais rápido do que eu esperava, talvez ajudado pela náiade a que ele pertencia. Naidah teve que gritar para que eu pudesse ouvi-la.

— Verdes! — ela disse com algo parecido com alívio na voz. — Verdes, igualzinho ao verde de suas cobras.

DÂNAE

O salão de recepção do rei era escuro. Havia fogo em archotes nas colunas alternadas em volta da sala, e ainda assim Dânae teve que apertar os olhos, de seu assento à esquerda do trono, para ver quem estava se ajoelhando diante do rei. Dânae não gostava de espaços escuros, um resto de medo cultivado por uma vida passada trancada em uma torre e depois pela jornada traumatizante de ter sido presa dentro de um baú flutuando no mar. Quando ela disse isso a Polidecto, no entanto, ele havia apenas sorrido para ela e dito, *A escuridão não pode te machucar, mulher tola.*

Quando contou a Perseu, seu filho, o que o rei havia dito, ele implorou que ela o deixasse confrontar Polidecto, mas Dânae se recusou. Perseu era cabeça quente e orgulhoso por natureza. Dânae sabia que a paciência era a virtude que rendia mudanças, mais do que qualquer outra.

Ela também sabia que Polidecto a desejava, como havia acontecido com muitos homens e até mesmo um deus. Enquanto Dânae tivesse um lugar na corte do rei, ela poderia viver confortavelmente, apesar dos momentos escuros no salão de recepção.

O homem ajoelhado diante de Polidecto estava tremendo de exaustão. Era um dos soldados do reino, enviado para sondar possíveis terras que pudessem ser tomadas em nome do rei de Sérifos. Seu rosto estava sombreado, como tudo naquela sala, mas Dânae ainda podia ver a parte branca dos olhos do homem sob a luz laranja do fogo enquanto ele rapidamente relatava seu encontro com…

— Um monstro, majestade — o homem disse ofegante. — Ele tinha cobras onde deveriam estar os cabelos e transformou quatro homens em estátuas de pedra só de olhar para eles.

Polidecto se inclinou para a frente no trono, segurando o braço do assento de maneira possessiva. Era apenas um homem comum, e ainda menos notável como rei. Seus olhos pequenos e escuros estavam fixos no soldado, mas Dânae podia notar os pensamentos de descrença se transformarem em compreensão, e depois em medo, conforme o homem continuava a falar sobre o monstro do qual havia escapado por pouco perto do Monte Parnaso.

Polidecto dispensou o homem quando ele terminou de contar a história. Dânae pôde ver que não apenas ele, mas o restante dos soldados que montavam guarda ao redor do salão de recepção, estavam alarmados com a descrição do monstro com cabelos de cobra. Os homens arrastavam os pés enquanto olhavam uns para os outros, perguntando em silêncio: *Você acredita nisso? Seria mais tolice ainda ignorar?*

O soldado havia chamado o monstro de *ele*, mas pela forma com que o homem havia falado, Dânae imaginou que o monstro fosse do sexo feminino. Homens não tinham problemas em identificar monstros do sexo masculino e chamá-los do que eram, mas, quando se tratava de monstros femininos, era mais provável que se livrassem de qualquer associação com gênero, uma vez que tinham que apagar qualquer traço de feminilidade para transmitir o terror que o monstro causou.

— Você não está com medo dessa criatura, está? — uma voz disse da lateral da sala, e Dânae suspirou quando Perseu saiu do corredor lateral sombreado e entrou na luz do fogo. Ela havia dito para ele não meter o nariz nos negócios do rei, mas ele tinha o tato de seu pai. — Certamente um rei como você, Polidecto, não deixaria uma ofensa contra seus homens passar sem punição.

— Silêncio, garoto — Polidecto gritou.

Dânae tentou cruzar olhares com o filho, mas Perseu estava olhando fixamente para o rei.

Mesmo sendo muito jovem, Perseu tinha um senso de força e controle que havia herdado de seu pai. Zeus podia não estar olhando para o filho naquele momento, mas não havia como negar sua linhagem divina na linha reta de seus ombros e nos músculos de seus braços e suas pernas. Polidecto, sem dúvida, teria notado que seus homens ficavam em posição de sentido quando Perseu estava por perto.

O filho dela se aproximou devagar, passando do ponto onde o soldado havia se ajoelhado e colocando o pé no primeiro degrau do trono elevado. Entrelaçando as mãos nas costas, Perseu olhou nos olhos do rei na penumbra.

— Você procura mais terras, mas seus homens voltam correndo para você com o rabo entre as pernas depois de cruzarem com um monstro — zombou Perseu. — Como vai reivindicar o que ainda não é seu se não lutar por isso?

— Silêncio! — gritou Polidecto. — Onde está o seu respeito, garoto?

— Ele seria mais aparente — Perseu disse de forma preguiçosa — se enfrentasse esse monstro.

O trono de Polidecto rangeu quando ele se inclinou para a frente. Dânae pôde ver que os ossinhos dos dedos do rei estavam brancos de apertar o braço do assento e se preparou para a explosão.

Mas, depois de um momento tenso, Polidecto se acomodou de volta no trono.

— Por que eu deveria fazer isso? — Polidecto retrucou, fingindo casualidade. — O tal monstro não está ameaçando minhas fronteiras, e posso me dar ao luxo de perder quatro homens. Por que deveria desviar a atenção de minha própria terra, principalmente quando meu casamento está tão próximo?

Polidecto virou e sorriu para a mulher sentada à sua direita. Coberta por um longo véu, apenas com as mãos entrelaçadas para fora, sobre o colo, Hipodâmia estava em silêncio ao lado de seu noivo.

Hipodâmia havia chegado silenciosamente à porta de Polidecto quase um mês antes. Dânae e Perseu haviam escutado, assustados, Polidecto explicar que ela seria sua esposa. Hipodâmia era filha de outro rei, Polidecto dissera a eles, e ele considerava uma grande honra ser capaz de reivindicar uma mulher tão bela como a prometida. Enquanto explicava, Polidecto não olhou nenhuma vez para Dânae. Ele mal olhou para Hipodâmia. Com um sorriso satisfeito, falava inteiramente para Perseu.

Mais tarde, naquela mesma noite, o rei foi até a porta do quarto de Dânae. Ela o ouviu andando de um lado para o outro, explicando como tivera a brilhante ideia de um casamento falso para ser proposto entre ele e Hipodâmia, o que convenceria Perseu de que ele não tinha com o que se preocupar em relação a Dânae.

— E quanto a Hipodâmia? — perguntou Dânae.

Polidecto parou.

— O que tem ela?

— Ela acredita que esse casamento vai acontecer? — Dânae perguntou, esperando que soasse como se estivesse preocupada com uma ameaça a seu próprio casamento. E, de certo modo, estava. Ela estava preocupada em perder a segurança que ser esposa de Polidecto e rainha ofereceria. Com um comportamento instável, Polidecto poderia substituí-la. Se ela tivesse que ranger os dentes e sorrir para garantir sua segurança e seu conforto, ela faria.

Polidecto soltou uma única risada e dispensou sua pergunta.

— Isso não importa. Ela é filha de um rei. Logo estará casada com outro rei, depois que nós tivermos nos casado.

Dânae se inclinou para a frente na cadeira dura na sala do trono para espiar ao redor de Polidecto e tentar ter uma noção de como Hipodâmia se sentia em relação ao casamento iminente, como vinha tentando, em vão, fazer todos os dias desde que a mulher chegara. Polidecto as mantinha separadas. O véu, no qual Polidecto insistia, mantinha o rosto dela escondido de Dânae. Ela se perguntava se a pobre mulher havia descoberto que seu casamento era um ardil.

Ao mesmo tempo, Dânae achava que Hipodâmia podia estar gostando de sua posição. Ela tinha os títulos sem o fardo da atenção de Polidecto.

O sorriso parecia engessado no rosto de Polidecto quando ele olhou para Hipodâmia e, quando ele voltou a olhar para Perseu, Dânae achou que ele tinha sido tomado por uma alegria repentina e cruel. Não gostou do modo predatório com que ele olhava para seu filho.

— Falando em meu casamento — disse Polidecto —, espero ganhar presentes de todos os meus convidados. Como você e sua mãe estão incluídos na lista, Perseu — a voz de Polidecto era doentiamente doce como uma maçã podre —, o que você pretende me dar?

Perseu franziu a testa. O rei sabia que ele e Dânae, como seus protegidos, não tinham ouro ou posses que não pertencessem primeiro a Polidecto. Esse era um fato que feria o orgulho de Perseu, e Polidecto sabia como irritá-lo.

— Do que o rei gostaria? — Perseu perguntou com rigidez.

— Bem, já que está tão exaltado sobre esse monstro ser uma ameaça a meu reino e meu orgulho, por que não faz o favor de me trazer a cabeça dele? — Polidecto sorriu mostrando os dentes. — Acho que seria um presente maravilhoso. Você concorda, Dânae?

Polidecto não olhou para ela nem quando disse seu nome. O rei tentava prejudicar a relação entre Dânae e Perseu havia anos, mas claramente pensava que Dânae o escolheria em detrimento do filho, não importava o que acontecesse.

Dânae olhou para Perseu. O filho mantivera a cabeça erguida enquanto Polidecto o aprisionava com as próprias palavras, mas Dânae desejava que, pelo menos uma vez, Perseu recuasse de uma briga.

— Sim, vossa majestade — Dânae disse devagar. — Perseu e eu ficaremos honrados em te dar a cabeça desse monstro como presente de casamento. Meu filho não vai te decepcionar.

Perseu finalmente olhou para Dânae. Seus olhos azuis, antes tão brilhantes e queridos por ela, estavam duros. Mas ele acenou de leve com a cabeça, feliz por ter a aprovação de sua mãe.

— Excelente — disse o rei. — Você deveria começar sua caçada em Delfos, garoto, pois meus homens dizem que há oráculos por lá que podem te ajudar a encontrar a criatura. — Ele acenou com a mão. — Está dispensado.

A dispensa não era necessária, pois Perseu havia ido até lá por vontade própria, mas Polidecto parecia feliz por ter assumido o controle do salão mais uma vez. Com um olhar sério no rosto, Perseu deu meia-volta e saiu do recinto. Ele não olhou para trás. Dânae fechou os olhos e fez uma prece silenciosa aos deuses para que protegessem seu filho tolo. Se Zeus não a ouvisse, talvez outro deus pudesse ouvir.

ENTRE A CORRENTE E A CHAVE

EU MAL DORMI NA JANGADA. O leme precisava ser segurado constantemente na posição correta para continuar na direção certa. Mantive um pedaço de corda amarrada na retranca na outra mão, para que pudesse puxá-la na direção do vento quando a jangada ameaçava ficar parada. Não era nenhuma marinheira, mas dei um jeito. A jangada navegava as ondas como uma folha balançando sobre a superfície da água e, embora os troncos de madeira me impedissem de afundar no oceano, fiquei ensopada pelos respingos do mar.

Não dava para evitar o cheiro do sal marinho. Ele me cercava de todos os lados. Mas fui capaz de manter encurralada a lembrança paralisante que associava a ele, pensando em Equidna e na noite em que me sentei para conversar com ela na praia. O óleo de alecrim que Naidah fez ajudou, já que o cheiro inundava meu nariz toda vez que uma brisa soprava em meu rosto. Lembrava-me das mãos pequenas mas certeiras de Polli transformando um pedaço de massa em uma bola, ou da sensação dos dedos de Naidah em minha pele, ou, melhor ainda, da sensação de seus lábios nos meus. As ondas me cercavam, mas eu tinha me transformado no olho da tempestade.

Não havia como manter as cobras secas, e eu podia sentir como estavam desconfortáveis molhadas e pingando daquele jeito, mas elas não fizeram nenhuma reclamação além de alguns sibilos apáticos. Elas mantiveram a direção da ilha de Equidna clara em minha cabeça.

Tão temperamental quanto meu pai, o mar alternava entre ondas altas e agitadas com uma navegação suave e plana de um momento para outro. Eu me perguntei se meu pai podia sentir minha presença na água. Sabia que ele e minha mãe tinham uma ideia geral do que estava acontecendo no oceano e poderiam identificar a localização exata de uma criatura ou ser no mar caso se concentrassem o bastante. No entanto, não havia motivos para estarem procurando por mim. E talvez nem sequer me reconhecessem se estivessem.

Se meus pais sabiam o que acontecia nos oceanos, pensei, então é claro que Poseidon também sabia. Fiquei surpresa pelo pensamento de Poseidon me reconhecer em suas águas não me assustar, quando a lembrança dele quase tinha me feito desistir de tudo.

As cobras sibilavam ao mínimo pensamento a respeito dessa lembrança, e eu me dei conta de por que não estava com medo de Poseidon saber onde eu estava. Se ele aparecesse diante de mim, eu só precisaria de um segundo, um olhar, para transformá-lo em pedra. Embora ainda não tivesse petrificado nada além de mortais, Atena havia ficado com medo do que meus olhos poderiam fazer com ela antes de eu deixar o templo. Não havia sujeito melhor para testar aquela teoria do que o deus que havia sido a causa de tudo aquilo.

Esse pensamento me apoiou pelas longas noites que passei acordada, navegando por um horizonte infinito. Pequenas ilhas apareceram nas periferias, mas não eram a que eu estava procurando.

Quando a terceira ilha com a qual eu havia me deparado finalmente desapareceu no mar e no céu atrás de mim, apoiei o leme no mastro e me estiquei para sair da posição tensa que havia assumido para pilotar. Desamarrei o odre de água da base do mastro e tomei alguns goles, em grande parte apenas para lavar o gosto de sal da boca.

Durante meus primeiros dias no mar, repassei na mente o que havia acontecido quando deixei Naidah à beira do riacho. Nossos olhos se encontraram por meio do reflexo na água, e mesmo assim Naidah não havia se transformado em pedra. Será que meu poder não funcionou porque não olhei diretamente nos olhos dela? As cobras estavam olhando diretamente para ela enquanto eu olhava para baixo, e mesmo assim ela ainda era de carne e osso. Fiquei me perguntando se Naidah era especial pelo que havia passado a significar para mim. Mas Polli também não significava muito para mim?

Eu tinha que acreditar que a razão de meu poder não ter funcionado era porque Naidah e eu não olhamos diretamente uma para a outra. E se isso fosse verdade, então havia uma brecha naquela maldição inexorável. Atena pretendia que fosse assim, ou isso era simplesmente algo que ela não previra quando criou essa maldição e colocou esse poder atrás de meus olhos? Nos primeiros dias depois que fugi de Atenas, quando corri até a primeira fonte de água que encontrei para saciar minha sede, as cobras haviam me alertado a não olhar para meu reflexo. Por que ficaram tão nervosas por eu ver meus próprios olhos se um reflexo não podia me transformar em pedra?

Enquanto pensava, as cobras se movimentavam com desconforto. Elas pareciam saber algo que eu não sabia, e não queriam me dizer o que era.

— Vocês não podem guardar segredo de mim — falei, mesmo elas ficando cada vez mais agitadas.

Não é segredo, disse a não voz, parecendo levemente envergonhada, *é uma verdade que você ainda não percebeu.*

— Mas vocês sabem o que é?

Elas fizeram uma pausa. *Sim.*

— E não vão me dizer?

Sim.

— Então é um segredo — retruquei. Uma onda tirou a jangada do curso e puxei o leme de volta para a posição certa.

As cobras se contorciam com desprazer. Sabia que elas não queriam esconder nada de mim, mas estavam divididas entre o desejo de me contar a verdade e o desespero de me proteger da dor que a verdade poderia causar.

Não nos falamos por um tempo, mas ainda pensava sobre o que as cobras estavam tentando ocultar de mim. Tinha a ver com meu reflexo e especificamente com o que aconteceria se eu olhasse para ele. Eu não havia pensado, todas aquelas semanas atrás que as cobras tinham me alertado para ficar longe da água porque nem eu ficaria imune ao poder paralisante por trás de meus olhos? Raiva e vergonha tomaram conta de mim de uma só vez quando descobri a maldição secundária da ira de Atena, já que não seria mais capaz de olhar meu próprio reflexo para ver a beleza de meu rosto. E, ainda assim, ficara aliviada em silêncio por nunca ter que ver minha aparência.

Mas agora eu sabia que outros podiam olhar para o meu reflexo e sair ilesos.

De repente, uma parte da profecia das Greias me veio à mente: *Ele vai carregar um escudo da deusa da sabedoria... o reflexo brilhante que ele pode usar para desencaminhar seu olhar.*

Essa parte da profecia nunca me chamara a atenção antes, pois tinha ficado chocada demais com a notícia de minha inevitável decapitação para analisar de verdade cada fragmento. Agora, no entanto, entendia por que as cobras estavam agitadas.

— O garoto poderá olhar meu reflexo — eu disse em voz alta, embora apenas as cobras e o mar pudessem me ouvir — e continuar vivo. Ele vai saber como sobreviver a mim.

Mesmo sabendo que a profecia das Greias era verdadeira, e que não havia como fugir do destino que me aguardava, secretamente esperava que esse poder superasse todas as expectativas. Tinha ficado tão assustada com o que eu era capaz de fazer que pensei que tal poder pudesse me salvar, no final. Mas esse poder tinha um ponto fraco. E dentro daquele ponto fraco estava o caminho para a minha própria destruição.

As cobras ainda estavam com medo do que aconteceria se eu olhasse para o meu reflexo. Se eu olhasse dentro de meus próprios olhos, da única forma que alguém pode ver a si mesmo, meu reflexo me transformaria em pedra. Essa era a verdade que minhas cobras haviam tentado esconder. Esse poder poderia me matar com a mesma facilidade que havia matado as pessoas que eu deixei duras e sem sentimentos em meu rastro. Meu reflexo, que era inofensivo para qualquer outra pessoa, para mim poderia ser fatal.

As ondas eram mínimas enquanto as cobras e eu lutávamos com a ideia de autodestruição, mas elas começaram a aumentar e minha jangada oscilava ao passar sobre as cristas e descer antes de se elevar novamente. Segurei o leme mais uma vez para mantê-lo firme. O céu sobre mim escurecia tanto devido ao pôr do sol quanto ao acúmulo de nuvens.

Do meio da jangada, não podia espiar pelas beiradas para olhar para a água. Mas, se eu me inclinasse um pouco, seria capaz de olhar para baixo e ver o reflexo que assustava as cobras tão terrivelmente. Por um momento horrível, pensei em fazer exatamente isso. Me debruçar sobre a água antes que as cobras pudessem fazer qualquer coisa para me impedir e encontrar meus próprios olhos no reflexo. Será que doeria? As pessoas que eu tinha transformado em pedra sempre tiveram sua última emoção congelada no rosto, em sua maioria terror ou confusão, mas eu não achava que haviam sentido dor. Talvez a petrificação acontecesse rápido demais para eu sentir alguma coisa, mesmo que estivesse preparada.

O rosto rígido de Polli surgia em minha memória de vez em quando. Borbulhava até a superfície de minha mente sem aviso. Nas primeiras vezes, não conseguira fazer nada além de me encolher e chorar pelo que havia feito com minha amiga. Mas uma parte pequena e decadente de mim estava feliz por Polli nunca ter visto o que eu me tornara. Aquele único olhar havia interrompido qualquer reação que ela pudesse ter. Aquele olhar havia tirado minha única amiga de mim.

E o que eu fiz desde então? Sentia como se estivesse tropeçando a cada dia.

Dionísio e Naidah haviam sido bons comigo, mas as únicas que realmente me entendiam eram minhas cobras. Com Dionísio e Naidah, eu tinha que encontrar as palavras para explicar o que sentia, mas com as cobras eu não precisava nem falar para que elas soubessem como eu estava me sentindo. Era fácil com elas.

A única razão de eu ter essas cobras era a maldição. Deveria me sentir culpada por amá-las e por ser grata por elas me compreenderem?

Tinha me afastado de todo mundo, mesmo antes da maldição de Atena. Construíra essa fortaleza de pedra ao redor do coração desde criança. Transformar-me em pedra seria diferente?

Pensei, de maneira egoísta, que o momento final antes de meu corpo se transformar em pedra seria de paz.

Não!

Recuei bruscamente, mesmo sem estar inclinada em direção à água, e senti um grande medo me invadir. As cobras estavam angustiadas, se contorcendo e se retorcendo em cima de minha cabeça.

Não, a não voz gritou novamente. *Por favor!*

— Não vou fazer nada — disse, ofegante, e senti lágrimas surgirem em meus olhos. Soltei o leme para poder erguer as duas mãos e enrolá-las na massa rodopiante de cobras. No início, elas se encolheram quando as toquei, mas então começaram a se entrelaçar com avidez ao redor de meus dedos e do meu pulso, tentando me segurar no lugar. Fechei os olhos e algumas lágrimas escorreram pelo meu rosto. — Desculpem, desculpem.

Senti vergonha de mim mesma. Esse corpo não pertencia apenas a mim, e minha vida estava agora inegavelmente ligada às cobras, assim como elas estavam ligadas a mim. Me matar significava condená-las também.

— Me perdoem — supliquei a elas, e elas se enrolaram com mais força em minhas mãos, balançando as línguas para sentir o gosto de minha pele e se acalmarem com o cheiro familiar. Uma delas até abriu a boca e mordiscou minha mão entre o indicador e o polegar, embora seus dentes não tenham perfurado minha pele. Apenas me segurou na boca.

Nossa, a não voz disse. Não foi uma reprimenda, mas um lembrete.

— Sim, sim, sinto muito, eu sei — falei com hesitação. — Vocês e eu, a vida pertence a todas nós.

Nossa, a não voz disse novamente com mais ênfase, e eu entendi.

— Sim, eu sou de vocês — disse —, e vocês são minhas.

Aquelas cobras tinham tomado conta de mim, zelado por mim e feito todo o possível para me ajudar desde que passaram a fazer parte de mim, e eu devia a elas fazer o mesmo. Eu tinha que as amar como elas me amavam.

Deixei a jangada vagar como as ondas e a corrente quisessem, já que as cobras não soltaram minhas mãos por um certo tempo. Quando a tempestade que se formava nas nuvens finalmente caiu e fez o oceano ficar agitado, envolvi o mastro com as pernas e me agarrei a ele enquanto a jangada era golpeada pelo mar e pelo céu.

Tanto as cobras quanto eu estávamos completamente ensopadas e, enquanto eu tremia, deixava os pensamentos terríveis sobre olhar para meu reflexo serem levados pela água.

Quando o mar finalmente se acalmou, era manhã. As cobras tinham me soltado durante a noite, de modo que pude segurar no mastro com as duas mãos; flexionei os pulsos e os dedos para aliviar o resto da tensão. Estava exausta, mas puxei o leme e inclinei a vela na direção do vento para seguir o caminho que as cobras mostravam em minha cabeça.

Com o mar calmo e limpo à nossa frente, uma das cobras avistou um navio quando ainda estava bem distante. Apertei os olhos diante da luz que brilhava na superfície da água, mas não fui capaz de distinguir nenhuma característica marcante do navio até chegar bem mais perto.

Não havia onde me esconder, e estava cansada demais para entrar na água e flutuar sob a superfície até o barco passar.

Pensei em ficar de costas para o navio até passarmos um pelo outro, mas então comecei a ouvir os gritos dos homens a bordo.

— ... está vendo? É a criatura de que nos falaram?

— Olhe para a cabeça dela! É verdade sobre as cobras!

— Alguém chame o capitão!

Homens estavam alinhados na amurada do navio, olhando para mim do alto do convés. Deixei meu olhar deslizar ao longo do peito deles, franzindo a testa.

Eles sabiam sobre mim. Reconheceram minhas cobras. Pouquíssimas pessoas que tinham me visto e sobrevivido para contar aos outros sobre o monstro que tinham encontrado. O mais recente me veio à mente, junto com todos os alertas de Dionísio.

Tentei ver se os homens usavam o mesmo uniforme dos soldados que eu tinha encontrado na montanha de Dionísio, para saber se também pertenciam a Polidecto. Meus medos foram confirmados em um instante. A insígnia gravada no couro sobre o ombro de cada um era a mesma gravada na armadura dos homens petrificados, para sempre, no riacho. Alguns deles já tinham puxado as espadas.

— Em todo este vasto mundo — praguejei —, como viemos parar no mesmo pedaço de oceano?

Os homens de Polidecto ainda murmuravam uns para os outros enquanto minha jangada foi se aproximando cada vez mais do navio. Segurei a corda amarrada à vela com mais força, pretendendo puxá-la e desviar-me da rota deles, quando outro homem se juntou a eles.

Ele era diferente dos outros. Mais jovem, com certeza, com ombros como os de um touro e cabelos escuros enrolados ao redor das têmporas de um jeito terrivelmente familiar.

— Perseu! — um dos homens gritou, e meu coração se apertou. — É o monstro!

O garoto buscava algo na água e, quando me avistou, ficou paralisado. Quando seus olhos encontraram as cobras, ele girou tão rápido que tropeçou nos próprios pés.

Seus homens não agiram tão rápido. Levantei-me de onde estava, agachada atrás do mastro, e inclinei a cabeça para cima. Se esses homens pertenciam a Polidecto, e a previsão de Dionísio a respeito da reação do rei ao meu poder estava certa, então eles teriam ordens para me matar. Eu precisava agir primeiro.

O primeiro homem começou a se transformar em pedra mesmo quando o garoto, Perseu, gritou:

— Desviem os olhos! Não olhem para ele, tolos!

Mas ou os homens não haviam acreditado realmente no que estavam vendo, ou estavam muito embasbacados para saírem da amurada. Olhei nos olhos de cada um que estava parado na beirada do convés com as mãos firmemente apertadas em volta do corrimão de madeira, onde ficariam para sempre paralisados. O lampejo vermelho das cobras se transformou em um brilho persistente conforme eu percorria a fila. Não senti dor nenhuma. Alguns dos marinheiros conseguiram desviar os olhos antes que eu chegasse até eles, mas contei quase uma dúzia de estátuas alinhadas na beirada do navio.

Minha jangada continuou flutuando, e logo havia ultrapassado o navio. Virei-me para continuar de frente para ele, mesmo enquanto nos afastávamos. O garoto tocou em uma das estátuas, como se a estivesse examinando, depois recolheu a mão de volta.

Um dos sobreviventes gritava:

— Capitão, a tripulação, perdemos muitos para continuar conduzindo o navio, precisamos…

Mas o restante de seus gritos frenéticos foi levado embora pelo vento.

O garoto não me procurou em meio às ondas. Ele colocou a mão no peito, a mesma que havia usado para tocar no braço de pedra do companheiro, e deu as costas para a amurada. Alguns passos além, eu não podia mais vê-lo.

Percebi que meu peito estava ofegante enquanto tentava puxar o ar, e meu coração batia tão rápido que podia senti-lo do alto da cabeça até os dedos dos pés. Com um passo cambaleante para trás, encostei no mastro e senti a jangada balançar sob meus pés.

Perseu. O garoto da profecia das Greias. Havíamos ficado quase cara a cara. Certamente, esse não tinha sido o encontro que as Greias previram. Ele não estava de armadura nem segurava um escudo como as três irmãs de pele cinzenta haviam descrito, mas ainda assim com certeza era aquele sobre o qual elas haviam me alertado.

Era para ser este o lugar onde nossos caminhos se cruzaram pela primeira vez? Assassinei seus homens sem hesitação por causa do que um deus e três seres divinos haviam previsto, mas não havia necessidade de matá-los. Nem todos estavam empunhando armas. Os homens estavam simplesmente encarando o monstro que temiam, e seu medo havia se tornado realidade.

Mas foi o fato de terem me chamado de monstro que me incitou a agir, percebi. Eles me viam como um ser monstruoso, como Dionísio havia dito que aconteceria, e então eu tinha me tornado um.

Meu peito ainda estava subindo e descendo como o mar durante uma tempestade, o que era irônico com o mar agora plano como um campo cultivado. Toquei na pele sob meus olhos. Mal tinha notado a névoa vermelha das cobras. Estava tão concentrada em matar a fila de homens no navio de Perseu que nem parei para considerar o que havia acontecido com cada um. A dor aguda que eu costumava sentir quando usava meu poder havia desaparecido. Era como se eu tivesse arrancado um espinho e removido a dor, mas agora o sangue estava fluindo livremente da ferida.

Lembrei-me do que Dionísio havia dito sobre seu poder, que imitava o meu: *Não há como escapar de si mesmo.*

Um novo soluço de choro escapou de minha garganta. Pressionei a mão sobre a boca enquanto as lágrimas escorriam pelo meu rosto. Minhas cobras tentaram secá-las. Mas, mesmo quando outro som abafado, e enquanto sentia meu mundo desabar, mantive os olhos abertos. Não podia desfazer o que havia feito. Mesmo que aquele não tivesse sido o momento certo de Perseu e eu cruzarmos nossos caminhos, não tinha mais volta: havia lhe dado uma razão para querer minha cabeça. Tinha me tornado o monstro que temia ser.

Enquanto me dava conta disso, minhas lágrimas secaram. Coloquei a mão sobre o peito para sentir meu coração batendo sob a pele e os ossos. Eu ainda estava viva, ainda respirava. Aquele não era o fim que as Greias haviam previsto para mim.

E se ainda estava inteira, poderia continuar seguindo. Alcancei o leme e pedi que as cobras me mostrassem o caminho, mais uma vez. Passando a mão no rosto, mantive o leme firme e apontei a jangada na direção de Equidna.

Está bem?, as cobras perguntaram.

— Não — respondi —, mas não faz mal. Nós temos tempo.

UM LUGAR QUE MAL APARECE NO MAPA

A ilha de Equidna era pequena, aparecendo apenas como um leve calombo no horizonte até chegar perto o bastante para a silhueta se transformar em uma extensão de terra plana, com uma floresta densa no centro. Enquanto ainda me aproximava, senti a jangada passar por um trecho de ar denso, como se tivéssemos passado sob uma cachoeira. Era a cortina indescritível de magia que mantinha os mortais afastados dos lugares divinos.

Pulei na água espumosa na altura do joelho e puxei minha jangada até a areia. As árvores começavam a uma curta distância da praia, mas, apesar de estar perto o bastante para ouvir o canto familiar dos pássaros ou pequenas criaturas balançando as folhas, não pude ouvir nenhum sinal de vida saindo da floresta.

O silêncio entre as árvores se tornou ainda mais pronunciado quando saí do mar e o som das ondas quebrando na areia desapareceu completamente. Caminhei com cuidado, as cobras estavam em alerta total. O silêncio incomum da floresta nos deixou tensas. Meu encontro com Perseu havia ao mesmo tempo me perturbado e me deixado à vontade. Eu tinha escapado ilesa de um confronto com ele, mas duvidava que teria tanta sorte da próxima vez. Até o momento chegar, no entanto, meu poder poderia me proteger de qualquer mal.

Galhos rachando sob meus pés faziam eu me encolher, mas nada saía de trás das árvores para me pegar. As cobras me encorajaram a seguir em frente.

As árvores de repente desapareceram no meio da ilha para abrir espaço para uma clareira redonda. Um pouco fora do centro da clareira havia uma pequena elevação, como se o pé gigante de um titã tivesse agarrado a beirada da grama e a amassado, deixando um buraco enorme para trás. A caverna tinha uma boca larga e paredes de terra que levavam para baixo da terra, muito diferente da caverna escura e rochosa que as Greias haviam reivindicado em Delfos. Soube que era a casa de Equidna, porque as cobras me disseram e porque a presença de minha irmã estava por toda a parte. Equidna não tinha restringido sua moradia ao interior da caverna. Havia uma mesa de madeira rústica e um longo banco para fazer refeições do lado de fora, assim como um cobertor de lã e uma pilha de almofadas na beirada da clareira, onde as sombras das árvores se estendiam sobre elas.

Eu tinha dado um passo quando finalmente ouvi um barulho. Lembrei-me dele de minha infância. Era o som do atrito rítmico da cauda de Equidna se arrastando no chão.

Minha irmã saiu da boca da caverna carregando uma cesta de vegetais, e me permiti dar uma boa olhada em como sua cauda tinha um verde brilhante no sol, como sua pele escura estava cheia de saúde e viçosa, e seus cabelos dourados estavam presos em amarrações complexas sobre a cabeça, antes de fechar os olhos.

— Equidna — eu disse, minha voz alta preenchendo a clareira.

Ouvi o arrastar de sua cauda cessar, depois sua respiração profunda e então algo pesado atingir o chão gramado da clareira — a cesta de Equidna.

— Oh — ela disse, e sua voz parecia vir em minha direção —, pequena rainha.

No momento seguinte, seus braços estavam ao meu redor. Ela era calorosa e familiar e eu quase chorei com a sensação de calma que tomava conta de mim quando ela estava por perto, como se ela tivesse me tirado do gume da faca de terror em que eu estava me equilibrando e me colocado em segurança no chão sólido.

— Estava mesmo me perguntando se você viria me ver — ela disse, suas palavras abafadas enquanto pressionava o rosto em meu ombro. — Esperava que sim.

Não fiquei surpresa quando ela não reagiu às cobras ou ao fato de eu não olhar para ela, mas fiquei curiosa para descobrir como ela sabia o que havia acontecido comigo. Quando ela finalmente se afastou e pude senti-la olhando para mim, perguntei:

— O quanto você sabe?

— Ouvi apenas rumores — ela respondeu, e eu franzi a testa, pensando no que os homens tinham gritado para mim do navio. Mas ela estalou a língua e alisou a ruga entre minhas sobrancelhas com o polegar enquanto continuou: — Rumores de deuses menores e divindades, que acabaram ouvindo algumas coisas das Greias, e, ainda mais vagamente, um rumor baseado no que a própria deusa Atena disse quando explicou a maldição para os deuses do Olimpo.

— Atena — repeti, abatida.

É claro que eu sabia que Atena tinha colocado a culpa da transgressão de Poseidon em mim. Ela havia me dito que faria isso para evitar mais tensão entre os deuses, mas ainda me perturbava pensar que os seres mais divinos de nosso mundo achassem que eu era uma mortal desrespeitosa que colheu o que plantou. Fiquei me perguntando se Dionísio estava presente quando Atena deu seu relato, mas fingiu não saber de minha maldição quando me encontrou, ou se ele estava ausente daquele encontro. Eu esperava que a segunda opção fosse a verdadeira.

— O que os rumores... o que eles dizem sobre mim? — perguntei.

Ela acariciou com o polegar a pele sob minhas sobrancelhas.

— Em sua maioria, apenas falam sobre seu poder e como ele pode derrubar não apenas reis, mas imortais também.

— Então eles me temem? — supus.

— Muitos temem, sim — Equidna disse sem meias-palavras —, mas acho que alguns de nós imaginamos o que deve ter acontecido de verdade, então vemos seu poder e sua maldição de uma forma um pouco diferente.

As cobras, silenciosas até então para me deixarem desfrutar de meu encontro com Equidna, desenrolaram-se da posição de defesa e algumas se esticaram, balançando as línguas, para experimentar os dedos de minha irmã. O cheiro dela, que eu não tinha sido capaz de discernir com meu nariz de mortal quando criança, era distinto e totalmente surpreendente, porque era parecido com o meu. Pelo menos, as cobras me mostraram como nossos cheiros combinavam. Talvez fosse porque eu agora também tinha uma parte do corpo composta por escamas de serpente.

Tendo reconhecido o cheiro, as cobras relaxaram completamente, e uma das mais ousadas esfregou o queixo sobre o dorso da mão de Equidna.

— Olá — ela disse para a cobra.

E então ela deve ter passado o dedo no alto da cabeça da cobra, porque senti uma sensação que nunca havia sentido antes, como um arrepio nas costas causado por um vento-fantasma. Ninguém nunca havia tocado minhas cobras além de mim. E foi diferente de quando as cobras se aproximavam primeiro, porque elas também ficaram perplexas com a sensação do toque gentil de Equidna. Até mesmo Naidah tinha mantido seus toques restritos a meu corpo mortal. O único contato que as cobras e eu tivemos foi uma com as outras, e a sensação de uma pessoa de fora tratando as cobras com tanta delicadeza foi maravilhosamente nova.

— Venha — Equidna me chamou e pegou na minha mão para me puxar de onde eu estava enraizada, ainda processando a sensação de suas mãos em minhas cobras. — Quero saber de tudo.

Ainda estava com os olhos fechados quando Equidna me direcionou ao banco e à mesa perto da entrada da caverna e me sentou, afastando-se depois para pegar os vegetais que havia colhido.

— Você não pode nem olhar para mim com esses seus olhos? — ela perguntou casualmente, colocando a cesta sobre a mesa com um baque.

— Posso — falei —, mas, se eu olhar em seus olhos, não vou ter controle sobre meu poder, então fechar os meus fica mais fácil.

— Isso não parece justo — murmurou. — Está dizendo que todo mundo pode olhar para você, mas você não pode olhar para as pessoas se não quiser transformá-las em pedra?

Fiz que sim com a cabeça.

— Isso não é justo — ela repetiu, desta vez com mais ênfase. — Aqui, me dê suas mãos.

Coloquei as palmas sobre a mesa. Ela colocou algo firme e arredondado em uma delas e algo liso e fino na outra.

— Agora abra os olhos.

Abri. Estava segurando uma batata pequena ainda com terra e uma faca.

— Descasque-a — Equidna mandou. — Vou descascar essa aqui — e balançou outra batata sob meu rosto. — Pode olhar para mim sempre que quiser, mas vou manter os olhos abaixados, certo?

Analisei a batata e a faca em minhas mãos. Não descascava uma batata desde que havia saído do templo. Apoiei a lâmina da faca na casca áspera e a pressionei para baixo, virando a batata até uma única e longa fita de casca cair sobre a mesa. O movimento era familiar e reconfortante, assim como a presença de Equidna.

— Certo — respondi. Esperei um momento e então olhei para a frente. Os olhos de Equidna estavam quase fechados, as pálpebras apenas levemente abertas enquanto ela olhava para a batata. Seu rosto estava igual ao que eu me lembrava.

— Agora — ela disse, pegando outra batata depois de terminar de descascar a primeira —, me conte tudo. Tudo o que aconteceu com você desde a última vez que nos vimos.

Peguei outra batata também e contei a ela.

A história era longa, e não acho que não a contei direito. Fiquei me atendo a pequenos momentos. Quando cheguei à parte com Poseidon, tive que soltar a faca porque minhas mãos tremiam muito. Não só de medo, pois aquela lembrança gerava um choque de alarme que tomava conta de todo o meu corpo, mas também de raiva. Eu ficava com raiva ao pensar em como estive indefesa, em como fui ingênua ao pensar que minha beleza me dava poder. Usar minha aparência para conseguir o que queria na época tinha me cegado para o fato de que a vaidade não me protegeria de nada.

Quando fiquei em silêncio por uns bons minutos, Equidna estendeu o braço sobre a mesa e colocou os dedos firmes sobre os meus trêmulos.

— Não é certo o que ele fez com você — disse ela. — Mas isso não significa que você não pode superar. Você tem a força para isso.

Senti lágrimas arderem em meus olhos diante das palavras afirmativas dela e de sua voz, tão cheias de bondade e determinação, e tentei piscar para que não caíssem. Eu estava esperando ouvir algo assim, dei-me conta. Ouvir alguém dizer que o que Poseidon havia feito era errado. E ouvir que a forma como isso me afetou não duraria para sempre. Ter essa confirmação vindo de Equidna, alguém que me conhecia antes da transformação e agora, destravou uma parte de mim que estava sendo reprimida.

Virando a mão de modo a ficar com a palma para cima, apertei a de Equidna.

— Obrigada — falei.

Ela apertou minha mão de maneira reconfortante e depois apontou com a faca para a cesta de batatas.

— Continue — ordenou.

Continuei descascando e continuei falando.

Equidna ficou em silêncio durante toda a história, não me interrompeu para fazer perguntas ou comentários sobre as coisas que eu havia feito. Esperei que ela dissesse algo sobre quando Atena colocou a maldição em mim ou talvez quando expliquei como havia acidentalmente transformado aquelas pessoas na floresta em estátuas nos primeiros dias de viagem. Ou quando fiz isso novamente de propósito.

Mas ela ficou quieta até quando contei sobre a profecia das Greias, embora a tivesse visto acenar com a cabeça como se estivesse esperando por isso.

O único ruído que fez foi uma pequena risada quando contei sobre meu primeiro encontro com Dionísio.

Terminei contando como Naidah havia me ajudado a enfrentar o cheiro do mar e depois me dado uma jangada para velejar. Não contei sobre o beijo, embora não tivesse certeza do motivo. Apenas senti que aquilo era algo que eu queria guardar para mim.

— E eu o vi, no mar.

— Quem? — Equidna perguntou, raspando algumas manchas marrons da batata que tinha acabado de descascar.

— Perseu.

Equidna fez uma pausa e abaixou a faca.

— O garoto da profecia?

Confirmei com a cabeça, certa de que ela podia ver o movimento mesmo não olhando para mim. Embora eu tivesse finalmente liberado a torrente de emoções e lembranças que vinha lutando para conter no peito ao contar a Equidna tudo o que havia acontecido, senti que o peso daqueles acontecimentos acabava de aumentar.

O que isso significava? Por que eu tinha visto Perseu antes de estarmos destinados a nos encontrar?

Equidna estava tamborilando sobre o tampo áspero da mesa, as pontas de suas unhas encontrando pequenos veios na madeira com um gentil *tac, tac, tac*.

— E as repugnantes trigêmeas de um olho só? — ela perguntou, e eu não pude conter um sorriso para o apelido que ela tinha dado às Greias. — Elas não disseram nada sobre isso na profecia?

— Não — respondi. — Apenas que, quando me encontrasse na ilha, ele iria, você sabe — arranquei um pedaço grande da casca de uma batata —, cortar minha cabeça.

Equidna fez um ruído com o fundo da garganta e suspirou.

— Elas nunca foram muito prestativas, aquelas três — falou. — Bem, vamos ver. Você disse que viu Perseu e não teve a cabeça cortada, obviamente; e ele ainda está vivo? — A última parte foi formulada como uma pergunta, então fiz que sim com a cabeça. Ela continuou: — Então o encontro fatídico ainda está esperando por você em algum momento do futuro.

— Mas por que o vi agora? Eu imaginei que nossos caminhos não se cruzariam até a profecia se realizar, e agora sinto que… — Pisquei olhando para o meu colo, procurando as palavras. — Que algo devia ter acontecido.

— Alguma coisa aconteceu?

— Eu… — comecei a falar, e parei, sentindo o calor subir por meu pescoço enquanto pensava sobre o que havia feito aos homens no navio. Não sabia se estava mais envergonhada pelo que tinha feito ou preocupada com o que Equidna poderia pensar de mim se eu lhe contasse. — Alguns dos marinheiros me viram, e viram quem eu era. Eu… eu olhei nos olhos deles e eles foram petrificados. Eu poderia ter desviado os olhos, mas não desviei.

— Humm… E Perseu? — Equidna não parecia abalada por eu ter usado meu poder.

— Virou o rosto.

— Bem, ou isso foi muito esperto da parte dele — ela resumiu — ou muito covarde. Ele agora sabe o que você pode fazer, de qualquer modo. Talvez as Moiras tenham designado esse encontro para que o garoto tivesse motivos para ir atrás de você?

Enfiei a ponta da faca na carne branca e macia da batata que tinha acabado de descascar, fazendo um pequeno buraco na lateral. O que Equidna estava falando fazia sentido, mas não fez com que me sentisse nada melhor. Se o que ela disse era verdade, então minhas ações eram a razão da profecia das Greias se concretizar. Afinal, eu havia atacado primeiro e matado os homens de Perseu. Agora ele próprio viria atrás de mim com a espada em punho.

Quando expliquei isso a Equidna, sua voz ficou suave.

— Não, Medusa. Não é culpa sua. Você já viu como destino e profecias funcionam na mente de mortais e imortais. Até mesmo Atena estava tentando evitar a profecia fatídica de uma guerra divina quando culpou você erroneamente pelas ações abomináveis daquele deus do mar nojento. Se esse garoto vier atrás de sua cabeça com... o que você disse? Um escudo para desviar seu olhar? Então terá sido escolha dele fazer isso, escolha dele atacar uma mulher que apenas tentou se defender.

Quando Equidna me chamou de *mulher*, paralisei. Abaixei a batata mutilada e fechei os olhos para jogar a cabeça para trás.

— Faz um tempo que ninguém me chama assim — eu disse. — Uma mulher. Comecei a esperar *monstro*.

— Você pode ser os dois — Equidna disse. — Uma mulher monstruosa não é uma coisa terrível de ser.

Inclinei a cabeça para baixo e abri um olho para olhar para ela. Equidna estava sorrindo para a mesa, colocando as batatas descascadas de volta na cesta e separando as cascas para o outro lado. Ela se ergueu sobre sua longa cauda musculosa e limpou as mãos.

Ela estava usando uma das túnicas recortadas de que gostava, a roupa revelava uma faixa de pele marrom e seu umbigo, logo acima do local onde seu corpo humano se tornava escamas. Mesmo quando eu era criança, ela sempre exibiu com orgulho essa parte do corpo. Onde mortal e monstro se encontravam.

Eu soube, então, por que havia desejado estar com Equidna. Por que havia pensado nela quando Dionísio perguntou para onde eu iria. Ela era a única capaz de entender o que eu havia passado e o que eu estava passando agora.

— Ser um monstro — ela continuou — não te impede de ser uma mulher. Na verdade, acho que uma parte essencial de ser mulher é descobrir aquela parte de você que os outros veriam como monstruosa; encontrá-la e cultivá-la de modo que não tome conta de quem você é. Se você a ignorar ou tentar escondê-la, aí é que as outras pessoas vão conseguir virá-la contra você.

Ela estendeu o braço e segurou meu queixo entre as mãos, forçando-me a olhar para cima e encarar sua cabeça, mesmo com os olhos fechados. Havia um sorriso poderoso se estendendo em seus lábios. Naquele momento, soube que tinha feito a escolha certa ao ir até lá. Minhas cobras se esticaram para encostar no dorso da mão de Equidna. Ela me disse:

— Seja quem você é, Medusa. Ame o monstro dentro de você, e ele te amará de volta.

Eu não tive palavras para responder, então apenas acenei com a cabeça. Quando ela me soltou, me deu um tapinha no rosto.

Equidna se moveu para atiçar o fogo em um buraco rodeado de pedras, logo atrás da mesa de madeira, com uma grande panela de água fervendo em cima. Ela me disse para cortar as batatas que havíamos descascado em pedaços pequenos enquanto ela cuidava do fogo. O vento da ilha contorcia-se entre os galhos das árvores ao nosso redor, os troncos estalavam.

— Por que não há animais nesta ilha? — perguntei.

Nossa conversa tinha praticamente se interrompido depois que me vi sem palavras, e minha voz estava áspera.

— Ah — ela disse, acenando com a mão para a entrada da caverna —, por causa do barulho.

Olhei para a parte de trás da cabeça dela. Cada estalo do fogo era amplificado pela floresta silenciosa à nossa volta. Achei que poderia ouvir uma concha sendo jogada no mar do outro lado da ilha se prestasse bastante atenção.

— Que barulho?

— É claro que você não saberia — ela disse com uma risada, enquanto mexia algumas de minhas batatas na panela. — Enquanto você estava sendo amaldiçoada e recebendo profecias sobre sua morte — franzi a testa diante do resumo insensível do que eu havia passado, mesmo que fosse verdade, mas ela continuou —, dei à luz meu primeiro filho.

— Você tem um filho? — tentei lembrar se ela havia mencionado que queria ter filhos ou se algum dia havia mencionado crianças.

— Aham — ela disse. — Você logo vai conhecê-lo. Ele foi tirar uma soneca pouco antes de você chegar aqui. Não vai mais ter tanto silêncio quando ele acordar.

Cortei outra batata na metade e espiei dentro da boca da caverna com desconfiança.

— Seu marido também vive aqui?

A risada de Equidna foi radiante e curta.

— É claro que não. Eu não o vejo há eras. Espero que ele venha para cá em algum momento no próximo século, e talvez eu o deixe ficar.

Ela balançou os dedos para mim sobre o ombro e pude ver o sorriso travesso se formando no canto de sua boca.

— Posso querer outro filho algum dia.

Quis perguntar se ela se sentia solitária naquela ilha, apenas com seu filho para lhe fazer companhia, mas então um barulho ecoou de dentro da caverna. Parecia uma trovoada abafada por um cobertor. E logo depois veio o som de algo pesado batendo em mobília robusta.

— Ah — Equidna disse, soltando a colher gigante que estava usando para mexer a panela —, ele acordou.

Ouvi um clamor de passos subindo da caverna. Enquanto uma parte de mim sabia que eu deveria virar o rosto, caso o filho de Equidna não pudesse evitar olhar em meus olhos, queria desesperadamente saber qual era a aparência da prole de minha irmã parecida com uma cobra e do marido.

Quando o filho de Equidna saiu da caverna, quase caí do banco.

Um cachorro de três cabeças com pelo grosso e escuro e patas do tamanho de pratos de jantar tropeçou nos próprios pés ao sair correndo da caverna. Cada cabeça olhava para uma direção diferente, línguas penduradas para fora. Fiquei boquiaberta quando o cão latiu para Equidna, se esforçou para ficar em pé, e depois imediatamente outra vez novamente porque uma das cabeças havia se virado com tudo em minha direção. Ele latiu de novo, um som estrondoso que teria feito todos os pássaros saírem voando das árvores, se tivesse sobrado algum.

Evitei os olhos do cachorro. Havia tanto para olhar que não foi muito difícil. Agora que ele estava mais perto, pude ver que tinha o pelo macio e felpudo de um filhote que ainda não havia desenvolvido sua pelagem. O lugar onde as três cabeças se juntavam ao pescoço tinha rolos de pele que se esticavam com seus movimentos. O longo rabo batia no chão, levantando pequenas nuvens de poeira e um pouco de grama.

— O nome dele é Cérbero — Equidna disse.

— Seu filho é um cachorro — falei sem entender.

— Sim.

— Como… — comecei a falar, e então tentei pensar em um jeito de formular a pergunta que eu queria fazer sem ofendê-la. Depois de um tempo, desisti, deixando aquela única palavra por conta própria. As cobras estavam balançando as línguas para Cérbero, e o cheiro que elas captaram exalando dele era distintamente similar ao de Equidna, embora amortecido pelo cheiro de pelos de cachorro.

— Eu também não soube ao certo o que pensar — Equidna me disse. — Quando ele nasceu, quero dizer. Tifão já tinha ido embora havia um tempo, e éramos apenas eu e uma divindade menor que Ilítia havia enviado para me ajudar no parto; tenho certeza de que aquela ninfa ficou morrendo de medo quando essas três cabeças surgiram. Achei que algum deus ou deusa estava pregando uma peça em mim, ou que a dor de dar à luz estava me fazendo alucinar. — Ela estendeu a mão e Cérbero correu até ela, tropeçando de novo, e as três cabeças tentaram cheirá-la quando chegaram à palma da mão dela. Equidna segurou uma de cada vez, acariciando-as entre as sobrancelhas. — Mas então ele começou a chorar, como todas as crianças fazem quando nascem, e eu soube que ele era meu. Soube que era meu filho.

Observei enquanto Equidna acariciava as muitas cabeças de Cérbero e o rabo do animal balançava de um lado para outro tão rápido que acertou a lateral das faces da esquerda e da direita algumas vezes.

— Por que ele é tão… diferente de você?

— Não me importo de ele não ser como eu — Equidna disse, o que não era exatamente o que eu quis dizer, mas continuou: — Mães não deveriam esperar que seus filhos fossem exatamente como os pais. Em vez disso, deveriam temer criar uma criança exatamente igual a eles, pois não haveria espaço para essa criança crescer.

Ela acariciou a lateral do corpo de Cérbero, encontrando um lugar para coçar que o fez deitar no chão, de barriga para cima, com as patas para o ar, pedindo mais. Era apenas uma criança desfrutando da afeição da mãe.

Eu sabia que não era o que meus pais tinham esperado. Eles não souberam o que fazer comigo quando eu era apenas uma garota mortal, e agora tinha certeza de que não me tratariam com tanta gentileza quanto Equidna. Mas, no fim, me tornara mais do que eles acharam que eu poderia ser.

— Ele é lindo — eu disse a ela. E ele era, porque estava cheio de felicidade, e eu podia ver que o amor de Equidna por ele o estava transformando em um bom cachorro.

— Ele é mesmo — Equidna concordou. Ela fez uma última carícia em Cérbero e, quando afastou a mão, ele ficou paralisado de barriga para cima por um momento antes de se levantar e se sacudir. Ainda balançando o rabo, deu uma lambida em Equidna com uma das cabeças e saiu trotando para a floresta. Eu o vi cheirando as bases das árvores e pensei que pudesse estar procurando um rato ou uma criatura para perseguir que ainda não tivesse fugido da ilha.

Cérbero deve ter encontrado alguma coisa, porque todas as seis de suas orelhas dobradas se levantaram, e, com uma cacofonia de latidos, saiu saltando para o meio da floresta.

Equidna já tinha voltado para a panela gigante de sopa e estava acrescentando mais vegetais.

— Você disse que quer ter mais filhos no futuro — falei. — Acha que todos serão como ele?

— Acho que serão como devem ser — respondeu ela. — Parecendo ou não com o que algumas pessoas chamam de monstros, todos eles serão meus filhos.

Um sorriso se formou em meus lábios antes que eu percebesse.

— Combina com você — declarei, e Equidna se virou de leve, de modo que pude ver seu rosto. — Equidna, a mãe dos monstros.

Minha irmã abriu um largo sorriso.

Dormi aquela noite no chão da caverna de Equidna, sobre uma pilha de cobertores macios. Ela havia tentado me fazer ficar com sua cama, uma pilha maior de cobertores sobre um colchão de penas e vários travesseiros, mas me recusei. Quando ela tentou me empurrar sobre a cama para me obrigar a dormir nela, girei para longe de suas mãos e roubei alguns cobertores antes de me sentar de maneira insolente perto da parede da caverna e me encolher.

— Não — disse a ela. — Boa noite.

Ela jogou um dos travesseiros em mim, com despeito.

— Boa noite, pequena rainha.

Peguei o travesseiro e me acomodei em uma posição mais confortável. O cheiro das cobertas de Equidna me acalmava, e o chão da caverna era muito mais suave do que a maior parte dos solos de floresta em que eu havia dormido durante minha jornada, e as curvas gentis das paredes da caverna não eram tão constritivas como as paredes de pedra do lar das Greias. Nas profundezas da caverna de Equidna, me sentia como se estivesse protegida dentro de um abraço de mãe.

Cérbero farejava embaixo da cama com as cabeças e peito encostados no chão e o rabo balançante no alto. Mais cedo, ele tinha voltado de suas brincadeiras na floresta quando Equidna começou a servir tigelas de ensopado. Cérbero devorou sua tigela assim que Equidna a entregou para ele. Ela colocou uma tigela na minha frente, e eu comi, mesmo sabendo que não precisava. Também não achava que ela precisasse, mas foi bom compartilhar a refeição que preparamos juntas.

Cérbero finalmente desistiu do que quer que estivesse fuçando na base da cama de Equidna e pulou sobre os cobertores para se jogar ao lado dela. Depois que apagou a vela e mergulhou o quarto na escuridão, ela puxou a longa cauda sobre a cama e a curvou em volta do filho.

Minha mãe nunca havia me abraçado, nem havia abraçado minhas irmãs, como Equidna abraçava Cérbero agora. Fiquei me perguntando qual seria a sensação de ser abraçada por outra pessoa durante o sono.

Minhas cobras se ajeitaram ao redor do travesseiro quando deitei a cabeça, algumas delas se encostando em meu rosto.

Sabia que elas podiam sentir o anseio em mim, mas não havia nada que pudessem fazer. Da forma como eu era, duvidava que algum dia poderia dormir tão próxima a alguém, por medo do que aconteceria se eu me esquecesse do perigo, até mesmo por um instante, na manhã seguinte.

Em meu primeiro dia inteiro na ilha, Equidna me ensinou a pescar. Essa era uma habilidade que eu nunca havia precisado aprender, mas, quando ela colocou minhas mãos na vara simples e me mostrou como puxar e arremessar a linha, fiquei surpresa com o prazer que descobri ao me concentrar na tarefa. O mar que cercava a ilha era azul-claro e brilhava como uma pedra preciosa. Dava para sentir o calor do sol refletido em sua superfície esquentando meu rosto.

As cobras, sempre cautelosas, mesmo quando eu havia abaixado minhas defesas, me lembravam de não olhar meu reflexo.

O primeiro peixe que peguei era pequeno e prateado, agitando-se bravamente contra a linha enquanto eu a puxava. Eu o prendi na areia com uma das mãos. Suas guelras palpitavam junto à minha palma e, por um segundo, olhei em seus olhos grandes, pálidos e arregalados.

O peixe paralisou imediatamente. Seu corpo prateado ficou opaco ao se transformar em pedra.

Fiquei olhando para ele. Estava curvado para cima em volta de minha mão, e eu rapidamente a puxei. O movimento brusco me fez balançar para trás e caí com tudo na areia, com um pequeno som de surpresa.

— O que foi? — Equidna perguntou, e ouvi o deslizar lento e rítmico de sua cauda sobre a areia.

Coloquei as mãos sobre o rosto quando ela se aproximou de mim. Ela certamente tinha visto o peixe, mas não disse nada por um tempo. Eu a ouvi se aproximar de onde o pequeno peixe de pedra estava.

— Bem, com certeza não podemos comer isso — ela disse finalmente —, mas acho que vai ficar legal como decoração.

Levantando a cabeça, olhei para ela. Equidna segurava o peixe petrificado nas mãos, virando-o de um lado para o outro para que pudesse vê-lo por inteiro, e não consegui conter a risada que escapou de minha garganta. Ela também sorriu.

Ela colocou o peixe no chão, ao lado da cesta que deveríamos encher com pescados para o jantar.

— Que tal você pescar o peixe, e eu o colocar na cesta? — ela ofereceu.

Concordei, pressionando o dorso das mãos nos olhos por um instante antes de voltar a me levantar.

O próximo peixe que peguei era maior e conseguiu ir para a cesta sem ser transformado em pedra.

Outro dia, numa manhã, após o desjejum, Cérbero ficou cheirando ao redor de meus pés, antes de pegar a barra de meu vestido na boca cheia de baba e a puxar.

— Ei — falei, tentando abrir seus dentes com cuidado. — Isso foi um presente.

— Ele quer que você o siga — Equidna me disse sentada à sombra das árvores na beirada da clareira, onde havia uma pilha de cobertas e almofadas. Tecia alguma coisa com tiras finas de casca de árvore.

— Ah — eu disse. Então me levantei e Cérbero imediatamente soltou meu vestido e entrou na floresta. Fui atrás dele.

Às vezes era difícil manter meu olhar afastado dos três pares de olhos escuros de Cérbero, mas outras vezes ele estava ocupado demais tentando cheirar todas as folhas, cavar a terra ou latir para um galho que se agitou, para um par de olhos dele acabar sobrando para mim. Quando eu tinha que olhar para ele, mantinha o foco em suas orelhas ou seu rabo. Uma das orelhas da esquerda estava rasgada e cicatrizada, como se uma das outras cabeças tivesse arrancado um pedaço dela quando ele era mais novo.

Aquela manhã, Cérbero me levou por uma longa caminhada pela floresta, com frequência voltando pela trilha em que já havíamos passado enquanto perseguia um cheiro. Depois de um tempo, chegamos a um lado afastado da ilha, onde havia um penhasco baixo e rochoso que dava para o mar. O penhasco tinha mais ou menos a minha altura, mas o mar batia nele e fazia subir um borrifo fino de sal conforme a maré subia e descia.

Cérbero latiu para a água e depois se virou para mim, pegando a barra do meu vestido na boca novamente por um instante, antes de me empurrar com o focinho para a posição em que queria que eu ficasse. Quando eu estava no lugar certo, que ficava perto da linha das árvores, segundo ele, Cérbero seguiu de novo na direção do penhasco plano. Suas cabeças batiam uma na outra alegremente.

Então ele se sacudiu, orelhas balançando, e se aprumou. Suas cabeças ficaram imóveis de uma maneira que eu jamais havia visto. Com um grande senso de propósito, Cérbero ergueu uma pata e começou a fazer uma espécie de marcha de um lado para outro, antes de dar meia-volta e marchar de volta. Quando completou esse movimento algumas vezes, se virou para o mar, olhos e orelhas apontados para fora e rabo elevado. Apenas seus focinhos úmidos se mexiam.

Ele latiu uma vez, depois se virou para mim.

Fiquei olhando para a orelha rasgada.

— Você está... protegendo a ilha?

Ele latiu de novo e veio saltitando em minha direção, abanando o rabo loucamente.

— Você é um ótimo cão de guarda — eu disse a ele.

Achei que ele fosse sair do corpo de tanta empolgação.

— Equidna pediu para você fazer isso? — perguntei a Cérbero, enquanto ele ficava indo e voltando entre mim e o penhasco. Mesmo eu perguntando, já sabia a resposta.

Equidna não teria pedido para seu próprio filho proteger a ilha, principalmente vendo que ele ainda não passava de uma criança, e este lugar só podia ser descoberto por imortais. Mas Cérbero parecia tão feliz de exibir sua marcha empinada de um lado do penhasco para o outro. Ele rosnou para as ondas que jogaram água pela lateral da rocha.

Cérbero marchou um pouco mais, olhando para mim de vez em quando para ter certeza de que eu ainda o observava, e depois de um tempo resolveu que já havia protegido a ilha o suficiente por um dia. Ele sacudiu a água salgada que havia espirrado nele e pulei para trás para evitar que pingasse em mim.

Era tarde quando voltamos para a clareira no meio da ilha. Cérbero imediatamente se deitou ao lado de Equidna sobre o cobertor debaixo das árvores e pegou no sono, apoiando uma das cabeças no rabo dela. Ela o acariciou entre as sobrancelhas.

— Que tal se eu fizer o jantar hoje à noite? — ofereci enquanto os observava.

Equidna não tirou os olhos do filho, mas ouvi o sorriso em sua voz.

— Seria maravilhoso. Mas se você só estiver oferecendo porque está preocupada de eu me levantar e o acordar, não fique. Esse menino consegue dormir até com um furacão. Você já ouviu como ele ronca.

Eu ri, e depois comecei a preparar o jantar assim mesmo.

Assim, semanas se passaram. Equidna não me perguntou por que eu fiquei ou o que eu faria em seguida. Passei muitos dias na orla de sua ilha, na praia, encostada em uma árvore, com o mar se estendendo diante de mim.

Minhas cobras estavam satisfeitas em estar onde quer que eu estivesse. Sabia disso, mas podia sentir que elas também estavam se perguntando para onde deveríamos ir depois. Eu não tinha resposta para elas, e em vez disso passávamos tardes tranquilas observando as ondas tentarem subir pela areia.

Não feliz, a não voz disse de repente no fim de uma tarde, quando o sol estava finalmente se pondo atrás do horizonte e eu começava a pensar que deveria voltar para a caverna de Equidna antes que escurecesse demais.

— O quê?

Não feliz.

— Você não está feliz? Por quê?

Não, a não voz disse, *não só eu. Nós.*

Fechei os olhos.

— Sinto que deveria estar feliz. Aqui, com Equidna, eu sinto que deveria estar feliz, e acho que poderia estar. Mas...

Mas, a não voz concordou. *Nós sabemos o porquê.*

— Não podemos simplesmente ficar aqui?

Seria tão fácil, pensei. Simplesmente ficar escondida na ilha de Equidna, com Cérbero protegendo um lado e Equidna cantarolando baixinho enquanto tecia maravilhas com tiras de casca de árvore e fazia mágica com batatas. Me esconder em minha cama na caverna de Equidna, que tinha começado a acumular cada vez mais cobertores conforme o clima esfriava. Eu havia visto Cérbero, uma noite, arrastando um cobertor grande de sua cama com a mãe para minha pilha.

Eu sabia o que esperava por mim quando saísse deste lugar. Passar por Perseu a caminho dali não tinha sido coincidência, em vez disso pareceu que aquele momento em que nossos caminhos finalmente se cruzaram colocaram nossos destinos no lugar.

Mas se eu ficasse aqui, se não fosse para a ilha que deveria ser um lar para mim e para minhas irmãs, talvez pudesse evitar aquele destino enquanto o tempo permitisse. Eu era imortal agora, afinal. Perseu podia ser filho de um deus, mas ainda era de carne e osso, e morreria um dia. Será que eu poderia esperar o tempo de sua vida aqui, na ilha de Equidna?

O destino tinha uma paciência da largura do horizonte, mas eu sabia que chegaria ao limite dela um dia.

Era manhã na ilha, Cérbero estava dormindo até tarde e Equidna e eu estávamos sentadas à mesa de madeira. Eu entalhava uma cobra em um pedaço de madeira, apenas para ter algo para fazer com as mãos. Quando a cabeça de diamante tomou forma, minhas cobras começaram a olhar com curiosidade.

Mas então ouviu-se um barulho na floresta. Foi surpreendente, primeiro porque não havia barulhos ali, segundo porque parecia uma voz e terceiro porque parecia uma voz que eu conhecia.

— Olá? Tem alguém neste pedacinho miserável de terra?

— Esteno, não seja rude — uma segunda voz respondeu, e, embora eu conhecesse aquela voz também, havia uma força por trás dela que era nova.

— Olá? — a primeira voz chamou novamente, arrastando a última vogal no silêncio da manhã.

— Isso é real? — sussurrei para Equidna.

— Elas são barulhentas demais para não ser — respondeu ela.

Fechei os olhos. Eu não via minhas irmãs desde que havíamos nos separado em Atenas. Da última vez que me viram, eu era uma garota mortal tentando desesperadamente encontrar um lugar onde me encaixasse. Aquela garota que eu havia sido parecia uma lembrança distante. Mas, para Esteno e Euríale, era a única irmã que conheciam. Não sabia como elas reagiriam quando vissem o que havia me tornado.

Dois conjuntos de passos se aproximaram de nós, fazendo barulho pela floresta, e as ouvi parar quando chegaram à clareira. Elas chegaram bem atrás de mim. Senti minhas cobras se virando para olhar.

— Minha nossa — Euríale disse, e a voz de minha irmã era a mesma de quando eu havia falado com ela pela última vez, o que parecia fazer anos e anos.

— É verdade, então — Esteno disse. Sua voz também parecia a mesma.

— Olá, Górgonas — Equidna disse sobre meu ombro. Ela estendeu o braço sobre a mesa, fora do alcance da visão de minhas irmãs, e colocou a mão sobre a minha. Me apoiando.

As cobras estavam calmas, camuflando as batidas rápidas de meu coração. Havia tanto que eu queria dizer, mas em vez disso perguntei:

— Por que vocês estão aqui?

— Estávamos procurando você — Euríale disse, e pensei que devia ser uma tola para acreditar que poderia vencer as Moiras.

GÓRGONAS

Acontece que minhas irmãs estavam procurando por mim havia um bom tempo.

— Fomos à montanha do deus do vinho — Esteno disse, seu tom desdenhoso deixava bem claro o que ela achou do lar de Dionísio e das pessoas que ficavam com ele.

Minhas irmãs sentaram-se de um lado da mesa, enquanto Equidna e eu nos sentamos do outro. Mantive os olhos voltados para baixo, ainda mexendo com a cobra de madeira que eu tinha entalhado. Ainda não havia olhado para minhas irmãs. Embora elas não parecessem muito surpresas com minha aparência, eu não sabia o quanto elas sabiam sobre o poder que eu tinha e quanta cautela deveriam ter comigo. Era mais fácil desviar os olhos.

— Havia muitos mortais lá — Euríale acrescentou. — Eles pareciam estar se divertindo.

— Aquilo não era diversão, era desvario — Esteno retrucou.

— De qualquer modo, eles estavam gostando. Dionísio foi legal — Euríale concluiu.

Eu perguntei:

— Vocês falaram com ele?

Esteno fez um ruído que sinalizou uma observação irritada, mas Euríale a interrompeu.

— Sim! Por isso fomos até lá, para falar com ele. Tínhamos ouvido que você estava ficando com ele de uma náiade da água, ou algo assim, não sei ao certo o que ela era. Devia ter perguntado. — Euríale tamborilou de leve sobre a mesa com ambas as mãos. — Ah, bem. De qualquer modo, ela nos disse que a notícia de que você estava com Dionísio tinha se espalhado entre seres como ela. Nós já estávamos te procurando havia um tempinho, mas essa foi a primeira notícia real que tivemos sobre seu paradeiro, então ficamos muito aliviadas de finalmente ter uma direção. — Euríale respirou fundo, depois continuou: — Então, a náiade nos disse como chegar até lá, mas quando chegamos você já tinha ido embora. Dionísio, no entanto, foi muito gentil. Dissemos a ele que éramos suas irmãs e perguntamos se sabia para onde você tinha ido; ele levou um certo tempo para chegar ao ponto.

Sorri enquanto a ouvia, tanto pela lembrança de como Dionísio era capaz de divagar quanto pela maneira como Euríale parecia estar fazendo o mesmo agora.

— Mas ele finalmente nos contou que você tinha saído para procurar Equidna. Depois, é claro, tivemos que descobrir onde Equidna estava, e isso levou mais um tempo, mas por sorte as Greias vivem bem perto de Dionísio, você sabia disso?

Ela esperou uma resposta, então fiz que sim com a cabeça, apenas uma vez. Estava um pouco chocada pelo volume de palavras que saía da boca de Euríale. Ela ficava feliz o bastante em deixar Esteno falar por ela quando éramos mais novas, e me perguntei o que mudara no tempo em que ficamos separadas que a havia ajudado a encontrar a própria voz.

Euríale continuou:

— É, elas vivem bem perto da montanha dele, então fomos falar com elas, e elas viviam nessa caverna profunda e escura, e...

— Elas nos disseram que você teve outra profecia — Esteno interrompeu. Minhas cobras, que estavam ocupadas filtrando minhas antigas lembranças de Esteno e avaliando o que acontecia diante delas, ficaram tensas e se enrolaram de maneira protetiva ao ouvirem o tom de minha irmã. Eu não as impedi.

— E elas nos disseram onde Equidna morava — Euríale finalizou rapidamente. Minhas cobras não pareciam se preocupar muito com ela.

— Foi por isso que vocês vieram? — perguntei, apertando os dedos em volta da cabeça em forma de diamante da cobra de madeira. — Por causa da profecia?

— Não — disse Esteno —, nós estávamos te procurando antes de ficarmos sabendo dela. Você não está prestando atenção? Nós decidimos ir atrás de você antes mesmo de ouvirmos os rumores sobre sua... mudança. — Esteno disse a última palavra com cuidado, como se fosse uma coisa frágil. — Mas é verdade, então. A profecia.

Minhas cobras sibilaram e, desta vez, pedi que ficassem quietas. Fechei o punho ao redor da cobra de madeira e fechei os olhos.

— Quanto aquelas velhas contaram para vocês?

Minhas irmãs ficaram quietas por um momento, e pareceu um dos silêncios prolongados de minha infância, em que elas trocavam olhares, transmitindo palavras uma para a outra que eu nunca ouviria ou entenderia. Então, Euríale disse:

— As Greias nos disseram que ficaríamos juntas novamente. Nós, as Górgonas. E que viveríamos como quando éramos mais novas. Mas também disseram que, quando isso acontecesse, alguém viria atrás de você. Para... — Ela se interrompeu.

Esteno pegou do ponto em que ela havia parado, indelicada como sempre.

— Para te matar.

Equidna, que estava ouvindo em silêncio o tempo todo, finalmente se manifestou.

— Então vocês duas decidiram que era certo vir até aqui encontrá-la? Para colocar a profecia em andamento?

— Já estava em andamento — Esteno retrucou, embora eu pudesse ouvi-la ficando na defensiva. — Não achamos que nossas ações influenciariam de uma forma ou de outra.

— Todas as ações têm consequências — Equidna disse —, independentemente de vocês enxergarem ou não.

Esteno começou a contra-argumentar com palavras rápidas e mordazes, mas Equidna não foi convencida por sua insensibilidade. Fiquei feliz por Equidna ter feito a pergunta que estava em minha cabeça. A cobra de madeira estava fazendo marcas na palma da minha mão de tanto que eu a apertava, e me obriguei a respirar devagar e profundamente até sentir que conseguiria manter a voz estável.

— Ele só vai chegar quando eu estiver em paz — eu disse, e Esteno e Equidna ficaram em silêncio. — O garoto vai chegar para me matar no lar que construirmos para nós quando eu estiver satisfeita com o que minha vida se tornou.

Não havia pássaros ou animais na ilha para fazer barulhos suaves e interromper o silêncio que recaía espessamente sobre a clareira. Minhas cobras estavam divididas em suas emoções, metade delas querendo manter um olhar cauteloso sobre Esteno e Euríale e metade preocupada comigo enquanto eu considerava minha morte fatídica. Apoiei o cotovelo sobre a mesa e encostei o rosto no punho vazio. Minha cabeça parecia tão pesada.

— Nós viemos até aqui porque queríamos te fazer uma pergunta — Euríale disse. Com um som levemente áspero, ela esticou o braço sobre a mesa e colocou a mão sobre meu punho que segurava a cobra de madeira. Sua mão estava quente. Não conseguia me lembrar de nenhuma de minhas irmãs me tocando com intenção; nossos braços já tinham se encostado quando eu ficava entre elas, e seus ombros já tinham batido no meu quando passavam por mim correndo para jogar um jogo para o qual eu não estava convidada, mas aquela era a primeira vez que Euríale segurava minha mão.

— O quê? — perguntei em voz baixa, ainda com os olhos fechados.

— Você quer ir conosco?

Levantei o rosto do punho.

— Ir com vocês aonde?

— Para a ilha, ou para qualquer lugar, onde quer que devamos encontrar um novo lar — Euríale disse, e havia notas conflitantes em sua voz que tive dificuldade de discernir. Parecia que ela tinha se arrependido de fazer a pergunta assim que as palavras saíram de sua boca, mas também parecia que ela mal podia esperar pela resposta. — Quer ficar junto conosco de novo?

— Fechem os olhos — Equidna disse, e eu estava prestes a dizer que os meus já estavam fechados, quando ela especificou. — Vocês duas.

Esteno bufou pelo nariz, mas Euríale ficou em silêncio.

Equidna tocou em meu braço um instante depois.

— Certo, Medusa. Você pode olhar.

Hesitei.

— Não abram os olhos — alertei minhas irmãs. — Não sou capaz de controlar se vocês olharem.

Esteno e Euríale fizeram ruídos de concordância, e abri os olhos, mirando a mesa e depois levantando a cabeça devagar para olhar minhas irmãs depois de tantos anos.

Elas eram imortais, e muito pouco havia mudado em sua aparência. Esteno ainda era de uma beleza selvagem, cheia de ângulos retos e linhas elegantes, e Euríale tinha o rosto suave e redondo, e a boca finamente moldada de nossa mãe. Os cabelos de Esteno estavam puxados e trançados em um coque atrás da cabeça. Os de Euríale caíam livres sobre os ombros, como ela usava quando éramos meninas.

Ambas estavam de olhos fechados, mas Euríale apertava tanto as pálpebras que a pele do canto de seus olhos estava enrugada. Achei que ela parecia um pouco uma criança pensando que poderia se esconder do perigo simplesmente por não se permitir vê-lo. Pelo menos, estava me escutando. Os olhos de Esteno estavam fechados, mas sua testa tinha uma ruga como se estivesse se concentrando muito em alguma coisa. Achei que ela poderia abrir os olhos se eu fizesse um movimento errado.

Ver as duas juntas, no entanto, lado a lado como sempre haviam estado em minha infância, fez surgir uma onda de nostalgia em mim para a qual não estava preparada. Eu me lembrei da sensação de ficar entre elas. De como formamos uma parede de defesa para nos proteger das Greias. De como eu havia desejado desesperadamente sentir que meu lugar era com elas, mesmo que por um instante.

E agora elas estavam me pedindo para fazer exatamente isso. Elas estavam me procurando pelo que pareciam meses, mas, mesmo depois de viajarem até aqui e finalmente me encontrarem, estavam deixando a decisão para mim. Elas não me obrigariam a me juntar a elas. Mas queriam deixar claro que o espaço entre elas estava disponível para mim mais uma vez.

— Vocês gostariam que eu fosse com vocês — eu disse. — Por quê?

As sobrancelhas de Esteno se juntaram em uma linha dura, e me preparei para a resposta mordaz, mas Euríale falou primeiro:

— Queremos que saiba que ainda faz parte disso, de nós, as Górgonas. Não podemos ser as Górgonas sem você. Sabemos que algo terrível te espera pelo caminho que estamos oferecendo, mas nos pareceu errado não te dar a opção; tínhamos que deixar você saber que não precisa ficar sozinha nisso. — Ela se mexeu no assento. — Você nunca deveria ter ficado sozinha.

O rosto de Euríale ainda era o livro aberto que sempre fora, então pude ver que ela estava sendo sincera. Esteno também não conseguia esconder o que estava sentindo, principalmente já que parecia estar lutando com seus pensamentos.

Esteno disse:

— Posso não ser capaz de entender o que você passou, ou o que se tornou, mas isso não é culpa sua. Euríale me provou — ela apontou para a irmã com a cabeça — que não somos tão diferentes quanto eu acreditava.

— Provou? — perguntei, olhando para o rosto franzido de Euríale.

— Eu tenho um grito — Euríale disse. — Quer dizer… eu posso gritar. Mas não é um grito normal. Posso fazer um som que machucaria de verdade qualquer um que o ouvisse. Não que eu tenha feito isso, foi apenas por acidente, uma vez, e me senti horrível depois. Queria muito te contar sobre isso, Medusa, quando ouvi sua primeira profecia! Mas àquela altura você já tinha se afastado de nós. — A voz dela ficou trêmula. — Não quis que pensasse que eu estava zombando de você. E não quis te sobrecarregar com meus problemas quando você tinha acabado de receber o peso da profecia das Greias.

— Euríale… — comecei a dizer, mas as palavras dela estavam fluindo em uma torrente agora.

— Também não contei a Esteno! Ela só ficou sabendo recentemente, quando me dei conta de que poderia ter nos mantido juntas se tivesse sido sincera com você. Ela precisava ouvir isso. Mas eu também precisava dizer em voz alta. Estava negando essa parte de mim havia tanto tempo, porque estava com medo do que vocês duas pensariam de mim.

Esteno tateou cegamente em busca da mão de Euríale e a segurou.

— Eu posso não ter uma profecia — Euríale disse, interrompida por uma fungada alta. — Mas, Medusa, você não está sozinha nisso. Eu também sou um monstro. — Ela sentiu na garganta. — Posso causar destruição apenas com a minha voz. Você faz isso com seus olhos.

Eu sempre achei, mesmo quando elas me desprezavam, que Euríale era a mais gentil entre nós. Saber sobre seu poder não mudou isso. Era apenas mais uma parte dela.

— E Esteno? — perguntei com cautela.

— Não tenho nada — Esteno disse sem emoção. — Só você e ela.

Equidna se curvou para a frente, cabeça inclinada. Ela observou Esteno por um longo momento, longo o suficiente para eu estender a mão e tocar no braço dela, uma pergunta silenciosa. Dispensando-me com um aceno, ela voltou a endireitar o corpo.

— Nós temos nossas diferenças, mas ainda somos as Górgonas — Esteno continuou. — E, agora que você se tornou alguém digna de uma lenda, ouso dizer que vai desafiar tudo o que nossa mãe e nosso pai pensaram sobre você. Você será lembrada.

Equidna finalmente se expressou:

— Embora eu seja totalmente a favor de vocês três chegarem a um acordo, parece que só vieram atrás de Medusa agora por causa da segunda profecia. Vocês podem ser irmãs, mas as Górgonas estão fadadas a ter um legado graças a Medusa. Vocês só vieram até aqui para ficar na sombra dela?

— Não — Euríale e Esteno responderam juntas.

— Então por quê? — perguntei de novo. O poder de Euríale não vinha com uma marca visível como o meu. Ela podia tê-lo mantido escondido de todos, exceto de Esteno, e ninguém a teria chamado de monstro.

— É que… — Euríale disse, mexendo em alguma coisa no colo enquanto pensava nas palavras. Vi algo branco, como uma concha. — É que agora todo mundo sabe quem você é, Medusa, tanto os mortais quanto os imortais, e eles têm essas opiniões sobre você baseadas em histórias que passaram de um para o outro. E eu sei que não te vemos há anos, mas essas histórias, pelo menos a maior parte delas, não têm nada a ver com você. Me lembro de quando éramos meninas. Nós não… bem, nós te tratávamos muito mal, para ser sincera. — Eu ri quando Esteno fez um barulho de discordância e Euríale deu um tapa no braço dela. — Silêncio, Esteno, você sabe que é verdade. Você mesma admitiu, lembra? Nós te tratávamos de um modo terrível, Medusa, mesmo você sendo nossa irmã, mas, quando precisamos de você, você sempre esteve presente. Você nos protegia, apesar de sermos horríveis com você. Então eu não acredito nessas histórias que te pintam como uma espécie de monstro terrível que ataca sem motivo. Nós não acreditamos nelas.

Ela fez uma pausa e depois cutucou Esteno com o cotovelo. Minha irmã se encolheu e franziu a testa, mas concordou.

— Nós não acreditamos nelas.

— Vocês não acham que eu sou um monstro? — perguntei. Equidna se mexeu ao meu lado, mas levantei a mão para que ela ficasse quieta.

— Nós achamos que, o que quer que você tenha feito, fez para se proteger — Esteno disse com firmeza. — Achamos que era hora de te falar que nem todo mundo está contra você. Achamos que qualquer tipo de lenda que você se torne em nossa história... — Ela inclinou a cabeça para cima, ainda de olhos fechados, mas pude imaginar o brilho aguçado neles da mesma forma. — Queremos estar do lado certo dela. Do seu lado.

Minhas cobras, que sibilaram todas as vezes que Esteno havia falado até então, ficaram em silêncio enquanto encaravam minha irmã. Uma delas balançou a língua para ela, vendo se sentia algum gosto de mentira.

— Nós não achamos que você é o monstro que os mortais estão pintando — Euríale disse com suavidade.

Senti meus olhos arderem, e não foi por causa do meu poder. Minhas irmãs e eu havíamos nos separado havia um longo tempo, e elas podiam facilmente ter acreditado em qualquer uma das histórias que ouviram sobre mim, mas ainda assim escolheram me procurar e ignorar a palavra dos mortais. Talvez porque fossem imortais que desconfiavam dos mortais inerentemente — mas elas tinham vindo apesar da palavra de uma deusa também.

— Já aceitei que os outros vão pensar em mim como um monstro — disse a elas. — E também já aceitei que sou monstruosa por causa de minhas ações, mas pretendo aceitar esse título e não o deixar me destruir. Estou bem com a ideia de ser monstruosa — falei, e era verdade. — Deixe que os outros me temam pelo que fiz, porque aqueles que me temerem por eu me proteger e proteger os que eu amo merecem carregar esse terror no coração.

— A história não vai lembrar de você assim — Esteno me disse.

— Está tudo bem. Vocês me mostraram que existem aqueles que vão enxergar além da lenda, além das histórias dos homens mortais, para ver quem eu realmente sou — disse. — Tanto vocês quanto Equidna provaram que minha monstruosidade não é algo que vai colocar todo mundo contra mim. Vocês me enxergam.

Euríale sorriu, ainda de olhos fechados, e disse:

— Bem, mais ou menos.

— Certo — concordei devagar.

Tomei uma decisão e me levantei. As três mulheres se assustaram com meu movimento repentino, mas todas afastaram os olhos de mim. Dei a volta na mesa, e então me lembrei da cobra de madeira que ainda estava segurando e me virei com cuidado para desenrolar os dedos e colocá-la na mesa ao lado da tecelagem de Equidna. A madeira fez um estalo suave quando a coloquei sobre a mesa. Segui na direção da floresta, dizendo por sobre o ombro:

— Vocês podem abrir os olhos. Quero que me sigam.

Houve um leve som de atrito da cauda de Equidna no chão quando ela fez o que pedi, embora desse para notar que minhas irmãs demoraram mais para se levantar. Esteno disse algo rápido em voz baixa para Euríale. Euríale respondeu:

— É claro que ela não faria isso. Não seja má.

— Não vou te petrificar agora, Esteno — eu disse claramente, olhando para as árvores, mas sabendo que minhas irmãs podiam escutar. — Quero mostrar a vocês a mesma confiança que me mostraram.

Outro atrito, o longo banco sendo afastado da mesa, e alguns passos rápidos atrás de Equidna. Continuei em frente, e as três mulheres me seguiram.

Havia um pequeno lago de água fresca na ilha. Cérbero tinha me mostrado uma vez, durante uma de nossas longas caminhadas, embora ele tivesse corrido na direção dele e pulado lá dentro com grande furor quando chegamos perto o suficiente. Levei Equidna e minhas gêmeas até lá. Equidna devia saber para onde eu estava indo, mas não disse nada.

Uma brisa leve balançou as folhas das árvores, levantando algumas delas das pontas finas dos galhos. As folhas flutuaram até o chão, aumentando o carpete de folhagens.

O laguinho estava calmo quando finalmente chegamos até ele, e eu me certifiquei de passar por ele a certa distância para evitar meu reflexo.

— Cheguem até a beirada — falei — e olhem para a água, por favor. — Mantive os olhos abaixados para o chão da floresta enquanto ia para o lado oposto do lago, de frente para elas.

— O que é isso? — perguntou Esteno.

— É um lago — Equidna disse de maneira seca. — Com certeza você já viu um antes, Esteno. — Ela já estava na beirada da água.

Euríale riu ao chegar ao lado de Equidna. Esteno murmurou algo baixinho e se aproximou.

— Descobri — expliquei — que posso olhar para os outros enquanto eles olham para mim pelo reflexo de uma superfície, sem machucá-los. Havia alguém em quem eu confiava, e vi o reflexo dela por acaso, mas ela não se transformou em pedra. — Queria que elas entendessem que eu não desejava machucá-las.

— Ela viu seus olhos? — Equidna perguntou.

Fiz que sim com a cabeça, e depois respondi quando me dei conta de que ela ainda não conseguia me ver.

— Ela me disse quer eram verdes.

Esteno finalmente foi até a beirada do lago.

Dei um passo cauteloso para a frente, ainda com os olhos abaixados. Uma folha caiu na superfície da água parada e as pequenas ondas causadas por ela estragaram o efeito plano.

— Por favor, olhem apenas para a água. É a única forma que conheço de neutralizar meu poder — alertei-as.

Euríale disse de forma tranquilizadora:

— Certo, Medusa. Confiamos em você.

Equidna concordou:

— É óbvio.

Esteno disse:

— Mostre para nós.

Cheguei na borda do lago e levantei os olhos, pulando meu próprio reflexo, para ver as imagens das três mulheres diante de mim viradas de cabeça para baixo. As leves ondas da folha desapareceram lentamente, e a superfície lisa do lago retornou.

Os rostos delas estavam levemente distorcidos no reflexo da água, embora ainda pudesse ver suas expressões ao olharem em meus olhos pela primeira vez. Olhei para a imagem de Equidna primeiro, pois estava esperando havia mais tempo para encontrar seu olhar, desde que tinha chegado à ilha. Mas havia ficado com muito medo de testar os reflexos novamente depois de Naidah. Foi a confiança de Esteno e Euríale em mim que me convenceu a compartilhar isso com elas, de confiar a elas esse único ponto fraco de meu poder.

Equidna estava sorrindo para mim. Achei que talvez seus olhos estivessem úmidos com lágrimas, mas era difícil ter certeza devido ao reflexo duplo.

— Olá, pequena rainha — ela disse.

Retribuí o sorriso, e minhas cobras se enrolaram preguiçosamente ao redor de meu rosto, alternando a atenção entre as três mulheres e suas duplicatas na água.

Olhei para Euríale em seguida. Seus olhos estavam arregalados como pires, e ela estava com as mãos entrelaçadas diante do peito.

Ela disse:

— Seus olhos combinam com as cobras!

— Foi o que me disseram. — Ri enquanto minhas cobras se agitavam de alegria. Elas gostavam do fato de combinarmos.

Os olhos de Esteno eram duas fendas enquanto espiavam meu reflexo. Esperei ela olhar para o meu rosto. Ela abriu os olhos pouco a pouco, até ser capaz de olhar para mim por inteiro, e então cruzou os braços.

Ela perguntou:

— Por que isso não funciona desse jeito?

— Não sei direito — respondi, alternando o olhar entre as três. — Descobri por acaso. Não soube ao certo se aconteceu porque eu desejei que acontecesse ou se foi devido a uma brecha que eu não sabia que existia nesse poder. Não posso... — Eu nunca tinha contado a ninguém que as cobras falavam comigo, que elas me alertaram para não olhar para o meu próprio reflexo, e quis guardar o conselho para mim. — Eu apenas sei que não posso olhar para o meu reflexo. Se eu fizer isso, meu poder vai se voltar contra mim.

— Quer dizer que, se olhar para si mesma, vai ser transformada em pedra? — Euríale perguntou, chocada.

Confirmei com a cabeça.

— Não há mesmo como controlar esse poder, então — Equidna disse.

Embora não parecesse surpresa, dava para ver que ela, como um dia aconteceu comigo, esperava que houvesse uma forma de eu controlar completamente esse poder. Mas a verdade não era tão gentil como a esperança.

Descobri que a falta de controle não me assustava mais, no entanto. Contanto que eu conhecesse a verdade de meu poder, como conhecia a verdade de minha monstruosidade, não o deixaria me dominar. Dessa forma, eu tinha controle sobre o poder dentro de mim.

— Está tudo bem — disse a elas. Olhei nos olhos de cada uma. — Eu cheguei até aqui. E fui capaz de ver vocês todas novamente, apesar do que aconteceu comigo. Seria merecedora de pena apenas se deixasse a maldição me obrigar a me esconder por medo.

— Não foi isso o que você veio fazer aqui, neste pedacinho de terra? — Esteno perguntou. Euríale a cutucou com o cotovelo novamente, mas minha irmã só ficou olhando para nossos reflexos cruzados.

— Talvez no início — admiti. — Mas não estava com vergonha do que esse poder poderia fazer ou do que eu poderia fazer com ele. Vocês conhecem a profecia. — Minhas irmãs fizeram que sim com a cabeça. — Eu pensei no quanto seria capaz de esticar a linha do tempo de meu destino aqui com Equidna. Pensei, Perseu não passa de um mortal, já eu não sou mais mortal. Pensei, talvez ele morra antes de ter a chance de me encontrar. Pensei, até onde posso testar o destino?

Ergui uma das mãos e deixei as cobras se entrelaçarem nos meus dedos, circulando meu pulso como braceletes grossos.

— E vocês trouxeram a resposta para mim, Esteno, Euríale. As Moiras não vão me conceder mais tempo. Então, minhas opções são estas — falei. — Ou fujo agora e vivo o resto de meus dias com medo do fim que me foi prometido, com medo da felicidade, ou vou com vocês e procuro a felicidade eu mesma, e saúdo minha morte de frente. Acredito que só há uma forma de eu ter controle. — Minhas cobras me apertaram mais, imperceptivelmente, mas enrolei os dedos em volta delas em troca. — Vou com vocês, irmãs. Quero ser feliz. Vamos encontrar nosso novo lar juntas.

Antes de minhas irmãs e eu deixarmos a ilha, Equidna e eu levamos Esteno e Euríale de volta para a clareira para conhecer Cérbero. Minhas irmãs obviamente não sabiam o que esperar quando Equidna lhes disse que elas deveriam conhecer seu filho, assim como havia acontecido comigo quando cheguei, e eu sorri para mim mesma ao liderar o caminho de volta para a clareira.

Assim que passamos pelas árvores e entramos no gramado, Equidna assobiou.

O estrondo e a pancada reveladores de Cérbero acordando ecoaram pela abertura da caverna, e Euríale deu um salto. Esteno observava a caverna com cautela, mas sua mão estava firme no braço de Euríale.

Depois de mais alguns momentos de Cérbero se chocando contra a mobília esparsa de Equidna em seu atordoamento sonolento, deu para ouvir seus passos pesados chegando à entrada da caverna. Sorri quando ele saiu tropeçando para a clareira com uma sinfonia de latidos para saudar as estranhas em sua porta.

O ruído incrédulo de Esteno foi coberto por Euríale gritando:

— Um cachorrinho!

Cérbero virou as três cabeças na direção de minhas irmãs e saltitou até elas. Euríale se ajoelhou para cumprimentá-lo, mas Esteno apenas ficou olhando para ele, ombros tensos e mãos entrelaçadas diante do peito. Cérbero não pareceu notá-la, preocupado demais em tentar fazer suas três línguas lamberem uma parte do rosto de Euríale, ou os braços, ou o pescoço, tudo de uma vez. Ela riu da animação dele.

— Ah, Equidna — ela disse. — Ele é lindo!

— É mesmo — Equidna concordou. Ela deu uma olhada para Esteno, mas não falou nada enquanto passava por minhas gêmeas para se sentar à mesa mais uma vez.

— Qual é o nome dele? — Esteno perguntou.

— Cérbero — respondi.

O canto da boca de Esteno se contorceu, e ela olhou para o cão de três cabeças com um olhar aguçado. Parecia estar procurando alguma coisa.

— Cérbero — ela repetiu devagar: — Mas ele não tem nenhuma mancha? — disse em tom quase acusatório.

Equidna, que tinha pegado a tecelagem na qual trabalhava antes de minhas irmãs chegarem, levantou os olhos da mesa. Encarou Esteno. Então, sem aviso, jogou a cabeça para trás e começou a gargalhar.

Pisquei, alternando o olhar entre Esteno, Equidna e Cérbero, que tinha virado uma cabeça para latir carinhosamente para sua mãe enquanto ela ria. Em nossa língua, o nome de Cérbero era muito próximo à palavra *kerberos*, que significa "manchado". Esteno tinha razão, no entanto, pois o pelo denso de Cérbero era de um marrom-escuro da ponta de suas seis orelhas até as patas.

A gargalhada de Equidna cessou, embora ainda estivesse rindo baixinho quando disse:

— Estava mesmo me perguntando quando o nome dele voltaria para me assombrar. Ele nasceu com manchas no meio do corpo, mas elas desapareceram depois de mais ou menos um mês.

— Quantos anos ele tem agora? — perguntou Esteno.

— Vai fazer seis meses na próxima lua cheia — respondeu Equidna.

— Esse cachorro só tem *seis meses*?

Pude entender a confusão de Esteno, já que o alto das cabeças de Cérbero já tocava em meus quadris. Cérbero agia como um filhote, tropeçando nas patas que eram grandes demais para ele e pulando sobre qualquer cheiro ou som novo, mas já era do tamanho de muitos cachorros adultos. Se a largura de suas patas servia de indicação, Cérbero facilmente me passaria em altura quando tivesse um ano de idade.

— De que tamanho você acha que ele vai ficar? — Euríale perguntou com a voz repleta de admiração enquanto coçava o queixo do meio de Cérbero e as outras duas cabeças tentavam se enfiar no caminho para roubar a atenção. Euríale levantou a outra mão para acalmar uma delas. A cabeça que foi deixada de fora mordiscou as orelhas da cabeça do meio.

— Não faço ideia — respondeu Equidna. — Acho que isso depende dele.

— Ele gosta de ser cão de guarda — falei. Mantive os olhos sobre o rabo de Cérbero, que batia no chão. — Se depender dele, aposto que vai crescer até ficar do tamanho dessas árvores à nossa volta.

Apesar do que eu havia acabado de dizer, Cérbero virou de barriga para cima para deixar Euríale acariciá-lo, parecendo o oposto de um temível cão de guarda. Suas três línguas estavam para fora das bocas enquanto ela o agradava. Ele ficou meio louco de felicidade quando ela encontrou o lugar certo em sua barriga, e sua perna de trás começou a se agitar incontrolavelmente.

— Cão de guarda — Esteno repetiu sem emoção.

— Cão de guarda — Equidna ecoou. — Bem, acho que ele seria bom nisso. Seria difícil passar por todos esses olhos.

— Ele já está praticando — eu disse a ela.

— Quem vai ser o melhor cão de guarda? — Euríale disse. — Quem vai ser um bom menino? Você!

Cérbero balançou o corpo de felicidade.

— O que ele protegeria? — Esteno perguntou sobre o barulho do rabo de Cérbero batendo na grama.

— Alguma coisa importante, tenho certeza — respondi. — Mas, por enquanto, acho que ele está feliz em proteger a casa.

Cérbero continuava de barriga para cima enquanto Euríale coçava sua barriga de cima a baixo, procurando lugares que faziam sua perna se agitar. Quando ela finalmente parou, ele permaneceu na posição por um momento, esperando para ver se ela voltaria. Depois se virou e saltitou na direção de Equidna.

Equidna se abaixou para segurar o queixo da cabeça do meio entre as mãos. Ele lambeu o nariz dela.

— Bem — ela disse; e, mesmo olhando para o filho, ela estava falando comigo —, se vocês vão embora logo, é melhor fazermos um bom jantar de despedida.

Sorri um pouco melancólica.

— Já que você quer.

Equidna beijou cada uma das cabeças de Cérbero entre as orelhas e levantou-se da mesa. Ela começou a juntar ingredientes de seu estoque perto da caverna e pediu que Euríale e Esteno a ajudassem a preparar a sopa. Minhas irmãs foram, um pouco apreensivas. Fiquei me perguntando quando tinha sido a última vez que elas haviam comido alguma coisa. Sabia que nunca tinham cozinhado nada no tempo que passamos juntas, embora esperasse que essa não fosse a primeira tentativa delas.

Equidna não parecia se importar ou não notava os movimentos lentos delas enquanto copiavam tudo o que ela fazia, espiando sobre o ombro uma da outra.

Quando minhas irmãs estavam olhando atentamente para a grande panela que Equidna tinha colocado no fogo, trocando de lugar para ver quem mexeria o ensopado com a grande colher, Equidna foi até a mesa onde eu estava sentada coçando atrás da orelha de Cérbero. Ela colocou uma tigela na minha frente e apontou para ela.

— Misture isso.

Eu misturei. A tigela tinha uma massa leve, de cheiro doce, que começou a engrossar conforme eu a misturava com a colher. Equidna verificava a massa de vez em quando e, quando viu que tinha chegado à consistência que queria, ela me trouxe uma frigideira e me disse para medir porções iguais, do tamanho de meu punho. Também me deu um pouco de farinha para polvilhar nas mãos.

A massa estava grudenta e difícil de trabalhar, mas consegui colocar seis porções do tamanho de um punho na frigideira e deixei Cérbero lamber os resíduos de meus dedos.

— Medusa — Equidna disse em voz baixa quando voltou à mesa. — Sinto que devo perguntar, já que você não vai. Por que esta não pode ser a ilha em que você encontra sua felicidade?

Fiquei encarando o restante de farinha e massa grudado teimosamente em minhas mãos, rolando-o entre os dedos para que esfarelasse.

— Acho — eu disse — que poderia ser muito feliz aqui. Com você. Mas isso significaria que Perseu viria até aqui, até sua casa, me procurar. E não seria capaz de viver comigo mesma, nesta vida ou na próxima, se ele machucasse você ou Cérbero para chegar até mim. Talvez essa preocupação — expliquei — seja o motivo de eu nunca ficar completamente satisfeita. Preciso ter certeza de que você continuará vivendo em paz. Preciso saber que pelo menos uma vida não foi arruinada por minha causa.

Equidna colocou a mão sobre meu braço, apertando-o de leve.

— Certo — ela disse. — Eu queria que pudesse ser diferente, mas tudo bem. Apenas saiba — e ela apertou meu braço com mais força — que minha vida é melhor porque você está nela. Tudo o que você é, toda a sua monstruosidade, só me fez te amar mais.

Cobri a mão dela com a minha, espalhando farinha em sua pele ao apertá-la.

— Obrigada.

Equidna me soltou depois de um momento e levou a frigideira com a massa que eu estava trabalhando para o fogo, onde começou a colocar a massa na pedra plana que costumava usar para assar pães finos. Cérbero, sentindo o humor melancólico que tomara conta de mim, colocou a cabeça em meu colo. Acariciei atrás de suas orelhas.

Enquanto os pães assavam devagar, pois havia apenas brasa ardendo sob a pedra plana de cozinhar, Equidna serviu grandes tigelas de ensopado para mim, minhas irmãs e Cérbero. Comi sem pressa, como sempre fazia, observando enquanto minhas irmãs tomavam goles pequenos do caldo. Os olhos de Euríale se arregalaram depois da primeira colherada, e ela rapidamente passou a pegar porções maiores do ensopado. Esteno comia como eu.

Com o sol se pondo muito mais cedo a esta época do ano, estávamos jantando no início da noite. A clareira ainda estava iluminada com a luz fraca do sol. A copa das árvores tremia com a brisa do mar, e eu pensei em como seria difícil deixar aquele lugar.

Então Euríale perguntou se o gosto da comida sempre foi tão bom, e Esteno disse que certamente não. Euríale se virou para mim, olhos focados em algum lugar perto de minha clavícula, para perguntar de que tipo de comida eu gostava.

— Na verdade, eu não preciso mais comer como vocês duas — falei —, mas a comida de Equidna com certeza é a melhor que já comi.

Depois que terminamos o ensopado, Cérbero lambeu todas as nossas tigelas até ficarem limpas. Equidna tirou os bolos da brasa, os colocou de volta na bandeja enfarinhada e os levou à mesa com uma garrafa fechada e uma panela pequena. Cérbero perseguiu o rabo dela o caminho todo, do fogo à mesa.

— Não — ela riu, segurando a bandeja no alto para que Cérbero não a virasse —, ainda não, você já sabe. Ainda não estão prontos.

Ela colocou a bandeja no meio da mesa e tirou a rolha da garrafa. O cheiro doce de mel se espalhou, e minhas cobras balançaram as línguas no ar de maneira apreciativa. Equidna sorriu para elas ao derramar quantidades generosas de mel dourado sobre cada bolo, até escorrer pelas laterais. Então pegou a panela e salpicou um farelo doce e açucarado sobre todos eles.

— Pronto — Equidna disse com um sorriso satisfeito, abaixando a panela. — Bolos de mel. São os preferidos de Cérbero.

Cérbero estava com os três focinhos farejando a beirada da mesa. Antes que ele pudesse pular e pegar todos os bolos da bandeja, peguei um e o dividi em três partes. Cérbero seguiu o cheiro do bolo quente e do mel, e eu ria enquanto jogava um pedaço em cada uma de suas bocas. Ele babou no chão enquanto os abocanhava.

Esteno fez um barulho de repulsa, mas Euríale o abafou com outro grito de alegria.

Peguei outro bolo para mim, com os dedos já grudentos de mel e sujos com a cobertura esfarelenta. Era doce e ainda morno em minha língua. Euríale fez outro barulho quando mordeu o dela e tentou dizer "está tão bom" com a boca ainda cheia, o que fez as palavras saíram parecidas com uma confusão abafada.

— Obrigada — Equidna disse, compreendendo o que ela quis dizer.

Esteno também pareceu gostar do bolo, já que comeu pedaços maiores até do que tinha comido do ensopado, e seu bolo desapareceu mais ou menos ao mesmo tempo que o de todo mundo. Deixei Cérbero lamber minhas mãos quando terminei. Quando já tinha lambido todas as gotas de mel de meus dedos, começou a farejar ao redor da mesa novamente. Equidna rapidamente levantou a bandeja e estalou a língua para ele.

— Não! Chega, não quero que você fique doente — ela disse ao levar os bolos embora e os transferir para uma cesta coberta. — Você comeria até passar mal, se pudesse.

Cérbero foi atrás enquanto ela guardava os bolos, com o rabo abaixado, mas as orelhas ainda levantadas na esperança de conseguir pelo menos mais um. Equidna não caiu na conversa dele.

Mais tarde, minhas gêmeas, Equidna e eu nos sentamos esparramadas na grama perto das árvores. Deitei-me de barriga para cima, olhando para as estrelas que brilhavam no céu que escurecia. Equidna ensinava a Euríale como trançar uma cesta simples. E Esteno sentou-se com as pernas debaixo do corpo, alternando o olhar entre as mãos de Equidna e Euríale e a floresta ao redor.

— Não tem ninguém lá — eu disse em voz baixa quando a vi olhando para as árvores de novo.

Ela ficou rígida e disse:

— Eu sei disso.

— Então o que está procurando?

— Não estou procurando nada — ela disse, mesmo que seus olhos tivessem voltado rapidamente para a floresta. Fiquei em silêncio e ela suspirou alto. — Você não está nem um pouco preocupada com a possibilidade de ter alguém ali? Ou pelo menos preocupada com o que pode acontecer com você?

Enterrei os dedos na grama. Fiquei me perguntando se Esteno estava preocupada com sua segurança em proximidade a mim, mas ela e Euríale disseram que haviam ouvido falar que os mortais me temiam e sabiam que aquele medo poderia se transformar em violência. E ainda assim tinham vindo. A preocupação de Esteno era por meu bem-estar.

Eu disse:

— O que quer que esteja esperando por mim, sei que não vai chegar até aqui. Não adianta se preocupar.

Ainda deitada de barriga para cima, soltei a grama e deslizei a mão pelo chão, com a palma para cima. Deixei-a a alguns centímetros de distância do pé de Esteno. Ela demorou um tempo antes de colocar a mão sobre a minha.

— E quando formos embora daqui? — sussurrou.

Entrelacei meus dedos nos dela e segurei com força até ela apertar de volta.

— Então vamos encarar o que o futuro colocar em nosso caminho de cabeça erguida, e com os olhos abertos.

AS GREIAS

As Greias não recebiam visitantes com frequência. Quando eram mais jovens, elas viajavam pelo país revelando profecias para desafortunados. Devido à natureza negativa e sinistra das profecias que as Greias eram capazes de produzir, a lenda das três irmãs havia se espalhado e a maioria dos mortais temia receber qualquer sorte que viesse delas. Quando começaram a ocupar a caverna escura nos confins dos penhascos de Delfos, no entanto, as Greias viam cada vez menos mortais.

Isso não as incomodava muito, já que não gostavam de mortais. Entretanto, as profecias não cessaram, e a mente das três irmãs estava entulhada com todas as sortes não contadas que seu olho abençoado pelos deuses revelava.

— Em um dia em que o sol tocar a lua — Pênfredo murmura para as irmãs —, ele vai quebrar a perna nas rochas do norte.

— Quem? — perguntou Ênio.

— Um garoto — respondeu Dino.

— Que garoto?

Pênfredo cobriu o olho com a mão enrugada.

— Não sei.

Dino disse:

— Quem se importa?

— O garoto vai se importar — Ênio disse.

— Olá? — gritou uma voz masculina da boca da caverna.

As Greias ficaram tensas agachadas ao redor do fogo baixo. Pênfredo descobriu o olho e tirou o dente da boca de Ênio. Sua irmã resmungou com as gengivas para ela, mas depois ficou em silêncio ao ouvir o som de passos.

— Quem se aproxima das três irmãs Greias? — Pênfredo perguntou.

— Meu nome é Perseu.

Um garoto, ainda a alguns meses de se tornar um homem, entrou na luz fraca do fogo em frente às Greias. Ele era belo, as Greias pensaram, da forma que um homem mortal só poderia ser se tivesse sangue divino nas veias. Seu rosto mostrava que ele sabia disso.

Então as Greias se lembraram.

— Um garoto — Pênfredo disse — que busca a cabeça de um monstro.

— Sim — confirmou Perseu.

— Como nos encontrou? — Pênfredo perguntou, suas irmãs sussurrando uma para a outra com relutância.

O garoto olhou para elas sobre o fogo, e seu lábio se curvou quando viu sua pele cinzenta, seus cabelos finos e irregulares e suas cinco órbitas oculares pretas e vazias.

— Uma velha me disse — ele afirmou. — Ela me mostrou o caminho.

— Velha — Pênfredo repetiu. — Que velha? Nenhuma mulher aqui seria capaz de passar pela parede.

— Eu não perguntei o nome dela. Ela carregava um cajado de madeira. Era cega.

Uma mulher cega com um cajado, as Greias pensaram, deveria ser a última pessoa a saber onde ficava a caverna.

— Ela me disse que vocês poderiam me dizer onde encontrar o monstro que procuro.

As Greias se lembraram de uma profecia que as havia atingido como uma onda forte. O monstro as havia procurado. Isso era incomum para as três irmãs, mais ainda porque ele já tinha recebido uma profecia delas na juventude, e depois outra. Mas quando foi até as Greias procurar sua profecia, o ser estava muito diferente da garota que elas tinham tratado com desdém na infância.

— Podemos saber a informação que você procura — Pênfredo murmurou, depois tocou a pele sob o olho com os dedos.

As Greias ouviram o grito da Medusa quando ela fugiu da caverna no dia em que recebeu a segunda profecia. Tinha sido o grito de uma mulher quebrada até as raízes e arrancada do solo, o grito de alguém que não tinha onde se segurar. As Greias haviam se encolhido quando o som ecoou pela caverna. Elas não se sentiram culpadas pelo que contaram a Medusa sobre seu futuro. Ela tinha perguntado, afinal. Mas aquele grito assombrou os ouvidos das Greias por vários dias.

Elas haviam se perguntado o que tinha acontecido com Medusa depois daquilo. Certamente, alguém capaz de soltar um grito como aquele não encontraria a felicidade tão rapidamente.

Agora, as Greias se perguntavam quão perto do final de sua segunda profecia Medusa tinha chegado. Medusa havia encontrado a felicidade? Era por isso que o garoto finalmente a procurava?

As Greias pensaram: *Será que podíamos lhe dar mais tempo?*

Perseu não era paciente.

— Me deem as respostas que procuro — ele exigiu.

Pênfredo perguntou:

— Por quê?

Calmo como um leão durante uma caçada, Perseu saltou sobre o fogo, segurou a orelha de Pênfredo e afundou os dedos em sua órbita. Ele arrancou o olho e o segurou no alto, sobre a cabeça.

— Me digam! — gritou para elas.

As Greias gritaram. Pênfredo reclamava e se debatia nas mãos de Perseu, mas ele era mais forte que ela.

— Devolva! Devolva! — as Greias gritavam.

Perseu esticou o braço, segurando o olho mais alto e começando a apertá-lo. Ele disse:

— Não até vocês me dizerem onde encontrar a fazedora de pedras! O monstro com cabelos de cobra! Me digam onde encontrar a Górgona Medusa!

Dino cambaleou até Pênfredo e arrancou o dente de sua boca. Ela o enfiou em suas próprias gengivas podres.

— Vá para o mar — ela gritou. — Vá para o sul, passe pelas águas onde aquele encontro acidental deixou seus homens petrificados. Você vai encontrá-la com as irmãs em uma ilha que não tem árvores.

Perseu encarou Dino por um momento, ainda apertando com força a orelha de Pênfredo. Então acenou com a cabeça e soltou Pênfredo, que caiu no chão e cambaleou para trás, para longe de Perseu e da luz do fogo.

— Me deem algo para matar o monstro — Perseu exigiu.

Dino sibilou, mas arrastou os pés pelas sombras atrás das irmãs e tirou quatro objetos. O primeiro era um par de sandálias com penas brancas presas às laterais, que se agitavam suavemente quando eram levantadas.

— As sandálias aladas de Hermes — Dino explicou.

O segundo objeto era um capacete dourado, com painéis que cobriam apenas o alto da cabeça e os olhos.

— O elmo da invisibilidade de Hades.

O terceiro objeto era uma espada. Era bem curta e curvada, como uma foice, e vinha em uma bainha de couro desgastado. Dino amarrou o quarto objeto nela, um saco de lona escura.

— Uma espada para decapitá-la — Dino disse —, e um saco para guardar a cabeça.

Depois de observar todos os objetos, Perseu abaixou o olho das Greias e olhou para ele, fazendo outra curva de repulsa se formar em sua bela boca. Ele soltou o olho na frente das irmãs. Dino ouviu o leve barulho do olho batendo no chão e correu para passar as mãos pelo chão até seus dedos encostarem nele. Ela o pegou e o segurou de maneira protetiva diante do peito magro. Perseu reuniu suas novas posses, colocando o elmo na cabeça por um instante para ver o corpo desaparecer antes de amarrá-lo no cinto junto com a espada e o saco. Ele segurou as sandálias com uma das mãos.

— Vá embora agora, garoto — Dino disse com a voz áspera.

Perseu deu meia-volta e saiu andando com os ombros retos. Limpou na calça os dedos que tinham segurado o olho.

— Bah — Pênfredo bufou das sombras.

Quando os passos dele desapareceram, Ênio disse para as irmãs:

— Eles estão ficando piores.

— Semideuses? — Dino perguntou.

— Homens.

Elas voltaram a se acomodar ao redor do fogo, ombros atrofiados reunidos. Pênfredo esfregou os dedos finos sobre a boca.

— Odeio vê-lo ter sucesso — ela disse.

— Mais do que gostaríamos de ver Medusa cair? — Ênio perguntou.

Pela primeira vez, as Greias pensaram na possibilidade de uma de suas profecias não se concretizar como haviam previsto. Durante todos os seus séculos, as irmãs consideraram suas profecias como algo gravado em pedra. Elas não viam os acontecimentos em termos de bem contra o mal, herói contra monstro. Eram apenas resultados.

Pela primeira vez, as Greias consideraram a chance de o destino estar errado. Mas talvez "errado" fosse decisivo demais — o destino poderia ter sido enganado? As Greias tinham visto os deuses intervirem na vida de mortais, tanto daqueles que eles favoreciam quanto daqueles que odiavam. Aquela profecia estava sobrecarregada com o toque de uma deusa, como uma espada de punho dourado, desequilibrando a balança um pouco demais para ser exata.

Pela primeira vez, as Greias se perguntaram se a profecia que tinham colocado aos pés de Medusa teria mais de um resultado. Elas não queriam ver o garoto-herói triunfar. Mas queriam ver Medusa prevalecer sobre este garoto, os deuses e até mesmo o próprio destino? Dentre todos os seres que receberam profecias das Greias, por que a irmã delas, que tinha sido tão desinteressante quando criança, estava na posição de subverter tudo em que as Greias acreditavam?

Dino ergueu as mãos finas sobre o fogo.

— Nossa participação nisso terminou — concluiu.

— Mas a marca continua — Pênfredo acrescentou.

Ênio falou por todas elas:

— Enviamos a morte para a porta da Górgona fazedora de pedras. Ela sabe o que está por vir. Apenas ela tem o poder de atender a porta ou tornar-se a própria morte.

TRÊS IRMÃS

Minhas irmãs viajaram até a ilha de Equidna em um barco que tinha quatro vezes o tamanho da jangada que eu usei para atravessar o oceano e era feito de uma madeira leve, que refletia na superfície clara do mar. O dia de nossa partida da ilha de Equidna estava amanhecendo lentamente, com o sol da manhã esquentando aos poucos sobre o horizonte do mar.

— Nossa mãe o fez para nós — Euríale disse quando me viu analisando o barco.

Pisquei, surpresa, e examinei o barco novamente. Tinha deixado passar a carranca na proa, que era um dos peixes de dentes afiados de que nossa mãe gostava, e quando me lembrei do estilo delicado e elaborado da carruagem subaquática de Ceto, vi cada vez mais desses elementos no design do barco. O barco estava levemente inclinado para o lado, as velas e o cordame soltos no mastro.

— Ela perguntou aonde vocês iam com ele? — questionei, perguntando-me há quanto tempo minhas irmãs tinham falado com nossa mãe. Eu não tinha notícias dela desde menina. Desde que era mortal.

Esteno disse:

— Não. Apenas dissemos que precisávamos de uma forma de atravessar o oceano.

Euríale fez um som de concordância. Ela estava com a barra do vestido erguida quase até os joelhos ao mergulhar os pés na água rasa. Esteno estava mais para cima, na areia seca ao meu lado. Euríale chutou as ondas e sorriu enquanto espalhava gotas de água e espuma em um pequeno arco sobre a maré vazante.

— Vocês sabem velejar? — perguntei.

— Na verdade, não — Euríale disse —, mas acho que nossa mãe deve ter feito algo no barco, pois só precisamos pensar em te encontrar e o barco meio que se conduziu sozinho. Provavelmente vai funcionar se pedirmos para ele encontrar um novo lar para nós também!

— Mas alguém precisa conduzir — Esteno explicou melhor. — Quando você segura o leme e pensa aonde precisa ir, sente a direção que o barco indica e tem que direcioná-lo para o caminho certo.

O senso de direção inato do barco parecia similar à capacidade de minhas cobras de me guiarem para onde eu queria ir.

Não é igual, a não voz disse, quase de maneira desdenhosa. *Nós temos mentes, usamos nossos sentidos. Não somos só um pedaço de madeira.*

Algumas das cobras balançaram as línguas de modo enfático, e eu soltei uma risada leve de divertimento.

— O que foi? — Esteno perguntou.

— Nada — respondi. — Só achei engraçado nossa mãe conseguir nos juntar de novo, depois de tanto tempo.

— Ah, sim — Euríale exclamou, tirando os olhos das ondas para alternar o olhar entre mim, Esteno e o barco. — Acho que nossa mãe é o motivo de estarmos juntas novamente. — Ela se virou para encarar o oceano e colocou uma das mãos sobre a boca, fazendo uma parte da barra do vestido cair na água, embora não parecesse notar, e gritou: — Obrigada, mãe!

— Eu te disse para parar de fazer isso — Esteno suspirou. — Ela não pode te ouvir.

— É claro que pode — Euríale disse com confiança, voltando a suspender a barra e se virando para subir até a areia. — Ela é nossa mãe. E faz parte do oceano como a própria água. Tudo o que o oceano ouve, ela escuta também.

Repassei rapidamente tudo que eu havia dito nos últimos anos perto do oceano, perguntando-me o que minha mãe podia ter ouvido. Nada muito grave me veio à mente.

O som de folhas esmagadas me fez virar e olhar para trás. Equidna apareceu entre as árvores, na borda da floresta, onde a terra dava lugar à areia, carregando uma pequena cesta trançada com a tampa bem fechada. Cérbero farejava a base de uma árvore alguns passos atrás dela. Equidna já tinha chegado ao meu lado quando ele se deu conta de que ela tinha saído, e ele rapidamente veio trotando, cabeças balançando.

Eu queria desesperadamente vê-lo crescer.

— Aqui está — Equidna disse, entregando-me a cesta.

Estava um pouco pesada para o tamanho, e a parte de baixo estava quente.

— Mais bolos de mel — Equidna explicou. — Tenho certeza de que Cérbero ia querer que você ficasse com eles.

Cérbero estava, na verdade, cheirando a cesta em minhas mãos com muito interesse e um pouco de baba escorrendo dos lábios de sua cabeça da esquerda.

— Sério? — eu disse com ceticismo. — Ele quer que eu fique com eles?

Equidna sorriu para o filho.

— Já que ele sabe que não pode comê-los, vai ficar feliz em saber que eles foram com você.

Agora eu sorri e disse:

— Obrigada por sua gentileza, Cérbero.

Cérbero abanou o rabo quando eu disse o nome dele. Fechei os olhos para poder me abaixar e dar um beijo no pelo curto e macio de suas testas. A cabeça da direita lambeu meu rosto. A cabeça da esquerda estava cheirando minhas cobras com curiosidade, o que as preocupou muito.

Boca grande, a não voz me disse com urgência, já que meus olhos estavam fechados, mas as cobras estavam com os olhos bem abertos, *dentes grandes*.

Eu as ignorei. Sabia que era mais fácil Cérbero pular no mar e deixar sua mãe para sempre do que me morder. Uma única cobra pareceu concordar comigo, e saiu do amontoado encolhido para balançar a língua sobre um dos focinhos de Cérbero. O gosto dele acalmou o restante das cobras, que reconheceram Equidna nele e portanto viram um pedaço de mim no cachorro de três cabeças.

— Comporte-se — eu disse a Cérbero. — Seja bonzinho com sua mãe.

— Improvável — Equidna murmurou de maneira afável. Ela colocou a mão em meu braço e me puxou para um abraço. Coloquei a mão livre em volta de seus ombros e apertei com força. Alguns de seus cachos dourados fizeram cócegas em meu nariz, e algumas de minhas cobras se enrolaram nas mechas, já que nossas cabeças estavam tão juntas, mas eu apenas afundei o nariz no ombro dela.

Tentei não pensar no fato de que esta seria a última vez que eu veria Equidna. O pensamento era perturbador demais e me fazia querer voltar para a floresta e me esconder para sempre na clareira de Equidna.

Mas então eu lembrei que, se não fosse embora, o destino planejado para mim viria até aqui e destruiria todos em seu caminho. Não poderia sujeitar Equidna a isso, nem Cérbero. Eles não mereciam suportar o destino que era meu. Convenci a mim mesma, depois de toda gentileza e compreensão que Equidna demonstrou comigo, de que essa era a melhor forma de retribuir o favor. Eles ficariam em segurança ali, juntos, quando eu fosse embora.

— Vou sentir sua falta, pequena rainha — Equidna disse com palavras abafadas junto ao meu ombro.

Fechei bem os olhos quando senti a ameaça quente das lágrimas.

— Obrigada — falei. — Por tudo.

Ela me abraçou com mais força por apenas um momento. Depois disse:

— Não fiz nada que você não merecesse.

— Mesmo assim — insisti —, obrigada.

Ela riu de leve, e eu sabia que, se a visse chorando, não conseguiria conter minhas lágrimas.

— De nada, então — Equidna cedeu.

Ficamos abraçadas mais alguns momentos. Eu estava relutante em me afastar. Equidna esperou eu soltá-la antes de se inclinar para trás.

Ela estendeu o braço e passou a ponta dos dedos sobre minhas sobrancelhas e pálpebras fechadas.

— Não deixe seu futuro ser tão terrível quanto os outros o fariam parecer — ela disse. — Você tem o poder de fazer o que desejar de sua vida.

— Vou fazer o que for preciso — respondi.

Ela segurou minha mão livre e colocou a ponta de meus dedos em sua testa, e eu imitei o que ela havia feito comigo, arrastando de leve a mão sobre suas pálpebras agora fechadas. Como tinha certeza de que ela não estava olhando, abri os olhos para dar uma última olhada em Equidna.

Ela sorria enquanto algumas lágrimas escorriam por sua face esquerda. Quis gravar na memória seu rosto gentil, seus cabelos selvagens, dourados e trêmulos na brisa, e seu sorriso.

— Adeus — eu disse a ela, e me afastei. Virei antes que ela pudesse abrir os olhos.

Euríale e Esteno tinham entrado no barco enquanto nos despedíamos, e Euríale acenou para Equidna e Cérbero quando subi a bordo.

Esteno estava no leme. Ela olhou para trás, para onde Equidna devia estar na praia, e acenou com a cabeça. Fiquei olhando diretamente para a frente, para o oceano diante de nós. Quando Esteno se virou, ela segurou o leme com as duas mãos e fechou os olhos. Dava para ver seus lábios se movendo sem som. Então, o barco deu uma pequena sacudidela quando a vela se desenrolou e o cordame rangeu sob a força do vento repentino. O casco raspava ruidosamente sobre a parte rasa e arenosa, mas logo ficamos livres e o barco começou a pegar velocidade. Estávamos indo para o sul, pelo que eu podia ver.

Quando já estávamos bem afastadas, fui até a amurada e olhei para trás. Dava para ver apenas a silhueta de Equidna e a silhueta menor de Cérbero sentado ao lado dela na areia. Levantei um braço para eles, segurando a cesta ainda quente de bolos de mel perto do peito. Equidna ergueu o braço em resposta, e mesmo não podendo distinguir o rosto uma da outra, achei que talvez nós tivéssemos lágrimas gêmeas escorrendo pelo rosto.

Velejamos por uma semana. Cada uma de nós assumia o leme por algumas horas todos os dias para que as outras pudessem descansar, embora eu não dormisse quando estava longe do leme. Passava a maior parte do tempo olhando para o horizonte. Quando o silêncio infinito era demais para suportar, perguntava o que Euríale e Esteno pensavam enquanto conduziam o barco.

— Um novo lar como o que tínhamos quando éramos meninas — Euríale disse alegremente.

— Um lugar seguro, sem mortais — Esteno disse. — Um lugar para onde qualquer mortal temeria ir.

— E você? — Euríale me perguntou quando peguei o leme dela.

Segurei dois pinos do leme e olhei para a extensão plana de mar diante de nós.

— Um lugar para ser feliz.

O barco parecia decidido a levar todos os nossos pedidos em consideração, fazendo pequenas correções no curso sempre que uma irmã trocava com a outra. Pensei que ele talvez nunca encontrasse um lugar que correspondesse aos desejos de nós três, então ficaríamos presas nele procurando uma terra que não existia até meu tempo se esgotar.

Quando o sol estava alto sobre o barco no sétimo dia de viagem, minhas cobras puxaram minha cabeça em uma direção.

Veja, a não voz disse com empolgação, *terra*.

Eu olhei. Havia uma pequena saliência na água plana, azul e clara distinta no horizonte.

Gritei para Esteno, que estava atrás do leme:

— Terra! A leste!

Enquanto Euríale corria para se debruçar na amurada ao meu lado, Esteno começou a girar o leme obedientemente e ajustou o curso de modo que fôssemos para a ilha. Euríale estava com os olhos semicerrados, protegendo-os do sol claro do meio-dia que refletia sobre a água.

— Parece meio plana — ela disse, e se debruçou mais sobre a amurada, como se isso fosse lhe dar uma visão melhor. — Tem certeza de que é uma ilha?

— Não — respondi. — Mas é a primeira coisa que vemos desde que deixamos a casa de Equidna.

Depois de uma semana no barco apenas com o oceano e minhas irmãs como companhia, eu precisava chegar a terra, onde não estaríamos uma em cima da outra o tempo todo. Sentia falta da solidão da floresta de Equidna. Mesmo que esse pedaço de chão não passasse de um lugar para descansar, estava ansiosa para chegar até ele.

Com o leve toque das mãos de Esteno, o barco e o vento resoluto nas velas nos levaram cada vez mais para perto da ilha. Conforme nos aproximávamos, a forma plana se dividia em elevações e vales irregulares. Comparada ao azul do céu e do mar ao seu redor, a terra se destacava nitidamente como um escudo de cobre brilhante.

Ainda estávamos a cerca de trinta metros de distância quando senti o barco deslizar por meio de uma cortina rígida de ar. Diferentemente das paredes invisíveis ao redor da caverna das Greias ou do lar de Equidna, que eram finas como um suspiro, essa barreira pareceu se estender por alguns momentos. Pude sentir meus pulmões se contraírem, protestando à pressão que recaía sobre nós. Mas então passamos. Olhei para trás, mas não havia nada para ver.

Quando estávamos perto o suficiente para distinguir a paisagem, no entanto, Esteno franziu a testa.

— Não tem árvores — constatou.

— Como era em nossa casa! — disse Euríale.

— Nossa casa tinha árvores — retrucou Esteno.

— Apenas árvores pequenas.

— Ainda são árvores. Esta ilha é só uma rocha que veio muito acima da água.

— Você nem colocou os pés nela ainda, Esteno — Euríale resmungou. — Pelo menos dê uma chance.

O barco estava tão próximo da praia que dava para ver a areia embaixo dele. Pulei sobre a amurada, deixando a metade de baixo de meu vestido ensopada e grudada em minhas panturrilhas como algas, e fui até a praia enquanto minhas irmãs continuaram a discutir.

Esteno estava certa. Não havia árvores na ilha, era praticamente pedra e areia, mas havia sinais de vida. Pequenos arbustos folhosos apareciam mais acima da praia, e eu reconheci algumas das algas robustas que cresciam nas bases de pedras grandes. Além da praia, havia uma grande confusão de rochas imensas que se agigantavam sobre mim e ofereciam muitos cantos e fendas para qualquer coisa se esconder nelas. Não dava para ver o outro lado da ilha de onde nosso barco havia atracado, e a praia se estendia em uma curva ampla de cada lado.

Quando saí da água, parei para torcer a barra do vestido antes de continuar a subir na direção das rochas. Muitas das pedras enormes eram de tons variados de laranja, como argila sem polimento, e estavam apoiadas umas nas outras, formando passagens estreitas entre elas. Andei um pouco por um dos caminhos para ver qual era a profundidade, e logo voltei, depois de seguir uma série complicada de viradas para a direita e para a esquerda. Tive que me curvar algumas vezes sob uma rocha baixa que bloqueava o caminho.

Esteno e Euríale tinham acabado de chegar à praia quando reapareci. O barco não estava amarrado, mas ficou no lugar em que minhas irmãs o deixaram.

— E então? — Euríale me perguntou. Esteno estava observando um ponto logo acima de meu ombro.

— Deem uma olhada vocês mesmas — respondi. — Mas eu achei perfeito.

Esteno e Euríale passaram um bom tempo explorando os caminhos sinuosos e os becos sem saída criados pela pilha de rochas. Continuei a vagar pelos caminhos também, mas não cruzei com elas. Depois de alguns chamados nervosos de Euríale, no entanto, eu me dei conta de que ambas tinham se perdido no labirinto. O único motivo de eu não ter me perdido era porque minhas cobras podiam me dizer para que lado eu tinha ido e para onde ir.

— Por aqui — gritei para Euríale, dando a volta em uma pedra cerca de duas cabeças mais alta do que eu. De repente, me vi em um espaço aberto dentro do labirinto. — Siga minha voz se conseguir.

O espaço aberto era formado por um grande círculo de chão suave, cercado pelas rochas enormes, exceto pela entrada estreita. Havia uma pedra gigantesca do lado oposto à entrada, que tinha quase o dobro do meu tamanho. O chão estava limpo, com exceção de algumas ervas daninhas teimosas e plantas brotando da terra seca.

Esteno, que parecia muito mais perto do que Euríale, gritou:

— Medusa?

— Por aqui! — gritei pela abertura nas rochas, esperando que elas pudessem seguir melhor minha voz.

Enquanto esperava minhas irmãs encontrarem o caminho pelo labirinto, caminhei devagar em círculo ao redor da clareira para verificar se havia alguma outra abertura. Embora não tenha encontrado nenhuma, descobri um grupo de pedras menores empilhadas ao lado de uma rocha maior, espaçadas o suficiente para servirem de degraus em uma escada natural e rudimentar. Saibro e areia cobriam minhas mãos conforme eu escalava.

Quando minha cabeça passou do alto da parede, respirei fundo.

A vista sobre a beirada das rochas me lembrou da vista de minha janela na casa branca na praia solitária. A areia clara indo na direção de um oceano e de um céu infinitamente azuis. Me lembrei na hora de quando me sentava sozinha naquela janela enquanto minhas irmãs estavam em outro lugar sem mim e me perguntava o que mais existia além de nosso pequeno horizonte, o que mais existia para uma garotinha mortal que sentia que nunca encontraria seu lugar no mundo.

Ondas surgiam e rebentavam contra a areia abaixo, e eu pensei sobre como aquela garotinha tinha encontrado o que existia além de uma praia solitária. Como o mundo que ela havia descoberto a transformara para sempre. Mas, mesmo que aquela garotinha nunca pudesse ter antecipado o que estava por vir, eu sabia que não mudaria o que havia vivido. O caminho dela tinha Polli e as sacerdotisas no templo de Atena, Dionísio e sua clareira no Monte Parnaso, e Naidah. Equidna e Cérbero. Eles valiam por todos os momentos que eu gostaria de esquecer.

Nós, disse a não voz.

— Certo — concordei em voz baixa.

Minhas lembranças também pertenciam às cobras. Elas amavam Equidna tanto quanto eu e também sentiam falta de Dionísio. Já nem conseguia me lembrar de como era viver sem as cobras. Não achava que poderia, se tivesse escolha. Elas eram tão parte de mim quanto as batidas de meu coração.

Tudo o que eu passei as trouxe para mim. E, agora, minhas irmãs estavam de volta também. Não só estávamos juntas mais uma vez, as três Górgonas, como havíamos descoberto uma ilha para nós, com uma praia solitária e um novo horizonte.

Ouvi o leve arrastar da sola de uma sandália desgastada atrás de mim.

— Humm — Esteno disse, considerando.

— É escondido o bastante para você? — perguntei, ainda olhando para o mar. O sol estava começando a se pôr no céu, e isso fazia as ondas distantes cintilarem quando a luz refletia em suas cristas.

— Na verdade — ela disse devagar enquanto copiava meus movimentos anteriores e dava a volta no círculo de rochas —, é.

— E Euríale?

Passos mais rápidos que os de Esteno ecoaram pelas rochas, e então as respirações rápidas de Euríale preencheram a entrada do círculo.

— Este — ela disse ofegante — é o *melhor* lugar que poderíamos ter encontrado!

— Você gostou? — Esteno parecia incerta, e eu me perguntei se era porque ela estava surpresa com o apoio de Euríale ou apenas queria discutir um pouco mais.

— É claro que gostei!

Virei-me para me apoiar na beirada das rochas e olhei para baixo, para o espaço aberto. Euríale balançava o corpo no meio da clareira, movendo os olhos em todas as direções, menos na minha, e havia um sorriso se formando em seu rosto.

— É muito parecido com a nossa casa — ela disse. — Pelo menos me lembra muito da nossa casa. Algo no silêncio das pedras, sabe, como quando você está perdida lá dentro e simplesmente consegue ouvir as ondas na praia? Era assim no meu quarto em casa. E a forma como as rochas formam um enorme labirinto por toda a ilha é perfeito para o que você queria, certo, Esteno? Eu tive bastante dificuldade de encontrar o caminho até chegar aqui. Só consegui porque ouvi vocês. Aposto que, se ficarmos bem quietas, ninguém vai conseguir encontrar o caminho. Ou podíamos colocar outra rocha na frente da entrada!

O peito dela ainda estava ofegante enquanto falava. Quando respirou fundo ao fazer uma pausa, Euríale fechou os olhos e inclinou a cabeça em minha direção. Desse ângulo, pude ver o contorno nítido de seu rosto, igual ao de nossa mãe, os cabelos caindo para trás sobre os ombros como uma grossa cortina escura.

— Você não sente, Medusa? Acho que todas nós sentimos. Este é o lugar onde devemos ficar. O barco saberia para onde nos levar, mesmo demorando muito mais do que esperávamos. E, já que nos trouxe até aqui, ele devia saber que este era o lugar. Então — ela respirou fundo mais uma vez —, você sente?

— Sim — respondi simplesmente. — Aqui, troque comigo.

Desci a escada natural e limpei as mãos quando coloquei os pés no chão. Apontei para os lugares onde Euríale deveria colocar as mãos para subir.

— Suba e veja — falei.

Quando chegou no alto, ela teve quase a mesma reação que eu.

— Parece nossa casa! A vista da janela do meu quarto era exatamente assim!

— Foi o que pensei também — eu disse.

— Esteno — Euríale gritou enquanto descia das pedras —, venha ver!

Esteno se recusou a chegar perto da escada de pedra no início, mas Euríale não sossegou até que ela subisse nas pedras para ver a vista do alto. Quando finalmente cedeu, Esteno concordou que era como a antiga casa, embora sua reação tivesse sido muda.

— Então — Euríale disse devagar quando Esteno desceu. — Vamos ficar?

Com o leve som de ondas rebentando além das pedras, minhas duas irmãs olharam para mim. Fechei os olhos rapidamente e perguntei às minhas cobras o que elas achavam. Afinal, a profecia que havia previsto meu fim resultaria na morte delas também.

Gostamos de pedras, disse a não voz, *lugar bom para cobras. Muitos lugares para se esconder.*

Muitos lugares para encontrar paz, esclareci.

Isso também, a não voz concordou.

Eu disse para minhas irmãs:

— Vamos ficar aqui.

ATENA

Atena não gostava de viajar como uma ave. No momento, ela estava aborrecida principalmente por não poder viajar em sua forma de coruja, a preferida para distâncias como aquela no oceano. Como deusa, não tinha que assumir uma forma corpórea para viajar longas distâncias, é claro, mas viajar como uma grande ave marinha lhe permitia observar o garoto-herói de cima sem que ele notasse.

Ela sabia da existência de Perseu, havia um tempo, como filho bastardo meio-mortal de Zeus, mas não tinha se dado ao trabalho de saber muito sobre o garoto até se espalhar a notícia do que as três Greias tinham profetizado para ele. Quando os deuses descobriram o destino reservado à Górgona de cabelos de serpente, Atena viu o brilho de reconhecimento que surgiu nos olhos de Poseidon. Ela havia se manifestado antes mesmo de ele abrir a boca.

— Pai — ela havia dito a Zeus —, me deixe ajudar o garoto. De uma filha de Zeus para outro, acredito que vou servir como grande aliada para ele.

Poseidon havia se virado para Atena com os olhos semicerrados do outro lado do trono de Zeus, mas ela o ignorou. A vida de Medusa não tinha mais nada a ver com Poseidon. Atena pretendia que permanecesse dessa forma.

Ela pressionou, dirigindo-se a Zeus.

— E também fui eu que criei a Górgona de cabelos de serpente. Me deixe terminar o que comecei com Medusa.

Atena não apreciava a sensação de ser um eixo da roda do destino. Ouvir a profecia das Greias a deixara tensa. Ela não tinha transformado Medusa para que ela fosse o monstro na história desse garoto, mas não podia deixar que ele a enfrentasse sozinho.

Ela era a deusa da estratégia. Era idolatrada por mortais para garantir sucesso em batalhas, tanto contra humanos quanto contra monstros. Esse garoto já tinha a atenção de deuses e reis, e ela não podia simplesmente ignorá-lo. Se ele era capaz ou não de se sair bem sem ela, não importava. Tudo o que importava era que o nome dela permanecesse nos lábios mortais e, já que os rumores sobre Medusa estavam se espalhando pela terra como uma videira rasteira, Atena precisava se manter ligada à história da Górgona.

Zeus acabou concordando com o pedido de Atena de supervisionar Perseu, depois de muita contemplação e reflexão, pois ele certamente pensou em todos os outros lugares em que preferiria estar em vez de discutindo o destino de uma divindade menor.

— Irmão — Poseidon interrompeu. — Eu poderia...

— A tarefa cabe a mim, tio — Atena disse, levantando-se e colocando seu capacete emplumado. Uma pequena e ondulante chama de vitória se abrigava em seu peito. Ela havia desaparecido do salão do Olimpo em um instante, antes que Poseidon pudesse dizer outra palavra.

Agora, no entanto, Atena analisava a situação em que havia se metido. O garoto estava navegando para a ilha em que Medusa estava, Atena sabia disso porque estivera rastreando a Górgona desde que ela deixara o templo em Atenas. Pelo que Atena podia ver com seus olhos aguçados de ave, Perseu não tinha armas além de uma espada curta e curva na cintura. O barco em que estava era pequeno, capaz de ser controlado por uma pessoa, e parecia que ele viajava sozinho.

Atena inclinou as asas e mergulhou no ar. Um pouco mais perto de Perseu agora, ela podia ver a ruga em sua testa enquanto ele examinava o mar diante dele. Ele apertava os olhos devido ao sol e segurava o leme com força. Ela desceu um pouco mais e viu que os lábios dele estavam se movendo.

— Deuses do céu, me ouçam agora — orou. — Me ajudem a matar esse monstro, que me foi encarregado para provar meu valor.

Não foi exatamente esse o motivo, Atena pensou, lembrando-se de Polidecto, naquela pequena rocha, que, naquele exato momento, tentava entrar debaixo das saias de Dânae.

Perseu continuou:

— Vou mostrar como me tornei um homem. Peço sua ajuda.

Não era a mais impressionante das invocações que ela já tinha ouvido, mas servia.

Atena desceu até o barco. Ela pousou com graça, com uma única batida de suas amplas asas, e colocou as garras na madeira granulosa. No momento em que seus pés tocaram o convés, Atena se transformou.

Perseu ficou boquiaberto detrás do leme. A expressão em seu rosto já era familiar para Atena entre os mortais, e ela lhe deu alguns segundos para se acostumar com sua presença.

— Perseu — ela disse —, filho de Zeus e Dânae. Ouvi o seu chamado.

Perseu apertou os olhos.

— Por que meu pai não veio?

— Zeus confiou a mim a tarefa de auxiliar você em sua jornada.

— Mas por que ele mesmo não pôde vir? — Perseu perguntou com um tom de voz quase lamentoso. Atena o encarou.

— Zeus não está envolvido em seu destino — ela disse sem rodeios —, nem no da Górgona Medusa. Eu fiz parte dessa história desde o início. Vou te ajudar a terminá-la.

Para provar seu argumento, Atena se transformou novamente e virou uma velha enrugada com um grande cajado, os olhos cinzentos encobertos pela cegueira. Mais uma vez, o rosto de Perseu adotou a expressão de alguém que havia tomado um tapa na cabeça.

— A velha! — Perseu exclamou. — Você me ajudou a encontrar as Greias.

Atena voltou à forma de deusa.

— Sim — ela disse e esperou Perseu demonstrar gratidão por sua interferência divina, mas o garoto apenas a encarou, boquiaberto como um peixe de boca grande. Atena pigarreou.

Perseu se assustou e abaixou a cabeça de leve.

— Obrigado, deusa, por me auxiliar em minha jornada.

Atena conteve a reação mortal de revirar os olhos. Os filhos dos deuses, e principalmente os filhos de Zeus, nunca eram tão devotos dos costumes divinos esperados dos mortais, a menos que eles estivessem pagando tributo a seu pai.

— Vou te ajudar mais uma vez — Atena disse. Ela alcançou atrás do ombro e puxou um escudo que estava preso em suas costas. Perseu deu a volta no leme e se ajoelhou diante dela.

— Este escudo vai servir para te proteger, mas também será sua maior arma — explicou Atena.

Perseu, que observava a enorme espada na cintura de Atena com grande interesse, levantou os olhos com a testa franzida.

— Como um escudo pode ser uma arma?

— Você conhece o poder por trás dos olhos de Medusa? — Atena perguntou.

Perseu fez que sim com a cabeça.

— O monstro pode petrificar qualquer um em quem colocar os olhos.

— Este escudo — Atena explicou, apertando o canto dos lábios — vai permitir que você desvie o olhar dela. Você pode olhar para o reflexo dela e não temer nenhum mal.

Ela entregou o escudo e Perseu o pegou com as duas mãos, olhando para o próprio reflexo na superfície lisa e polida. O escudo era do templo dela em Atenas, apresentado a Atena como um tributo por um soldado.

— Você está com os presentes das Greias? — Atena perguntou. *Presentes* era um termo generoso para o que Perseu havia tomado à força, segundo o relato das três irmãs.

Perseu desembainhou a espada do cinto e a ergueu para Atena ver.

— E? — ela perguntou.

— Hum — Perseu murmurou e se levantou para vasculhar uma bolsa atrás do leme do barco. Ele voltou e se ajoelhou de novo diante de Atena, desta vez carregando o elmo dourado, as sandálias aladas e um saco de lona escuro simples.

— Muito bem — Atena disse. — Esses presentes vão permitir que você se aproxime de Medusa ileso. Não seja tolo. Use todos os itens com os quais foi abençoado.

Ela esticou o braço e tocou na ponta da espada curva, de modo que a ponta afiada perfurou de leve a pele macia de seu dedo.

— Quando você a encontrar — Atena disse devagar, de modo que Perseu fosse obrigado a se ater a cada palavra que dizia —, arranque a cabeça dela. Mas, fique sabendo, o poder de petrificar vai continuar funcionando mesmo com a cabeça separada do corpo. Coloque a cabeça no saco e traga-a para mim.

Perseu levantou os olhos e falou em tom indignado:

— Preciso levá-la para Sérifos, para mostrar ao rei. Será seu presente de casamento.

Atena encarou o garoto com frieza. Ela sabia, é claro, por que ele precisava da cabeça de Medusa. Ele a exibiria como um prêmio de guerra, deixando um rastro de sangue, como um rastro vil de migalhas de pão.

Perseu se movimentou, ainda ajoelhado, inquieto com o olhar silencioso da deusa.

— Preciso salvar minha mãe — ele tentou. — A cabeça. Tenho que entregá-la ao rei para libertar minha mãe.

O garoto não era um guerreiro calejado. Sua intenção estava clara em seu rosto, apesar de suas palavras vagas. A testa de Perseu formava uma linha dura quando falava de sua mãe, e Atena percebeu que ele não pretendia simplesmente entregar a cabeça de Medusa ao rei. Com todo aquele poder nas mãos, a tentação de usá-lo seria irresistível.

Atena podia ver o plano simples e brutal se formando na mente do garoto. Ele levaria a cabeça com a desculpa de ser um presente de casamento, e então a usaria contra o rei. Acreditava que, com o rei fora do caminho, ele e sua mãe estariam livres do domínio mortal. Mas sempre havia mais reis.

— Muito bem — Atena disse. — Assim que tiver mostrado ao rei de Sérifos que você cumpriu sua palavra e matou Medusa, vai entregar a cabeça a mim. Compreendeu?

Perseu confirmou com a cabeça, apertando os lábios.

— Sim, deusa.

— Então, eu te vejo no final — disse Atena.

Ela se afastou e, quando o sol refletiu em seu capacete e a luz atingiu os olhos de Perseu, de modo que ele foi ofuscado pelo brilho repentino, se transformou novamente em uma ave marinha de asas largas. Sabia que Perseu a observava enquanto subia ao céu.

Erguendo-se sobre as fortes ventanias do mar, Atena olhou além do horizonte, para onde sabia que a ilha de Medusa estava escondida fora do alcance da visão. Ela olhou de volta para baixo e viu que Perseu estava levemente fora do curso. Com uma poderosa batida de asas, enviou um vento forte para virar um pouco o leme, que estava sem supervisão. Quando o barco voltou ao curso correto, Perseu tropeçou e praguejou porque o elmo da invisibilidade caiu de suas mãos e bateu no convés.

Em sua forma de pássaro, Atena não podia suspirar para demonstrar sua irritação, mas soltou um som agudo e áspero pelo bico e foi embora. A intervenção divina só ia até certo ponto. Agora voltaria ao Olimpo e esperaria o mortal terminar o trabalho que ela havia começado.

UM LAMPEJO DE VERDE ENQUANTO O CREPÚSCULO DESAPARECE

Ficamos entediadas com a pouca diversão que a ilha tinha a oferecer por volta do terceiro dia. Como não estávamos ocupadas pescando ou preparando comida para nos alimentarmos, como tinha sido na ilha de Equidna, as horas do dia se esticavam de forma longa e vazia. Dei a volta na ilha inteira apenas em meio dia. Euríale me acompanhou quando fui de novo na manhã seguinte. Esteno perguntou o que mais existia na ilha quando voltamos e resolveu que não precisava ver depois que lhe contamos.

Perguntei a elas o que haviam feito em todos aqueles anos sem mim.

— Não fizemos muita coisa, na verdade — Euríale respondeu. Ela riscava um desenho na areia enquanto estávamos sentadas na praia, perto da entrada do labirinto de rochas. Achei que podia ser uma árvore. — Viajamos para mais algumas cidades depois que deixamos Atenas, mas nenhuma delas era muito grande. Ficamos em uma com um templo que nos ofereceu abrigo e cuidou de nós. Uma vez lá, no entanto, praticamente não fazíamos nada diferente do que fazíamos em casa. Ficamos inseguras sem você.

— Ficaram? — perguntei, surpresa.

Euríale deu de ombros.

— Você era mortal, e no mundo mortal você era a que se encaixava. Sem você, éramos apenas duas divindades que mal conseguiam se virar pelas ruas.

— Pedimos orientação à nossa mãe — Esteno disse. Ela se sentou ao lado de Euríale e começou a fazer buracos curtos na areia para servirem como folhas para a árvore. — Ela nos disse para fazer o que achássemos melhor. Não precisávamos ficar em cidades mortais se não quiséssemos.

Lembrei-me das palavras gravadas na concha que nossa mãe tinha nos mandado quando vivíamos na casa branca na praia. Elas haviam sido bastante específicas sobre encontrar uma cidade mortal. Mas, se minhas irmãs não seguiram aquelas ordens quando me separei delas, será que a mensagem de minha mãe se aplicava apenas a mim?

— Nós visitamos Ladão — Euríale disse —, no jardim das Hespérides. Lembra que nosso pai deu a ele a tarefa de protegê-las?

Fiz que sim com a cabeça. Não via meu irmão de muitas faces e centenas de olhos havia muitos anos, mas me lembrava das pequenas gentilezas que proporcionou a mim e às minhas irmãs quando éramos mais novas.

Euríale continuou:

— Ele está bem. Pelo menos, parecia estar bem. Acho que estava um pouco entediado, já que ninguém foi atacar o jardim desde que ele foi posto lá. Mas eu disse a ele que achava que o motivo de ninguém ter ido provavelmente era porque todos os mortais sabiam que ele estava lá. — Euríale coçou a lateral do nariz, deixando um pouco de areia grudada no rosto. — Nenhum mortal comum tentaria roubar de um jardim protegido por um dragão com olhos atrás da cabeça. Literalmente.

Sorri para o desenho de Euríale na areia.

— Acho que você tem razão.

— É, bem... — Euríale começou a desenhar uma pequena cobra se enrolando nos galhos da árvore. — Espero que ele continue entediado. Não quero nenhum herói entrando lá e... — Ela se interrompeu abruptamente.

Entrando lá e cortando sua cabeça, pensei, terminando a frase por ela.

— Não há nada que possamos fazer para impedir, se isso estiver no destino dele — disse Esteno.

Ela terminou de fazer as folhas na areia e se levantou, limpando a saia. Quando ela desapareceu na entrada do labirinto de rochas, Euríale suspirou e se afastou do desenho.

— Desculpe — ela disse.

— Por quê?

— Apenas... — Ela piscou rapidamente e voltou os olhos para o céu azul-claro. Não havia nuvens. — Não queremos piorar as coisas. Conversamos sobre isso antes de sairmos para te encontrar. Não há muito que possamos fazer, certo? Mas não queremos que nossa presença dificulte as coisas para você. Essa nunca foi nossa intenção. — Ela esfregou o dorso da mão sobre o olho e tirou a areia que estava grudada ali. — Esteno sempre foi tão direta e indelicada com os sentimentos das outras pessoas.

Você sabe que ela se preocupa com você, no entanto, não sabe? Nós duas nos preocupamos.

Olhei para ela. Com seus olhos focados em outro lugar, analisei as leves linhas que apareciam ao redor de sua boca quando ficava tensa, como suas sardas se destacavam nas bochechas rosadas. Procurei por qualquer semelhança entre nós. Embora não visse meu próprio rosto desde que havia sido transformada, achei que nossos narizes eram iguais, assim como a ruga que se formava em nossas testas quando estávamos concentradas.

— Eu sei — falei em voz baixa. Estendi o braço e peguei na mão dela para impedir que esfregasse mais o olho. Seus dedos se entrelaçaram nos meus. — Vocês não vão piorar as coisas. Se eu tivesse que escolher entre enfrentar isso sozinha e enfrentar isso com você e Esteno — apertei a mão dela com força —, sempre escolheria enfrentar isso com vocês.

— Fico feliz — ela disse. — Ninguém deveria ficar sozinho.

— Eu nunca mais vou ficar sozinha — eu disse a ela.

— Por nossa causa?

— E delas.

Esperei ela olhar para cima e ver que eu estava com a outra mão levantada para que minhas cobras se enrolassem em meus dedos. Embora eu não estivesse olhando para ela, minhas cobras observavam Euríale. Algumas balançavam a língua na direção dela.

— Elas falam com você? — ela perguntou.

— Quando querem — admiti.

— O que elas falam?

Minhas cobras agora alternavam o foco entre mim e Euríale. As que estavam enroladas em meus dedos viraram a cabeça para olhar para mim, esticando bem o corpo sobre minha cabeça. Coloquei a mão mais perto do rosto para diminuir o puxão em meu couro cabeludo.

Eu sabia que minhas cobras não queriam que eu contasse a Euríale sobre o que conversávamos. Muitas das coisas sobre as quais falávamos não seriam facilmente compreendidas por outra pessoa, mesmo por Euríale, que tinha seu próprio poder. Ela podia ter sido capaz de enxergar através de minha fachada mortal e apreciar a monstruosidade dentro de mim pelo que era, mas isso não significava que entenderia tudo.

Além disso, a não voz acrescentou com sarcasmo, *não é da conta dela.*

Sejam legais, as censurei em silêncio. Uma das cobras mostrou a língua para mim.

— Às vezes, faço perguntas para elas — acabei dizendo. — E elas me dão respostas, se puderem ajudar. Na maior parte do tempo, é como se eu estivesse conversando comigo mesma.

As cobras enroladas apertaram meus dedos por um momento, antes de se afastarem.

— Elas também são muito úteis para navegação — afirmei.

Uma cobra mordiscou meu polegar.

Mas Euríale apenas sorriu para elas.

— Parece legal — ela disse — ter alguém em quem confiar, e elas estão com você o tempo todo.

— Você e Esteno estão juntas o tempo todo.

— Mas não assim. Você e suas cobras são especiais.

— É uma boa definição, eu acho — falei, olhando para a água. O mar batia suavemente na areia sob nossos pés. Me perguntei se nossa mãe estava ouvindo a conversa das filhas.

Embora não tivéssemos nada para fazer na ilha, não fiquei incomodada com o tédio. Eu tinha encontrado o olho da tempestade, e tudo estava calmo, mesmo que eu soubesse que outra torrente estava por vir.

À noite, Esteno, Euríale e eu voltávamos para o espaço cercado dentro do labirinto de rochas. Euríale tinha começado a arrancar algumas das flores das ervas daninhas da ilha e as alinhava em uma prateleira natural na lateral de uma das grandes pedras dentro da clareira. A princípio, achei que ela estava tentando decorar o espaço um tanto quanto árido que ocupávamos, mas depois de algumas noites me dei conta de que ela só trazia uma flor por dia. Ela estava usando os botões de flor como registro de cada dia que passávamos na ilha.

No dia que Euríale colocou a trigésima flor no fim da fila, me sentei sobre a pilha de cobertores que tínhamos tirado do barco de Esteno e

Euríale para deixar o chão mais confortável para dormir. Observei quando Euríale passou o dedo sobre uma das pétalas finas e brancas da flor. Era tão delicada. Em alguns dias, ela se tornaria frágil e se desintegraria se tentássemos tocar nela.

Quando tive certeza de que as duas estavam dormindo, passei entre as rochas e fui para a praia.

A lua era uma lasca remendada, surgindo e desaparecendo entre as nuvens que tinham se acumulado à tarde. O cheiro pungente e almiscarado de uma tempestade marinha tomou conta de mim. Minhas cobras oscilavam, sonolentas, ao redor de minha cabeça.

Não havia perigo na ilha, mas elas estavam se exaurindo de preocupação pelo que estava por vir. Havia tentado argumentar com elas, dizendo que se preocupar apenas fazia o inevitável parecer pior, mas elas mal conseguiram ouvir. A ameaça estava se aproximando e não havia nada que elas pudessem fazer.

Observei as ondas correrem pela areia. Milhares de grãos se remexiam sob meus pés conforme a água fazia buracos ao redor de meus calcanhares e dedos, criando novas formações a cada movimento da maré.

Eu deveria simplesmente esperar? Havia ido para a ilha com minhas irmãs, havia me decidido a encontrar a felicidade que colocaria um fim nessa profecia amaldiçoada, e ainda assim os dias se arrastavam. Havia momentos em que me lembrava de como era usar meu poder voluntariamente, de como finalmente me sentia à vontade neste corpo.

Eu tinha mesmo que sucumbir ao garoto? Eu tinha força para inverter a profecia. Algumas cobras se contorceram com o pensamento.

Havia falado sério quando disse o que disse para Esteno e Euríale. Queria terminar aquilo em meus próprios termos, e não queria que mais ninguém que eu amava se ferisse. Uma cobra esfregou o nariz duro em minha têmpora. Gostei da sensação.

— Não consigo suportar este limbo — eu disse. Um leve sibilo de concordância das cobras imitou o raspar das ondas.

Nós esperamos, a não voz disse, *presas em uma armadilha que construímos.*

— Mas nós somos a presa ou o caçador?

Nem minhas cobras nem eu tínhamos a resposta. Um mês se passara e não havia sinal do garoto no horizonte.

Esteno e Euríale não sabiam ao certo o que fazer perto de mim. Elas estavam determinadas a apoiar minha decisão, mas também sussurravam no ouvido uma da outra e ficavam em silêncio de repente quando eu chegava perto. Isso me lembrava de nossa infância. Eu sabia que seus sentimentos a meu respeito tinham mudado, mas a união delas havia sido construída após décadas de confiança. Eu conhecia minhas cobras melhor do que conhecia Euríale e Esteno.

Esforçava-me para compreender por que as duas tinham ficado comigo. O que elas esperavam que aconteceria se nos reuníssemos? O que nossa mãe tinha desejado para nós, depois de todos aqueles momentos em que enfatizou a importância de sermos trigêmeas? Nós não compartilhávamos nenhum poder. Não éramos como as Greias.

Será que Esteno e Euríale ficariam decepcionadas quando tudo terminasse? Quando eu não estivesse mais aqui, será que elas se ressentiriam de eu não ter deixado nada para elas além de lendas de uma irmã monstruosa?

— E eu deveria estar feliz aqui — murmurei. — Como se pudesse domar meus pensamentos por tempo suficiente para ser feliz ao menos por um instante.

Outra onda puxou meus pés, e eu tirei os calcanhares dos buracos que tinham se formado na areia. Caminhei mais para o fundo na água. Minhas cobras se enrolaram ao redor de minhas orelhas, mas pararam quando a água estava na altura de meus quadris, de modo que eu pudesse passar a mão na superfície.

Espontaneamente, minhas cobras se apegaram a uma lembrança. Eu estava sentada em um riacho, a água ao redor de meus quadris. Estava sozinha, até não estar mais. Estava ansiosa, até não estar mais.

Tive um beijo como o amanhecer, certo e doce como cada novo dia.

Naquele instante, eu havia sido feliz.

Ria enquanto minhas cobras empurravam aquela lembrança para mim.

— Receio que isso não seja uma opção aqui.

Mas, quando falei, deixei meu olhar se desfocar sobre a linha confusa do horizonte. Em algum lugar entre a linha escura do mar e do céu, o continente permanecia oculto. Senti a água subir e encontrar a ponta de meus dedos, e flexionei a mão.

— Um riacho ou um rio — eu disse, lembrando-me do que Naidah havia me dito. — Ou mesmo o amplo mar.

Rompi a superfície com a palma da mão, encolhendo os dedos na onda fria.

— Se alguém puder me ouvir — eu disse em voz baixa —, preciso falar com uma de suas irmãs. O nome dela é Naidah.

Uma única onda se espalhou do ponto em que meu pulso encontrava a água. Andando na direção contrária à das ondas, ela se dissolveu na maré.

Esperei. Sabia que havia uma chance de ninguém estar ouvindo. Também havia a chance de a pessoa errada ouvir, e eu tinha deixado um rastro de migalhas de pão que ia diretamente até minha porta. Mas percebi que não me importava.

A água ondulada brilhou prateada sob raios de luar. Minhas pernas estavam frias e duras na água gelada, mas mantive as mãos firmes.

Depois de alguns longos minutos em que a lua desapareceu e apareceu atrás das nuvens, uma cabeça surgiu na água diante de mim. Apenas o contorno escuro era visível com aquela luz.

Virei a mão para oferecer a palma.

— Olá.

A figura se aproximou com filetes de água escorrendo dos longos cabelos escuros enquanto seus ombros surgiam acima das ondas.

— Sabe — Naidah disse —, náiades de água doce não são muito fãs do mar. A água salgada é muito grosseira para nossa pele.

Sorri, deixando meu olhar pousar em sua clavícula.

— Então me sinto muito sortuda por você ter vindo me encontrar mesmo assim.

Minhas cobras estavam enrolando e desenrolando o corpo, sua empolgação deixando transparecer minhas próprias emoções, conforme Naidah vinha parar bem na minha frente. Seu vestido estava colado às costelas, e à curva de seus quadris, o tecido ensopado entrava no minúsculo buraco de seu umbigo.

Ela deslizou a mão na minha.

— Fiquei preocupada de nunca mais te ver — ela afirmou.

— Achei que nunca mais veria mesmo — admiti. — Pensei que aquele momento tinha sido a última vez que nos veríamos.

Ela levou a mão a meu rosto, passando o polegar em minha bochecha.

— Não funcionou — ela disse em voz baixa, como um segredo.

— Sim — eu disse. — Não sabia, mas o poder não funciona por meio de um reflexo. Só descobri depois que você me viu. — Um sorriso trêmulo se formou em minha boca. — Estou muito, muito feliz de não ter funcionado. Estou tão feliz de você ainda estar aqui. — Apertei mais sua mão, acariciando seu pulso com os dedos para sentir a pulsação sob a pele fina.

— Eu também — ela disse, agarrando minha mão de volta.

Com a outra, ela puxou meu rosto para a frente. Deixei meus olhos se fecharem totalmente e me deixei levar pelo formato de sua boca na minha. Ela ainda tinha gosto de água doce, apesar de suas reclamações sobre o mar, e eu agarrei sua cintura para estabilizar meus pés nas ondas. Respirei fundo e senti o sorriso dela junto aos meus lábios. Seu nariz, com uma gota de água ainda pendurada na ponta, deslizou junto à minha pele conforme o beijo ficava mais intenso.

O alívio que senti foi parecido com o primeiro gole de água que tomei depois de dias vagando, de boca seca, por uma floresta árida, e não conseguia fazer nada além de pegar punhado atrás de punhado de água fria em minha boca.

Quando tentei me afastar para respirar, ela deu uma mordida no meu lábio inferior. Isso arrancou um som de mim que nos assustou, mas, enquanto eu paralisei, ela riu de leve, beijando a curva de meu lábio e o canto de minha boca. Eu estava ofegante. Os lábios deslizaram até meu queixo, encontrando a beirada dura antes de descerem até minha garganta.

Sua respiração quente em minha pele fez meus dedos apertarem ainda mais sua cintura. Senti os dentes dela roçarem no ponto em que meu pulso palpitava loucamente, e outro som escapou de minha boca.

— Se eu já não soubesse — disse, ofegante —, acharia que Dionísio estava por perto, fazendo minha cabeça girar.

Os lábios de Naidah se transformaram em um sorriso junto à minha pele.

— Sou apenas eu — ela disse. — Mas posso fazer muito mais do que ele.

Naidah deu um passo à frente, e eu oscilei com o movimento, até ser forçada a dar um passo para trás. Ela nos tirou da força da maré, levando-me cegamente para a praia até a água mal chegar a nossos tornozelos conforme ia e vinha. Com as duas mãos, empurrou meus ombros até eu cair na areia. Apoiei as mãos atrás para não tombar de costas quando ela também se abaixou. As coxas de Naidah se separaram ao redor de meus quadris, afundando os joelhos na areia úmida, enquanto ela deslizava as mãos do meu ombro ao meu pescoço. Ela segurou minha nuca com os dedos, pressionando o polegar no lugar em que havia colocado a boca.

Inclinando minha cabeça, ela levou os lábios novamente aos meus.

Afundei os dedos na areia, necessitando me segurar em algo. O som das ondas foi abafado por meus batimentos cardíacos acelerados, que eu podia sentir como um tambor na cabeça. Eu estava desesperada para respirar, mas não podia pensar em nada pior do que pedir que Naidah parasse.

Felizmente, após mais alguns momentos sem fôlego, em que pensei que poderia ter enlouquecido com a sensação dos quadris de Naidah pressionados à minha barriga, ela se afastou.

— Por sinal — ela perguntou —, o que é este lugar?

— Minhas irmãs e eu o encontramos. Não passa de uma ilha deserta — respondi ofegante.

Naidah olhou ao redor da praia escura e das formações rochosas sombreadas ao longe.

— Bem, não é mais deserta. Você está morando ali dentro? — Ela apontou para as rochas.

Fiz que sim com a cabeça e a observei absorver a paisagem simples, admirando-me por ela ter vindo quando chamei. Parte de mim não esperava que ela respondesse.

— E então? — ela perguntou devagar. — E agora? O que você vai fazer aqui?

Rolei meus lábios macios entre os dentes. Dionísio não tinha compartilhado com Naidah as preocupações que tinha comigo, ao que parecia, e eu não sabia ao certo como explicar que tinha vindo para aquela ilha esperando não viver para ir embora. Não queria estragar nenhum momento com ela.

Eu disse:

— Estou tentando ser feliz.

Ela olhou para mim, e eu virei os olhos para sua clavícula. Meus pulsos estavam começando a doer.

— Como?

— Como o quê? — perguntei, descendo o olhar pela linha de seus seios até a curva de sua cintura.

— Como você está tentando ser feliz? — ela insistiu.

Algumas ondas rebentaram na areia antes de eu lhe responder. Minhas cobras, calmas e satisfeitas pela presença de alguém em quem confiávamos, me deram cutucões indiferentes. Eu não sabia ao certo o que elas queriam.

— Estou tentando viver como gostaria de ter vivido com minhas irmãs — tentei explicar. — Quando éramos mais novas, não nos dávamos bem. Eu mudei, mas elas também mudaram, e estamos tentando tirar o maior proveito disso.

Naidah se moveu para trás.

— É isso?

Os pequenos ossos de meus pulsos estavam gritando, então me apoiei nos cotovelos. Deu para sentir a areia úmida em minhas costas, a areia e o frio contrastavam com a sensação de Naidah sobre mim.

— Não sei bem o que mais deveria fazer, para ser sincera — falei. — Aceitei que é assim que sempre serei, e aceitei que esse poder é minha maldição e minha responsabilidade.

Naidah murmurou:

— Parece que você encontrou paz consigo mesma, apesar das probabilidades. Estou feliz por você.

Ela acariciou meu rosto com o polegar. Eu me inclinei para o toque.

— Mas não é o bastante — disse ela.

— Achei que seria, mas você tem razão — falei devagar. — Por algum motivo, ainda não estou feliz.

— Seria por causa de suas irmãs?

Fiquei tensa, reflexiva.

— Elas não fizeram nada para me deixar infeliz.

Naidah colocou os dedos de leve sob meu queixo.

— Não, não foi isso que eu quis dizer. Poderia ser porque você sente que algo está faltando em relação às suas irmãs? Por que elas precisam estar aqui para você ser feliz?

Quando Esteno e Euríale chegaram fazendo barulho na floresta de Equidna, eu havia sentido meu coração apertar. Havia atribuído a sensação ao nervosismo, mas não pude ignorar a pequena parte de mim que estava feliz em ver minhas irmãs de novo. Mesmo depois de ter passado por tamanha transformação e mal me parecer com a garotinha mortal que elas haviam conhecido, eu ainda poderia ter um lugar entre elas. As Górgonas poderiam ficar juntas novamente.

Mas agora eu havia provocado o fim das Górgonas. O garoto viria por minha cabeça, e três irmãs se tornariam duas. Como eu poderia pedir que elas viessem comigo, para tentar restaurar os laços com remendos rápidos e profecias iminentes, se uma nova separação seria inevitável? Onde isso as deixaria?

— Preciso saber — eu disse — que elas estarão bem. Quando não estivermos juntas, preciso saber que elas serão capazes de seguir em frente.

— Quem disse que elas já não são capazes? — Naidah perguntou.

Deixei a cabeça cair para trás entre os ombros, esticando o pescoço e fechando os olhos.

— Desde que éramos pequenas, nossa família nos diz que somos mais fortes juntas. Estamos mais fortalecidas quando nós três estamos juntas. Mas vai chegar um momento em que eu não poderei mais estar com elas, por causa do que me tornei.

— O que acontece quando vocês três estão juntas?

Abri os olhos. Entre os espaços das nuvens de tempestade, os pontinhos das estrelas brilhavam na penumbra.

— Sabe, não sei ao certo. Quando éramos meninas, nós nos juntávamos quando era preciso porque era mais fácil nos defendermos contra nossos irmãos como uma frente unida. Nunca aconteceu nada especial. Elas são imortais, mas isso é tudo. Agora que sou assim… — Parei de falar. O poder de Euríale era outro fio a que eu poderia me apegar, atando-me à vida de minhas irmãs, mas eu não sabia ao certo o tamanho do vínculo que esse fio poderia oferecer.

O que nossa mãe esperava quando nos dizia que éramos mais fortes juntas? Nós não éramos como as Greias. Mesmo agora que havíamos nos encontrado de novo, tudo o que fizemos foi encontrar um lugar para ficarmos juntas.

Naidah respirou fundo. Então, para o meu desalento, ela saiu de cima de mim e se esparramou na areia ao meu lado, apoiando a cabeça em minha barriga. Fiz um ruído irritado, e ela riu, dando tapinhas em minha mão.

— Nem sempre me dou bem com minhas irmãs — ela disse com franqueza. — Tenho muitas, talvez até demais, e estamos sempre brigando ou tomando partido. Realmente não há nada que se possa fazer. Apenas é assim. Mas, independentemente de qualquer coisa, sempre vamos ao auxílio de uma irmã que precisa de nós. Podemos ter passado décadas sem conversar, mas se uma de minhas irmãs precisar de mim, estarei lá para ajudá-la. Assim como um rio corre para o mar.

"Não sei nada sobre você e suas irmãs, mas, se elas forem parecidas com as minhas, vão ficar com você porque querem. Mesmo que não tenham uma força específica que desperte apenas quando estão juntas, o fato de elas estarem aqui com você diz muito sobre esse laço. Nem o tempo poderia enfraquecer isso."

— Mas — murmurei —, quando elas não podem ir comigo, e eu não posso ir até elas, o que acontece?

— Elas conseguiram te encontrar desta vez, não foi? Não são tão impotentes quanto você parece achar.

— Não acho que elas são impotentes. — Respirei fundo e senti a cabeça de Naidah subir e descer com meus pulmões. — Não quero que elas fiquem presas a mim e a esse poder. Já vi que a morte me segue aonde quer que eu vá.

— Acha que elas estão abrindo mão da segurança para estar com você? — Naidah parecia cética. — Elas não poderiam estar aqui só porque você precisa que estejam?

Minhas irmãs tinham ido me procurar, lembrei a mim mesma. Elas que haviam ido atrás de mim. E, quando me encontraram novamente, só falaram sobre reparar nosso passado. Será que realmente tinham conseguido tudo o que queriam ao me encontrar de novo?

— Sabe de uma coisa? — Naidah disse, pegando minha mão para brincar com meus dedos. — Acho que você deveria falar com suas irmãs sobre isso, e não comigo.

Eu ri, mais uma vez tirada de um redemoinho de pensamentos pela franqueza determinada de Naidah.

— Você tem razão — respondi. — A respeito de muitas coisas.

Naidah entrelaçou nossos dedos e mexeu a cabeça para olhar para o meu queixo.

— Quero que você pense só em mim neste momento. Estou sendo egoísta.

Puxei a mão dela.

— Então venha me deixar ser egoísta também.

A última coisa que vi antes de fechar os olhos enquanto ela se erguia sobre mim foi o brilho do luar em seus cabelos escuros, e então a deixei me fazer esquecer de tudo, exceto da sensação de sua pele na minha.

Depois, Naidah se deitou ao meu lado novamente. Sua cabeça estava encaixada no espaço entre meu pescoço e meu queixo. Observamos a lua fazer sua progressão lenta pelo céu escuro. Estava saciada e calma, e poderia ter pegado no sono entre uma piscada e outra, mas Naidah se sentou de repente.

— A lua está errada.

— O quê? — perguntei, esforçando-me para me sentar. A lua parecia normal para mim.

— Ontem, eu me lembro de ter visto a lua crescente da montanha de Dionísio. O céu estava claro como está agora. — Ela apontou para o alto, como se fosse tocar o arco de luz com a ponta do dedo. — Mas esta lua é minguante. Está quase desaparecendo.

Ela tinha razão. A fatia de luar estava sumindo, no fim de seu ciclo. Mas como poderia haver duas luas drasticamente diferentes com apenas um dia de diferença? Pensei nas noites anteriores, mas sabia que o progresso da lua tinha sido normal. Piscando para afastar a névoa das estrelas, olhei para o céu. Não consegui ver explicação.

Não ver, a não voz me disse, *nem sempre significa não haver.*

Meu olhar desceu para o horizonte, onde em algum lugar entre esta ilha e o restante do mundo havia uma grossa cortina de magia. No dia que chegamos ali, parecia que havíamos sido empurradas através de uma densa sebe. Não pensei muito sobre isso na ocasião. Mas se Naidah estava certa, e tinha vindo de um dia em que a lua estava apenas começando a crescer, então havia algo na cortina de magia além do que eu havia pensado de início.

— Acho — falei a Naidah — que nesta ilha o tempo não passa como no restante do mundo. Você passou pela barreira quando chegou aqui? — Ela fez que sim com a cabeça. — Foi tão forte, e não saímos da barreira desde que chegamos. Minhas irmãs e eu já estamos aqui há um mês.

Naidah se mexeu, esmagando a areia sob o corpo.

— Nos vimos pela última vez mais ou menos um mês atrás.

Neguei com a cabeça, procurando a mão dela na areia.

— Fui para a ilha de Equidna antes de vir para cá. Fiquei lá mais de um mês também. Quando partimos, a lua estava crescente. Faz dois meses desde que te vi, Naidah. — Repeti: — Para mim, se passaram dois meses.

Naidah entrelaçou os dedos nos meus.

— Vocês encontraram uma ilha que se desprendeu do tempo — ela disse admirada.

Não tivemos muito a dizer depois disso. Naidah segurou minha mão enquanto eu procurava a leve linha do horizonte, sabendo que não conseguiria ver a cortina invisível que separava a ilha do restante do mundo.

Naidah partiu em silêncio na manhã seguinte, antes das nuvens libertarem a tempestade no mar. Ela deixou um beijo em minha têmpora, enquanto eu estava meio adormecida, e a leve lembrança dela sussurrando em meu ouvido. Acordei totalmente quando as primeiras gotas grossas de chuva caíram do céu.

Levantei-me e fiquei de pé no início da tempestade, cambaleando com as revelações da noite e buscando as palavras que Naidah tinha deixado comigo. Queria lembrar o que ela havia dito sobre suas irmãs.

Ela disse que uma pedra solitária não pode resistir a um rio caudaloso, a não voz me disse, *mas pedras suficientes podem formar uma ilha nas corredeiras.*

Levei a mão à têmpora, deixando as cobras se entrelaçarem em meus dedos e ao redor da palma. Conforme a chuva começou a apertar, elas começaram a me puxar, incitando-me a voltar na direção do labirinto de rochas. Depois de mais um momento, cedi.

Naidah havia partido, arrancando de minhas mãos o medo de ter que lhe contar que não a veria novamente, mas virar as costas para a água pareceu um adeus.

Aquela tempestade revelou que não estávamos tão acomodadas em nossa vida na ilha como pensávamos. A área cercada que tínhamos escolhido para nos abrigar, embora fosse fortificada por sólidas paredes de pedra, não tinha teto, e o chão rapidamente se tornou inadequado para dormir. Quando voltei da praia, minhas irmãs estavam acordadas e molhadas.

Esteno tinha se enfiado embaixo de uma rocha saliente para evitar a chuva, mas Euríale rapidamente a puxou para ajudar a vasculhar a ilha em busca de madeira flutuante.

— Precisamos de um teto! E talvez de uma cama que não seja no chão — Euríale declarou.

Fui com elas, e Euríale nos levou para o lado da ilha em que a correnteza tinha arrastado os maiores pedaços de madeira flutuante para a praia. Embora meus dias de sacerdotisa tivessem ficado para trás, meus membros se lembravam do trabalho duro que era cuidar do templo. Caminhei pela praia chuvosa e encontrei um pedaço de madeira que parecia longo o bastante.

Enquanto eu trabalhava, minha mente vagava. Se não tivesse pedido para Naidah vir, teria notado que a ilha não era presa à roda do tempo que girava além da cortina? O que tinha sido um mês aqui parecia ter sido apenas um dia do outro lado. Euríale e Esteno notariam, se eu não contasse a elas?

Meu vestido já tinha sido ensopado pelo mar, mas o torci com cuidado para tirar a água da chuva antes de amarrar a barra acima dos joelhos. Quando fiz o nó, sorri ao me lembrar da primeira vez que tinha visto Naidah, no prado de Dionísio. Seu vestido estava amarrado enquanto ela dançava.

Euríale gemeu atrás de mim. Ela tinha tentado levantar um pedaço de madeira que era quase um tronco de árvore inteiro, mas mal conseguiu tirá-lo alguns centímetros do chão antes de deixá-lo escapar de seus dedos.

— Isso — ela disse, ofegante — pode ser mais difícil do que eu pensei.

Sufoquei um sorriso.

— Comece com algo menor, talvez — sugeri. — Você e Esteno podem dividir o peso.

Levantei um lado do pedaço que havia escolhido e o coloquei sobre o ombro. Era pesado, e estava ainda mais pesado devido à chuva e à areia molhada, mas consegui começar a arrastá-lo pela praia. Minhas cobras, descontentes com o bombardeio constante de pingos de chuva, sacudiam-se no canto de meu olho.

Calma, eu disse a elas, *vocês só vão fazer isso demorar mais.*

Elas se afastaram com um sibilo irritado.

Esteno me observava quando passei por ela. Mantive os olhos abaixados, olhando onde punha os pés parar não tropeçar.

Parei quando cheguei ao início do labirinto e olhei para trás. Minhas irmãs tinham erguido uma tora juntas, equilibrando-a nos ombros. Esteno estava na frente, conduzindo-as pela praia e gritando para Euríale quando ela tropeçava. Euríale sorria.

Foram necessárias várias viagens, que deixaram bolhas em nossas mãos e dores em nossas costas, mas conseguimos cobrir nosso abrigo rochoso com madeira. Para erguer as toras e colocá-las no lugar, foram necessárias as três. Euríale disse para não descansarmos.

— Se pararmos antes de terminar — ela disse, ofegante, mudando o apoio da madeira antes de a colocarmos na posição —, nunca mais vou querer me mexer.

Terminamos o teto. Com a madeira extra, fizemos um estrado de cama grande e baixo que poderia acomodar nós três. Euríale correu para o barco e voltou arrastando uma enorme vela. Um acréscimo, ela disse, e nós a dobramos e colocamos no estrado da cama como um colchão improvisado. Esteno pegou os cobertores debaixo de uma pedra, onde os havia enfiado para mantê-los secos. Quando a cama ficou pronta, no entanto, nós nos demos conta de que estávamos completamente encharcadas e não podíamos arruinar as cobertas secas.

Euríale simplesmente desabou no chão e se encostou no estrado da cama. Esteno torceu o vestido antes de fazer o mesmo. Imaginei que esta havia sido a primeira vez que elas fizeram trabalho pesado, e me lembrei de como eu era nas primeiras semanas no templo de Atena, exausta pelas horas infinitas de afazeres e desesperada para cair na cama no fim do dia.

Fiquei logo abaixo da beirada do teto, deixando minhas cobras fora da chuva, mas ainda perto o suficiente do céu aberto para sentir os pingos atingirem o chão à minha frente. Abraçando a barriga, vi as nuvens cinzentas deslizando tumultuosas pelo céu. O conselho de Naidah na noite anterior me veio à mente.

— Eu sei — disse alto o suficiente para ser ouvida sobre o barulho da chuva — que isso provavelmente não é o que vocês esperavam quando foram me procurar. Vocês não estão acostumadas com isso.

— Não importa com o que estamos acostumadas — Euríale disse como se eu tivesse falado algo absurdo.

— Importa — respondi rapidamente. — Para mim, importa. Vocês vieram até aqui por mim, e é por minha causa que têm que aguentar tudo isso. — Apontei para nossos arredores.

Minhas irmãs se mexeram nos lugares, e pude imaginar o olhar que trocariam, que poderia transmitir mais do que um punhado de palavras.

— Você também está tendo que aguentar, não está? — Esteno perguntou de maneira incisiva.

— Isso está longe de ser a pior coisa que eu tive que aguentar. Mas vocês duas…

— Se o que está tentando dizer é que somos melhores do que você de alguma forma — Euríale interrompeu com o tom de voz mais afiado que eu já ouvira —, então preciso te dizer que esse é um argumento de merda.

Quase me virei de surpresa. Euríale nunca falava palavrão.

— Ouça — ela continuou. — Somos suas irmãs. Sei que estamos tentando construir uma ponte em um alicerce que nós mesmas arruinamos, mas preciso que você coloque nessa sua cabeça teimosa que não estamos aqui contra nossa vontade. Não achávamos que seria fácil. Apenas sabíamos que era a coisa certa a fazer.

Fixando os olhos em uma pequena e malformada flor que havia crescido sob a beirada de uma rocha e estava lutando sob a chuva, apertei ainda mais meus cotovelos.

— Não tenho nada para dar a vocês em troca.

— Quem disse que nós queremos alguma coisa de você? — Esteno perguntou com rispidez. Ela tinha se levantado e se juntado a mim na beirada do abrigo. — Euríale tem um poder que também seria temido. Ela está mais segura aqui do que em qualquer uma daquelas cidades mortais, e não tem que se preocupar em ferir ninguém.

Olhei de volta para Euríale, que sorriu para Esteno. Ela acenou com a cabeça.

— Não viemos para cá para tirar algo de você, Medusa. Queríamos fazer o oposto, dar o que quer que você precisasse, pelo tempo que pudéssemos.

A chuva batia nas rochas. Olhei para o mar cheio de manchas e revelei:

— Então vocês podem ficar aqui por muito mais tempo do que previram.

Contei a elas o que havia descoberto sobre a ilha e o efeito que tinha no tempo, mencionando Naidah apenas de passagem como a catalisadora da descoberta. O olhar questionador de Esteno queimou a lateral do meu rosto quando falei sobre a ninfa da água, mas ela não insistiu.

— Então podemos ficar meses nesta ilha antes de alguém nos encontrar? E só vão ter passado alguns dias do outro lado? — Euríale perguntou. Ela estava sendo vaga, mas eu sabia que estava falando de Perseu.

— Talvez signifique mais tempo para nós — Esteno disse. — Não sabemos quais são as regras.

— Bem — Euríale disse com alegria, saltando para se juntar a Esteno e a mim —, isso nos dá bastante tempo!

— Para o quê?

Meus lábios se inclinaram nos cantos.

— Quem sabe, Esteno. Talvez em todo esse tempo você ganhe um poder também.

O olhar aguçado de Esteno se voltou para mim, mas eu estava olhando para baixo cuidadosamente.

Euríale exclamou:

— Ah, Esteno, não seria ótimo? Nós três! Nossa mãe sempre disse que seríamos mais forte juntas. Talvez seu poder venha logo, agora que estamos todas juntas novamente.

— Nossa mãe sempre tinha meia mentira na boca — Esteno murmurou.

— Do que você está falando? — Euríale franziu a testa.

Esteno ergueu um ombro magro, roçando-o em mim.

— Apenas considere tudo o que nossa mãe diz com uma ressalva.

— Bem, ela nos ajudou a chegar até aqui. Então você não pode ser dura demais com ela — Euríale decidiu.

Ela tinha razão, eu me dei conta. Eu não via minha mãe havia anos, e ela não havia me visto desde a transformação. Mas, ainda assim ela tinha me dado as poucas coisas que eu desejei quando senti minha segunda profecia se aproximando no horizonte. Ela tinha me dado minhas irmãs e tinha me dado mais tempo.

Eu tinha sorte de ter Euríale e Esteno comigo, pois elas foram imortais por toda a vida e eram bem versadas em passar dias intermináveis fazendo pouca coisa ou nada. Passávamos longas horas trabalhando em nossa casa, acrescentando coisas que fizemos de madeira, como cadeiras, e uma grande pedra plana que tivemos que rolar de lado para fazer uma mesa.

Esteno começou a tecer, usando a grama fina porém abundante que brotava entre as rochas, embora tivesse destruído seus primeiros projetos antes mesmo de terminá-los. Euríale tinha arrancado uma cesta torta dos dedos rebeldes de Esteno antes que ela pudesse rasgá-la e a colocou sobre nossa mesa, enchendo-a com conchas e pedras interessantes que recolhia pela ilha.

Não comíamos com frequência, mas quando Euríale decidiu aprender a pescar, Esteno e eu beliscávamos as refeições assadas no fogo que ela preparava para nós, servidas nos pratos mais robustos tecidos por Esteno.

Às vezes eu deixava o labirinto de rochas e vagava pela ilha por alguns dias, sentando-me na beira do mar na praia oposta para conversar com minhas cobras. Euríale e Esteno não me procuravam durante esses períodos. Ficava grata pelo espaço.

Minhas cobras e eu falávamos sobre nosso passado e as decisões que tínhamos tomado. Discutíamos sobre termos escolhido vir para cá com minhas irmãs, já que as cobras viam isso como ceder à profecia, enquanto eu argumentava que a ilha estava nos dando mais tempo do que jamais teríamos do outro lado da cortina invisível. Se tivéssemos ficado na ilha de Equidna, ou mesmo voltado ao continente, Perseu já poderia ter nos encontrado. Sabia que ele estava atrás de nós. Foi apenas o caminho sinuoso da ilha pelo tempo que nos permitiu evitá-lo.

Havia dias em que não conversávamos. As cobras e eu simplesmente nos sentávamos em silêncio, deixando o som das ondas e do vento nos invadir.

Ao contrário do que Euríale esperava, Esteno não tinha desenvolvido nenhum poder. Como meu poder e o de Euríale podiam matar, não parecia que ela estava tentando descobrir com muito afinco se havia algum hibernando dentro dela.

— Talvez você seja a sortuda — eu disse a ela uma noite, quando estávamos deitadas na cama. Estávamos bem juntas, Esteno entre mim e Euríale.

— A irmã sortuda sem poderes? — ela zombou.

— Sim — respondi, e ela deve ter ouvido a sinceridade em minha resposta, porque pegou um dos meus dedos entre os dela e o apertou. Eu sabia que Esteno, que sempre tinha sido a mais forte, a pseudolíder de nós três, estava desancorada pelo fato de Euríale e eu compartilharmos algo de que ela não fazia parte.

— Eu acho — ela disse devagar, e eu virei a cabeça na direção dela — que se tivesse que escolher entre não ter poderes e viver uma vida longa e infinita entre mortais, ou uma vida mais curta e turbulenta com poderes, eu escolheria o poder.

— Essas são as duas únicas opções? — sussurrei.

Ao lado de Esteno, Euríale respirava ruidosamente enquanto dormia. Euríale tinha um poder, como eu, mas não tinha profecia ligando aquele poder à sua morte. Ela poderia ter uma vida longa e infinita pela frente, mesmo com a morte se refugiando em sua garganta.

Esteno apertou meu dedo novamente. Ela não tinha resposta para mim.

Se não fosse pelo nascer e pôr do Sol, pelas mudanças preguiçosas no clima, que podíamos prever a quilômetros de distância, os dias teriam passado como uma grande miragem. Euríale parou de contá-los com suas flores. Ela tinha acumulado uma pequena montanha delas sobre a prateleira, mas as pétalas mais velhas ou se desfizeram, ou foram esmagadas sob o peso de todas as outras.

De certa forma, eu sentia que esse tempo que tive com Euríale e Esteno estava compensando a infância distante que tivemos. Comparadas com as brigas vigorosas e mordazes que tínhamos quando crianças, quaisquer discussões que tínhamos na ilha pareciam moderadas.

Quando Esteno e Euríale tiveram uma briga sobre a falta de poder de Esteno, que fez com que ficassem sem se falar por três dias, as duas ainda compartilharam a cama comigo, mas cada uma virada para um lado diferente. Tentei servir de mediadora uma vez, mas Esteno retrucou:

— Apenas me deixe ficar chateada com isso.

— Tudo bem — respondi. — Mas se vocês duas ainda estiverem agindo como crianças amanhã, podem dormir do lado de fora.

Aquela noite, Euríale fez o jantar. Quando nos sentamos à mesa, Esteno passou a Euríale seu prato preferido sem dizer nada.

— Obrigada — Euríale murmurou. Esteno fez um pequeno ruído em resposta e, assim, fizeram as pazes.

Em dias ensolarados, o mar ficava turquesa e reluzia para nós como um amigo espirituoso. Não podíamos fazer nada além de correr pela areia e mergulhar. Com minhas irmãs ao meu lado, o oceano salgado só trazia lembranças de quando eu era criança, encontrando consolo no sal e na maré expostos ao vento. Quaisquer pensamentos sobre Poseidon tinham sido eliminados. Eu nadava com os olhos fechados, empurrando o corpo com longas braçadas contra as ondas e deixando as cobras me dizerem para onde ir. Elas não amavam meus mergulhos, mas conseguiam sentir como isso acalmava meu coração.

Se eu trombasse com Euríale ou Esteno na água, entrelaçávamos os dedos e boiávamos de costas, apenas duas criaturas do mar flutuando sobre as ondas. Às vezes, Euríale batia com os dedos sobre a superfície da água e me dizia:

— Estou dizendo "olá" para nossa mãe.

Quando o Sol fazia seu arco no céu, voltávamos para a praia e recolhíamos nossas roupas. Euríale havia rasgado cuidadosamente a parte de baixo do vestido de modo que a barra ficava no meio de sua coxa, usando o excesso de tecido para fazer redes de pesca e linha. Ao passar o vestido pela cabeça, ele grudou em sua pele ainda úmida.

— Pelo menos espere até você ficar seca — Esteno disse com um pé ainda no mar enquanto espremia água salgada dos longos cabelos. Euríale acenou para ela, chutando areia enquanto subia pela praia na direção das rochas.

Esperei com Esteno. Minhas cobras estavam soltas sobre meus ombros, deixando o Sol secar as últimas gotas de água.

— Ah, pelo amor... — Esteno reclamou. Brigava com os cabelos, os dedos presos no emaranhado escuro. — Nunca imaginei que seria tão inconveniente cuidar deles.

Coloquei o vestido.

— Quer cortar?

Esteno parou de pentear os cabelos com os dedos. Seus cabelos, agora que ela raramente os prendia em um coque severo ou rabo de cavalo, estavam quase na cintura. Puxando as mechas sobre o ombro, ela segurou o emaranhado molhado na mão e o examinou.

— Na verdade — ela disse —, quero.

Quando contamos a Euríale, ela gritou.

— Vamos ficar diferentes!

— Do que você está falando? — Esteno perguntou, arrastando uma de nossas cadeiras para fora. Remexi nos utensílios de cozinha até encontrar a faca, cuja lâmina era um fragmento de pedra extremamente afiado, com um cabo de madeira que Euríale tinha enfeitado com flores. — Sempre fomos diferentes, Euríale.

— Mas nós duas sempre tivemos cabelos compridos — ela reclamou, seguindo-nos para fora. Os dela estavam presos em uma trança ainda molhada, descendo grossa e longa por suas costas. — Agora vamos ficar bem diferentes.

Esteno colocou a cadeira do lado de fora das pedras e se sentou. Colocando os cabelos atrás dos ombros, ela olhou para nós.

— Quem vai cortar?

Eu segurava a faca, mas olhei para Euríale. Ela engoliu em seco. Sussurrou:

— Você já cortou cabelo?

— Não.

— Nem eu.

Esteno gritou:

— Uma de vocês simplesmente corte.

Peguei a mão de Euríale e coloquei o cabo da faca nela.

— Ah, mas... — ela começou a dizer.

— Você consegue — eu disse a ela. — Confiamos em você.

Os dedos de Euríale se fecharam ao redor do cabo. Ela respirou fundo, estufando o peito, e foi até a cadeira de Esteno. Pegando um punhado de cabelo perto da orelha direita de Esteno, Euríale pressionou a lâmina nas mechas. A faca cortou o cabelo com facilidade. Os longos fios caíram no chão, enrolando-se em volta dos pés de Esteno.

— Espere — Esteno gritou quando Euríale ia pegar outra parte. — Quanto você cortou?

Euríale paralisou.

— Eu... bem...

Esteno sentiu os fios cortados e se contorceu na cadeira, quase acertando a faca que Euríale ainda segurava perto do pescoço dela. Euríale se encolheu e levantou as mãos.

— Isso tudo?!

— Você não disse quanto queria cortar! — Euríale gritou em resposta, frenética. — Apenas cortei o que achei que seria um bom tamanho.

— Um bom tamanho! — Esteno berrou. — Estou com menos cabelo do que o nosso pai!

Euríale gritou novamente, segurando a faca como um ladrão pego em flagrante.

Eu estava observando, levemente boquiaberta, desde que Euríale levou a faca aos cabelos de Esteno. Mas, de repente, uma risada fervilhou em meu peito. Tentei disfarçar, cobrindo a boca com a mão, mas não adiantou. Uma gargalhada surgiu como uma torrente. Segurei a lateral do corpo ao sentir uma pontada, apertando os olhos para conter as lágrimas.

Euríale e Esteno pararam de gritar uma com a outra. Esteno segurava o pulso de Euríale, fazendo a faca de refém. As duas me encaravam.

As risadas escapavam de mim, e minhas cobras ficaram desnorteadas. Elas balançavam as línguas perto de meu rosto, que começava a doer de tanto rir.

— Eu só — falei, ofegante, e comecei a rir de novo. Respirei fundo. — Vocês são tão ridículas. Amo tanto vocês duas.

Agora elas me observavam boquiabertas. Euríale cedeu primeiro, e um sorriso amplo se formou em seu rosto conforme ela se juntava às minhas gargalhadas. Esteno, ainda horrorizada, alternou o olhar entre nós.

— Meu cabelo! — ela gritou, e isso gerou outra onda de gargalhada em mim e em Euríale. Depois de um tempo, Esteno soltou o pulso de Euríale e desabou de volta em sua cadeira. Ela revirou os olhos, mas estava sorrindo. — Agora você pode cortar o resto, então, irmã miserável.

Euríale riu, secando os olhos com o dorso das mãos. Ela respirou fundo algumas vezes, com algumas risadas escapando no processo, e pegou outro punhado de cabelo.

Coloquei as mãos na cintura e encostei em uma rocha. Meus lábios pareciam estar presos em um sorriso.

— Nós também — Esteno disse depois de mais alguns pedaços de cabelo terem caído no chão. — Nós também te amamos.

Euríale disse:

— É claro que amamos.

Um calor floresceu em meu peito e pressionei a mão contra ele como tinha feito com a pontada na lateral do corpo. Senti que, se não me controlasse, iria queimar com a sensação.

Não sei como esperava me sentir. Talvez pensasse que seria mais óbvio, como se uma manhã eu me levantasse da cama e estivesse pintado sobre todas as superfícies de nossa casa. Ou talvez estivesse antecipando a queda, me preparando para a descida íngreme quando eu chegasse ao pico.

No fim, eu não esperava. Tive que ser alertada.

Estava longe do labirinto de rochas havia um ou dois dias, vagando pela ilha. Meus pés deixavam pegadas na areia molhada enquanto eu caminhava pela praia, antes de serem desfeitos pelas ondas que chegavam.

— Medusa — uma voz me chamou.

Virei-me. Uma cabeça escura saiu da superfície da água, cabelos pretos colados no rosto. Naidah.

Minhas cobras se animaram e eu também, mas, quando Naidah se aproximou, minha empolgação diminuiu. Ela não olhava em meus olhos, claro, mas havia uma expressão tensa em seu rosto. Ela se movimentava devagar, como se não quisesse assustar um animal selvagem.

— Naidah — eu disse, chegando mais perto da água. — O que você está fazendo aqui?

— Dionísio me pediu… — ela começou a dizer, depois parou. — Eu perguntei se eu mesma podia te contar. Ele ia apenas mandar uma mensagem pelo vento ou algo assim — ela disse rapidamente, como se não conseguisse formar as palavras rápido o suficiente.

— Contar o quê?

Naidah mordeu o lábio, correndo os olhos entre as ondas, o céu e a praia atrás de mim. Água salgada escorria de seu queixo.

— Dionísio ouviu sem querer de Atena — a voz dela tremeu — que seu tempo acabou.

A maré correu em volta de minhas panturrilhas. A barra de meu vestido estava encharcada, mas se um furacão tivesse soprado sobre a ilha naquele momento, destruindo a vida que timidamente dei a mim mesma, eu não teria notado.

Naidah ainda falava.

— Ele queria te alertar; achou que você deveria ter pelo menos algum tempo. — Ela chegou mais perto, permanecendo abaixada na água, e estendeu o braço para passar os dedos em meu tornozelo. — Medusa?

Tempo, pensei. Isso era tudo o que eu realmente queria? Mais tempo? Tempo para passar com minhas irmãs, para ver que elas ficariam bem sem mim. Tempo para conversar com minhas cobras e sentir que finalmente compreendíamos umas às outras. Tempo para dar o primeiro suspiro depois de um nascer do Sol, o céu pintado de rosa, dourado e laranja, repetidas vezes. Já não era mais mortal, e ainda assim tempo era o que mais me faltava.

— Medusa — Naidah sussurrou. — Não sei qual é a profecia, apenas o que Dionísio me contou, mas ele deu a entender que nunca mais vou te ver.

Minhas cobras estavam enroladas em minha cabeça e roçaram a cara escamosa em minhas têmporas.

Há quanto tempo eu e minhas irmãs estávamos ali? Um ano, pelo menos. Havia ganhado mais um ano, mas isso era tudo que a ilha de minha mãe podia me dar. O destino, como o tempo, podia destruir qualquer defesa. Mas aquele ano roubado pertencia a mim. Apesar de todas as circunstâncias, de todas as situações que trouxeram minhas irmãs e eu até aqui, eu tinha feito aquele lugar parecer um lar. Tinha feito minhas irmãs se sentirem uma família. Tinha encontrado paz naquele corpo.

Aos poucos, ajoelhei na água. Encontrei os dedos de Naidah em meu tornozelo e os deslizei entre os meus. Mantendo o olhar no horizonte, levei a palma da mão dela aos meus lábios.

— Você não vai mais me ver — eu disse a ela. Pressionei sua palma em meu rosto, sua pele estava quente, apesar do frio do oceano. — Sinto muito.

Naidah flexionou as pontas dos dedos junto ao meu queixo, depois levantou a outra mão para segurar meu rosto, puxando-me para um beijo.

Seus olhos estavam bem fechados, e não dava para saber se era a água do mar ou lágrimas que escorriam por sua face. Nós nos desequilibramos, caindo nas ondas rasas. Coloquei uma das mãos na cintura dela para me equilibrar e a outra ficou enterrada na areia.

— Não sinta — ela me disse, afastando-se para dar beijos em meu nariz e minhas bochechas. Uma cobra a lambeu em resposta. — Estou tão feliz por ter te conhecido, minha Medusa.

Ajeitei os cabelos dela atrás da orelha.

— E eu de ter conhecido você, minha Naidah.

Não havia lágrimas em seu rosto, apenas água. Fiquei feliz, pois não conseguiria suportar a ideia de vê-la chorar por minha causa. Náiades da água podiam ser soltas e fluir livremente como os rios que habitavam, suas emoções duravam um ou dois dias antes de se perderem no fluxo. Tive sorte de Naidah ter voltado para mim. Mas também estava feliz por ela ter a chance de ir embora quando tudo estivesse terminado. Naidah deslizou as mãos ao redor do meu pescoço e me abraçou.

— Obrigada por ter vindo — agradeci. — E a Dionísio também, agradeça a ele. Diga que sua amiga aqui sente a falta dele.

Naidah me apertou com força uma vez, depois se afastou. Fiquei parada, sentindo a água passando por mim, e observei Naidah recuar para as ondas. Pensei em tentar encontrar seu olhar no reflexo da água, mas achei que ficaria tentada a levantar os olhos para vê-lo diretamente.

— Vou me lembrar de você — Naidah prometeu. — Em todo verde, em todo nascer do Sol.

Apenas quando a cabeça dela desapareceu sob as ondas, finalmente me permiti chorar.

DE MÃO ABERTA, ESTENDIDA PARA SER TOMADA

Era uma noite quente quando voltei ao labirinto de rochas. Sentei-me sobre as cobertas de nossa cama. Aquela noite não parecia diferente de todas as outras, exceto pelo peso do conhecimento de que me restavam apenas mais algumas noites como aquela.

— Euríale — chamei. — Esteno.

Esteno estava sentada perto da entrada. Ela olhou para mim quando falei, os cabelos curtos batendo no queixo.

— Preciso pedir uma coisa para vocês duas — falei. — Para quando o garoto vier.

Euríale parou de cortar um pedaço de madeira e não olhou para mim. Tínhamos falado sobre ele algumas vezes desde que chegamos à ilha, e eu cuidei para manter a voz estável e não revelar que desta vez era diferente.

Esteno disse:

— O que é?

Fechei os olhos e apontei para o cobertor ao meu lado. Depois de alguns momentos, senti minhas duas irmãs se acomodarem nos espaços perto de mim, e minhas cobras olharam nos olhos delas, já que eu não podia.

— Quando o garoto vier, ele virá atrás de mim. Apenas atrás de mim — comecei. — Vocês não devem fazer parte da minha profecia, além de me dar apoio. Não quero que tenham o mesmo destino que eu. Minhas ações são apenas minhas.

Respirei fundo e ouvi o som do mar na praia logo além de nosso labirinto de rochas. O som me lembrou da casa branca na praia solitária e, mais recentemente, da ilha de Equidna, quando Cérbero me mostrou o pedaço de seu lar que ele protegia tão fervorosamente.

— Quando ele vier — continuei —, será para me matar.

Euríale fez um pequeno ruído, mas logo ficou quieta. Minhas cobras me disseram que Esteno havia colocado a mão sobre o braço de Euríale. Fiquei feliz. Achei que não poderia terminar se ela me interrompesse.

— Eu sei que ele vai me matar. Eu… — Tentei encontrar as palavras para explicar que eu sabia que minha morte estava se aproximando e não tentaria impedi-la. — Já sei há muito tempo como vou terminar. Não há nada que eu mudaria em minha vida.

— Medusa — Euríale disse.

Continuei falando.

— Quando ele vier, não tentem impedi-lo. Não quero que vocês tentem interferir. Não quero que ele machuque vocês. Contanto que consiga o que veio buscar, acho que ele vai deixar vocês duas em paz.

— Você não vai lutar? — Desta vez foi Esteno quem falou, e Euríale não tentou silenciá-la. — Você disse que enfrentaria isso de olhos abertos. Antes de sairmos da ilha de Equidna, você *disse*…

— Eu disse — admiti. — Mas pensei sobre isso durante nossa viagem até aqui e depois. As Moiras me deram duas escolhas: ou eu luto e ajo como o monstro que os mortais querem que eu seja, tirando a vida desse garoto, ou eu o deixo me matar. Não, ouça — eu disse quando Esteno tentou falar novamente. — Eu matei os homens dele. Eles podiam querer me fazer mal, mas nenhum deles levantou a mão para mim de verdade, e eu os matei mesmo assim. Não quero que isso aconteça de novo.

— Mas não foi por querer! — Euríale gritou. — Tudo o que você fez foi se proteger!

— Foi mesmo? — perguntei, inclinando a cabeça. Minhas cobras balançaram com o movimento.

— Sim — Esteno disse em um tom que não deixava espaço para discussão. — E estaria se protegendo novamente se impedisse esse garoto de *te decapitar*.

— As Greias previram esse fim para mim — falei, tentando manter a voz estável. — Se eu tentar evitá-lo agora, pode ser ainda mais doloroso quando ele finalmente chegar para mim, seja na ponta da espada desse garoto ou algo pior. Não serei transformada em monstro por causa das decisões que tomei até agora, mas se escolher acabar com a vida daquele garoto, só vejo destruição pelo resto do caminho. Quem mais eu poderia ferir? E se for uma de vocês?

Esteno e Euríale não tinham nada a dizer depois disso.

— Não vou me permitir virar o monstro que os mortais querem que eu seja — falei. — Vocês duas disseram que foram me procurar porque queriam estar do lado certo da lenda — lembrei a elas, estendendo os dois braços para colocar as mãos em seus joelhos. — Eu quero estar do lado certo também. Essa é minha escolha. É o que me torna diferente do monstro que querem que eu seja. É o que eu escolhi, e eles não podem tirar isso de mim. Vivo minha monstruosidade para mim e para as pessoas que amo. Não serão esses homens que vão transformá-la em algo terrível.

— E os outros? — Esteno perguntou com calma. — Os que vierem depois, que não ouvirem o seu lado da lenda.

Abri um pequeno sorriso para ela.

— Os outros não me importam. Você e Euríale. Equidna. Até Dionísio. — E Naidah, pensei, mas não disse. Ela era só minha. — As pessoas que sabem e as que me veem e reconhecem uma parte de si mesmas, essas são as pessoas que importam. Confio em vocês para carregarem a lenda por mim. Vocês devem manter as Górgonas vivas.

Senti Euríale se mexer sob a palma de minha mão, que escorregou de seu joelho quando ela se ajoelhou e se arrastou para a frente. O ruído leve de seu movimento na areia soou alto no meio de nosso silêncio. Ela colocou os braços ao redor de meus ombros.

Minhas cobras olhavam para ela. Pedi que deixassem fazer o que desejasse, e elas saíram do caminho quando Euríale abaixou a cabeça na curva entre meu pescoço e meu ombro.

Esteno não se aproximou, mas copiou minha postura e colocou a mão sobre meu joelho.

— Se eu conseguisse controlar meu poder — Euríale disse em voz baixa —, se pudesse ter certeza de que só atingiria ele...

Eu a interrompi com leveza.

— Mas você não pode ter certeza. Não pode arriscar ferir Esteno também. Vocês precisam me deixar ir.

Euríale suspirou. Esteno me observava atentamente.

— Vamos fazer o possível para garantir que você seja lembrada — Esteno disse — como deve ser. Como você realmente é.

Acenei com a cabeça, apenas uma vez. Uma de minhas cobras balançou a língua para roçá-la no rosto de Euríale, e o sal que ela sentiu, devido às lágrimas dela, inundaram meus sentidos. Pressionei os lábios por um momento, depois respirei fundo. Soltei o ar no ritmo das ondas que rebentavam na praia: uma expiração longa e trêmula.

— Obrigada — falei.

ESTENO

As noites na ilha rochosa eram tranquilas. O vento batia no topo das pedras e deixava as três Górgonas serenas na base delas. A rebentação na areia era o único som. Esteno tinha aprendido isso depois de muitas noites passadas em claro, tentando ouvir o ranger de um barco chegando à praia, o passo de um pé dentro do labirinto de rochas, a respiração de um caçador.

Na noite em que ele veio, ela não ouviu nenhuma dessas coisas. Em vez disso, ouviu um farfalho, como um pássaro lutando contra uma brisa forte.

Esteno estava deitada ao lado das irmãs na cama, encolhida de lado, virada para Medusa, que estava no meio, com Euríale espelhando a posição de Esteno do outro lado de Medusa. Raramente as três dormiam ao mesmo tempo. Uma delas estava sempre acordada. Esteno achou ter sido a única a ouvir o farfalho, como asas se debatendo para sustentar o peso que carregavam. Os olhos de Medusa estavam fechados quando Esteno olhou na direção da irmã. Medusa estava deitada, apoiada em um travesseiro, com a cabeça alta, suas cobras enroladas sonolentas em volta de suas orelhas e caídas sobre seus ombros. Uma delas notou o olhar de Esteno e mostrou a língua preguiçosamente para ela.

O som de asas ficou mais alto. Esteno pensou em sentar e procurar a fonte do ruído.

Quando ela se mexeu para levantar a cabeça, Medusa falou:

— Finja que está dormindo — ela disse em tom decidido, e isso segurou os membros de Esteno como se Medusa tivesse esticado o braço e a segurado por dentro. Esteno lutou contra o comando, mas não podia se mexer. Sua mente acelerou e ela esperou sua respiração alcançar a velocidade com que seu coração estava batendo, mas o subir e descer de seu peito estava uniforme, como se ela realmente estivesse dormindo.

Medusa falou novamente, com uma voz suave que inundou Esteno como um veneno.

— Fique de olhos fechados até acabar. Não lute com ele. — Ela parecia tão calma, mas Esteno procurou o desespero em seu tom de voz.

Medusa disse a ela: — *Não lute com ele*. Eu amo muito vocês duas para perdê-las para isso também.

E Esteno não teve escolha além de obedecer. Era como se as palavras de Medusa fossem um instinto que ela não pudesse ignorar. A única vez que Esteno havia vivenciado algo assim fora quando ela e Euríale foram perguntar a Dionísio onde estava Medusa, e a forma com que ele falou não deu aos mortais outra escolha além de obedecer. Medusa estava falando como uma deusa.

Esteno tentou entender como isso seria possível, mas então ouviu outro barulho, uma pancada leve, como se algo pesado tivesse tocado o chão. Seus olhos procuravam loucamente sob as pálpebras, mas ela só enxergava preto. Então ouviu alguém dar um passo na direção delas.

UM FIO DESFIADO NÃO TEM PONTA

Eu não dormia desde que Naidah tinha ido à ilha pela última vez. Fechava os olhos, como Esteno e Euríale, mas estava muito temerosa para dormir. Então estava acordada quando Esteno e eu ouvimos o som de asas se aproximar do local onde estávamos. Eu sabia que Esteno estava acordada porque minhas cobras me disseram que ela estava me olhando, e senti sua respiração mudar quando o som de penas agitadas entrou em nosso círculo de rochas. Sabia que Esteno tentaria se levantar para ver o que era.

Eu não podia deixar ela se mexer. Sabia que, se ela tentasse lutar, seria ferida por minha causa. Quando falei, falei com todo o desespero de uma garota tentando salvar o que restava de sua família. Falei com a convicção de que Esteno e Euríale não morreriam por se envolverem em minha profecia.

Falei, e elas tiveram que ouvir. Euríale realmente dormia quando o garoto se aproximou, mas acordou quando minhas palavras dominaram seu corpo. Ela e Esteno não seriam capazes de me desobedecer.

Quando ouvi uma leve pancada perto da entrada do círculo de rochas, minhas cobras se mexeram. Pedi que me dissessem o que estavam vendo.

Nada, a não voz disse. Mas pude perceber que elas estavam confusas. Não viam nada sobre nós no círculo. Mas podiam sentir o *cheiro* de metal, couro e suor. Podiam sentir o cheiro de alguém parado sobre nós.

Mais um truque dos deuses, pensei. Mesmo que eu tivesse escolhido enfrentar esse garoto, Perseu, não seria capaz de vê-lo. Alguém tinha sido muito meticuloso para assegurar que ele concretizasse a profecia que nos havia sido apresentada.

Ouvi o passo que ele deu e ouvi como ele hesitou quando estava ao alcance. Minhas cobras balançaram as línguas para sentir o gosto do metal de uma espada se movimentando pelo ar.

Nos últimos instantes, minhas cobras pediram que eu me movesse. Que eu abrisse os olhos e lutasse contra o inimigo que eu não conseguiria ver. Num apelo final, tentaram usar a emoção profunda e desesperada que eu havia enterrado sob minha determinação. Mas, mesmo enquanto pediam, enrolaram-se mais perto de mim. Elas sabiam, assim como eu, que tínhamos feito nossa escolha.

A não voz disse, *Nós. Agora e para sempre.*

A lâmina de Perseu encontrou meu pescoço, e eu abri os olhos.

ALÉM DO HORIZONTE

Abri os olhos, mas não estava em meu corpo. Não entendi como ainda podia ver ou por que não tinha sido mandada para o Submundo. Como ainda estava aqui, neste mundo?

Podia ver, minha cabeça e meu corpo separados. Podia ver Esteno e Euríale deitadas ao meu lado. Não estava mais restrita a apenas o que estava na frente de meus olhos; podia ver tudo disposto diante de mim, como se estivesse sobre o ombro de Perseu.

Perseu, ainda invisível, embora eu agora pudesse vê-lo como se estivesse olhando por meio de um reflexo na água, observou minha cabeça rolar do corpo. Ele abaixou o escudo que estava preso ao peito, e eu o reconheci. Vira a prata lisa daquele escudo no templo de Atena. Uma pontada aguda de raiva me perfurou, embora não tivesse corpo para sentir.

Quando minha cabeça rolou na direção dos pés de Perseu, com as cobras se arrastando debilmente atrás dela, duas formas apareceram do pescoço cortado de meu corpo. A primeira saiu pisoteando com cascos na frente; era um cavalo gigantesco, branco como neve, com enormes asas peroladas. O cavalo alado bufou e bateu no chão com seus cascos enormes assim que ficou livre, relinchando alto. Gotas de meu sangue pingavam de seus flancos como pétalas brilhantes de flores vermelhas.

Soube quem ele era no momento em que o vi. Desde aquela noite terrível no templo, nunca tinha colocado a mão na barriga para tentar sentir uma intrusão. Em vez disso, havia sentido algo no fundo da mente, além de minhas cobras e eu, aguardando em silêncio. Tinha sido fácil ignorar, mas agora não havia mais nada para segurá-lo.

O nome do garanhão alado era Pégaso, e, com sua criação, senti a última parte de Poseidon saindo de meu corpo. Atena me dissera que eu não teria filhos dele e, embora eu não tivesse carregado o peso deles na barriga, minha morte purgou meu corpo daquele deus. Eu finalmente estava livre dele.

Outro ser começou a aparecer de meu pescoço. A figura encolhida começou a se estender, manchada de sangue vermelho, com uma espada dourada já presa às mãos quadradas. Ele cresceu cada vez mais alto sobre meu corpo, sobre Perseu. Era um gigante. Os traços finos de seu rosto não foram distorcidos por seu tamanho, e, quando ele piscou e abriu os olhos, vi que eram de um verde-claro brilhante. Ele ergueu a espada dourada e analisou o cabo perfeitamente encaixado em sua mão. Seu nome era Crisaor. *Aquele da espada dourada.*

Pégaso e Crisaor olharam um para o outro. Eles não podiam ver Perseu, percebi. Ele ainda estava invisível. O cavalo alado bateu com os cascos no chão mais uma vez, raspando na pedra, antes de abrir as asas e batê-las, uma, duas vezes, salpicando gotas de sangue em todas as direções. Crisaor colocou os cabelos para trás, melados de sangue, e subiu nas costas largas de Pégaso.

O cavalo alado não voou de imediato, no entanto. Pégaso se virou e dobrou o pescoço para passar o focinho sobre a linha de meu braço, que estava solto sobre minha barriga. Crisaor observou com firmeza, passando os olhos sobre Euríale e Esteno, que ainda estavam deitadas como se dormissem. Algumas gotas de sangue mancharam seus vestidos.

Quando meu corpo não se moveu, Pégaso jogou a cabeça e relinchou uma vez, e eu achei que era um grito de anseio por sua mãe. Então ele saltou no ar e as batidas de suas asas lançaram um furacão de vento sobre a ilha rochosa. Pégaso carregou Crisaor para o alto de maneira muito rápida, e em apenas alguns momentos já estavam longe demais para serem vistos.

Perseu tinha ficado em silêncio durante todo o tempo em que meus filhos nasceram e partiram.

Agora que haviam ido embora, ele finalmente abaixou a espada. Quando olhou para baixo, Esteno e Euríale estavam de olhos abertos. Ele apontou a ponta da espada para elas, mesmo que não pudessem vê-lo, e se aproximou de onde minha cabeça tinha caído depois de me decapitar.

Ele ajoelhou para pegá-la, sem tirar os olhos de minhas irmãs. Minhas cobras estavam caídas ao redor de meu rosto, achatadas como grama pisada. Perseu agarrou um punhado de serpentes no alto de minha cabeça e a ergueu, segurando-a a um braço de distância. Uma careta se formou em seu rosto.

Quando minha cabeça foi erguida do chão, os olhos de Esteno e Euríale fixaram-se nela.

— Devolva-a — Esteno exigiu, tentando se levantar, o restante de meu comando deixando seus membros pesados.

Perseu endireitou o corpo. A luz pálida da Lua iluminava o capacete que ele usava, reluzindo friamente no metal, embora só eu pudesse enxergar. Suas sandálias estavam amarradas até metade da panturrilha, e eu finalmente encontrei a fonte do barulho de penas que tinha alertado a mim e a Esteno; agitadas em cada lado das sandálias, havia asas finas, cinza e brancas. As asas pareciam um pouco esfarrapadas e cansadas, como se tivessem carregado o garoto por um longo caminho.

Perseu ainda segurava a espada na mão que não segurava minha cabeça. Ela era perversamente curvada, como uma foice, e havia algumas gotas de sangue na ponta.

Quando Esteno finalmente se levantou, apoiando-se em uma rocha, Perseu deu um passo para trás. As asas em seus pés se agitaram.

Minha irmã encarava a cabeça. Silenciosamente, incitei-a a evitar meus olhos. Uma expressão cruel fez seu rosto se contorcer, dividida entre luto e raiva, e ver isso fez meu coração doer, mesmo que ele já não batesse. Esteno deu um passo cambaleante para a frente quando Euríale também começou a se mexer.

Perseu embainhou a espada para desocupar uma das mãos e poder desamarrar um saco simples de tecido. Desviando com cuidado os olhos de meu rosto, ele sacudiu o saco e colocou minha cabeça dentro dele, soltando as cobras para poder amarrar a parte de cima. Depois, limpou a mão que tinha tocado as serpentes. Então, voltou a prender o saco no cinto, e o peso de minha cabeça batia em seu quadril como uma bolsa cheia de moedas.

Euríale agora estava quase em pé, abrindo e fechando a boca como um peixe fora d'água, desesperada para respirar. Quando Esteno deu outro passo à frente, chamando meu nome, Perseu curvou o lábio invisível para elas e bateu com os calcanhares no chão. As sandálias aladas imediatamente começaram a se esforçar e a bater as asas, erguendo o garoto do chão.

— Devolva-a! — Esteno gritou novamente. Ela tentou alcançar o lugar onde Perseu estava, mas suas mãos agarraram apenas o vazio.

— O monstro está morto — Perseu disse a ela com uma voz invisível e zombeteira, afiada por crueldade e orgulho. — Ele não vai mais atormentar os mortais.

Quando ele falou, Esteno ergueu a cabeça para olhar na direção de sua voz.

— Mentiroso! — ela gritou. — O monstro está vivo, e ele matou minha irmã!

Mas parecia que Perseu havia dito tudo o que desejava, porque inclinou o corpo e as asas o levaram para fora da clareira de rochas.

Mesmo com minha cabeça enfiada em um saco, ainda conseguia ver tudo o que estava acontecendo. Além disso, conseguia ver mais do que antes. Podia acompanhar Perseu enquanto ele voltava para o barco, ancorado bem longe da praia, mas também fiquei com minhas irmãs e as observei lutarem contra os resquícios de meu feitiço e cambalearem pelo labirinto de rochas. Elas não paravam de gritar, uma mistura de meu nome e berros indistintos que ecoavam de maneira lúgubre pelas pedras.

Esteno chegou à praia e imediatamente avistou a pequena e escura silhueta do barco de Perseu na água. Ela fez menção de correr pela areia e colocar seu barquinho no mar para velejar atrás dele, mas, antes que conseguisse dar alguns passos, Euríale a segurou pelo braço. Esteno virou de frente para ela, e pude ver uma palavra dura em seus lábios, mas ela retomou o fôlego quando viu as lágrimas pelo rosto de Euríale.

Euríale disse em voz baixa:

— Não podemos deixá-la aqui. Ela não pode ficar sozinha.

Ela se referia ao meu corpo. Esteno ficou dividida, alternando o olhar entre o barco de Perseu, que agora tinha desenrolado as velas e começava a se afastar da ilha, e a irmã que lhe restava.

— Ela não queria que lutássemos com ele — Euríale insistiu, segurando o braço de Esteno com mais força.

— Ela não queria que o *impedíssemos* — Esteno retrucou. — E garantiu que não conseguíssemos.

Perseu estava se afastando cada vez mais enquanto elas ficavam paradas ali, presas na praia.

— Nós vamos encontrá-lo — Euríale disse. — Depois.

— Não queria ele — Esteno sussurrou. — Só queria pegá-la de volta.

— Medusa sabia o que estava fazendo quando disse para não nos movermos. Ela devia saber que ele levaria a cabeça depois de cortá-la. Talvez seja outra parte da profecia que simplesmente não podemos mudar.

Esteno fechou os olhos com um suspiro áspero. Quando seu corpo relaxou, Euríale soltou seu braço e deslizou a mão para a mão de Esteno.

Euríale continuou.

— Temos que fazer o que ela disse. É a melhor forma de garantir que não vamos perdê-la de novo.

— Nós já a perdemos — Esteno disse, mas Euríale balançou a cabeça.

— Não, nós a perdemos uma vez, quando a deixamos em Atenas. Não tentamos entendê-la como ela era na época. Mas mudamos. Fomos atrás dela para que não ficasse mais sozinha, e ela voltou para nós. Agora — Euríale disse, fungando —, uma parte dela foi levada. Mas ela não está perdida para nós. Ela nos mostrou quem era e como queria ser lembrada, certo? Agora cabe a nós garantir que ela não seja perdida na maré de medo daqueles mortais. — Euríale apertou a mão de Esteno. — Temos que protegê-la. Vamos usar nosso poder para proteger outros como ela.

Ainda estava escuro na ilha, com apenas a luz fraca da Lua iluminando a praia. Esteno abriu os olhos e olhou para onde o navio de Perseu era apenas uma mancha no horizonte.

— Você tem razão — ela disse a Euríale. — Mas meu desejo era que não tivesse chegado a isso.

Euríale finalmente tirou os olhos da irmã para olhar para o barco que levava minha cabeça para longe delas. Mesmo com as lágrimas ainda pingando de seu rosto e caindo na areia úmida, Euríale manteve a cabeça erguida.

— Desejos são para estrelas e para mortais com muito medo de tomar as rédeas da própria vida — ela disse. — Medusa precisa que pensemos no futuro, não que fiquemos presas no que já aconteceu. E tenho certeza de que ela vai zelar por nós, à sua maneira. — Euríale inclinou a cabeça, como se pudesse me ver pairando sobre elas como um pássaro-fantasma. — Ela sempre zelou.

Minhas irmãs voltaram para o labirinto de rochas, e eu afastei minha atenção delas para focar Perseu. Confiava que Esteno e Euríale cuidariam de si mesmas e também do meu corpo. Perseu, por outro lado, justificava minha atenção. Precisava ver qual era o plano para minha cabeça.

O saco que me carregava ainda estava preso ao cinto em sua cintura enquanto ele velejava para longe da ilha, em direção ao norte. Em algum momento, ele tinha removido o capacete e agora passava a mão pelos cabelos achatados. Seu rosto era tão jovem. Mas não podia ser muito mais novo do que eu. Talvez simplesmente parecesse jovem diante de tudo o que passei.

DÂNAE

Seu filho estava no salão escuro como se nunca tivesse havido dúvida de que ele retornaria. As lamparinas a óleo mal estavam acesas, e Dânae analisava Perseu, que estava no centro, perto da plataforma do trono, com uma mulher queimada de sol atrás dele, espiando nos espaços escuros ao redor do salão. A mulher parecia exausta, mal passava de uma garota, e a forma com que ela estava próxima a seu filho preocupou Dânae.

No alto da plataforma, a coroa de Polidecto pressionava sua testa. Dânae sabia que ele esperava que o monstro tivesse matado Perseu, e se perguntou o que o rei faria agora que seu filho havia retornado. Um saco pesado com uma mancha grande de cor vinho estava pendurado na cintura de Perseu. Dânae não conseguia tirar os olhos dele.

— Rei Polidecto — Perseu disse com a voz ecoando alto pelas pedras do salão. — Trouxe o que você pediu. No entanto, só vou entregar a você quando libertar minha mãe de seu domínio, para que ela possa deixar este reino.

— Me mostre primeiro — Polidecto disse. Havia uma ruga profunda em sua testa, e ele segurava os dois braços do trono com mãos magras.

— Mas... — Dânae começou a dizer com o coração saltando no peito, mas o rei a silenciou. Ela cerrou os dentes. Polidecto tinha mudado nas últimas semanas, tendo ataques de raiva e surtos de loucura que Dânae nunca tinha visto antes. Não estava bem da cabeça. O plano fracassado de matar o filho dela pareceu ser a gota d'água.

Perseu obedeceu ao rei, tentando em vão esconder seu sorriso. Desamarrou o saco do cinto e o abriu, desviando o olhar enquanto tateava as cobras e as agarrava bem no topo da cabeça. Começava a tirar a cabeça quando o rei disse com rispidez:

— Cubra os olhos disso, garoto tolo!

Perseu estalou a mandíbula de irritação, mas fez o que ele mandou, tateando o rosto do monstro até encontrar os olhos. O saco de lona caiu, e Polidecto encarou a cabeça. Dânae também não pôde evitar olhar. Cobras caíam ao redor do rosto, moles como alga fora d'água, embora ainda tivessem um verde brilhante. A pele estava pálida, e o pescoço terminava em uma linha irregular e manchada de sangue.

— Como você o matou? — perguntou o rei.

— Tive ajuda — Perseu disse —, dos deuses.

Dânae sabia que era verdade. Seu filho não teria conseguido fazer isso sem ajuda. Alguém tinha ouvido suas súplicas. O escudo preso às costas de Perseu, as sandálias aladas em seus pés e o capacete brilhante preso a seu cinto eram todos presentes divinos.

— Você? — o rei disse em um tom que ameaçava se transformar em raiva. — Por que os deuses te ajudariam?

Perseu olhou feio para Polidecto.

— Sou filho de um deus. Essa tarefa que me foi confiada foi aprovada e auxiliada pela intervenção divina, e é por causa deles que consegui matar o monstro. Não fiz isso por você, velho — Perseu disse, e seus olhos brilharam com malícia e orgulho. — Nem jamais vou fazer qualquer coisa por um rei mortal novamente.

Dânae imaginou o que o filho estava prestes a fazer e virou o rosto no último segundo quando ele tirou a mão da frente dos olhos do monstro e ergueu a cabeça da criatura diante do rosto do rei.

O olhar furioso de Polidecto estava atento ao garoto, boquiaberto diante do desrespeito escancarado de Perseu, e por isso não teve tempo de virar o rosto.

Quando acabou, o rei estava petrificado, agarrado para sempre aos braços do trono. Depois que pegou o saco e guardou a cabeça, Perseu chamou Dânae.

— Vamos embora.

Dânae se virou devagar para olhar para Polidecto, agora uma estátua. O casamento que ela esperava havia desaparecido. Sua pequena, escura e confortável vida no palácio também. Ela olhou para o filho.

— Para onde vamos? — ela perguntou, levantando e segurando a saia. Suas sobrancelhas delicadas estavam franzidas ao se aproximar dele, e a irritação em sua voz era sincera. — Ele nos deu proteção durante todos esses anos. Quem mais vai nos dar isso?

— Não importa — ele disse, se virando para sair do salão e enfiando as últimas cobras de volta no saco enquanto caminhava.

Dânae olhou para a mulher que estava atrás de Perseu.

— Quem é você?

A mulher olhou para ela com a ponta do nariz e a face vermelhas devido à exposição ao sol e o rosto exausto pela desidratação.

— Andrômeda. Perseu me resgatou de uma serpente marinha gigante e do homem que me mantinha presa, usando aquela cabeça.

Dânae inclinou o rosto na direção das costas do filho.

— Meu filho te salvou?

Andrômeda assentiu e disse:

— Ele me disse que nos casaríamos.

Com um rápido olhar para o teto e um suspiro, ela disse:

— Meu nome é Dânae. Sou a mãe dele. Ele diz muitas coisas, e tenho certeza de que a maioria delas é sincera, mas tome cuidado, menina. Acho que ele jamais vai se satisfazer com os aparatos de uma vida mortal.

Andrômeda alternou o peso entre os pés, descalça sobre o chão de mármore.

— Ele matou o monstro — ela disse. — A fera de cabelos de cobra. Como disse que faria.

— Já ouviu falar da Górgona Medusa? — Dânae perguntou, usando o nome que tinha ouvido ser sussurrado pelos lábios de criados e deuses.

Andrômeda fez que não com a cabeça.

— Ela era um monstro, no sentido mortal da palavra — Dânae disse —, e mandaram Perseu matá-la e trazer sua cabeça para o rei. Mas essa não é a primeira vez que ele usou o poder dela para derrotar um inimigo, é?

— Não.

Dânae meneou a cabeça.

— Ele até pode fazer o que diz — afirmou, fazendo sinal para Andrômeda segui-la enquanto ia atrás de Perseu para fora do salão —, mas são suas ações egoístas que demonstram quem ele realmente é. Cuidado com o temperamento quente dele. Você também pode ser pega no fogo cruzado de sua imprudência um dia.

As duas mulheres caminharam lentamente para se juntar a Perseu em seu barco. Ambas estavam em silêncio, pensando muito, e seus olhos encaravam tantas vezes o saco na cintura de Perseu que o barbante poderia se romper com o peso.

CORTE A CABEÇA DE UMA COBRA E AINDA PINGARÁ VENENO DE SUAS PRESAS

Fui tirada de um sono parecido com a morte quando ouvi uma voz conhecida.

Como uma espada tirada de uma bainha. Como a batida do aço contra uma armadura. Como uma noite dura e tempestuosa em que apenas os vislumbres repentinos dos raios mostram o caminho.

Atena disse:

— Você conseguiu.

Perseu respondeu:

— Sim, deusa. Agradeço a você e aos outros deuses que me ajudaram a derrotar o monstro. Vim devolver o que peguei emprestado.

Era noite, mas eu sabia onde estávamos. Aquele salão de mármore iluminado com tochas ardentes tinha sido meu lar por tempo suficiente para eu o reconhecer em apenas alguns instantes. O templo de Atena não tinha mudado nada desde minha partida.

Atena estava diante do grande altar sobre a plataforma elevada, e Perseu estava ajoelhado diante dela com os ombros tensos.

Perseu colocou o elmo da invisibilidade, as sandálias aladas e a espada curvada sobre o degrau mais baixo do altar. Depois desprendeu o escudo brilhante e reflexivo das costas e o apresentou com ambas as mãos.

— Agradeço por sua gentileza, Atena, e por este escudo. Mas não precisei dele, afinal — Perseu disse com os olhos abaixados.

Atena olhou para ele. Uma expressão peculiar cruzou o rosto da deusa sob a sombra de seu capacete emplumado.

— Não usou meu escudo?

— Não, deusa. Consegui matar o monstro enquanto ele dormia.

— Uma solução covarde — acusou ela. Perseu ergueu a cabeça com uma resposta na ponta da língua, mas Atena continuou a falar com a voz estrondosa. — Você é um garoto enviado para fazer a vontade dos deuses. Só por causa da intervenção deles, por causa de minha intervenção, teve sucesso. Eu sabia que homens ainda menores que você precisariam vê-la morta por mãos mortais.

— Meu pai é rei dos deuses — Perseu começou a falar com o ego ferido.

— E ainda assim sua arrogância e seu medo fedem à mortalidade. — Atena entrelaçou as mãos diante do corpo como uma donzela recatada, mesmo que suas palavras cortassem Perseu até o âmago. — Você simplesmente caiu nas mãos de uma profecia na qual não passava de um meio para um fim. A profecia não era sobre você. Sempre foi sobre Medusa, e ela não teve medo de encontrar a morte que as Moiras previram para ela. Se estivesse acordada — Atena olhou para Perseu com seu olhar crítico e onipresente —, ela poderia ter te matado em um instante.

Perseu se levantou. Ele ainda segurava o escudo e teve bom senso o suficiente para não o jogar diretamente na cabeça divina de Atena, embora isso fosse o que ele queria. Com o orgulho ferido, Perseu colocou o escudo com os outros presentes e alcançou o cinto, desamarrando o saco de tecido que continha minha cabeça.

Perseu não foi tão cuidadoso comigo como havia sido com os outros presentes. Ele jogou minha cabeça para Atena, e o tecido manchado ondulava enquanto se movia no ar. Nós três observamos sua trajetória na direção do chão, perto dos pés de Atena, mas, no último momento, a deusa estendeu o braço e o pegou com uma das mãos, o saco a um dedo de distância de bater no chão.

— Cuidado, garoto — ela alertou com rispidez. — Posso criar heróis, mas posso desfazê-los com a mesma facilidade.

Perseu se curvou em uma reverência artificial. Atena o havia transformado em herói aos olhos dos mortais, mas ele mal passava de uma criança.

— Posso ir, deusa da sabedoria? — perguntou ele.

Atena o encarou com olhos frios e cinzentos, fazendo-o esperar em um silêncio desconfortável, aliviado apenas pelo som do vento correndo pelo mármore. Eu me perguntei se ela estava pesando os custos de outra guerra divina, que certamente ocorreria se ela o acertasse. Então a deusa balançou a cabeça uma vez.

— Vá. Mas tenha cuidado, filho de Zeus. Nem todos os deuses são tão complacentes como eu.

Perseu deu meia-volta e saiu rapidamente do templo. Eu o observei sair, estudando a linha levemente curvada de seus ombros e como a luz pálida e fraca da Lua tirou a vida de seu rosto. Tinha o cenho franzido e parecia um garotinho à beira de um ataque de raiva. Quando passou pela entrada do templo, parei de segui-lo e o deixei sair sozinho. Perseu desceu com pressa os degraus e atravessou o amplo pátio da Acrópole na direção de duas figuras que esperavam perto do caminho que os levaria de volta a Atenas. Dânae e Andrômeda. Elas observavam Perseu enquanto ele se aproximava.

Quando o garoto passou por elas, Andrômeda se virou e o seguiu colina abaixo, mas Dânae ficou imóvel. Ela estava observando o templo. Parecia que estava olhando diretamente para mim.

Por alguns momentos, ambas ficamos imóveis. Então ela abaixou a cabeça, como se pedisse desculpa. Dânae manteve aquela pose até Perseu a chamar. Então ela também se virou e partiu.

As tochas que iluminavam as ruas de Atenas tremeluziam como estrelas refletidas no oceano escuro. Analisei o contorno familiar dos telhados, ocasionalmente interrompidos por um cipreste alto e fino. A cidade, como o templo, mal tinha mudado. É claro, eu não podia esperar que Atenas tivesse passado por tantas mudanças quanto eu, senão não teria sobrado nada.

Virei-me novamente para Atena quando ouvi o tilintar do escudo sendo erguido do chão. A deusa estava segurando a ponta amarrada do saco de tecido em uma das mãos, e com a outra levantou o escudo que Perseu tinha deixado. Seu escudo. Ela estudou o exterior liso e reflexivo, depois se virou na direção de seu altar de mármore. Cheguei mais perto para ver o que ela estava fazendo.

Ela colocou tanto o escudo quanto o saco sobre o mármore. Com um aceno distraído, os outros presentes que Perseu havia devolvido desapareceram do último degrau, provavelmente mandados de volta para seus donos.

Atena desfez o nó que mantinha o saco fechado com seus dedos hábeis e colocou a mão lá dentro. Tateou por um momento, verificando se meus olhos estavam fechados.

Esperei ela agarrar minhas cobras para erguer a cabeça como se estivesse arrancando uma raiz do solo, como Perseu tinha feito todas as vezes que me tirou do saco, e então me segurar a um braço de distância como se eu fosse um ninho de vespas prestes a explodir.

Mas ela não fez como Perseu. Atena usou as duas mãos para tirar minha cabeça do saco, segurando meu queixo nas palmas das mãos. O saco deslizou por minhas cobras, que estavam penduradas atrás de meu pescoço. A deusa me segurava como se eu fosse uma fruta delicada e preciosa, que se machuca facilmente. Ela passou o polegar na pele fina sobre meu olho.

— Sinto muito, Medusa — Atena disse.

Fiquei boquiaberta. Aquelas eram palavras que eu nunca tinha esperado ouvir da boca de Atena. E embora ela fosse muitas coisas, uma deusa, uma guerreira, não era mentirosa. É claro que ela apenas teve coragem de admitir aquilo para minha cabeça decapitada, o que parecia ser a forma mais fácil, mas pude perceber que falava a verdade.

E de repente:

— Medusa, sei que você pode me ouvir. Você ainda está ligada a este mundo, não está?

Se minha consciência ainda estivesse ligada à minha cabeça, meu queixo teria caído no chão. Eu me aproximei, tentando ter uma visão clara do rosto de Atena. Ela estava me estudando como estudaria um complexo mapa de guerra. Então levantou os olhos e olhou bem para mim, pairando logo acima de minha cabeça. Nossos olhos se encontraram.

Atena sorriu.

— Aí está você.

— Você pode me ver? — Minha voz estava fraca pela falta de uso, fina e frágil como uma alga seca. — Como?

— Estava procurando você — Atena disse simplesmente. — Como deusa, posso ver muitas coisas que os mortais não podem, mas com muita frequência as pessoas conseguem ver o que desejam ver, contanto que estejam procurando.

Com outro toque suave do polegar sobre meu olho fechado, Atena colocou minha cabeça com cuidado em cima do mármore frio do altar. Ela ajeitou algumas das cobras que ficariam sob o peso de meu crânio. Eu a observei em silêncio. Quando Atena tocou minhas cobras, os dedos mal roçando suas escamas verdes enquanto ela as colocava no lugar, desejei poder senti-las em minha mão novamente. Sentir a pressão de seu focinho arredondado em minhas palmas. Suas carinhas estavam tão sem vida quanto a minha, e seus olhos pretos e brilhantes estavam fechados.

Desejei que elas pudessem ter vindo comigo, depois que Perseu arrancou minha cabeça. Sentia-me desequilibrada sem elas.

Atena se afastou do altar, ficando totalmente ereta. Ela ergueu o braço e tirou o capacete emplumando, o metal polido reluzindo exatamente como o escudo à luz da Lua. Enquanto os cabelos de qualquer soldado mortal ficariam colados à testa devido ao suor e à pressão do capacete, os cachos castanho-escuros de Atena não eram achatados pelo formato do metal. Quando ela passou a mão com dedos longos pelas mechas, elas ficaram no lugar como se tivessem sido colocadas ali individualmente, ajeitadas sobre seus ombros para manter seu rosto livre de distrações.

Atena colocou o capacete sobre o altar também, embora o tenha colocado bem na borda.

— Você... — comecei a falar, e Atena olhou para mim. Apesar de eu não ter garganta, senti como se algo estivesse preso nela. — Você o fez trazer minha cabeça até aqui. De volta para você. Por quê?

Atena assentiu.

— Eu queria falar com você mais uma vez, depois que isso tudo tivesse terminado.

— Isso — eu disse — quer dizer minha morte.

— Sim.

— Que tem dedo seu. Vários dedos, na verdade — eu disse, e minha voz ficou mais forte conforme eu falava. Podia sentir a raiva crescendo dentro de mim e fiquei quase aliviada ao saber que ainda tinha sentimentos como quando estava viva. A raiva que me estimulava era uma emoção mortal, mas eu a deixei seguir seu curso. — O que você fez comigo da última vez em que estive aqui. Você me amaldiçoou!

A parede impenetrável do rosto de Atena era tão familiar para mim quanto os salões do templo onde estávamos. Dava para ver a linha tensa de seu queixo, afiada como uma adaga.

— Só fiz isso para te proteger. Eu te dei um poder imbatível, de modo que nenhum homem pudesse te machucar novamente.

— Isso foi o que você disse a si mesma, tenho certeza, para racionalizar tamanho ato de violência contra outra mulher.

— Violência? — Atena repetiu. — Eu te dei o que você queria. Você desejou feri-lo, como ele te feriu, não pode negar.

— Eu tinha vinte anos! Era uma criança que não sabia nada do mundo — falei, exasperada. Quando a raiva em meu peito não existente ameaçou tomar conta de mim, senti minha presença neste mundo ficando cada vez mais forte enquanto falava. — Eu tinha acabado de ser estuprada por alguém em quem pensei que podia confiar. Estava me sentindo mais indefesa do que jamais me senti na vida — falei. — É claro que eu queria revidar. Era isso o que queria sim, mas você já tentou entender do que eu *precisava*?

Atena abriu a boca, mas eu continuei. A represa dentro de mim havia se rompido, e tudo transbordava.

— Eu precisava de alguém que ficasse do meu lado. Mas você me disse que alguém tinha que ser punido e que não seria Poseidon porque ele era um deus. Disse que não queria iniciar uma guerra. — Deixei minha descrença saturar cada palavra. — Você, deusa da sabedoria e da estratégia de batalha, não queria iniciar uma guerra entre os deuses. Então escolheu colocar a culpa em mim.

— Eu só quis que parecesse assim — Atena explicou, estendendo as mãos. — Os mortais e os deuses precisavam ver que alguém foi punido pelo ato. Mas o poder que eu te dei não era para ser uma maldição.

— Por que alguém tinha que ser punido?

Atena me encarou, abaixando as mãos. Ela não parecia ter uma resposta, então lhe dei uma.

— Foi para proteger sua reputação — retruquei. — Você pode dizer a si mesma que o que fez foi pelo bem dos deuses, ou que foi por um tipo distorcido de bondade, mas você decidiu que precisava proteger sua reputação mais do que a mim.

— Uma ofensa contra uma deusa não poderia ficar sem resposta — declarou Atena.

Se minhas cobras ainda estivessem comigo, estariam sibilando de frustração. Lembrei-me de como Dionísio tinha agido no dia em que os caçadores foram à sua clareira, cuspindo insultos e ameaçando violência contra o deus. Eles o haviam rotulado como vilão, sem pararem um momento sequer para considerar o que as mulheres queriam. Mas Dionísio não reagiu atacando suas seguidoras, nem mesmo os caçadores que o haviam ameaçado. Em vez disso, o deus deixou as mulheres tomarem seus destinos nas próprias mãos e fazerem o que desejassem com eles. Dionísio era um deus que descartava as opiniões dos homens mortais como se fossem moscas. Era um deus que tinha a vida de seus seguidores nas mãos e, ainda assim, os deixou traçarem seu próprio curso. Por que Atena não podia fazer o mesmo?

Levantei a cabeça e perguntei:

— Você teve que defender sua reputação?

— Sim. Como deusa, tive que mostrar que não permitiria que meu templo fosse profanado.

— E não queria que a decisão de outra pessoa arruinasse sua vida?

— Sim — ela suspirou, como se eu finalmente estivesse entendendo.

— Então por que — perguntei devagar — você permitiu que isso arruinasse a minha?

Atena piscou. Aquela parede impenetrável vacilou e me lembrei do único momento de culpa que vi passar pelo seu rosto da última vez que estivemos juntas. A deusa estava realmente alheia ao mal que havia me causado? Ou tinha se forçado a ignorá-lo em nome da autopreservação, de modo que não tivesse que levar em conta seu papel em meu tormento?

— Você me transformou no que eu sou hoje. No que eu era — corrigi — antes de virar este espírito, não mais do que um fantasma. No entanto, suponho que ainda esteja aqui devido ao seu papel em minha vida. Por que nega que me causou tanta dor?

— Não nego — Atena disse, afastando-se um passo do altar. O movimento ecoou alto no salão vazio. Nunca, em todo o tempo em que a conhecia, havia visto Atena recuar. Eu havia abalado a deusa de algum modo.

Continuei pressionando.

— Não? Então admite que decidiu deixar meu agressor ficar livre, preferindo me punir por meu próprio estupro? Admite que amaldiçoou uma de suas sacerdotisas? Eu estava sob seus cuidados, sua proteção. E, ainda assim, você se voltou contra mim no instante em que sua reputação como deusa estava em risco — eu disse sem emoção. — Você nega isso?

A boca de Atena se abriu, depois fechou. Uma linha surgiu em sua testa.

— Eu... não, eu não nego. Mas sou uma deusa, você não consegue entender...

— Deixei de ser mortal depois que você me amaldiçoou — interrompi. — Compreendo os pensamentos de um deus bem o suficiente. Os mortais têm expectativas em relação a você, certo? Eles vão falar sobre tudo o que virem ou ouvirem e transformar isso em uma rede de verdades e mentiras até não haver mais saída. — Atena assentiu. Eu perguntei: — Mas por que você se preocupa tanto com a opinião de homens mortais?

— A vida deles é tão curta — ela disse, cerrando as mãos em punhos soltos nas laterais do corpo —, mas suas opiniões, seus pensamentos e medos, as histórias que se espalham entre eles, isso é o que permanece depois que eles se vão. O que vão dizer sobre mim. — Atena olhou de novo para a entrada do salão, onde a silhueta escura de Atenas se estendia como uma grande sombra sob o templo. — Precisam acreditar em minha reputação para que continuem acreditando em mim.

Eu a observei em silêncio por um momento, e depois perguntei:

— Quem entre os mortais ficou feliz em saber o que aconteceu aquela noite?

Minha questão rapidamente trouxe a atenção de Atena de volta para mim.

— Como assim?

— Dos mortais que souberam de minha punição, que souberam como Poseidon me atacou em seu templo e que ainda assim eu fui aquela obrigada a carregar o olhar fatal e as cobras no lugar dos cabelos. Quem entre esses mortais ficou satisfeito com o resultado? Você notou?

Eu a deixei pensar sobre isso por um instante. Ela olhava para minha cabeça cortada sobre o altar novamente, olhos fixados no espaço bem no meio de meus olhos fechados.

Eu perguntei:

— Foram as mulheres? As mães, as esposas, as garotas jovens que te admiram como líder da sua cidade, a deusa que as protege? Elas ficaram satisfeitas? E quanto às sacerdotisas aqui do templo? Elas sentiram que uma punição justa foi dada?

Agora Atena estava em silêncio não por falta de resposta, mas por relutância em dizer as palavras. Eu sabia que estava abusando da sorte, falando com uma deusa daquela forma, mas imaginei que se ela queria tanto falar comigo mesmo depois de minha morte, deveria ouvir primeiro o que eu tinha a dizer.

Continuei:

— Ou foram os homens? Eles acreditaram que você fez a escolha certa, poupando Poseidon de qualquer infortúnio e colocando toda a culpa em mim, de modo que ninguém nem mesmo considerasse perguntar se uma garota de vinte anos poderia recusar um deus imortal? São esses homens mortais a razão de você ter poupado sua reputação? Você pode ter provado para eles que estavam certos, mas e sua reputação com as mulheres desta cidade? Como elas se sentiram sabendo que nem mesmo uma deusa pode se posicionar contra um ato de violência de um deus?

— Não! — Atena gritou, a palavra ecoando nas colunas de mármore do salão.

Sua testa estava franzida, e seu peito subia e descia com respirações rápidas; pensei que finalmente tinha ido longe demais. Mas suas mãos continuavam soltas nas laterais do corpo, não cerradas em punho como as minhas estariam, e eu imaginei se era o controle divino que lhe permitia manter a compostura. O único outro sinal de que minhas palavras realmente tinham atingido algo dentro dela era que a linha de seus ombros estava caída, curvada como o galho de uma árvore cujas folhas estão muito pesadas.

— Não fiz isso por eles — Atena disse. — Pelos homens. Eu não fiz... Só queria que você ficasse em segurança. Tentei te dar um poder que garantisse sua segurança.

Desta vez, a voz dela estava frágil, e ela parecia tão sincera quanto poderia ser. Naquele momento, Atena me lembrou de Dionísio em seu prado na montanha, longe de qualquer mortal, quando o deus havia finalmente deixado cair todas as defesas. Atena chegara a esse ponto. Não podia mais esconder nada de mim.

Ver a sinceridade em Atena me permitiu respirar e deixar a raiva ir embora. Não precisava mais ficar ligada a este mundo. Falei a Atena:

— Aprendi a usar o poder para minha segurança a tempo.

— Então — ela perguntou —, valeu a pena?

— Só porque consegui aprender a controlá-lo e a controlar no que ele me transformaria. Você sabia como os mortais me temiam e ajudou Perseu a me matar por causa do medo desses mortais — eu disse. — O temor deles me transformou, e minha reputação, em um monstro sem coração. E eu teria mesmo me transformado no que eles acreditavam se não tivesse encontrado as pessoas que queria proteger. Foi por causa das pessoas que acreditaram em mim que fui capaz de ver para que realmente foi feito este poder. Como eu poderia transformá-lo, em vez do que ele poderia fazer comigo.

Olhei para baixo, para meu próprio rosto, minhas cobras espalhadas ao redor de mim como um halo verde.

Eu disse a ela:

— Perseu matou a Medusa de que os mortais tinham medo. Ele matou o monstro que todos acreditavam que eu era e usou meu poder para benefício próprio, mesmo sendo esse poder o que me transformou em um monstro desde o início. A percepção mortal de Medusa, aquela que Perseu ficou tão orgulhoso de decapitar por meios covardes, ela só existe agora nas lendas que os mortais vão passar adiante para os filhos. Mas ela nunca existiu de verdade. Eu me certifiquei disso.

O céu noturno do lado de fora do templo começou a clarear, de leve, quando as primeiras luzes da aurora se infiltraram sobre o horizonte. Quando o preto se transformou em roxo-hematoma, e depois foi entremeado de azul, as sombras ao redor do templo começaram a se dissipar. A luz iluminou o rosto de Atena também e refletiu as lágrimas que tinham se formado no canto de seus olhos. Será que suas lágrimas eram para mim ou para si mesma? De qualquer modo, eu soube que finalmente havia atraído suas emoções verdadeiras para a superfície. A Atena que tinha me amaldiçoado nunca me deixaria vê-la chorando.

— Meu poder e minhas cobras se tornaram mais do que apenas sua maldição; eles se tornaram parte de mim. Aprendi a ver a verdade em mim mesma — falei calmamente e inclinei a cabeça até Atena olhar para mim. — Você pode dizer o mesmo?

— A verdade...

Atena parou de falar, deslizando os olhos entre mim, o escudo que estava ao lado de minha cabeça e seu capacete, o metal curvado gravado com representações artísticas de Atena surgindo da cabeça de Zeus. Na imagem, a deusa surgia do topo da cabeça de Zeus, totalmente armada, brandindo uma lança e a espada que ainda estava presa em sua cintura atualmente. A imagem me lembrou, com vivacidade, de como Crisaor tinha saído do meu pescoço.

— A verdade de uma deusa é misturada com a história que os humanos tecem para ela — Atena disse, secando a parte de baixo dos olhos com o dedo. — Não posso separar o que desejo que seja verdade e o que os humanos em minha cidade vão aplicar a mim. Mas — ela continuou, voltando a olhar para mim — eu repararia algumas verdades sobre mim se pudesse. E começaria com você, Medusa. Se você me permitisse.

Atena deu mais um passo na direção do altar e passou o dedo ao longo da borda do escudo que tinha colocado ao lado de minha cabeça.

— Eu tive participação em seu destino. Uma participação muito maior do que deveria ter tido e, por negar a verdade de minhas ações, apenas ampliei a ferida entre nós. Mas minha intenção ao pedir que o garoto te trouxesse aqui continua a mesma. Posso te oferecer uma escolha, Medusa — a deusa disse. — Pois você não teve escolhas o suficiente na vida que pudesse controlar.

"Você tem laços com este mundo, por meio de seu senso de responsabilidade e amor por aqueles com quem se importa, e esses laços são o que pude tomar quando Perseu cortou sua cabeça. Aquelas conexões a mantiveram ligada à sua mortalidade. Por causa disso, posso fazê-la retornar a este mundo, mais uma vez, mortal. Você não vai se lembrar de si mesma nem de qualquer parte dessa vida, mas vai receber uma segunda chance."

Atena fez uma pausa, deixando a oferta ser assimilada.

— Ou — ela continuou — você pode deixar tudo isso para trás e ir para onde as Moiras não têm poder sobre você.

Meu rosto frouxo parecia me observar sem enxergar. Os olhos estavam fechados, e eu me admirei com a forma com que minhas pálpebras, o pedaço de pele mais fina e mais vulnerável de meu corpo, podiam conter tamanho poder. Era como se eu tivesse amarrado um barbante em volta do pescoço de uma fera enfurecida, e miraculosamente a fera tivesse se acalmado. Agora aquele barbante estava pendurado, apenas esperando alguém pegá-lo.

— Em qualquer uma dessas opções — refleti —, eu abandonaria este corpo, e minhas cobras, que ainda têm o poder de arruinar tanto mortais quanto deuses. Você quer que eu deixe essa habilidade em suas mãos?

— Você sabe melhor do que qualquer outro do que ele é capaz — Atena refletiu. — Quem mais deveria carregá-lo além daquela que o trouxe ao mundo?

— Você pode tê-lo criado — falei, tensa —, mas eu o carreguei por este mundo. Esse rosto é conhecido como um monstro entre os mortais, e imprimiria medo no coração de todos que olhassem para ele. Você ajudou os mortais a criarem essa versão de mim em seus pesadelos vivos. Mas aquela Medusa é falsa.

A luz do amanhecer invadia mais o salão do templo, e observei quando a iluminação alcançou o altar onde estava minha cabeça. Perguntei-me se as sacerdotisas logo acordariam. Não fazia tanto tempo que estive entre elas, mas a diferença entre quem eu tinha sido neste templo e quem eu era agora era descomunal. Se alguma das sacerdotisas que conheci vissem o que restou de mim, com certeza teriam dificuldade em reconhecer a jovem que um dia vivera entre elas.

Atena ficou em silêncio, percebi por seu rosto que ela estava pensando sobre o que eu havia dito.

— Você tem razão — ela disse, por fim. — Mas então o que quer que eu faça, Medusa? O que permitiria que você se libertasse do fardo que impus e a deixaria ser feliz?

Pensei em Equidna e Cérbero e em compartilhar uma refeição que tivéssemos preparado juntos, sentados sob a sombra de uma árvore. Pensei em Dionísio, em seu sorriso solto e fácil, enquanto abria um lugar para mim em seu lar. Pensei em Naidah, em seus dedos gentis sobre meus lábios enquanto me devolvia minhas lembranças. E então pensei em Euríale e Esteno e me perguntei o que elas haviam feito desde a noite de minha decapitação. Sabia que elas cuidariam uma da outra.

E, mesmo sofrendo, pensei em Polli. Em como havíamos sovado pão juntas na cozinha, apenas a alguns corredores de distância. Em sua risada quando corremos pelas ruas de Atenas. Pensei na amiga que não tinha conseguido salvar.

Conforme as lembranças passavam, me enchia de uma nostalgia desesperada por aqueles momentos curtos e calmos de minha vida. Queria ver as pessoas com quem os havia compartilhado. Queria ser capaz de zelar por elas e garantir que a felicidade que me proporcionaram fosse devolvida a elas, repetidas vezes. E principalmente durante os momentos em que eles lutassem, brigassem e chorassem, queria estar junto com elas, assim como estiveram comigo.

A luz clara do Sol atingiu o alto do altar quando me dei conta do que desejava.

— Atena — chamei. — Vi muitas coisas neste mundo. Mas não cheguei nem perto de ver uma fração do que há por aí, atrás dessas paredes ou do outro lado do mar. E, ainda assim, fui feliz por causa das pessoas que importavam para mim. E daquelas que conheciam a verdadeira Medusa e que se importavam comigo. Ela pertence a essas pessoas. — Sorri ao pensar nisso. — Você me deu imortalidade quando me amaldiçoou, e agora acabou de oferecer me tornar mortal novamente. Pode me levar um passo adiante, na direção oposta? Vivi a vida de um ser oprimido pelo poder e sofri as consequências, embora nunca tenha pedido por isso, para início de conversa. Em toda sua sabedoria, deusa, eu conquistei um lugar além disso?

Inclinei o queixo para baixo, para meu próprio rosto, e então o ergui novamente.

— Conquistei uma vida além dessa morte?

Com alguns passos, Atena percorreu o espaço até o altar e colocou as mãos ao redor de meu rosto, apoiando-o no altar mais uma vez. Ela inclinou minha cabeça de modo que a luz pegasse em minha pele. Com a luz dourada do sol que nascia, minha pele quase pareceu viva novamente.

— Conquistou — ela disse em voz baixa. — Você sempre foi mais do que os outros fizeram de você, Medusa. Conquistou um lugar, embora sempre tivesse sido digna dele. Com todo o meu poder, vou garantir que você seja como deseja. Não mais um ser mortal ou imortal, você vai viver como uma deusa padroeira daqueles que acreditam em monstros e daqueles que precisam de sua proteção. — As palavras seguintes foram severas. — Mas saiba disso: os mortais de que falou, que apenas conheceram a Medusa criada pelo medo, nunca vão saber sobre você.

— Tudo bem — concordei.

Atena assentiu.

— E isso? — ela perguntou, batendo com o dedo contra meu rosto imóvel.

— Você vai carregar — decidi. — Grave em seu escudo e deixe que sirva como lembrete de que, mesmo quando mortais matam seus monstros, eles não devem se esquecer do poder que os assustou em primeiro lugar. Deixe esta Medusa viver em seu escudo, tanto como proteção quanto como força. — Ergui as sobrancelhas para a deusa. — Deixe também que isso te lembre do peso que deve carregar. Não faço isso para que use meu poder como desejar. O poder é meu, e ele vai reconhecer apenas aqueles que merecerem.

— Compreendo — disse Atena.

E, quando toda a luz do dia que se iniciava inundou o templo, Atena ergueu minha cabeça e a colocou sobre o escudo. Houve um lampejo vermelho e pisquei diante dele, mas quando abri os olhos novamente, o escudo tinha sido transformado. Saliente na superfície curvada, que antes era plana, estavam as linhas de minhas cobras, estendidas como os raios do sol ao redor de meu rosto, que mostrava os dentes como uma fera cruel. Os olhos estavam abertos, lisos e prateados, o poder à espera pelo momento em que seria chamado. Pude ver que aquele seria um rosto que assustaria mortais apenas pela aparência.

— Satisfeita? — perguntou Atena.

— Sim — respondi. — Espero que você seja digna da proteção dela.

Erguendo o escudo pelas beiradas, Atena encontrou a tira de couro na parte de dentro e o pendurou nas costas, um pesado lembrete apoiado entre seus ombros.

— E que você proteja todos nós — a deusa da sabedoria disse. — Adeus, Medusa, deusa da monstruosidade e protetora daqueles que não conseguem se proteger.

Ela levantou a mão calejada pela espada e pressionou o polegar em minha testa. Meus olhos se arregalaram com seu toque, e então desapareci.

TÃO CERTO QUANTO O SOL VOLTARÁ A NASCER

Havia algo tocando meu rosto quando acordei. Era suave, mas insistente como o zumbido de uma mosca no ouvido quando se está dormindo. Senti o toque em minha face e minha têmpora, e ele vibrou sobre minha pele. O toque se afastou, e ouvi um sibilo.

Abri os olhos.

Reunidas ao redor de meu rosto, observando-me com expectativa, como se nunca tivessem partido, estavam minhas cobras. Gritei e ergui o braço para segurá-las nas mãos, pois mais uma vez eu tinha mãos para segurá-las. Elas faziam ruídos de empolgação também e passaram os corpos por meus dedos e me apertaram com força.

— Vocês voltaram — falei.

Nós, a não voz disse, *sempre nós*.

De algum modo, Atena tinha me devolvido as cobras. Eu as deixei esfregarem os focinhos em meus dedos enquanto olhava ao redor, tentando descobrir onde estava.

Estava claro como uma praia ao meio-dia quando a areia está quente e o mar reflete a luz branca do sol de volta para o céu. Mas o ar ali estava agradavelmente fresco. Eu estava sentada sobre um chão de verde macio, como se um canteiro de grama nova tivesse brotado sob mim. O chão ficava em um pequeno declive, e eu estava cercada de árvores parecidas com salgueiros, que farfalhavam e chilreavam com a brisa. Coloquei a mão na grama, sem saber se o que via era real.

Eu estava usando um vestido verde drapeado, amarrado no quadril e no ombro, revelando a pele dourada e lustrosa de minha perna por uma fenda lateral. Quando o tecido se abriu, notei algo brilhar em minha perna. Ergui o joelho, e a saia do vestido deslizou para revelar uma delicada faixa dourada ondulada, enrolada em minha coxa, abraçando minha pele com a gentileza de um amante. Olhei mais de perto. A faixa tinha a padronagem das escamas de minhas cobras, marcas delicadas que esculpiam as fileiras e fileiras de escamas. No meio da faixa, bem no alto de minha coxa, estava a fina cauda debaixo de uma estreita cabeça de cobra, com dois pontos de pedra preta como olhos.

O metal estava quente quando passei o dedo com cuidado sobre ele. Uma de minhas cobras balançou a língua para mim, para chamar minha atenção, e, quando olhei a cobra se esticou e tocou o nariz em minha testa. Imitei a serpente, erguendo a mão para sentir o mesmo ponto. Meus dedos encontraram o mesmo metal da faixa que havia em volta de minha coxa. Um diadema dourado repousava em minha cabeça; e se ele fosse igual ao que havia em minha perna, como eu pensava que seria, Atena havia me coroado com uma cobra dourada.

— Olá, Medusa.

Reconheci aquela voz como o calor na barriga após um gole de vinho. Levantei e me virei. Mantive os olhos abertos. Sem o poder neste corpo, finalmente poderia olhar para ele enquanto ele olhava para mim.

Dionísio, com seus cachos juvenis salpicados de folhas de uva curvando-se com elegância ao redor de seu rosto jovem, sorria para mim. Ele olhou bem dentro de meus olhos, e pude enfim ver que seus olhos eram de um castanho profundo, quase preto, e brilhavam como uma estrela no céu noturno. Dionísio abriu os braços. Atrás dele, o pico da montanha em que estávamos desapareceu entre as nuvens.

— Bem-vinda ao Olimpo, pequena rainha.

Minhas cobras se enrolavam com alegria ao redor de minha cabeça enquanto eu sorria, ria e dava um passo à frente.

DIREÇÃO EDITORIAL
Daniele Cajueiro

EDITORA RESPONSÁVEL
Mariana Rolier

PRODUÇÃO EDITORIAL
Adriana Torres
Júlia Ribeiro
Mariana Lucena

REVISÃO DE TRADUÇÃO
Fernanda Lutfi

REVISÃO
Juliana Borel
Perla Serafim

DIAGRAMAÇÃO
Douglas Watanabe

Este livro foi impresso em 2025, pela Vozes, para a Trama. O papel do miolo é Avena 70g/m² e o da capa é Cartão 250g/m².